박안경기

拍案驚奇

❷

이 책은 (재)한국연구재단의 지원으로 학고방출판사에서 출간, 유통합니다.

한국연구재단
학술명저번역총서

동양편
625

박안경기
拍案驚奇

능몽초 저 ∣ 문성재 역

② 2

學古房

《박안경기》 초판본 ('닛코본') 표지

"즉공관주인이 평론하며 읽은 삽화가 있는 소설卽空觀主人評閱出
像小說"이라는 광고 문구(우)와 함께 소주의 서상 안소운安少雲이
쓴 발간사(좌)를 소개해 놓았다.

《박안경기》 중판본 ('히로시마본') 표지

제목 위의 '초각初刻' 두 글자로 《이각 박안경기》 출판 이후의 중판
본임을 알 수 있다. "즉공관주인이 직접 선정함卽空觀主人手定"이
라는 문구(우)와 "본 관아 소장 목판을 베낀 해적판은 반드시 책임
을 따질 것本衙藏板翻刻必究"이라는 경고문(좌)이 보인다.

제7권

당 명황은 도교를 좋아해 기인들을 모으고
무 혜비는 불교를 숭상해 기이한 술법을 겨루다
唐明皇好道集奇人 武惠妃崇禪鬪異法

卷之七
唐明皇好道集奇人 武惠妃崇禪鬪異法 해제

  이 작품은 당대에 도교에 탐닉했던 현종玄宗과 도인들에 관한 이야기이다. 이방 등의 《태평광기太平廣記》에 소개된 도인 이하주李遐周의 이야기를 앞 이야기로 들려주고, 이어서 같은 책에 소개된 장과張果·엽법선葉法善·나공원羅公遠 등, 현종 당시 유명했던 도인들의 이야기를 몸이야기로 들려준다.

  당나라 제6대 황제 현종玄宗은 '공진인孔眞人'의 환생으로 여겨질 정도로 도교에 탐닉했다. 장과·엽법선·나공원 등의 유명한 도인들이 수시로 궁중 모임에 참여하곤 했다. 태식胎息의 도를 깨우치고 항주杭州 중조산에서 수련하던 장과는 흰 나귀를 타고 하루에도 수만 리를 다닌다. 개원開元 23년, 장과의 명성을 들은 현종은 그를 초빙했다가 죽을 날이 멀지 않은 노인임을 알고 실망하지만, 허연 수염과 머리칼을 다 뽑고 몇 개 남지 않은 이까지 다 부러뜨린 장과가 얼마 후 검은 머리와 흰 이가 새로 난 모습으로 변한 것을 보고 기뻐한다. 두 번째로, 처주處州 송양현松陽縣에서 4대째 도를 닦은 엽법선은 현종 앞에서 장과의 진면목을 밝히는가 하면 정월 대보름에는 도술로 현종을 도성에서 멀리 떨어진 서량부西凉府로 데려가 등불놀이를 구경시키고 보름달로 올라가 선녀들이 연주하는 〈자운곡紫雲曲〉을 감상하게 해준다. 세 번째로, 도술에 정통해 현종의 부름을 받은 선동仙童 나공원은 하루는 현종이

도술을 보여줄 것을 요구하고 무 혜비武惠妃가 신임하는 고승 금강삼장
金剛三藏이 '은합銀盒에 든 가사袈裟를 빼앗아보라'며 겨루기를 제안하
자 겹겹의 밀봉과 자물통을 따고 가사를 빼앗는 데에 성공한다. 그러자
현종은 자신에게 은신술을 가르쳐줄 것을 요구하고, 몇 번이나 거절하
던 공원은 결국 그에게 엉터리 은신술을 전수한다. 현종은 공원이 건성
으로 전수한 것을 눈치 채고 그의 목을 베게 한다. 열흘 후 현종의 명령
을 받아 사천 땅에 사자로 간 내시는 귀환하는 길에 공원과 마주치고,
공원은 약을 한 봉지 맡기면서 현종에게 '촉 땅의 당귀[蜀當歸]'라고 고
하게 이른다. 나중에 안록산安祿山의 난이 일어나 촉 땅으로 피신한 현
종 앞에 나타난 공원은 성도成都까지 현종을 안전하게 호송한 후 모습
을 감추고, 현종은 그제야 '촉 땅 당귀'의 참뜻을 깨닫는다.

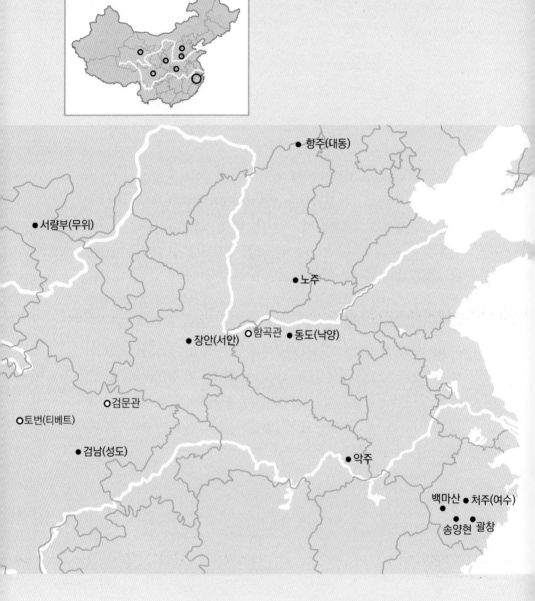

항주(대동)

서량부(무위)

노주

장안(서안) ○함곡관 ●동도(낙양)

○검문관

○토번(티베트)

검남(성도)

악주

백마산 ●처주(여수)

송양현 괄창

이런 시가 있습니다.[1]

연[2] 땅 저자에서는 사람들 다 떠났는데,   燕市人皆去,
함곡관의 말은 돌아오지 않누나.   函關馬不歸。
만약 산 아래 귀신을 만난다면,   若逢山下鬼,
고리 위에 비단옷을 매었을 것이다.   環上繫羅衣。

이 시는 바로 당唐나라 현종玄宗[3] 황제 시절에 이하주李遐周라는

---

1) *본권의 앞 이야기는 송대 이방 등이 엮은 《태평광기太平廣記》 권31의 〈이하주李遐周〉에서 소재를 취했다.

2) 연燕: 중국 고대의 지역 이름. 북경을 중심으로 한 지금의 하북성 북부 지역에 해당한다. 주周나라 무왕武王 희발姬發이 은殷나라 주왕紂王을 무찌르고 천하를 얻은 후 자신의 일족인 희석姬奭을 이곳에 책봉하면서 나라 이름을 '연'으로 일컬었으며, 그 후로 지금까지도 북경 지역에 대한 약칭으로 계속 사용되고 있다.

3) 현종玄宗: 당나라 제6대 황제 이융기李隆基(685~762)를 말한다. 예종睿宗 이단李旦의 셋째 아들로, 712년부터 756년까지 재위하여 당나라에서 재위 기간이 가장 길며 중국을 대표하는 4대 미인 중 하나인 양귀비楊貴妃와의 사랑으로도 유명한 황제이다. 역사적으로 당나라 황제들은 도교의 시조인 노자老子가 이 씨라는 전설에 주목하여 자신들을 노자의 후예로 일컬으면서 도교를 숭상했다. 그중에서도 현종은 도교 신앙이 독실하여 교세의 확장

도인이 지은 것입니다. 그 이하주라는 이는 도술을 부리는 사람이었습니다. 개원開元4) 연간에 현종의 부름으로 입궐했다가 나중에 궁을 나와 현도관玄都觀에서 기거하게 되지요. 천보天寶5) 연간 말기에 안록산安祿山6)의 발호로 온 나라 사람들이 다 걱정을 했건만 유독 현종

당 현종 이융기 초상.《삼재도회》

에 큰 영향을 주었다. 즉, ① 개원開元 9년(721)에는 당시의 유명한 도교 종사이던 사마승정司馬承禎(647~735)을 도읍이던 장안으로 불러 도교 의식을 거행하고 도사 자격을 부여받았다. ② 개원 19년(731)에 5대 명산[五岳]에 노자를 모시는 노군묘老君廟를 세웠다. ③ 개원 21년(733)에는 노자의 《도덕경》에 직접 주석을 붙이고 집집마다 한 권씩 소장하게 하는 한편 《도덕경》으로 과거를 실시하여 인재를 발탁했다. ④ 개원 25년(737)에는 도사와 여관女冠들을 종정시宗正寺에 예속시키고 도사를 황족과 동등하게 예우했다. ⑤ 개원 29년(741)에는 장안과 낙양 두 도읍 및 각 주에 숭현학崇玄學을 두고 학생들이 《도덕경》·《장자莊子》·《열자列子》·《문자文子》 등 도교 경전을 익히도록 유도했다. ⑥ 천보天寶 원년(742)에는 장자를 남화진인南華眞人, 문자를 통현진인通玄眞人, 열자를 충허진인沖虛眞人, 경상자庚桑子를 통허진인洞虛眞人으로 각각 봉하고 이들의 경전을 모두 '진경眞經'으로 개칭했다. ⑦ 천보 8년(749)에는 자신들의 시조로 믿어지던 노자에게 '성조대도현원황제聖祖大道玄元皇帝', 얼마 후에는 '대성조고상대도금궐현원천황대제大聖祖高上大道金闕玄元天皇大帝'라는 존호를 추증했다. ⑧양 귀비 역시 현종이 정식으로 귀비로 책봉하기 직전에 한동안 도교의 여도사로 지내면서 '태진太眞'이라는 도호道號로 불린 바 있다.

4) 개원開元: 당나라 현종이 713년부터 741년까지 29년 동안 사용한 연호. 뒤에 나오는 개원 23년은 서기로는 735년에 해당한다.
5) 천보天寶: 당나라 현종이 742년부터 756년까지 15년 동안 사용한 두 번째 연호.

만 깨닫지 못한 채 그에 대한 총애와 신뢰가 오히려 날로 깊어만 갔습니다. 하루는 이하주가 자취를 감추었는데 어디로 갔는지 알 길이 없지 뭡니까. 그래서 그가 기거하던 방의 벽을 보니 위와 같은 시가 쓰여 있었습니다. 당시 사람들 중에는 저 시의 뜻을 이해하는 이가 없었습니다. 그런데 안록산이 반란을 일으키고 현종이 촉蜀7) 땅으로 피난을 가고, 거기다 육군六軍8)이 반란을 일으켜 양귀비楊貴妃9)가 목을

---

6) 안록산(安祿山, 703?~757): 당나라 영주營州 유성柳城 출신의 돌궐突厥계 군벌. 본래는 성이 강康 씨였는데, 생모가 돌궐족 장수 안연언安延偃에게 재가하면서 안 씨가 되었다. 6개국의 말에 능통할 정도로 머리가 좋아서 당시 유주幽州의 절도사節度使이던 장수규張守珪에게 발탁되고 곧 양자가 되었다. 그 후 여러 차례의 싸움에서 전공을 세우면서 현종과 양 귀비의 총애를 받아 평로平盧·범양范陽·하동河東 세 지역의 절도사를 겸할 정도로 권세가 대단했다. 그러나 양 귀비의 사촌 오라비로 당시 재상이던 양국충楊國忠(?~756)과 정치적으로 반목하면서 천보 14년(755) 범양에서 반란을 일으켜 낙양洛陽과 장안長安을 차례로 함락했고, 다음 해에는 국호를 '대연大燕'으로 일컫고 '웅무황제雄武皇帝'를 자칭하면서 당나라를 혼란과 파괴의 도가니로 몰아넣었다. 그러나 다음 해에 애첩의 아들을 편애하는 바람에 둘째 아들 안경서安慶緒에게 살해당했다.
7) 촉蜀: 중국 고대의 지역 이름. 지금의 사천四川 지역에 해당한다.
8) 육군六軍: 중국 고대에 황제의 지휘를 받았던 근위대를 통틀어 일컫던 이름. 즉, 좌·우 우림군羽林軍, 좌·우 용무군龍武軍, 좌·우 신무군神武軍을 말하며 이를 '금군禁軍'이라고 부르기도 한다.
9) 양귀비楊貴妃(719~756): 당대의 미인. 아명이 옥환玉環으로, 포주蒲州 영락永樂 사람이다. 원래는 현종의 아들인 수왕壽王의 왕비로 간택되었지만 재색을 겸비한 그녀에게 반한 현종이 천보 4년(745)에 자신의 귀비貴妃로 책봉했다. 가무와 음률에 능한 그녀는 현종의 마음을 사로잡았을 뿐만 아니라, 그로 인하여 양국충 등 그의 일족이 부귀영화를 누리며 국정에 간여하기까지 했다. 천보 14년에 안록산의 난이 일어나자 현종과 함께 장안을 떠나 피신하다가 섬서성陝西省 서쪽의 마외파에 이르러 병변을 일으킨 병사들에게 피살당해 마외파에 묻혔다. 그 후로 역대의 수많은 문학가들이 그녀

매어 죽고 나서야 그 영험함이 드러났지요.

후세 사람들도 그제야 저 시를 해석할 수 있었답니다. "연 땅 저자에서는 사람들 다 떠났는데燕市人皆去"란 안록산이 연燕·계薊10) 일대의 주민들을 모조리 자기 병력으로 끌어간 일을 가리킵니다. "함곡관의 말은 돌아오지 않누나函關馬不歸"란 대장大將이던 가서哥舒11)가 동관潼關12)에서 크게 패하는 바람에 말 한 필조차 돌아오지 못한 일을 가리키지요. "만약 산 아래 귀신을 만난다면若逢山下鬼"에서 '산 아래 귀신[山下鬼]'은 '외嵬'자, 촉 땅의 마외역馬嵬驛을 가리킵니다. "고리 위에 비단옷을 매었을 것이다環上繫羅衣"란 양귀비의 이름이 옥환玉環인데 마외역에 피신했다가 고력사高力士13)가 비단 수건으로 그녀로

....

와 현종의 사랑을 소재로 한 작품을 지었는데, 그중에서도 백거이白居易의 《장한가長恨歌》가 특히 유명하다.

10) 계薊: 중국 고대의 지역 이름. 시대에 따라 편차가 있으나 대체로 지금의 북경 및 그 북동부 천진天津 일대에 해당한다.

11) 가서哥舒(?~757): 당대의 명장. 돌궐족 출신으로, '가서한哥舒翰'이라는 이름으로 불리기도 했다. 현종이 황제로 재위할 때 농우隴右·하서河西 등지의 절도사節度使를 지냈다. 안록산이 반란을 일으키자 병마 부원수兵馬副元帥로 출정해 동관潼關을 지키다 사로잡혀 죽임을 당했다.

12) 동관潼關: 중국 고대의 지역 이름. 섬서성 위남시渭南市 동관현潼關縣 북쪽이다. 북쪽으로는 황하黃河와 맞닿아 있고, 남쪽으로는 산 위에 자리 잡고 있어서 '관중關中의 동쪽 대문'이라고 할 정도로 역사적으로 대단히 중요한 군사 요충지로 간주되었다.

13) 고력사高力士(684~762): 당대의 환관. 본명은 풍원일馮元一로, 광동廣東 반주潘州 사람이다. 어린 나이에 입궁한 후 고구려 유민 출신 환관 고연복高延福의 양자로 입적되면서 고력사로 개명했다. 처음에는 무측천武則天의 총애를 받았으며 현종이 즉위한 후 태평공주太平公主의 반란을 진압하는 데 공을 세우면서 그의 측근으로 표기대장군驃騎大將軍·개부의동삼사開府儀同三司로 중용되고 급기야 제국공齊國公에 봉해지기까지 했다. 현종에

하여금 목을 매게 한 일을 가리키는 것입니다.

도가道家에서 이처럼 특정한 일을 사전에 예언할 수 있었던 것도 어쩌면 현종이 '공승 진인孔升眞人'의 환생이었기 때문인가 봅니다. 그래서 그런지 극진한 정성으로 도교를 섬겨서 한때는 도술을 부리는 장과張果14) · 엽법선葉法善15) · 나공원羅公遠16) 등의 신선과 기인들이 모두 몰려들어 모임을 갖곤 했습니다. 궁궐을 드나드는 이들이 저마다 신통력을 뽐내는 일이 한두 번이 아니었지요. 거기에 비하면 이하주 같은 이는 그저 점술 같은 하찮은 술법이나 부리는 도인이었음은 두말할 나위도 없습니다.

계속 이야기를 들려드리겠습니다.17) 장과는 제요帝堯18) 시절 시중

대한 충성심이 각별했으며 나중에 현종이 죽었다는 소식을 듣자 피를 토하고 죽었다고 한다.

14) 장과張果: 당대의 유명한 도사. 민간 전설에서 '여덟 신선' 즉 팔선八仙의 한 사람으로 일컬어지는 장과로張果老를 말한다. 무측천 때에 황명에 따라 장안으로 초빙되어 형주邢州의 오봉산五峰山을 하사받는가 하면, 현종 때에는 은청 광록대부銀靑光禄大夫에 제수되고 '통현선생通玄先生'이라는 도호를 하사받았다. 나중에는 연로하여 병이 많아졌다는 핑계로 중조산中條山에 은둔했다고 한다.

15) 엽법선葉法仙(616~720): 당대의 도사. 자는 도원道遠으로, 괄창括蒼 즉 지금의 절강성 여수麗水 사람이다. 현종이 재위할 때 '월국공越國公'에 봉해진 후 '천사天師'로 추앙되었다.

16) 나공원羅公遠: 당대의 도사. '나사원羅思遠'으로 불리기도 했으며, 팽주彭州 구롱산九隴山, 즉 지금의 사천성 팽현彭縣 사람이다. 양생養生에 전념하여 현종에게 양생술을 가르쳤다고 한다. 청성靑城 · 나천羅川 일대를 왕래하며 장과 · 엽법선과 나란히 명성을 떨쳤다고 한다.

17) * 여기서부터 시작되는 본권의 몸 이야기는 이방 등의 《태평광기太平廣記》 권22의 〈나공원羅公遠〉, 권26의 〈엽법선葉法善〉, 권72의 〈엽정능葉靜能〉, 권

侍中[19]들 중 한 명이었지요.[20] 태식胎息[21]의 도를 깨우쳐서 며칠을 먹지 않아도 괜찮았는데 나이는 몇이나 되는지조차 알 수가 없었습니다. 당나라 현종 때에 이르러 항주恒州[22] 땅 중조산中條山에 은둔하고 있었는데 드나들 때마다 흰 나귀를 탔고 하루에 수만 리를 다녔다고 합니다.

77의 〈엽법선〉, 권285의 〈엽법선〉, 권30의 〈장과張果〉 등에서 소재를 취했다. 당 명황唐明皇이 밤에 월궁月宮을 노닌 대목은 무명씨가 엮은 전기 희곡 《용봉전龍鳳錢》에 영향을 준 것으로 보인다.

18) 제요帝堯: 중국 전설 속의 성군 '오제五帝'의 한 사람. 제곡帝嚳의 아들로, 성은 이기伊祁, 이름은 방훈放勳이며, '요堯'는 시호이다. 때로는 '당요唐堯 · 도당씨陶唐氏'로 불리기도 했다. 《사기史記》 등의 기록에 의하면, 희화羲和 등에게 명해 역법을 정하고, 효행으로 명성이 높았던 순을 중용했으며, 나중에는 왕위를 아들을 제치고 순에게 양보하여 유가에서 성인의 치세로 칭송되는 이른바 '요 · 순의 치세堯舜之治'를 이끌어내기도 했다.

19) 시중侍中: 중국 고대의 관직 이름. 진 · 한대에 천자를 시종한 하급 관리로, 한나라 무제[漢武帝] 이후로는 시랑侍郎보다 서열이 높아졌다. 남북조시대 이후로는 문하성門下省의 대신大臣으로서, 상서성尙書省의 상서령尙書令, 중서성中書省의 중서령中書令과 함께 국정을 주재했다.

20) 【즉공관 미비】張果見。장과가 등장하는군.

21) 태식胎息: 도교 수행법의 일종. 태아가 태내에 있을 때처럼 코와 입을 사용하지 않고 호흡하는 것을 말한다. 원래 거북이 숨 쉬는 것을 모방하던 것이 한대에 이르러 '태식'이 되었다. 동진東晉의 도교 학자 갈홍葛洪(284~364)이 《포박자抱朴子》에서 기술한 바에 따르면, 사람이 선인仙人이 되려면 호흡법 · 방중술 · 복약법을 익혀야 하는데, 이 중에서 호흡법에는 질병 치료와 수명 연장 등의 효용이 있다고 한다. 《후한서後漢書》에 따르면 도사 왕진王眞은 태식에 통달하여 불로장생했다고 한다.

22) 항주恒州: 중국 고대의 지역 이름. 지금의 산서성山西省 대동시大同市에 해당한다. 북위北魏 태화太和 18년(494), 효문제孝文帝가 도읍을 평성平城에서 낙양洛陽으로 옮기면서 옛 도읍이던 평성의 사주司州를 '항주恒州'로 개명했다고 한다.

거처에 도착해 발걸음을 멈추면 즉시 나귀를 종이같이 접어서 보관했는데 그 두께가 종이 한 장 정도밖에 되지 않아서 갓 상자 속에 넣어두곤 했답니다. 혹시라도 나귀를 타야 할 때에는 접은 나귀에 물을 뿜으면 바로 나귀로 변했다는군요. 요새 사람들이 '여덟 신선[八仙]'[23] 이야기를 하면서 '장과로張果老가 나귀를 탄다'고 하는 것은 바로 이 일을 두고 하는 말이랍니다.

나귀를 거꾸로 탄 장과로

개원 23년, 현종은 그의 명성을 듣고 통사 사인通事舍人[24]으로 성이 배裵, 이름이 오晤인 자를 보내서 '역마로 항주까지 달려가 장과를

---

23) 여덟 신선[八仙]: 중국 고대의 민간 전설에 등장하는 여덟 명의 신선. 도교가 성행한 한대에서 당대, 송대까지만 해도 여덟 신선 즉 팔선八仙의 구성원은 고정된 것이 아니어서 수시로 변동이 있었다. 화헌거사華軒居士의 고증에 따르면, 북송北宋 중기에 철괴리鐵拐李가 석순산石筍山에 선인들을 초대해 모임을 가진 후에 팔선이 정해졌다고 한다. 그러나 명대의 오원태吳元泰가 지은 소설《동유기東遊記》에 이르러 그 구성원이 최종적으로 '철괴리'로 불린 이철괴李鐵拐, '한종리漢鍾離'로 불린 종리권鍾離權, '장과로張果老'로 불린 장과張果, '여동빈呂洞賓'으로 불린 여암呂嵒, '하선고何仙姑'로 불린 하경何瓊, '남채화藍采和'로 불린 허견許堅, '조국구曹國舅'로 불린 조경휴曹景休, 그리고 한상자韓湘子로 확정되었다고 한다. 중국에서는 모르는 사람이 없을 정도로 소설·연극·회화·조각·건축·공예 등 다방면에서 보편적인 아이콘으로 각인되어 있다.

24) 통사 사인通事舍人: 중국 고대의 관직 이름. 동진 시기에 처음으로 설치되었으며, 주로 황제의 조서·칙명을 출납하거나 상소를 올리는 등의 일을 관장했다.

영접하라'고 일렀습니다. 중조산 속에 이른 배오는 장과가 이가 빠지고 머리가 다 센 데다가 몸조차 제대로 가누지 못하는 늙은이인 것을 보고 거부감이 좀 들었던지 오만하게 행동했지요. 벌써 눈치를 챈 장과는 배오와 인사를 나누자마자 갑자기 발을 헛디뎌 고꾸라지더니 쉬는 숨만 있고 마시는 숨이 없지 뭡니까. 숨이 끊어져버린 거지요.25) 배오가 그 광경을 보고 황급히

"도사께서 이렇게 돌아가시면 어명을 받잡고 온 제가 어떻게 보고를 올리겠습니까!"

중조산의 위치. 서쪽에 동관, 동쪽에 함곡관이 보인다.

하다 보니 문득 이런 생각이 드는 것이었습니다.

'신선은 늘 사람을 시험한다던데, … 어쩌면 실제로는 죽지 않았을지도 모른다. (…) 내게 좋은 방법이 있지."

---

25) 【즉공관 미비】神仙戲人如此。신선이 이런 식으로 사람을 희롱하는군.

그는 향로에 향을 피우고 시신 앞에 꿇어앉아 정성껏 암송을 하면서 천자天子가 특별히 자신을 보내 도사를 모셔 오라고 한 경위를 한바탕 늘어놓았습니다.26) 그런데 가만 보니 장과가 차츰 의식을 되찾는 것이 아닙니까. 혼쭐이 난 배오는 뭔가 이상하다고 여겼습니다. 그러나 더는 다그칠 엄두를 내지 못하고 밤새 역마를 달린 끝에 천자에게 앞서의 일을 고했지요.

더욱 기이하게 여긴 현종은 배오가 일을 그르친 것을 알고 따로 중서 사인中書舍人27) 서교徐嶠에게 어명을 내려 옥새가 찍힌 조서와 안거安車28)를 준비해 가서 영접하도록 일렀지요. 그 서교라는 이가 조심스럽고 신중하게 처신하자 장과는 그길로 그를 따라 낙양29)으로 왔습니다. 그리고 집현원集賢院30)에 여장을 푼 다음 가마를 타고 대

---

26) 【즉공관 미비】裴晤也通得。배오도 통달한 건가.
27) 중서 사인中書舍人: 중국 고대의 관직 이름. 중서성中書省의 수장으로, 서진西晉 시기 초기에 처음으로 설치되었다. 그 명칭이나 직무에는 시대별로 변동이 있었으나 주로 황제의 조서·어명을 출납하거나 관리들의 상소, 장계 등을 황제에게 전달하는 일을 관장했다. 당대에는 더 나아가 군사기무에 참여하거나 정무를 결정하기도 했다.
28) 안거安車: 중국 고대에 연로한 관리, 귀부인이 타던 소형 마차. 앉아서 탈 수 있도록 만들었다고 하여 '안거'라고 불렀다. 주로 은퇴한 고위 관리를 낙향시키거나 새로 등용한 어진 선비를 맞이할 때 사용했다. 안거를 끄는 데에는 말 한 필을 사용하는 것이 보통이었지만 당사자를 예우할 때에는 네 필을 사용하기도 했다고 한다.
29) 낙양[東都]: 동도東都는 '동쪽 도읍'이라는 뜻으로, 당대에는 지금의 하남성 낙양洛陽을 가리키는 말로 사용되었다. 당나라의 공식적인 도읍은 장안長安, 즉 지금의 서안西安이었으며, 낙양은 그 동쪽에 자리 잡고 있었기 때문에 장안을 기준으로 하여 '동도'로 부른 것이다.
30) 집현원集賢院: 중국 고대의 관청 이름. 중요한 전적들을 수장한 기관으로, 집현서원集賢書院·집현전서원集賢殿書院 등으로 불리기도 했다. 당나라

궐에 들어가 현종을 알현했답니다. 현종이 장과를 보니 호호백발 노인이길래 물었습니다.

명대의 안거 모습.《삼재도회》

"선생은 도를 터득했다던데 … 어째서 이와 머리가 그렇게 상하셨소?"

"노쇠할 때까지도 도를 익히지 못한 탓에 이 같은 몰골을 보이게 되었군요. 부끄럽습니다, 부끄러워! 오늘 폐하께서 하문까지 하시니 … 차라리 이와 머리를 몽땅 없애는 편이 낫겠습니다!"

장과는 그 말을 하고나서 황제 앞에서 자기 수염과 머리칼을 남김없이 몽땅 다 뽑아버리는 것이 아닙니까! 그러고는 주먹을 쥐고 입속을 향해 주먹질까지 마구 하는 것이었지요. 그 바람에 몇 개 남지도

개원 13년(725) 황제의 명령에 따라 여정전麗正殿을 '집현원'으로 개명하고, 학사學士·직학사直學士·시강학사侍講學士 등 열여덟 명을 두어 도서를 편찬하거나 시독侍讀하는 직무를 관장하게 했다.

않은 듬성듬성한 이까지 차례로 부러져서 온 입이 피투성이가 됐지 뭡니까. 현종이 깜짝 놀라서

"선생, 어째서 이러시는 게요? 일단 나가서 좀 쉬도록 하시오!"

하니 장과도 그제야 그 자리를 나가는 것이었습니다.

'그 영감 참 괴이하다!'

이렇게 생각한 현종은 바로 명령을 내려 장과를 불러들이게 했습니다. 그러고 나서 가만 보니 장과가 뒤뚱거리면서 걸어오는 것이었습니다. 그런데 얼굴 모습은 아까 그대로인데 온 머리가 새치 하나 없는 검은 머리칼이요, 수염은 수염대로 옻칠이라도 한 것 같고 입속에도 눈처럼 흰 이가 다 나 있는 것이 아닙니까. 젊은이보다도 더 풍채가 좋다고 할까요? 현종은 아주 기뻐하면서 그를 내전內殿에 붙들어놓고 술을 내렸습니다. 그러자 몇 잔을 마신 장과가 사양하면서 말하는 것이었지요.

"신은 주량이 적어서 두 되 이상은 마시지 못합니다만 … 제자 중 한 녀석이 한 말을 마실 수 있사옵니다."

현종은 그 제자를 불러들이도록 일렀지요. 그런데 장과가 혼잣말로 뭐라고 했는지, 가만 보니 웬 젊은 도사가 대궐 처마 위에서 날아서 내려오지 뭡니까. 나이는 열대여섯 살 정도에 생김새도 준수했지요. 젊은 도사는 앞으로 나와 머리를 조아리고 예를 올리더니 장과 앞으로 걸어가서 큰절을 하는데 말씨도 시원시원하고 예의도 깍듯했지요.

현종이 앉으라고 명령했지만 장과는

"아니 됩니다! 이 녀석은 서 있게 해야 합니다."

하고 말하는 것이었습니다. 젊은 도사는 스승의 지시에 따라 절을 하고 한쪽으로 가서 섰습니다. 현종이 볼수록 기분이 좋아져서 그에게 술을 따라주도록 일렀더니 아, 글쎄 술을 주면 주는 족족 다 비우지 뭡니까. 한 말은 충분히 마셨는데도 그 제자는 전혀 사양하는 기색조차 없었습니다. 그러자 장과는 몸을 일으키더니 제자 대신 사양하면서 말했습니다.

당삼채로 만들어진 뿔잔

"더는 내리지 마십시오. 더 마시면 아니 됩니다. 도를 넘으면 분명히 실수를 범할 것이고 그리하면 폐하께 비웃음을 사게 될 테니까요."

"인사불성이 되면 또 어떻소. 경에게 죄를 묻지 않으리다."

현종은 몸을 일으키더니 뿔 모양의 옥잔을 들고 술을 가득 따른 다음 그의 입가까지 들이밀면서 마시라고 보채는 것이었습니다. 그런데 젊은 도사가 한 모금을 넘기는 찰나였습니다. 가만 보니 술이 정수리로 솟구치면서 젊은 도사가 쓴 관이 비뚤어지더니 바닥으로 떨어졌습니다. 젊은 도사는 관을 주우러 가다가 걸음이 휘청하면서 몸까지 그대로 고꾸라지는 것이 아닙니까. 현종과 그 곁에서 시중을 들던 후궁이며 궁녀들까지 다 함께 웃기 시작했습니다. 그러면서 자세히 보니 젊은 도사는 보이지 않고 웬 금으로 된 술동이만 하나 바닥에 놓여 있고, 그 속에는 술이 가득했습니다. 그 술동이를 찬찬히 뜯어보니 집현원의 물건으로, 딱 한 말만 담을 수 있는 술동이이지 뭡니까. 현종은 무척 신기하게 여겼지요.

다음 날은 낙양洛陽 밖으로 사냥을 나가기로 한 날이었습니다. 현종은 같이 보러 가자며 장과를 초대했답니다. 현장에서 사람들은 짐승을 에워싸고 앞으로 말을 몰아 큰 뿔이 달린 사슴을 한 마리 사로잡았습니다. 그것을 주방으로 가져가 삶아서 요리를 하게 일렀더니 장과가 그 광경을 보고 말하는 것이었습니다.

"죽이면 안 됩니다! (…) 이 사슴은 신령스러운 사슴으로 천 살이 넘었습니다. 옛날 한漢나라 무제武帝께서 원수元狩[31] 오년에 상림上林[32]에서 사냥하실 때 신이 곁에서 시종으로 수행하다가 이 사슴을 생포했었지요. 나중에 차마 살생을 할 수 없어서 놓아주었답니다."

"많고도 많은 것이 사슴이요. 그 사슴이 이 사슴인지 어찌 안다는

---

31) 원수元狩: 한나라 무제가 기원전 122년부터 기원전 117년까지 6년 동안 사용한 연호. "원수 5년"은 기원전 118년에 해당한다.

32) 상림上林: 한대의 어용 정원인 '상림원上林苑'의 약칭. 전한의 무제가 건원建元 3년(BC138) 진秦나라 황제의 옛 어용 정원을 보수·확장한 것이다. 당시 도읍이던 장안을 위시하여 그 주위의 함양咸陽·주지周至·호현戶縣·남전藍田 등, 다섯 지역 사방 300리에 이르고 그 안을 흐르는 하천이 여덟 개나 될 정도로 규모가 컸다고 한다.

것이오?33) 게다가 때가 지나고 시대가 바뀌었거늘 그때 그 사슴이 사냥꾼들에게 잡히지 않고 지금까지 살아남았다고 어찌 장담한단 말인가!"

현종이 웃으면서 이렇게 말하자 장과가 말하는 것이었지요.

"무제께서 사슴을 놓아주시면서 구리 패찰을 왼쪽 뿔 아래에 박아 표시를 하셨답니다. (…) 그 패찰이 있는지 확인을 한번 해보시지요?"

현종이 사람을 시켜 확인하게 했더니 정말 왼쪽 뿔 아래쪽에 구리 패찰이 있지 뭡니까. 크기는 두 치에, 작은 글씨가 두 줄 적혀 있는데 이미 흐릿해져서 읽을 수가 없었습니다. 현종은 그제서야 그 말을 믿고서 물었지요.

"원수 5년이라면 언제 적인가? (…) 지금까지 몇 해나 지난 게요?"

"원수 5년은 계해년癸亥年입니다. 한나라 무제께서 곤명지昆明池34)를 파기 시작한 해이지요. (…) 지금은 갑술년甲戌年이니 팔백 쉰두 해가 지난 셈입니다."

하고 장과가 대답하자 현종이 태사관太史官35)을 시켜 역법을 따져

---

33) 【즉공관 미비】駁得也是。 일리 있는 반박이로군.
34) 곤명지昆明池: 한나라 무제 때 장안 서남쪽에 있었다는 호수의 이름. 수전水戰을 연습했던 곳으로 둘레가 40리, 넓이는 332경頃이었는데 송대에 이르러 메워졌다고 한다.
35) 태사관太史官: 중국 고대의 벼슬인 '태사太史'를 말한다. 서주西周, 춘추시대에 처음으로 설치되어 조정의 공문이나 제후諸侯·경대부卿大夫들에게

가면서 추산해보게 했지요. 그랬더니 정말 하루도 오차가 없지 뭡니까. 그렇게 해서 사람들은 장과가 천 살이 넘은 것을 알게 됐답니다. 그러자 신하들 중에 탄복하지 않는 이가 없었습니다.

하루는 비서감秘書監36) 왕회질王回質과 태상 소경太常少卿37) 소화蕭華가 함께 집현원을 예방했습니다. 장과는 두 사람을 맞이해 자리에 앉혔습니다. 그러고는 별안간 두 사람을 보고 웃으면서 말하는 것이었습니다.

"사람이 살다 보면 아내를 맞이하기 마련이올시다. 허나 그 아내가 공주이니 정말 두렵구려!"

두 사람은 장과가 밑도 끝도 없는 소리를 하는 것을 보고 서로 마주보면서 어리둥절해하는 것이었습니다. 그렇게 이야기를 나누고 있는데 가만 보니 바깥에서 누가 외쳤습니다.

내리는 명령을 다듬거나, 역사를 기록하고 사서를 편찬하거나, 국가전적, 천문역법, 제사 등을 관리하기도 했다. 그 후로 진·한대에는 태사령太史令, 수대에는 태사감太史監, 당·송대에는 태사국太史局, 원대에는 태사원太史院으로 그 명칭과 업무에 조금씩 변동이 있었다.

36) 비서감秘書監: 중국 고대의 관직 이름. 비서성秘書省의 수장으로, 황실의 귀중 도서를 관장하는 일을 수행했다. 후한대 연희延熹 2년(159)에 처음으로 설치되었고 태상시에 속해 있었다. 당대에는 난대 태사蘭臺太史, 비서감, 인대감麟臺監, 비서감으로 명칭이 바뀌며 존속했다.

37) 태상 소경太常少卿: 중국 고대의 관직 이름. 고대에 태상시太常寺는 제사와 예악을 관장하는 기관이었다. 진대秦代에 '봉상奉常'을 두고 한대에 이를 '태상太常'으로 개칭했다. 명대의 경우에는 주원장朱元璋이 오吳 원년(1367)에 태상사太常司를 설치했다가 홍무洪武 30년(1397) 다시 태상시로 개칭하고 경卿·소경少卿·시승寺丞 등의 관리를 두었다.

당 명황이 도교를 좋아해 기인들을 모으다.

"어명을 받드시오!"

그러자 장과가 사람들에게 서둘러 향탁香桌을 갖다놓고 대기하도록 이르는 것이었지요.

사실 현종에게는 '옥진공주玉眞公主'라고 하는 공주가 있었습니다. 어려서부터 도교를 독실하게 믿으면서 그때까지도 '하강下降38)'을 하지 않고 있었지요. 참고 말씀을 드리자면 일반적으로 혼인하는 것을 두고 민간에서 '가嫁(시집가다)'라고 하는 것을 황실에서는 '강降'이라고 하고, 민간에서 '취娶(장가들다)'라고 하는 것을 황실에서는 '상尙'이라고 했답니다.

현종이 장과를 보니 영락없이 인간 세상에 나타난 진짜 도사였습니다. 거기다가 공주까지 도교를 독실하게 믿는 것을 보고 공주를 장과에게 하강시키려 했지요. 장과가 공주를 맞아들이면 신선과 일가친척이 되는 격이고, 공주가 그의 도술을 배우면 두 내외가 나란히 신선이 될 수 있다고 판단한 것이지요. 이렇게 판단이 서자 바로 조서를 내린 것입니다. 그래서 중사中使39)가 조서를 가지고 집현원 장과의 거처로 와서 낭독을 했습니다. 그러자 장과는 껄껄 웃기만 할 뿐 황제의 은혜에 감사하다는 인사조차 하지 않는 것이 아닙니까.40) 중사는 그 곁에

---

38) 하강下降: 중국 고대에 황제의 딸인 공주가 신하의 아들에게 출가할 경우 황실의 격을 높이고 신하의 격을 낮추어 '하下-'를 붙여 불렀다. 보통은 이런 경우를 '하가下嫁'라고 하지만 당대에는 '하강'으로 썼다고 한다.

39) 중사中使: 중국 고대에 궁중에서 파견하던 사자. 주로 환관이 맡았기 때문에 환관의 별칭으로 사용되기도 하였다.

40) 【즉공관 미비】原可笑。솔직히 가소로운 걸 어쩌라고.

왕회질과 소화가 있는 것을 발견하고 황제가 공주를 장과에게 하강시키려 한다는 의사를 전하고 둘이 거들어줄 것을 요구했습니다. 둘은 그제야 장과가 한 말의 뜻을 깨닫고 말했지요.

"신선께서는 진작부터 아시고 이 자리에서 벌써 이야기를 하십디다."

그리고 중사와 두 사람이 한참 설득을 했지만 장과는 웃기만 할 뿐이었습니다. 성사되기는 글렀다고 여긴 중사는 도로 가서 황제에게 그대로 고할 수밖에 없었지요. 현종은 장과가 자신이 제안한 혼사를 받아들이지 않은 것을 알고 내심 언짢게 여기고 고력사와 상의했습니다.

"천오두41) 즙은 독성이 매우 강해서 마시면 즉사한다고 들었다. 그자가 진짜 신선이 아니라면 분명히 마실 엄두조차 내지 못할 테지. 어쨌거나 그 영감을 좀 시험해봐야겠구나!"

천오두의 모습. 《삼재도회》

이때는 마침 하늘에서 큰 눈이 내려 평소보다 유난히 추웠습니다. 현종은 장과를 궁궐로 불러 천오두 즙을 술에 타고

---

41) 천오두[菫]: 식물성 약재 이름. 근菫이라는 이름 외에도 단장초斷腸草·초오草烏·부자화附子花·해독奚毒·천오두川烏頭 등으로 부르기도 한다. 뿌리를 사용하는데 독성이 강해 주로 사람의 생명을 앗는 사약으로 사용했으나 때로는 중병이 든 환자에게 사용해 의식을 되찾게 하기도 했다.

나인을 시켜 그것을 가득 따라 데우게 한 다음 장과에게 건네 몸을 녹이게 했습니다. 장과는 술잔을 들자마자 바로 들이켜는 식으로 연거푸 석 잔이나 비웠습니다. 그러자 얼굴에 거나하게 취기가 도는 것이었지요. 장과는 사방을 두리번거리더니 혀를 차면서 말했습니다.

"이 술 … 맛이 영 별로군."

그는 하품을 하자마자 바로 고개를 떨구고 잠에 곯아떨어졌습니다. 현종은 아무 소리도 내지 못하고 그저 그 모습만 바라볼 뿐이었지요. 장과는 시간이 좀 지나 잠에서 깨더니

"이상하다, 이상해!"

하면서 소매 속에서 작은 거울을 꺼내 자신을 비춰보는 것이었습니다. 그런데 가만 보니 입속의 이가 죄다 타서 까맣게 변해버렸지 뭡니까. 그는 황제의 책상에 쇠로 만든 여의如意[42])가 있는 것을 발견하고 곁에 있던 사람들에게 가져오게 했습니다. 그런 다음 까매진 이를 하나씩 부러뜨리더니 그것들을 모두 허리띠 안쪽에 담는 것이었습니다. 그러고는

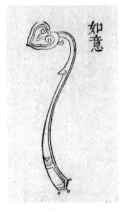

여의. 《삼재도회》

---

42) 여의如意: 중국 고대의 효자손. 산스크리트어인 석가모니의 10대 제자 중 하나인 아니루다Aniruddha, 阿那律의 이름을 의역한 이름이다. 뼈·뿔·대나무·나무·옥·돌·구리·쇠 등으로 만들어졌으며, 길이는 석 자 가량이고, 앞부분은 손가락 모양이다. 등이 가려울 때 손이 닿지 않는 곳을 긁는 데 사용하여 '바라는 대로 이루어준다'라는 뜻에서 '여의'라고 불렀다고 한다.

약 한 봉지를 꺼내서 이가 난 헐자리에 조금 바르더니 다시 고개를 숙이고 잠을 청했답니다.[43] 이번에는 아까와는 달리 편안하게 자더니 한 시진時辰[44] 남짓 지나서야 자리에서 일어났는데, 입속의 이가 대부분 다 자라났을 뿐 아니라 이전보다 훨씬 단단하고 희기까지 하지 뭡니까. 현종은 그를 더더욱 존경하고 경이롭게 생각해 '통현선생通玄先生'이라는 호를 내렸습니다. 그러나 그의 내력에 대해서는 여전히 의심을 내려놓지 않았지요.

당시 당나라에는 귀야광歸夜光이라는 사람이 있었는데 귀신을 찾아내는 데에 비상한 재주가 있었습니다. 현종이 그를 불러 장과를 보였지만 야광은 아무 낌새도 발견하지 못했지요. 그 밖에도 형화박邢和璞이라는 사람이 있었는데 점을 잘 쳤답니다. 그래서 누가 그에게 운세를 물어 보면 그는 제비를 한 번 뽑는 것만으로도 당사자의 이름은 물론 그의 운세와 수명까지 만에서 하나조차 틀리는 법이 없었습니다. 현종은 줄곧 그를 신기하게 여기던 차라 즉시 명령을 내렸지요.

"장과의 점을 좀 쳐보거라."

산가지가 든 산통

그러나 화박은 산가지가 든 산통을 가져다가 이쪽으로 뽑고 저쪽으로 뽑고 계속 뽑느라 기진맥진해져 귓불까지 다 벌게졌습니다마는 다른 것은 고사하고 장과의 나이조차 제대로 계산해

---

43) 【즉공관 미비】第二番了。두 번째로군.
44) 시진時辰: 중국 고대의 시간 단위. 하루를 열두 시진으로 나누고 열두 간지干支를 붙여 각각을 구분했는데, "한 시진"은 지금의 두 시간에 해당한다.

내지 못하는 것이었습니다.

당시에는 이 밖에 엽법선이라는 도사도 있었습니다. 역시 기이한 도술을 여러 가지 부릴 줄 아는지라[45] 현종이 몰래 장과에 대해 물었더니 법선이 말했습니다.

"장과의 내력이라면 소신만 압니다마는 … 말씀은 드릴 수가 없나이다.[46]"

"어째서인가?"

"말씀을 올리면 소신은 죽을 수밖에 없나이다. 해서 감히 고하지 못하는 것이옵니다!"

현종이 그래도 한사코 가르쳐달라고 요구하자 법선이 말했습니다.

"폐하께서 관을 벗고 맨발로 구하셔야 소신이 살아날 수 있나이다."

그래서 현종이 그러마고 승낙하니 법선도 그제야 사실대로 고하는 것이었지요.

"그자는 천지가 개벽할 때 생긴 흰 박쥐 요괴입니다."

그 말을 마치자마자 법선은 몸의 일곱 구멍으로 피를 흘리더니 생

---

45)【즉공관 미비】菓法善見。 엽법선이 등장하는군.
46)【즉공관 미비】接縫甚妙。 연결이 아주 기막히군.

사 여부조차 알 수 없고 사지도 움직이지 못하게 되어버렸지 뭡니까!
그러자 현종은 황급히 장과 앞으로 달려가서 관을 벗고 맨발로 잘못
했다고 사죄했습니다. 장과는 황제의 그런 행동에도 아랑곳하지 않고
천천히 말하는 것이었습니다.

"그 녀석은 입이 싸서 탈입니다! 녀석에게 벌을 주지 않으면 천기天機
를 그르칠까 걱정이군요."

그래서 현종이 애걸했지요.

"그건 짐의 뜻이지 법선의 죄가 아닙니다. 신선께서 용서해주시기
바랍니다!"

그제야 마음을 돌린 장과는 물을 가져오게 해서 법선에게 뿜었습니
다. 그러자 법선이 금방 되살아나는 것이었지요.

그럼 이제 계속 이야기를 들려드리지요. 엽법선은 자가 도원道元으
로, 선대부터 처주處州47)의 송양현松陽縣에 살면서 네 대에 걸쳐 도를
닦았습니다. 법선은 약관의 나이에 괄창括蒼48)·백마산白馬山49) 등지

---

47) 처주處州: 중국 고대의 지역 이름. 절강성浙江省 여수시麗水市의 옛 명칭이
    다. 수隋나라 개황開皇 9년(589) 처음 설치된 이래 지금까지 1400여 년의
    역사를 가지고 있다. 명대 홍무洪武 연간에 처주부處州府로 개칭되었다.
48) 괄창括蒼: 중국 고대의 지역 이름. 지금의 절강성 여수 일대에 해당한다.
    수나라 개황 9년(589) 송양현松陽縣을 분할해 설치한 것으로 경내에 괄창산
    括蒼山이 있어서 그 이름을 땄다고 한다.
49) 백마산白馬山: 중국의 산 이름. 지금의 절강성 수창현遂昌縣에 자리 잡고
    있다.

를 유람하고 석굴에서 세 명의 신인神人을 만난 적이 있었지요. 그들은 비단 옷에 보물로 장식된 관을 쓰고 태상노군太上老君의 밀지密旨를 전했답니다. 그때부터 법선은 괴물을 도륙하고 요괴를 소탕하면서 도처에서 사람들을 구해주었지요. 그가 상경했을 때에는 무삼사武三思50)가 권력을 휘두르고 있었습니다. 그런데 법선이 수시로 요사스러운 조짐을 살펴 중종中宗51)과 상왕相王52), 현종을 보호하는

도교에서 '태상노군'으로 신격화된 노자. 《삼재도회》

50) 무삼사武三思(649~707): 당대의 정치가. 측천무후則天武后의 조카로, 병주 幷州 문수文水 사람이다. 관직은 우위장군右衛將軍으로부터 병부兵部·예부상서禮部尙書·감수국사監修國史까지 역임했고, 측천무후가 주周나라 황제가 되자 '양왕梁王'으로 책봉되었다. 신룡神龍 3년(707), 황태자 이중준李重俊의 폐위를 모의하다가 거꾸로 이중준의 거병으로 피살되었다. 중종은 그를 태위太尉로 추서하고 '선宣'이라는 시호를 내렸으나 예종睿宗에 이르러 그 시호를 폐하고 그 무덤에서 관을 꺼내 부관참시했다고 한다.

51) 중종中宗: 당나라 제4대 황제 이현李顯(656~710)을 가리킨다. 처음에는 영왕英王으로 봉해졌으나 측천무후가 장회태자章懷太子 이현李賢을 폐하고 황태자로 삼았다. 고종의 뒤를 이어 즉위했으나, 제위에 오른 지 두 달 만에 측천무후에 의해 폐위되고 방주房州에 유배되었다. 697년 측천무후가 세력을 잃자 다시 황태자가 되었고, 705년에는 우림군羽林軍의 병변으로 제위를 회복했다. 그러나 외척 위韋 씨의 권세가 커지면서 명목상의 황제로 지내다가 나중에는 자신의 황후와 결탁한 딸 안락공주安樂公主에게 독살되었다.

52) 상왕相王: 현종의 아버지 이단李旦(662~716)을 가리킨다. 684년에 제5대 황제 예종睿宗으로 즉위했으나 모후인 측천무후의 꼭두각시에 불과했다. 측천무후가 주나라를 세운 후에는 황태자로 강등되었고 나중에 다시 상왕으

바람에 무삼사의 미움을 단단히 사서 남해南海로 도망을 치기도 했지요. 현종이 즉위하자 법선은 바다에서 흰 사슴을 타고 하룻밤 만에 도성에 도착했습니다. 현종이 재위하는 동안은 길흉이나 이상한 낌새가 있으면 법선이 어김없이 사전에 상소를 올리곤 했지요. 그러던 어느 날이었습니다. 토번吐番53)에서 사절을 보내 보물을 바쳤는데 상자가 단단히 밀봉되어 있었습니다.

"안에 기밀이 들어 있사옵니다. 폐하께서 친히 여시되 절대로 남이 알게 해서는 안 되나이다!"

사절이 이렇게 고하자 조정의 대신들은 사절이 온 진의가 무엇인지, 어떤 내막이 있는지 알지 못한 채 서로 쳐다보면서 입을 열 엄두조차 내지 못했지요. 그런데 법선만 은밀히 이렇게 아뢰는 것이었습니다.

"이것은 불길한 상자이오니 토번 사절에게 직접 열게 하십시오."

현종은 그의 당부에 따라 명령을 내렸습니다. 토번 사절은 그 명령을 받들어 영문도 모른 채 상자 뚜껑을 열다가 그 안에서 발사된 노궁

로 봉해졌다가 경운景雲 원년(710)에 다시 황제로 복위했다. 여동생 태평공주太平公主를 총애하여 공주의 정치 간여를 허용하는 바람에 황태자이던 아들 이융기와의 권력투쟁을 방조했다. 712년에 현종에게 양위하고 태상황太上皇이 되었다.

53) 토번吐番: 중국 고대에 티베트 민족이 618년부터 842년까지 티베트 고원에 세운 나라. 낭일논찬囊日論贊으로부터 낭달마朗達瑪에 이르기까지 200년 넘게 존속했다.

弩弓 화살에 맞아 죽어버렸습니다. 그
것은 토번의 계략에 따라 중화의 천자
를 해칠 요량으로 그 비밀 무기를 상
자 속에 설치한 것이었습니다. 그런데
사절조차 그 사실을 모르고 있다가 법
선이 그것을 간파해 그 계략에 넘어가
지 않는 바람에 거꾸로 토번 사절만
덫에 걸렸던 거지요.

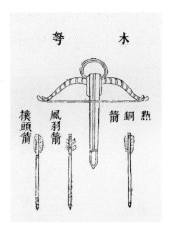

노궁과 화살들. 《삼재도회》

또, 개원 연간 초기의 정월 대보름
밤이었습니다. 현종은 상양궁上陽宮54)
에서 등불놀이를 감상하고 있었지요. 그런데 상방尙方55)의 모순심毛
順心이라는 장인이 정성을 다하고 재주를 뽐내 서른 몇 칸이나 되는
채루彩樓56)를 지었습니다. 그것은 높이가 백오십 자나 되고 금과 비
취·진주·옥으로 꾸며졌지요. 아래층에 앉아서 위층을 올려다보면 채
루가 온통 용·봉황·이무기·표범과 온갖 새와 짐승의 형상으로 만들
어진 등으로 가득 차 있었습니다. 거기에 불을 붙이니 그 용·봉황
·이무기·표범과 온갖 새와 짐승들은 저마다 맴도는 것은 맴돌고 팔
딱거리는 것은 팔딱거리고 날면서 춤을 추는 것은 날면서 춤추는 등,
온갖 정교하고 기괴한 모습을 다 연출하지 뭡니까. 그야말로 사람 솜

54) 상양궁上陽宮: 당대의 궁궐 이름. 당나라 고종高宗이 상원上元 연간에 정사
를 보기 위하여 낙양에 세웠다. 705년, 측천무후가 중종에게 양위한 후 이
곳에서 기거했으며 현종 때에도 이곳에서 정사를 보고 연회를 열었다.
55) 상방尙方: 당대의 관청 이름. 황실에 필요한 물품의 제작을 전담했다.
56) 채루彩樓: 화려한 비단으로 장식한 누각 모양의 건조물. 보통 명절이나 경
축일에 행사를 벌일 때 뜰에 세우고 구경하면서 즐겼다고 한다.

씨가 아니라 마치 신이 만들어낸 것 같았지요. 현종은 그것들을 다
보고 몹시 기뻐하면서 어명을 내렸습니다.

명대 희곡에 묘사된 채루의 모습

"같이 구경하도록 어서 존경하는 엽 존사(尊師57))를 불러라!"

현종은 한참 지나서 불려온 법선에게 아래층에서 등불놀이를 구경
하게 해주었습니다.

"근사한 등이로구나!"

---

57) 존사(尊師): 중국 고대에 도사를 높여서 부르던 이름. '존경스러운 □□□ 도
사님'이라는 의미이다.

현종이 이렇게 감탄하자 법선이 말하는 것이었습니다.

"등불이 정말로 성대하군요. (⋯) 소신이 보아하니 ⋯ 오늘 밤 서량부西涼府[58]의 등불도 이곳과 비슷할 것입니다."

"존사께서 언제 보셨다고 그러십니까?"

"방금 전까지 거기에 있다가 폐하께서 급히 부르시길래 입궐한 걸요."

그러자 현종은 그의 말을 괴이하게 여기고 일부러 물었습니다.

"짐이 지금 당장 거기에 가서 등불을 구경하고 싶은데 ⋯ 가능하겠소?"

"어렵지 않습니다."

이렇게 말한 법선은 현종에게 두 눈을 감게 하더니 당부했습니다.

"마음대로 눈을 뜨시면 안 됩니다! 뜨시면 눈을 잃으실 수도 있으니까요."

현종이 그의 말대로 따르매 법선이

---

58) 서량부西涼府: 중국 고대의 지역 이름. 지금의 중국 감숙성 중부 지역에 해당하며 치소는 무위武威였다. 원래 '서량부'는 당대 이후인 오대五代 시기의 이름이며, 당대에는 '양주涼州'로 불렸다. 즉, 그보다 수백 년 전인 당나라 현종 때에는 존재할 수 없는 것이다. 여기서는 편의상 원문 그대로 따르기로 한다. 당나라 도읍이던 장안으로부터 직선거리로 따져도 904킬로미터나 되는 먼 곳으로, 교량이나 터널이 없어서 굽이굽이 돌아가야 했던 옛날에는 편도만 해도 반 달이나 소요되었다.

"얍!"

하고 외치니 현종의 발밑으로 구름이 뭉게뭉게 피어나면서 어느 사이에 법선과 함께 허공에 떠 있는 것이 아닙니까! 얼마 지난 뒤였습니다. 발이 땅에 닿자 법선이 말하는 것이었지요.

"이제 눈을 뜨고 보셔도 됩니다."

현종이 눈을 살짝 뜨는데 가만 보니 등불들이 구불구불 몇십 리나 이어지는데 마차와 말이 늘어서고 선남선녀들로 북적거리는 것이 정말 도성과 다를 바가 없지 뭡니까. 현종은 손뼉을 치면서 그 성대함에 감탄했습니다. 그러다가 문득 생각하는 것이었지요.

'이렇게 좋은 밤에 마실 술이 없으니 유감이구나!'

그러자 법선이 말했습니다.

"폐하, 지금 지니신 물건이라도 있으신지요?"

"손에 든 이 여의뿐이구려."

하고 현종이 말하자마자 법선은 그것을 들고 술집으로 가서 술 한 주전자와 안주 몇 접시로 바꾸어 오는 것이었습니다. 그러고는 현종과 마주 앉아 다 마시고 나서 빈 그릇은 술집에 돌려주었습니다.

"돌아갑시다."

하고 현종이 말하자 법선은 다시 현종에게 눈을 감게 한 다음 공중으로 솟아오르는가 싶더니 잠시 뒤에는 어느 사이에 채루 아래의 어전이지 뭡니까. 떠날 때 시작된 노래와 음악이 채 끝나기도 전에 벌써 천 리가 넘는 길을 다녀온 것입니다. 현종은 그것이 '도가의 눈속임일 뿐이지 실제로는 서량에 다녀왔을 리가 없다'고 의심하면서도 문득 이런 생각을 했습니다.

'방금 전에 여의를 술과 바꾼 건 … 분명한 사실이 아닌가!'

그래서 다음 날 중사를 한 사람 보내 일부러 다른 핑계를 대면서 양주의 그 술집에 가서 쇠 여의의 행방을 수소문하게 했지요. 그랬더니 정말 그런 술집이 있지 뭡니까.

"정월 대보름 밤에 웬 도인이 이걸 가져와서 술과 바꾸어 갔지요."

현종은 술집 주인이 이렇게 말했다는 보고를 듣고 나서야 등불 구경을 한 것이 사실이었음을 믿게 되었답니다.

이 해 팔월 중추절 밤은 달이 은처럼 빛나며 만 리까지 비출 정도였습니다. 현종도 궁에서 달을 감상하면서 생황笙簧 음악과 노래가 어우러지는 속에서 술을 마셨습니다. 백옥으로 만든 난간에 기대어 하늘을 우러러보면서 하염없이 한참을 상념에 젖어 있었지요. 이 일을 증명하는 가사가 있습니다.

생황의 모습. 《삼재도회》

계수나무 꽃이 옥 위로 떠오르더니,   桂花浮玉,
바야흐로 달이 장안 거리59)를 두루 비추네.   正月滿天街。
밤은 물을 끼얹은 듯 서늘하고,   夜涼如洗.
바람은 수염과 눈썹 사이로 부는구나.   風泛鬚眉。
뼛속으로 파고 드는 추위는,   透骨寒,
사람이 수정궁에 있는 듯 여기게 하네.   人在水晶宮裏。
뱀과 용은 크고도 우람하며,   蛇龍偃蹇,
즐거운 궁궐은 높기도 한데.   歡闕嵯峨。
구성지게 생황과 노래 소리 들리고,   縹緲笙歌沸,
서리꽃은 땅바닥에 가득하니   霜華滿地,
오색구름 타고 날아오르고 싶구나!   欲跨彩雲飛起。
- 【뇌강월】 가락에 맞추어 짓다   - 詞寄【酹江月】

계수나무 꽃. 《삼재도회》

---

59) 장안 거리[天街]: '천가天街'는 수·당대의 수도 장안성長安城의 대로인 주작
   대가朱雀大街의 별칭. 혹자는 승천문가承天門街의 약칭이라고도 한다.

현종은 무심결에 가슴이 탁 트이는지 이렇게 말했습니다.

"저 달이 온 누리를 두루 비추면서도 이토록 찬란할 수 있다니! (…) 저 속에는 분명히 대단히 좋은 곳이 있을 것이다.60) 항아嫦娥61)가 장생불사의 명약을 훔쳐 월궁月宮으로 달아났다지. 궁전이 있다면 분명히 거닐면서 감상할 수도 있을 터! (…) 그러나 어떻게 달에 갈 수가 있겠는가?"

그러고는 황급히 엽 존사를 불러들이라는 명령을 내렸습니다. 법선이 어명을 받들어 입궁하자 현종이 말했습니다.

"존사께서는 도술을 부려 짐이 월궁을 구경하게 해주실 수 있겠소?"

"그게 뭐 어렵겠습니까? 지금 당장 출발하시지요."

법선은 이렇게 말하더니 손에 들었던 판홀板笏62)을 던졌습니다. 그러자 눈 사슬과 도 같은 은빛 다리가 나타나더니 그 끝이

판홀.《삼재도회》

---

60) 【즉공관 미비】如此想頭, 原自玄幻。이런 생각부터가 현묘하다고 해야겠군.

61) 항아嫦娥: 중국 고대 전설에 등장하는 여신. '항아姮娥'로 쓰기도 한다. 제곡帝嚳의 딸로 요 임금의 사수였던 후예后羿의 아내가 되었는데 미모가 출중했다고 한다.《회남자淮南子》〈현명훈賢冥訓〉에 따르면, 남편 후예가 서왕모西王母에게서 불로장생의 영약을 구해오자 그것을 몰래 훔쳐 먹고 신선이 되어 월궁月宮으로 승천하여 영생을 살았다고 한다.

62) 판홀板笏: 중국에서 고대에 관리들이 황제를 알현할 때 휴대했던 소지품. 보통은 나무나 옥으로 긴 널판처럼 만들어서 황제에게 보고하거나 건의할 일이 있으면 거기에 해당 내용을 간단히 적어두었다가 알현할 때 고했다.

직접 달까지 닿는 것이 아닙니까. 그러자 법선은 현종을 부축하여 다리 위로 올라갔지요. 그런데 그 다리는 평온하고 걷기 좋기는 하지만 지나간 곳은 바로 사라져버리는 것이었습니다.

길을 한 리 정도도 못 갔을 때였습니다. 어떤 곳에 도착하니 이슬이 옷을 적시고 찬 기운이 밀려오는가 싶더니 네 기둥으로 지어진 영롱한 패루牌樓63)가 모습을 드러냈습니다. 고개를 들어 보니 그 위로 큰 현판이 걸리고 금칠을 한 큰 글자 여섯 자가 적혀 있길래 현종이 자세히 보니 '광한청허지부廣寒清虛之府'였지요. 그래서 법선과 함께 대문 안으로 들어가서 보니 뜰 앞에 큰 계수나무가 한 그루 서 있었습니다. 그 나무는 잎과 가지가 무성하고 그늘이 졌는데 그 그늘이 가리고 있는 것이 몇 리나 되는지조차 알 수 없었지요. 계수나무 아래에는

중국 전통 패루의 외관. 20세기 초기 북경의 패루

---

63) 패루牌樓: 중국의 전통 건축 양식의 하나로, 패방牌坊과 비슷하다. 주周나라 때 처음으로 등장한 것으로, 충신·효자·열녀 등 귀감이 되는 사람들을 기리기 위한 기념물이었으나, 나중에는 그 같은 기념성보다 장식성에 치중하여 정원·사원·궁정·능묘와 거리 등에 두루 설치했다. 형태나 의미로 본다면 우리나라의 홍살문이나 불교 사찰의 일주문一柱門과도 유사하다고 할 수 있다.

흰 옷을 입은 수많은 선녀들이 흰 난새를 타고 그곳에서 춤을 추고 있었습니다. 이쪽 뜰의 계단 위에서는 그곳대로 또 한 무리의 선녀들이 같은 차림을 하고 저마다 악기를 하나씩 들고 음악을 연주하는 것이었지요. 춤을 추는 아까의 선녀들과 장단을 맞추면서 말입니다. 선녀들은 현종과 법선이 들어오는 것을 보고도 전혀 놀라거나 영접하지도 않은 채 연주하는 쪽은 계속 연주를 하고 춤추는 쪽은 계속 춤을 추었습니다. 현종이 얼이 나간 채 그 광경을 바라보고 있는데 법선이 손으로 가리키면서 말하는 것이었습니다.

"이 선녀들은 '소아素娥'라고 하고 … 입고 있는 흰 옷은 '예상우의霓裳羽衣'라고 합니다. 연주하는 음악은 제목이 〈자운곡紫雲曲〉이지요."

현대적으로 재해석한 '예상우의곡'의 춤

현종은 평소 음률에 좀 밝았습니다. 그래서 두 손으로 장단을 맞추면서 그 음악을 일일이 외웠지요.[64] 나중에 궁으로 돌아와 그것을 양태진楊太眞에게 전수하고 〈예상우의곡霓裳羽衣曲〉[65]이라는 이름을

---

64) 【즉공관 미비】 好个趣皇帝。 참 재미있는 황제일세.
65) 〈예상우의곡霓裳羽衣曲〉: 당대의 궁정 무악. 당대의 가무歌舞를 집대성한

붙이면서 악부樂府66)에 당대의 희귀한 악곡으로 유행하게 된답니다. 물론 이것은 훗날의 이야기입니다.

선녀가 연주하는 음악을 다 듣고 난 현종은 더는 추위를 견디지 못한 나머지 돌아가고 싶어졌습니다. 그래서 법선이 오색 구름을 두 조각 공중에 띄우는가 싶더니 평지만큼 평온한데다가 걷는 수고를 할 필요도 없이 어느새 인간 세상에 도착했지 뭡니까. 그런데 가는 길에 노주성潞州城 위를 지날 때였습니다. 망루에서 시각을 알리는 북 소리가 어렴풋이 들리는데 벌써 삼경을 알리고 있었지요. 그 달은 빛이 낮처럼 더욱 밝아지더니 털 오라기조차 다 보일 정도로 노주성을 환하게 비추고 있는데 밤도 깊고 인적도 없어서 사방을 둘러봐도 고요할 뿐이었지요.

"신이 폐하를 모시고 깊은 밤에 이곳에 들렀으니 이곳 사람들이 어찌 알겠습니까? (…) 방금 전에 폐하께서 선녀들의 음악을 익히셨으니 여기서 한 곡 연주해 보심이 어떠실지요?"

법선이 이렇게 권하자 현종이 말했습니다.

"좋은 생각이기는 좋은 생각인데 … 평소 쓰던 옥피리를 챙겨 오지

작품으로, '예상우의무霓裳羽衣舞'라고도 한다. 현종이 낙양의 삼향역三鄕驛 성루에 올라 여기산女幾山을 바라보며 지었다고 한다. 여기서는 현종이 월궁에서 선녀들로부터 전수받은 것으로 묘사하고 있으나 역사적 사실과는 무관한 허구된 이야기이다.

66) 악부樂府: 한대의 관청 이름. 악부는 한나라 무제 때 악공을 훈련시키고 악보를 만들고 민요를 채집하고 보존하던 관청이었으나, 나중에는 이곳에서 관장한 음악을 수반한 시가를 일컫는 이름으로 전용되었다.

않아서 말이오.”

"옥피리가 어디 있습니까?”

"침전에 있소.”

"그러면 어려운 일은 아니군요.”

법선이 손으로 한쪽을 가리키자 옥피리가 구름 속에서 떨어지는 것이 아닙니까. 현종은 몹시 기뻐하며 그것을 건네받더니 월궁에서의 박자를 되새기면서 선녀들이 했던 것처럼 한 곡을 불었습니다. 이어서 소매 속에서 금화를 몇 닢 꺼내 땅에 뿌린 다음 달을 타고[67] 궁으로 돌아갔지요. 지금까지 전해지는 '당나라 현종이 월궁을 유람했다 唐明皇遊月宮'는 전설은 바로 이 이야기입니다.

노주성에서 잠을 이루지 못한 사람들은 청아한 피리 소리를 듣고 범상치 않다고 여긴 것 같았습니다. 그러나 자다가 깨서 그 소리를 들은 사람들은 허공에서 피리 소리가 들려도 관심을 두지 않았지요. 다음 날, 또 어떤 사람들은 길거리에서 금화를 줍자 노주 관아에 보고 했답니다. 관아의 관리는 그것을 아주 상서로운 징조로 여겨 표表를 올려 황제에게 고했지요.[68] 그로부터 열흘 남짓 지났을 때였습니다. 표가 어전에 올라왔길래 현종이 그 표를 보니 이렇게 적혀 있는 것이

---

67) 달을 타고[乘月]: 상우당본 원문(제308쪽)에는 “달을 타고乘月”로 나와 있다. 그러나 두 사람이 타고 간 것은 '구름'이므로, 여기서도 '달'보다는 '구름'이 더 적합하지 않을까 싶다.

68) 【즉공관 미비】獻諛者好扯談。 아첨꾼은 쓸데없는 소리가 많은 법이지.

었습니다.

'팔월 대보름날 밤, 천상의 음악 소리가 저희 성까지 들리고 거기다가 금화까지 수습했나이다. 이는 나라에 상서로운 조짐이니 대단히 기쁜 일이 아닐 수 없사옵니다!'

현종은 어찌 된 영문인지 잘 아는지라 자신도 모르게 큰 웃음을 터뜨리고 말았습니다. 현종은 이때부터 법선을 장과와 똑같이 존경했지요. 그리고 수시로 그 두 사람을 궁에 붙잡아두고 바둑을 둡네 간단한 술법을 겨룹네 하면서 승부를 내는 놀이를 즐겼답니다.

그러던 어느 날 두 사람이 궁중에서 바둑을 두고 있을 때였습니다. 현종이 악주鄂州[69]의 자사刺史가 올린 표를 받았더니 그 표에 이렇게 적혀 있었습니다.

"저희 고을에 '나공원羅公遠'이라는 선동仙童이 있는데 온갖 도술을 다 할 줄 아나이다."[70]

자사의 말에 따르면, 봄맞이 행사를 하는 날 흰 옷차림에 키가 한 장丈이 넘는 괴이한 모습을 한 자가 사람들 틈에 섞여 구경을 하는데 그를 본 사람들이 모두 놀라 도망쳤다는 것이었습니다. 그런데 옆에 있던 동자가 그에게

---

69) 악주鄂州: 중국 고대의 지역 이름. 지금의 호북성 동쪽, 장강 중류의 남쪽에 해당한다. 춘추전국시대에 초楚나라 왕 웅거熊渠가 그 아들 웅홍熊紅을 '악왕鄂王'으로 봉하고 악주에 영지를 내렸다. 오늘날 호북 지역을 줄여서 '악鄂'이라고 부르는 것도 여기서 유래했다.
70) 【즉공관 미비】羅公遠見。나공원이 등장했군.

"예끼 이 요망한 짐승아! 어째서 있던 자리를 벗어나 관아에 소란을 일으키는 게냐! 썩 돌아가지 못할까?"

하고 호통을 치자 그자는 아무 소리도 못하고 옷을 들고 나는 듯이 줄행랑을 쳤다지 뭡니까. 관아의 관리는 동자가 농간을 부린 줄 알고 바로 붙잡아서 연회 자리까지 와서 자사에게 낱낱이 고했습니다. 자사가 이름을 묻자 그 동자는 이렇게 대답했습니다.

"성은 나고 이름은 공원입니다. 방금 강을 지켜야 할 용이 뭍으로 올라와 봄놀이 구경에 정신을 팔고 있길래 제가 호통을 쳐서 돌려보냈습니다."

"어째서 그자가 용이라는 게냐? 나는 진짜 용을 직접 보아야 믿겠느니라."

하면서 자사가 믿으려 들지 않자 소년이 말하는 것이었습니다.

"모레까지 기다려주십시오."

그날이 되자 동자는 물가에 깊이가 겨우 한 자 정도인 작은 구덩이를 팠습니다. 그러고는 강기슭에서 한 장71) 정도 떨어진 곳으로 가서 강물을 끌어오는 것이었습니다. 자사와 그 고을 주민들이 모두 그곳에 모여 있는데, 대여섯 치 길이의 흰 물고기 한 마리가 흐르는 물을

---

71) 장[丈]: 중국 고대의 길이 단위. 1장은 3.3미터 정도에 해당한다. 이 이야기의 시대 배경은 8세기 당나라이지만 능몽초가 〈박안경기〉를 엮은 16세기 명대의 길이가 반영되었을 것이다. 참고로 그 뒤의 '치[寸]'는 3.3센티미터 정도이므로, "대여섯 치"라면 16.5~19.8센티미터에 해당한다.

따라 구덩이로 들어오더니 몇 번 펄떡거리면서 점점 커지는 것이 아닙니까. 그러다가 실 같은 푸른 연기가 한 줄기 구덩이 속에서 피어오르더니 삽시간에 먹구름이 하늘을 뒤덮고 천지가 다 어두워지는 것이었습니다. 그러자 동자가 말했습니다.

"다들 어서 나루의 정자로 가실까요?"

그런데 사람들이 정자로 향할 때였습니다. 갑자기 번갯불이 번쩍이면서 비가 억수같이 쏟아지는 것이었습니다. 그리고 얼마 뒤에 비가 잠시 잦아들더니 커다란 흰 용이 강 한가운데에서 솟구쳐 올라 그 대가리가 구름에 닿는가 싶더니 밥을 한 끼 먹을 정도 시간이 지나서야 사라지는 게 아닙니까. 진짜 용을 실제로 목격한 자사는 즉시 황제에게 올릴 표를 쓴 다음 나공원을 시켜 표를 가지고 황제를 알현하게 했지요.

그래서 현종은 이 이야기를 장과와 엽법선에게 들려주었습니다. 그리고 그길로 공원을 불러 두 사람과 인사를 시켰지요. 두 사람은 공원을 보더니 껄껄 웃으며

"시골 아이가 뭘 알겠습니까?"

하더니 각자 바둑돌을 한 줌씩 주먹에 쥐고 물었습니다.

"이 속에 있는 것이 무엇이냐?"

그러자 공원이 웃으면서 말하는 것이었습니다.

"두 분 다 빈 손이시군요."

그래서 두 사람이 주먹을 폈더니 정말 아무것도 없고 바둑돌이 전부 나공원의 손에 쥐어져 있는 것이 아닙니까.[72) 두 사람은 그제서야 이 동자도 내력이 좀 다른 것을 알게 됐답니다. 현종은 그길로 공원을 법선 아래쪽에 앉게 했습니다. 그러고는 날씨가 차가워서 화로를 둘러싸고 앉게 하는 것이었지요.

이 무렵 검남劍南[73)지방에서는 '일숙자日熟子'라는 과일이 났습니다. 그런데 하루 만에 다 익기 때문에 도성에 도착하면 늘 신선하지 않았지요. 장과와 법선 두 사람은 매일 도술을 부려 운반하는 사자가 정오를 지나면 어김없이 도착하게 해주었습니다. 그래서 현종은 늘 신선한 것을 먹을 수 있었지요. 그런데 이날은 밤이 되어도 과일이 당도하지 않는 것이 아닙니까. 두 사람은 속으로 이상하게 여기고 의논을 하더니

"나 군과 관련이 있는 것은 아닐까요?"

하면서 모두 나공원을 뚫어져라 쳐다보았습니다. 그런데 알고 보니 공원이 처음에 화롯가로 가 앉으면서 부젓가락을 재 속에 찔러놓았지 뭡니까. 공원은 그들이 의심하는 것을 보고서야 싱글거리면서 부젓가락을 뽑는 것이었습니다.[74) 아니나 다를까 얼마 지나지 않아 사자가

---

72) 【즉공관 미비】不謂張葉兩人也皮相, 豈其故欲試之乎。장과와 엽법선 두 사람도 겉만 볼 줄 아는 것이 아닐까? 그렇지 않고서야 어째서 그깟 일로 시험을 해보려 했겠는가?

73) 검남劍南: 중국 고대의 지역 이름. 당대에 설치된 검남도劍南道는 지금의 사천성 남쪽과 운남성 북부 일대에 해당한다. 치소는 지금의 성도成都였다.

74) 【즉공관 미비】神仙自相戲如此。신선들끼리는 이렇게 하고 노는구먼.

바로 도착하는 것이었습니다.

"어째서 오늘만 이렇게 늦었느냐!"

법선이 꾸중하자 사자가 고하는 것이었지요.

"막 도성에 당도하려는 참인데 불길이 하늘까지 치솟는 바람에 당최 지나갈 방법이 없지 뭡니까, 글쎄! 그러다가 방금 전에 불이 꺼져서 간신히 올 수 있었습니다요."

그러자 사람들은 모두 나공원의 술법에 놀라 탄복해 마지않는 것이었습니다.

이어서 이야기를 들려드리지요. 당시는 양귀비가 아직 입궁하기 전이었습니다. 그래서 무 혜비武惠妃[75]가 총애를 한 몸에 받고 있었답니다. 그런데 현종은 도교를 숭상했지만 혜비는 불교를 독실하게 믿었지요.[76] 서로 믿는 신이 달랐던 것입니다. 혜비가 신임하는 스님은 '금강삼장金剛三藏[77]'이라고 불렸습니다. 역시 기인으로 도술에 있어

---

75) 무 혜비武惠妃(699~737): 당대에 현종의 총애를 받은 왕비. 아버지는 항안왕恒安王 무유지武攸止, 어머니는 정국부인鄭國夫人 양 씨楊氏였다. 그녀의 이름은 기록에 없으며, 측천무후의 조카 손녀로, 아버지를 일찍 여의고 측천무후의 지시에 따라 궁에서 자랐다. 현종이 황제로 즉위한 후 그녀를 총애하여 개원 12년(724) 왕후를 폐하고 무 씨를 '혜비惠妃'로 봉했다고 한다. 황후가 되지는 못했지만 궁중에서 황후와 같은 대우를 받으며 권세를 누렸으며 사후에는 황후로 추서되었다.

76) 【즉공관 미비】妃好釋子, 豈武氏家風乎。혜비가 불교를 좋아하니 무 씨 집안의 가풍이 아닌가.

77) 금강삼장金剛三藏: 당대의 승려. 사자국獅子國, 즉 지금의 스리랑카 출신으

서는 법선, 공원 등에 필적하는 인물이었지요. 그런데 현종이 공덕원功德院에 행차했을 때였습니다. 갑자기 등이 가렵지 뭡니까. 그래서 나공원이 대나무 가지를 꺾어 와서 칠보七寶로 장식한 여의로 변하게 한 다음 등을 긁도록 바쳤답니다. 그러자 현종은 몹시 흐뭇해하면서 몸을 돌려 삼장을 보고 말하는 것이었지요.

"상인上人[78])께서도 이렇게 하실 수 있소?"

"공원이 쓴 것은 눈속임일 뿐입니다. 소승은 폐하께 진짜를 대령하겠나이다."

그러더니 삼장은 소매 속에서 칠보 여의를 꺼내 바치는 것이었습니다. 현종이 한 손으로 칠보 여의를 건네받는 순간이었습니다. 처음에 쥐고 있던 공원의 여의가 순식간에 대나무 가지로 도로 변하는 것이 아닙니까. 현종이 궁궐로 돌아가서 무 혜비에게 그 일을 들려주자 혜비가 몹시 기뻐했답니다.

한번은 현종이 동쪽의 낙양으로 행차할 요량으로 무 혜비를 보고 말했습니다.

"짐과 경이 동행하되 법선, 공원 두 존사와 금강삼장도 같이 수행하게 해서 세 사람이 술법을 겨루는 식으로 도교와 불교가 승부를 가리게 할까 하는데 … 어떻소?"

로, 서역 불상을 잘 그렸다고 한다.
78) 상인上人: 당대에 계율이 엄격하고 불학에도 밝은 고승을 높여 부르던 존칭.

그러자 무 혜비도 기뻐하면서 대답하는 것이었지요.

"신첩도 함께 가서 구경하고 싶습니다."

그래서 현종은 어명을 내려 혜비의 가마도 함께 준비하게 했답니다. 그렇게 하루도 되지 않아 동쪽의 낙양에 도착했답니다. 마침 낙양에서는 '인지전麟趾殿'을 짓고 있던 참이었지요. 그래서 길이가 너덧 장에 직경이 예닐곱 자나 되는 커다란 네모 대들보가 뜰에 놓여 있었습니다. 그래서 현종이 법선을 보면서 말했지요.

"존사, 대들보를 들어 올려보시오."

법선은 황제의 명령에 따라 도술을 부려 네모난 목재의 한쪽을 몇 자 높이까지 들어 올렸습니다. 그런데 다른 한쪽은 꿈쩍도 하지 않지 뭡니까.

"존사께서는 도력이 뛰어나신데 어째서 한쪽만 들어 올리셨소?"

그러자 법선이 아뢰는 것이었습니다.

"삼장 스님께서 금강역사들을 부려 한쪽을 누르고 계시는 바람에 들어 올리지 못했나이다."

사실 법선은 일부러 그렇게 말해서 무 혜비의 체면을 살려주려고 한 것이었습니다.[79] 삼장이 제 실력을 다 보이고 나면 그때 그를 이기

---

79) 【즉공관 미비】神仙也周全世情。 신선조차 세간의 인정을 세심하게 헤아리는군.

려는 계산이었지요. 아니나 다를까 엽법선의 말을 들은 무 혜비는 속으로 '불법의 위력이 광대무변하구나' 하고 여기면서 몹시 기뻐하는 것이었습니다. 삼장은 삼장대로 그 말이 정말인 줄로 믿고 스스로 제법 흐뭇했습니다. 그런데 유독 공원만 고개를 숙인 채 계속 웃고 있는 것이 아닙니까.

현종은 승복할 수 없었던지 다시 삼장을 보면서 말했습니다.

"법사께서 하도 신통한 법력을 갖고 계셔서 엽 존사도 당해낼 수가 없나 보오. (…) 여기 목욕 물병이 있소이다. 법사께서 주문을 외워 엽 존사를 이 병 속에 넣을 수 있겠소?"

삼장은 어명을 받들어 그 병을 놓더니 엽법선에게 불가의 법도에 따라 가부좌跏趺坐80)를 틀고 앉도록 일렀습니다. 그리고 나서 주문을 외우는데 다 외우기도 전에 법선의 몸

가부좌의 예시

이 순식간에 병 앞까지 딸려 가는 것이 아닙니까. 그리고 두 번째로 주문을 외우자 법선이 어느새 병 입가까지 딸려가더니 '뽕' 하고 병 속으로 빨려 들어가 버리는 것이었습니다.

현종은 속이 아주 언짢아졌습니다. 그런데 시간이 제법 지났는데도

---

80) 가부좌跏趺坐: 불교 용어. 좌선 수행할 때 앉는 자세로, 일반적으로 책상다리를 하고 앉는 것을 가리킨다. '부趺'란 발등을 가리키며, 가跏란 반대쪽 다리를 넓적다리 위에 올리는 것을 말한다. 결가부좌結跏趺坐와 반가부좌半跏趺坐가 있다.

법선이 나올 기색이 없지 뭡니까. 그래서 또 삼장을 보고 말했지요.

"법사께서 병에 넣으셨으니 꺼낼 수도 있겠지요?"

"들어가게 하는 일이 번거롭고 어려울 뿐이지 꺼내는 건 일도 아니지요."

삼장은 이렇게 말하더니 바로 주문을 외우기 시작했습니다. 그런데 주문을 다 외웠는데도 법선이 나오지 않지 뭡니까.[81] 삼장은 다급한 나머지 입을 쉴 틈도 없이 몇 번이나 연거푸 주문을 외웠지요. 그런데도 전혀 아무런 움직임도 없자 놀란 현종은

"설마 존사께서 사라진 건 아니겠지요?"

하면서 표정이 바뀌는 것이었습니다. 무 혜비는 깜짝 놀라 안색이 창백해졌고 삼장은 삼장대로 당황해서 어쩔 줄을 모르는 것이었지요. 그런데 나공원만 멀리서 입을 벌리고 계속 실실 웃고 있는 것이 아닙니까. 현종은 공원에게 물었습니다.

"이제 어찌해야 좋단 말인가!"

그러자 공원이 웃으면서 말했습니다.

"폐하께서는 걱정하실 것 없나이다. 법선은 멀지 않은 곳에 있으니까요."

---

81) 【즉공관 미비】 耍得趣甚。 아주 재미있게들 노셨군.

삼장이 다시 한동안 주문을 외웠지만 그래도 모습을 드러낼 기색이 보이지 않았습니다. 이렇게 속절없이 쩔쩔매고 있을 때였습니다. 바깥에서 고력사가 아뢰는 것이 아닙니까.

"엽 존사가 왔나이다!"

하고 아뢰는 것이 아닙니까. 깜짝 놀란 현종이

"병은 여기 있는데 대관절 어디서 나타났다는 게냐?"

하며 급히 그를 불러들여 캐물었지요. 그러자 법선이 현종에게 아뢰는 것이었습니다.

"영왕寧王82)께서 신을 식사 자리에 초대하셨지요. 그런데 술법 겨루기가 한창 진행 중인지라 폐하께 고해도 보내주시지 않을 것 같더군요.83) 해서 마침 병에 들어가는 틈을 타서 영왕 댁에 가서 식사를 하고 돌아오는 길입니다. 법사께서 주문을 외워주시지 않았더라면 아마 가지도 못했겠지요."

그러자 현종은 파안대소하고 무 혜비와 삼장도 그제야 마음을 놓는 것이었습니다.

---

82) 영왕寧王: 당나라 예종 이단李旦의 장자 이헌李憲(679~742)을 말한다. 예종이 황제에 오르고 나서 황태자가 되었으나 아우 이융기(나중의 현종)가 아버지를 도와 정권 탈취에 큰 공을 세우자 황태자 자리를 양보하고 그 대가로 영왕에 봉해졌다.
83) 【즉공관 미비】趣極。재미있군.

"법사께서 솜씨를 보여주셨으니 이번에는 빈도 차례올시다."

법선은 이렇게 말하더니 삼장의 자줏빛 구리 발우鉢盂를 꺼내 화로에 넣어 안팎이 벌게질 때까지 달구었습니다.[84] 그러고나서 법선이 그것을 손으로 잡아 늘이더니 능수능란하게 다루는데 마치 손 안에 아무것도 없는 것 같지 뭡니까. 그러다

발우.《삼재도회》

가 갑자기 그것을 두 손으로 받쳐 들고 삼장의 민머리에다 퍽 덮어씌웠겠다? 그러자 삼장은 저도 모르게 소리를 지르면서 줄행랑을 치는 것이었습니다. 현종이 이번에도 파안대소하자 공원이 말했습니다.

"폐하께서는 재미있어 하십니다마는 이것은 도가의 하찮은 술법일 뿐입니다. 엽 존사께서 뽐내실 리가 없지요.[85]"

"존사께서도 도술을 부려 짐을 즐겁게 해주지 않으시겠습니까?"

현종이 이렇게 되묻자 공원이 말하는 것이었습니다.

"삼장법사께서는 어떻게 법술을 부릴 생각이십니까?"

"소승은 가사를 벗어 단단히 지키고 있겠나이다. 얼마든지 나 공께서 빼앗아가게 하십시오. (…) 빼앗아가지 못하면 나 공께서 지는 것이고 빼앗아가신다면 소승이 진 것으로 하지요."

---

84) 【즉공관 미비】又趣極。이것도 참 재미있네.
85) 【즉공관 미비】公遠更勝在不自炫。공원이 한 수 위인 것은 자랑을 하지 않는다는 데에 있지.

무 혜비가 불교를 숭상해 기이한 술법을 겨루다.

그러자 현종은 몹시 기뻐하는 것이었습니다. 그렇게 해서 다 같이 도량원道場院[86]으로 가서 두 사람이 술법을 겨루는 것을 구경하게 되었지요.

삼장은 법단法壇을 만든 다음 향을 피우고 가사를 은곽에 넣었습니다. 그 은곽을 몇 겹이나 되는 나무 상자에 넣고 거기에 자물통을 채워 법단 위에 놓았습니다. 그러고나서 삼장은 그 법단 위에 가부좌를 틀고 앉았습니다. 현종과 무 혜비, 엽 존사가 보니 법단을 보살菩薩들이 한 겹, 그 밖은 금 갑옷을 입은 신인神人들이 한 겹, 또 그 바깥에는 금강들이 한 겹 하는 식으로 겹겹이 에워싸고, 거기다가 성현들까지 어깨를 맞대고 아주 삼엄하게 에워싸고 있었지요. 삼장은 가사를 지키면서 거기서 잠시도 눈을 떼지 않았습니다. 공원은 줄로 매단 침상에 앉아 평소처럼 말하고 웃을 뿐 다른 행동을 하는 모습은 보이지 않았습니다. 사람들이 모두 공원에게 이목을 집중하고 있었지만 그는 전혀 개의치 않는 것이었지요. 한참 시간이 흐르고 나서 현종이 말했습니다.

"왜 이리 꾸물거리시오. (…) 가져가기가 어려우신 게요?"

"신이 스스로 솜씨를 자랑할 수는 없지요. 가사를 꺼낼 수 있을지 그러지 못할지도 알 수가 없나이다. 그러니 삼장에게 '곽을 좀 열어보라'고 일러주십시오."

하고 공원이 말하니 현종이 그 말을 듣고[87] 삼장에게 '곽을 열고

---

86) 도량원道場院: 중국 고대에 불승이나 도사가 종교 행사를 거행하던 장소.
87) 【교정】말을 듣고[開言]: 상우당본 원문(제317쪽)에는 앞 글자가 '열 개開'로

가사를 꺼내라'고 분부했습니다. 삼장은 겹겹의 밀봉과 자물통이 처음 그대로인 것을 보고 속으로 기뻐했습니다. 그러나 은곽을 여는 순간이었습니다.

"아이고!"

하면서 외마디 소리를 지르고 말았답니다. 어느새 가사는 온데간데 없이 사라지고 곽은 텅 비었으니까요. 삼장은 놀라서 얼굴이 흙빛이 되더니 한참동안 아무 말도 하지 못했습니다. 그래서 현종이 손뼉을 치면서 껄껄 웃고 있는데 공원이 아뢰는 것이었습니다.

"나인에게 신의 거처에 있는 궤짝을 열고 가사를 가져오도록 이르십시오."

중사가 어명을 받들고 가더니 이윽고 가사를 가져오는 것이었습니다. 현종이 그 광경을 보고 공원에게 물었습니다.

"보살과 신들이 그토록 삼엄하게 지키고 있었는데 무슨 도술로 꺼내셨소이까?"

"보살과 역사는 불가의 신들 중 중급에 속합니다. 갑옷을 입은 신과 여러 신은 도교의 신들 중 하급에 속하지요. 태상노군의 현묘함은 도

나와 있다. 시오노야와 카라시마의 일역본(제1책 제268쪽)에서는 두 글자를 번역하지 않았다. 그러나 전후 맥락이나 그 뒤에 이어지는 목적어를를 감안할 때 여기서는 '들을 문聞'을 써서 '문언聞言'으로 이해하고 "그 말을 듣고"로 번역해야 옳다. 천진고적판(제74쪽)에서는 '열 개'로 썼으나 화본대계판(제126쪽)에서도 '들을 문'의 오각으로 보았다.

사가 아니고서는 알 수가 없나이다. (…) 방금은 옥청신녀玉淸神女를 부려 그 가사를 꺼냈습니다. 아무리 보살과 금강이 지켰어도 그 모습을 볼 수가 없었기 때문에 순조롭게 꺼냈나이다. 거기에 무슨 방해가 있을 리 있었겠습니까?"

공원이 이렇게 말하자 현종은 몹시 기뻐하면서 공원에게 많은 상을 내렸습니다. 엽공과 삼장도 공원의 신통함에 한결같이 탄복해 마지않았지요. 현종은 은신술을 배우려 했지만 공원은 거절하면서 말하는 것이었습니다.

"폐하께서는 진인眞人[88]의 환생이십니다. 나라를 지키고 백성을 평안케 하셔야 할 만승萬乘[89]의 지존께서 이런 하찮은 도술을 배워서 어디다 쓰신단 말씀입니까[90]?"

현종은 성을 내면서 그에게 욕을 퍼부었습니다. 그러자 공원은 즉시 궁전의 기둥 속으로 들어가더니 현종의 과오들을 일일이 열거하면서 성토하는 것이 아닙니까. 더욱 성이 난 현종은 기둥을 부수고 그를 끌어내게 하는 것이었습니다. 그런데 기둥들을 기껏 다 부수고 나니

---

88) 진인眞人: 중국 고대의 도교 용어. 도교에서는 우주 만물과 인생의 근원적인 진리를 체득한 사람을 '진인'으로 높여 불렀는데, 관윤자關尹子·문자文子·열자列子·장자莊子 등이 대표적인 예이다.

89) 만승萬乘: 중국 고대에 황제를 일컫는 대명사. '승乘'은 원래 전차를 모는 병사와 조수가 한 조를 이룬 전차를 세는 단위로, '만승'은 그 같은 전차 만 대를 가리킨다. 중국 고대의 주周나라 예법에서는 '천자天子'는 천 리의 영토를 가지며, 전차 만 승을 보유할 수 있다고 규정했다. 그래서 나중에는 황제를 일컫는 말로 대신 사용되기도 했다.

90) 【즉공관 미비】每見公遠高處。번번이 공원의 대단한 식견을 접하게 되는군그래.

이번에는 기둥을 받치는 옥 초석 속으로 들어가 버리지 뭡니까. 그래서 당장 옥 초석을 수십 조각으로 박살을 냈습니다. 그러나 산산이 부서진 조각마다 공원의 모습이 깃드는 바람에 도무지 그를 제압할 도리가 없었지요. 결국 현종이 사과하니 그제야 홀연히 다시 그의 앞에 모습을 드러내는 것이었지요. 그런데 현종이 그래도 간곡하게 부탁을 하는 것이 아닙니까.

공원은 결국 황제의 소원을 들어주는 수밖에 없었습니다. 물론, 도술을 전수해준다고는 했지만 최선을 다하지는 않았지요. 현종이 공원과 동시에 은신술을 쓸 때에는 정말 아무도 알아차리지 못했습니다. 그러나 공원이 없이 현종 혼자서 은신술을 쓸 때는 어떤 때는 허리띠, 어떤 때는 두건 챙 하는 식으로 번번이 몸의 일부가 드러나곤 했지요 그때마다 궁중의 나인들은 금방 그를 찾아내는 것이었습니다. 현종은 공원이 도술 전수에 최선을 다하지 않은 것을 눈치 채고 더 많은 금과 비단을 하사하여 그의 환심을 사려고 애썼습니다. 때로는 황제의 위세를 빌려 겁을 주기까지 했습니다.

"최선을 다해 전수해주지 않으면 당장 죽여버리겠소![91])"

그래도 공원이 소원을 들어주지 않자 현종은 성이 단단히 나서 냅다 호통을 쳤습니다.

"놈을 포박해 끌고 가서 목을 베어라!"

그러자 도부수刀斧手[92])는 그 명을 받들어 공원을 저잣거리로 끌고

---

91) 【즉공관 미비】玄宗呆處。 현종의 집착을 잘 보여주는군.

가더니 목을 베어버렸답니다.

그 뒤로 열흘 정도 지났을 때였습니다. 보선옥輔仙玉이라고 하는 한 내관內官이 어명을 받들고 사자로 나간 일이 있었습니다. 그런데 촉도蜀道[93]를 거쳐 도성으로 귀환하는 길에 나귀를 타고 오는 나공원과 딱 마주쳤지 뭡니까! 그는 웃으면서 그 내관에게

"폐하께서 장난을 치시니 당최 방법이 없지 뭡니까!"

하더니 소매 속에서 서신을 한 통 꺼내 건네면서 말했습니다.

"이것을 폐하께 전해주시오."

그는 이어서 약을 한 봉지 맡기면서 말했습니다.

"폐하께서 하문하시면 그냥 '촉 땅의 당귀[蜀當歸]'라고만 고하시오."

그는 말을 마치자마자 홀연히 자취를 감추었습니다. 도성으로 귀환한 선옥은 그 일을 황

당귀의 모습

---

92) 도부수刀斧手: 중국 고대에 사형을 집행하던 사람을 부르던 이름. 후대에는 '회자수劊子手'로 부르기도 했다.

93) 촉도蜀道: 중국의 사천 지역으로 통하는 길. 사천 지역은 산지가 많고 고도가 높아 예로부터 길이 험하고 교통이 불편하기로 악명이 높았다. 사천 지역의 험한 길을 읊은 당나라 시인 이백李白의 〈촉도난蜀道難〉은 아주 유명한 시로 알려져 있다.

제게 고했지요. 현종이 서신을 받아 펼쳐보니 거기에는 이렇게 쓰여 있었습니다.

　"성은 유維, 이름은 사원ㅿ逺94)"

현종은 처음에는 그 뜻을 깨닫지 못했습니다. 그런데 선옥이 물러 가니 어느 사이에 공원이 와 있는 것이 아닙니까. 현종은 그제야 상황을 깨닫고 물었지요.

　"선생은 어째서 이름을 바꾸셨소?"

　"폐하께서 신의 목을 치셨으니 바꿀 수밖에요."

그래서 현종이 머리를 조아리면서 사죄하자 공원은

　"장난을 치신 것뿐인데 뭐 어떻습니까!"

하더니 대궐 문을 걸어 나가는 것이었습니다. 그 후로는 그의 행방을 알 길이 없었지요.

천보天寶 연간 말기, 안록산의 반란이 일어나고 현종이 촉 땅으로

---

94) 성은 유, 이름은 사원: 나공원이 자신의 이름을 가지고 한 문자유희. 여기서 '유維'는 '비단 라羅'자에서 '그물 망⺊'을 뺀 것이고, '사ㅿ'는 '공변될 공公' 자에서 '여덟 팔八'을 뺀 것이며, '원逺'은 '멀 원遠'자에서 '흙 토土'를 뺀 것으로 원래는 없는 글자이다. '나공원羅公遠' 세 글자를 써놓고 위쪽에서 가로로 쳐서 '망, 팔, 토'는 빠지고 아래의 '유, 사, 원'만 남는다. 뒤에서 '이 름을 왜 바꾸었느냐'는 현종의 물음에 '목을 쳤기 때문'이라고 대답하는 것도 바로 이를 두고 한 말이다.

지금의 검문관

피신했을 때지요. 그는 다시 모습을 드러내 검문劍門에서 어가를 영
접해 성도成都까지 호송하고 아무 미련도 없이 그 자리를 떠났다고
합니다. 훗날 숙종肅宗95)이 영무靈武96)에서 황제로 즉위하자 현종은
'이제는 장안으로 돌아가기는 틀렸나 보다' 하면서 슬프게 여겼지요.
그러나 숙종은 그를 '태상황太上皇'으로 받들고 예의를 갖추어 영접했

95) 숙종肅宗: 당나라의 제7대 황제 이형李亨(711~762)을 말한다. 처음 이름은
이사승李嗣升으로, 727년 충왕忠王으로 봉해졌다가 738년 황태자가 되면서
이형으로 이름을 바꾸었다. 안록산이 반란을 일으키자, 천하병마 대원수天
下兵馬大元帥에 제수되고, 삭방朔方·하동河東·평로平盧의 절도사를 거느
리고 반란을 평정하는 책임을 맡았다. 그 후 현종이 서쪽으로 피신하자 이
형은 마외파에서 백성들을 안무하다가 현종과 헤어져 영무靈武에 도착했고
756년 7월12일 황제로 즉위했다. 당나라 때 수도가 아닌 곳에서 즉위하여
수도인 장안長安으로 온 최초의 황제이다.

96) 영무靈武: 중국 고대의 지역 이름. 원래 이름은 영주靈州로, 지금의 영하寧夏
회족자치구回族自治區 일대에 해당한다. 안록산이 반란을 일으키자 이형이
여기서 숙종으로 즉위한 후 반란을 진압하고 당나라를 재건했다.

습니다. 그러고 나서야 촉 땅에서 도성으로 귀환할 수가 있었지요. 현종은 나공원이 남긴 '촉 땅의 당귀[97]'라는 말이 바로 이 일을 두고 한 예언이었음을 그제야 깨달았답니다. 이하주의 시와 마찬가지로, 도가에는 늘 이처럼 일이 생기기 전에 예언하는 신비스러운 요소가 있었지요. 이 이야기를 증명하는 시가 있습니다.

도교를 좋아했던 진왕과 한왕, 好道秦王與漢王,
통치의 본령이 한결같음에 있음을 어찌 알았으랴. 豈知治道在經常。
제 아무리 법술이 무궁하고 변화무쌍해도, 縱然法術無窮幻,
양 씨 댁 귀비의 죽은 목숨은 구하지 못했단다! 不救楊家一命亡。

---

97) 촉 땅의 당귀[蜀當歸]: '당귀當歸'는 원래 한약재 이름이다. '촉당귀'는 원래 '촉 땅에서 나는 당귀'라는 뜻이지만 여기서는 중의적으로 해석된다. 즉, '당귀'를 문법적으로 따져보면 '반드시 촉 땅에서 [도읍으로] 귀환하게 될 것이다'라는 또 다른 의미로도 해석할 수 있다. 앞서 나공원이 이 세 글자를 내관에게 건넨 것은 현종의 말년의 운명을 예언한 셈이다.

제8권

오 장군은 밥 한 끼 신세를 기어이 갚고
진대랑은 세 사람이 다시 상봉하다
烏將軍一飯必酬　陳大郎三人重會

卷之八
烏將軍一飯必酬 陳大郎三人重會 해제

　이 작품은 무심결에 한 끼 식사의 은혜를 베풀고 큰 보답을 받은 사람에 관한 이야기이다. 이야기꾼은 출전 미상의 자료에 소개된 소주부蘇州府 왕王 선비의 이야기를 앞 이야기로 들려주고, 이어서 풍몽룡의 《정사情史》에 소개된 오강현吳江縣 사람 진대랑陳大郎의 이야기를 몸 이야기로 들려준다.

　명대 경태景泰 연간에 구양歐陽 씨 집안에 데릴사위로 들어간 진대랑陳大郎은 잡화점을 열고 객지를 오가며 장사를 하던 어느 해 겨울 소주부에 들렀다가 온몸이 털투성이인 나그네와 마주친다. '저렇게 수염이 무성하면 음식은 어떻게 먹을까?' 호기심이 발동한 대랑은 그 털보를 술집으로 데려가 온갖 요리를 잔뜩 시켜주고 먹는 모습을 구경한다. 낯선 사람에게서 융숭한 대접을 받은 털보는 대랑의 이름과 주소를 받아 적은 후 자신은 오吳 씨로 절강 사람인데 꼭 은혜를 갚겠다고 약속하고 그 자리를 떠난다.

　그로부터 2년 후, 숭명崇明 외조모에게 병문안을 가던 대랑의 아내와 처남은 도중에 강도를 만나 납치당하고 두 사람으로부터 20일이 넘도록 아무 소식이 없자 구양 씨네는 온 가족이 연말연시를 우울하게 보낸다. 우울한 기분을 풀 생각으로 남해南海 낙가산珞珈山 관음대사 도량에 불공을 드리고 부부 상봉을 기원한 대랑은 귀환길에 몇 리도 가기 전에 악천후를 만나 어떤 섬에 표류했다가 마침 훈련을 하고 있던 해적 수백 명에게 붙잡히고 배와 물건들을 모두 빼앗긴다. 해적들이 고향 사투리로 '살려달라'고 소리치는 대랑을 두목에게 데려가서 보니 두목은 대랑이 2년 전 후하게 대접한 바로 그 털보였다. 자신의 은인을 알아보고 결박을 풀어준 털보는 다른 사람들은 모두 돌려보내고 대랑만 남겨서 융숭하게 대접한다. 털이 많다고 자신을 '오 장군烏將軍'으로 소개한 털보가 뜬금없이 가족 관계와 근황을 묻길래 대랑이 그간의 사정을 일러주자 털보는 '사라진 아내는 잊고 산채에 있는 여인을 후처로 맞아들이라'면서 웬 여인과 사내를 불러내는데 가만 보니 자기 아내와 처남이 아닌가. 세 사람이 얼싸안고 통곡하자 털보는 '두 분이 댁의 가솔임을 알고 각별히 예우하면서 보내드릴 날만 꼽고 있었다'고 해명한다. 털보는 그들에게 송별잔치를 열어주고 후한 선물을 주면서 해마다 꼭 들러달라고 당부하면서 대랑을 배웅한다. 오 장군의 의리와 관음보살의 가호에 감동한 대랑은 해마다 보타로 참배를 갈 때마다 어김없이 오 장군을 방문하고, 매번 그로부터 선물로 받은 진귀한 보물들을 팔아 강남에서 으뜸가는 갑부가 된다.

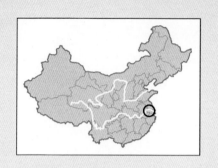

양주

진강

단양현

양 자 강

응천부(남경)

상주부

숭명현

소주부

오강현

동정산

송강부(상해)

이런 시가 있습니다.

사대부들 중 도적 많은 게 매번 의아하더니,	每訝衣冠多盜賊,
도적들 중에도 영웅호걸 있을 줄 뉘 알았으랴?	誰知盜賊有英豪。
지난날의 '급시우'[1]를 한번 보시라,	試觀當日及時雨,
그 높은 정의감이 천 년 동안 전해져 왔나니!	千古流傳義氣高。

　이야기를 들려드리겠습니다. 세상 사람들이 가장 무서워하는 것이 두 글자 '강도'일 것입니다. 그래서 남을 욕하는 좋지 않은 표현으로 사용되곤 하지요. 그러나 그것은 한 단면만 보고 하는 소리인지도 모릅니다. 솔직히 말해서 이 세상 어느 한 곳이라도 강도가 없는 곳이 있습니까? 어떤 관리가 나라를 망치고 임금을 속이며 백성들을 수탈한다고 칩시다. 아무리 관직이 높고 녹을 후하게 받는다 한들 큰 도둑이 아니라고 할 수 있겠습니까?[2] 대갓집 도령이 부모형제의 권세에 기대어 횡포와 만행을 저지르면서 고을 백성을 해코지하는가 하면 현금을 뜯고 뇌물을 챙기면서 온갖 못된 짓을 다 저지르는데도 백성

---

1) 급시우及時雨: 명대 소설가 나관중羅貫中(1330?~1400?)이 지은 소설 《수호전水滸傳》의 주인공이자 양산박梁山泊 호걸들의 수령인 송강宋江의 별명. 글자 그대로 풀이하면, '때맞추어 내리는 비'라는 뜻이다.
2)【즉공관 미비】罵得痛快。시원하게 욕 잘한다.

들은 하소연하지 못하고 관아에서는 추궁조차 하지 못한다면 큰 도둑이 아니라고 할 수 있겠습니까? 거인擧人이니 수재秀才니 하는 자들이 친구나 동지들과 작당하여 관청을 쥐고 흔들고 송사를 좌우하면서 번번이 선량한 사람들을 풍비박산의 파국으로 몰고 간다면 큰 도둑이 아니라고 할 수 있겠습니까? 의관을 갖춘 지체 높은 양반들만 따져보아도 이 지경이올시다. 하물며 장사를 하는 객상이나 관청의 아전들이야 오죽하겠습니까? 삼백예순 가지 직업3) 어디든 간에 한결같이 늑대 같은 심보에 개 같은 처신으로 강도만큼이나 고약한 자들이 다 존재한다는 것은 두말할 필요도 없을 것입니다. 그래서 당시 이섭李涉4) 박사는 강도를 만나자 이런 시를 읊었다지요.

해거름 비 거세게 쏟아지는 강 위 마을에서,　　暮雨瀟瀟江上村,
숲 속 호걸께서 야밤에 내 명성을 들었다 하네.　　綠林豪客夜知聞。
서로 마주친 사이에 이름 감출 필요 어디 있나?　　相逢何用藏名姓,
세상에서 지금 절반이 그대 같은 자들인 것을!　　世上于今半是君。

---

3) 삼백예순 가지 직업[三百六十行]: 사회의 다양한 직업을 아울러 일컫는 표현. 중국에서는 당대에 사회의 각종 직업을 뭉뚱그려서 '삼십육행三十六行'으로 통칭했다. 그 후로 이 표현이 민간에 전해져 사회의 발전과 계급의 분화에 따라 '칠십이행'을 거쳐 '삼백육십행'으로까지 변용되기에 이르렀다. 그러나 사회의 직업은 다양하여 거기에 종사하는 사람들도 유형이 나뉘어 360가지를 넘는 것이 보통이다. 여기서도 '삼백육십행'은 일종의 허수로 사용된 것으로, 각양각색의 직업을 이 단어로 통칭한 것뿐이다.

4) 이섭李涉(806년 전후?): 당대 말기의 시인. 당나라 문종文宗 대화大和 연간(827~835)에 태학 박사太學博士에 임명되어 경서를 전수하는 일을 담당했다. 《당시기사唐詩紀事》에 따르면, 그는 환구皖口 땅을 지날 때 도적을 만났는데 그 두목이 그의 신분을 알아보고 물건을 빼앗지 않는 대신 시를 지어 달라고 부탁해서 즉석에서 이 시를 지어주었다고 한다.

이 시는 세상 사람들을 개탄하고 비웃는 내용입니다. 세상에서는 이런 사람도 아무리 가까운 친척이나 막역한 친구라 해도 반목하고 무정하게 대하는 것이 실정입니다. 하물며 밥 한 끼의 은혜만 베풀었거나 얼굴 한 번 본 것이 전부인 사이에서야 오죽하겠습니까? 그런 경우는《수호전水滸傳》에 소개되는 사람들만도 못한 셈입니다. 그들은 번번이 자신을 호걸이나 영웅으로 일컬으며 숲 속에서 명예를 지키면서 세상 사람들이 엄두도 내지 못하는 일을 해내야 직

《조예양비趙禮讓肥》의 삽화 《조예양비》는 원대 극작가 진간부가 지은 잡극 희곡이다.

성이 풀리지요. 물론 이 숲 속의 사나이들 중에는 가난을 감당하지 못해 그곳에 몸을 의탁한 경우도 있었을 것이고, 정의감에 따라 사람을 죽인 까닭에 이곳에 피신한 경우도 있었을 것이고, 조정에서 써주지 않자 강호江湖[5]로 빠져서 모여 지내게 된 경우도 있었을 것입니다.

---

5) 강호江湖: 세간, 세속. 이 단어는《장자莊子》〈대종사大宗師〉의 "샘이 말랐을 때 물고기들이 그 땅에 서로 함께 있으면서 아무리 물기를 서로에게 불어주고 거품을 서로에게 적셔준다고 한들 강과 호수에서 서로 잊고 사는 것만은 못한 법이다泉涸, 魚相與處于陸, 相呴以濕, 相濡以沫, 不如相忘于江湖"에서 유래했다. 그러나 '강호'는 의미상으로 하천이나 호수와는 무관할 뿐 아니라 실재하는 특정한 장소를 가리키지도 않는다. 이 단어는 조정이나 공직사회에서 멀리 떨어져 국가의 통제나 법률적 구속으로부터 유리된 민

이렇듯 아무리 나쁜 자들이 많다고는 하지만 개중에는 정의를 구현하거나 재물을 나누어 주는 등, 다양한 부류가 존재하지요. 왕년에 조예趙禮[6]가 자기 살을 바치려 했다가 오히려 곡식을 선물로 받은 일이나, 장제현張齊賢[7]이 도적을 만났다가 더 많은 재물을 얻은 일은 모두 옛날 사람들에게 실제로 있었던 이야기랍니다.

계속 이야기를 들려드리겠습니다.[8] 근래에 소주蘇州에 왕 선비라

간을 가리키는 말로 보통 사용된다. 중국 문학(특히 무협소설)의 영역에서 '강호'는 협객들이 활동하는 세계, 심지어 암흑사회의 대명사로 받아들여지곤 한다. 참고로 시오노야 온과 카라시마 타케시가 번역한 일역본(제1책 제275쪽)에서는 '강호'를 '전사田舍, いなか' 즉 '시골'로 번역해놓았다.

6) 조예趙禮(?~?): 후한대의 정치가. 《후한서後漢書》〈조효전趙孝傳〉에 따르면, 패국沛國 출신인 조효趙孝는 아우 조예가 굶주린 도적들에게 붙잡혔다는 소식을 듣고 스스로 자신의 몸을 묶고 도적들을 찾아가서 아우는 오랫동안 굶어서 살이 없으니 차라리 살이 있는 자신을 먹으라고 간청했다. 놀란 도적들은 두 사람을 풀어주고 마을 사람들도 우애에 감탄했다고 한다. 당시 황제가 된 명제明帝는 그의 미담을 듣고 그에게 간의대부諫議大夫를 제수했다고 한다. 조효 형제의 미담은 나중에 조예와 조효가 서로 자기 살이 더 많다며 희생되기를 자청했다거나 도적들이 감동해서 풀어주면서 곡식까지 챙겨주었다는 줄거리들이 새로 허구되어 민간에 널리 전해졌다. 원대의 극작가 진간부秦簡夫는 이 이야기를 소재로 《조예가 살을 양보하다趙禮讓肥》라는 잡극雜劇 희곡을 지었다.

7) 장제현張齊賢(942~1014): 북송의 정치가. 자는 사량師亮으로 조주曹州 원구冤句 사람이다. 북송대 정치가이자 역사가 사마광司馬光(1019~1086)이 지은 《속수기문涑水記聞》에 따르면, 젊었을 때 돈도 없이 객주에 투숙했는데 열 명이 넘는 도적이 객주로 들어와 마음껏 먹고 마셨다고 한다. 객주의 사람들은 모두 놀라 달아났지만 장제현은 조금도 두려워하지 않고 거꾸로 도적들에게 인사를 하고 술과 음식을 같이 먹고 싶다는 의향을 밝히자 그의 담력에 놀란 도적들은 술과 음식을 마음껏 먹게 했을 뿐만 아니라 자신들이 지니고 있던 재물까지 챙겨주었다고 한다.

8) *본권의 앞 이야기는 출전 미상의 자료에서 소재를 취했다.

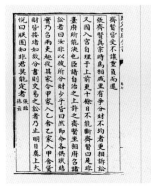

《속수기문涑水記聞》의 〈장제현전〉 대목

는 사람이 살았습니다. 백성百姓[9] 출신으로, 부친 왕삼랑王三郎은 장사로 생계를 꾸렸고 모친은 이李 씨였습니다. 또, 숙모 양楊 씨가 있었는데 젊어서 과부가 된 탓에 자식이 없이 이들 몇 식구만 같이 살고 있었지요. 왕 선비는 어려서부터 총명하고 민첩해서 숙모가 그를 무척 아꼈습니다. 그런데 뜻밖에도 왕 선비가 일곱여덟 살 되었을 때 양친이 차례로 세상을 떠났지 뭡니까! 다행스럽게 양 씨가 장례를 잘 치르고 왕 선비를 자기 아들로 입적시켰답니다. 그렇게 차츰 자라 어느 사이에 벌써 열여덟 살이 된 왕 선비는 장사와 관련된 일이라면 무엇이든 똑 부러지게 해치우게 되었지요.

---

9) 백성百姓: 중국 고대에 평민을 부르던 별칭. 《시경詩經》〈소아小雅·천보天保〉의 "군려백성群黎百姓"에 관하여 정현鄭玄은 "'백성'이란 벼슬 하는 부류의 성씨이다百姓, 官族姓也"라고 주석을 단 바 있다. 이처럼 전국시대 이전에는 '백성'이 귀족을 통치하는 이름이었으며, 그 이후로는 '평민'에 대한 통칭으로 굳어졌다. 중국에서는 수·당대에 과거제도科擧制度를 시행해 인재를 발탁하면서 집안 배경이 없는 평민도 관리로 입신출세할 수 있는 길이 열렸다. 여기서도 왕 선비가 명문 대가 출신이 아니라 평민 출신임을 일깨워준다.

그러던 어느 날이었습니다. 양 씨가 그를 보고 이렇게 말하는 것이었습니다.

"너도 이제는 나이를 먹을 만큼 먹었는데 놀고먹으면서 밥만 축내서야[10] 쓰겠느냐? 나한테 있는 가산에다 너희 선친께서 남겨놓으신 재산까지 합치면 장사를 할 수 있을 게다. 내가 천 냥 정도 만들어줄 테니 너는 강호에서 장사를 좀 해보는 것이 좋겠구나."

그래서 왕 선비도 흔쾌히 말했습니다.

"그거야말로 우리 집안의 본업이지요."

그러자 양 씨는 즉시 천 금이나 되는 물건을 챙겨서 그에게 주었습니다. 왕 선비는 왕 선비대로 장사를 하는 사람들과 의논해보니 '남경南京이 장사하기에 좋다'는 것이었습니다. 그래서 먼저 몇 백 냥의

---

10) 놀고먹으면서 밥만 축내서야[坐喫箱空]: 명대 강남 지역의 유행어. '좌끽상공坐喫箱空'은 원래 '앉아서 먹노라면 돈 상자가 빈다' 정도의 뜻으로, 《소손도小孫屠》·《석점두石點頭》·《환희원가歡喜冤家》·《한상자전전韓湘子全傳》 등 주로 명대의 희곡이나 소설에서 관련 용례들이 확인된다. 명대에 강남 지역에서는 '좌끽상공'과 함께 '좌끽산붕坐喫山崩'이라는 말도 유행했는데 '앉아서 먹노라면 산조차 거덜 난다' 정도의 뜻으로, 의미상 비슷한 상황에서 사용되었다. 비슷한 의미를 가지고 비슷한 상황에서 사용되는 이 두 유행어는 시간이 흐르는 동안 융합되면서 청대에 이르러서는 '좌끽산공坐喫山空'으로 굳어진 것으로 보인다. 현재 통용되는 '좌끽산공'은 '앉아서 먹노라면 산조차 빈다' 정도의 뜻이어서 문법적으로 맞지 않은 표현이다. 그런데도 '좌끽산공'으로 최종적으로 굳어진 것은 강남 지역 방언에서 '상箱(씨아)'과 '산山(씨에)'이 발음상 유사한 탓에 당초의 '좌끽상공'이 입에서 입으로 구전되는 과정에서 '상 → 산'으로 와전된 결과로 추정된다.

은자를 가지고 소주의 물건을 좀 장만했습니다. 그러고는 날짜를 골라서 장거리를 다니는 배를 빌리고 행장과 보따리를 모두 단단히 챙겨놓았지요. 그런 다음 양 씨와 작별하고 길을 나서 배가 있는 곳으로 가서 제물과 지전紙錢을 태우고 그길로 배를 출발시켰답니다. 도중에는 특기할 만한 이야깃거리가 없었습니다.

하루도 되지 않아 벌써 남경 어귀에 도착해서 동풍이 부는 틈에 강을 건넜습니다. 그런데 황천탕黃天蕩¹¹⁾까지 왔을 때였습니다. 별안간 괴이한 바람이 한바탕 불더니 온 강에 흰 물결이 공중으로 솟구치는 것이 아닙니까. 그 바람에 배를 어느 쪽으로 저어가야 할지 모를 지경이었습니다. 날은 이미 어둑어둑해지고 배 위의 사람들이 고개를 들고 먼 곳을 바라보는데 가만 보니 사방이 온통 갈대밭뿐이고 앞뒤로 다른 객선은 하나도 보이지 않았지요. 왕 선비와 동승한 상인들이 어쩔 줄을 모를 때였습니다. 갑자기 갈대숲 속에서 징 소리가 울리더니 서너 자 정도 되는 쪽배가 나타나는 것이 아닙니까. 쪽배마다 일고여덟 사람들이 탔는데 일제히 뛰어서 이쪽 배로 넘어오는 것이었습니다. 왕 선비 일행은 한 덩이가 되어 머리를 조아리면서 살려 달라고 빌었습니다. 그러나 그 무리는 다가와서 말을 걸지도 목숨을 노리지도 않고 그저 배 안에 있던 금은보화와 화물만 모조리 쓸어서 자기 배로 건너갔습니다. 그러고는

"실례했시다!"

----

11) 황천탕黃天蕩: 중국 강소성 남경 동북방에 소재한 수역水域. 너비가 20리나 되고 형세가 험한 편이다. 역사적으로는 송나라 고종高宗 건염建炎 4년 (1130) 송나라 명장 한세충韓世忠(1089~1151)이 금나라 맹장 김올출金兀朮(?~1148)이 이끄는 10만 대군을 무찌른 곳으로도 유명하다.

하고 소리를 지르더니 양쪽의 노를 동시에 저어 쏜살과도 같이 사라지는 것이었습니다.

배의 사람들은 모두 혼비백산해서 어안이 벙벙했지요. 왕 선비는

"내가 이렇게도 운이 나쁘단 말인가!"

하면서 대성통곡을 하더니 바로 일행과 이렇게 상의했습니다.

"이제 노자도 물건도 다 날렸으니 남경에는 가서 무엇 하겠습니까. 차라리 각자 집으로 돌아가 다시 방법을 강구하는 편이 낫겠습니다."

이렇게 한참 갑론을박하는 사이에 날이 차츰 밝았습니다. 이때는 벌써 바람이 그치고 물결도 잔잔해져서 뱃머리를 돌려 진강鎭江[12] 쪽으로 향했지요. 진강에 도착한 왕 선비는 배에서 내려 어떤 친척 집으로 가서 은자 몇 전錢을 노자로 꾸어서 집으로 돌아왔답니다.

양 씨는 그가 얼마 지나지 않아 돌아온 데다가 옷차림이 너저분하고 표정도 수심이 가득한 것을 보고 상황을 대충 눈치 챘습니다. 그런데 가만 보니 그가 앞으로 다가오더니 두 손을 모으고 인사를 하자마자 통곡하면서 땅바닥에 쓰러지는 것이 아닙니까. 양 씨가 까닭을 묻자 그는 앞서 있었던 일을 자초지종 들려주었지요. 그러자 양 씨는 이렇게 그를 위로하는 것이었습니다.

"아들아, 그것도 네 운이었던 게지. (…) 네가 방탕해서 돈을 탕진한

---

12) 진강鎭江: 중국 강소성 서남부에 있는 도시. 남경에서 장강을 따라 동쪽에 자리 잡고 있으며, 장강과 경항 대운하京杭大運河가 만나는 지점이어서 예로부터 군사·경제적으로 중요한 거점 역할을 했다.

것도 아닌데 이렇게 괴로워할 필요가 어디 있느냐? 일단 진정하고 집에서 며칠 있다가 또 밑천을 좀 끌어모으면 그때 나가서 지난번보다 더 많이 벌면 되느니라."

"앞으로는 그냥 가까운 곳에서 장사를 하겠습니다. 이런 부담까지 안으면서 멀리 가지 말고요."

"사내대장부는 천 리 길을 떠나 장사를 하는 법이다. 무슨 그런 말을 하느냐!"

이렇게 해서 집에서 한 달 남짓 지낸 그는 다시 남들과 상의했습니다.

"양주揚州[13]에서 포목이 꽤 잘 팔린다네요. 송강松江[14]에서 포목을 장만해 양주로 가서 은자를 좀 벌어 쌀과 콩을 사서 돌아오면 이문이 꽤 남을 겁니다."

그래서 양 씨는 이번에도 몇백 냥이나 되는 은자를 끌어모아서 왕 선비에게 주었지요. 왕 선비는 송강으로 가서 포목을 백 통筒[15] 넘게 산 뒤에 혼자서 돛을 단 배를 한 대 샀습니다. 그러고는 쌀과 콩을

---

13) 양주揚州: 중국 고대의 지명. 명대에 남직예南直隷에 속했던 양주부揚州府로, 지금의 강소성江蘇省 양주시에 해당한다.
14) 송강松江: 중국 강소성 남동부의 도시. 지금의 상해上海 서남부에 해당하며, 상해의 젖줄인 송강이 이 일대를 흘러서 명·청대에는 지역 이름이 '송강'으로 불리기도 했다. 삼국시대에 촉나라 명장 관우關羽를 생포한 여몽呂蒙이 제후로 봉해진 화정華亭이 이곳이다.
15) 통筒: 대나무 대롱. 중국에서는 명대에 포목이나 실을 여기에 일정 분량으로 감아서 보관하거나 판매했다고 한다.

살 은자를 몇 백 냥 지니고 동업자 한 사람과 함께 날을 정해서 출발했지요.

그렇게 상주常州16)에 이르렀을 때였습니다. 가만 보니 앞쪽에서 오는 배마다 한숨을 쉬면서

"막혀도 너무 막히는군, 너무 막혀!"

하는 것이 아닙니까. 그래서 서둘러 그 까닭을 물었더니 이렇게 말하는 것이었습니다.

"곡식을 실은 배가 하도 많아서 단양丹陽17) 가는 길이 꽉 막혔어요. 청양포靑羊鋪에서 영구靈口18)까지는 물도 못 빠져나갈 정도지 뭡니까! (…) 장삿배들은 아예 그쪽으로는 얼씬도 하지 마슈."

"그럼 어쩌지?"

왕 선비가 이렇게 걱정을 하니 사공이 말했습니다.

"설마 우리도 배를 앞으로 몰고 가서 오도 가도 못하는 배들 구경이나 하실 생각은 아니겠지요? (…) 맹하孟河19) 쪽으로 해서 가시지요!"

---

16) 상주常州: 중국 강소성 남동부의 도시.

17) 단양丹陽: 중국 강소성 남부의 도시. 태호 유역에 자리 잡고 있으며 동과 남으로는 상주, 서와 북으로는 진강과 접해 있다.

18) 영구靈口: 중국 강소성 상주 인근의 능구陵口. 경항 대운하에서 상주-단양 구간은 강폭이 가장 좁은 구간이어서 수시로 병목현상이 일어나는 곳이었다고 한다.

19) 맹하孟河: 중국 강소성 상주 동북부에 위치한 강변의 소도시. 경항 대운하

"맹하 쪽 길은 너무 막연해서 말입니다."

"무조건 낮에만 움직인다면 무슨 걱정이 있겠습니까? 그러지 않고서는 길이 열릴 때까지 여기서 죽치고 있어야 하는데 어느 세월에요!"

그래서 결국 사공 말을 따라 맹하 길을 가기로 했지요. 그런데 정말 대낮이어서 그랬는지 무사히 맹하를 지났지 뭡니까. 그는 그제야 기뻐하면서 말했습니다.

"됐다, 됐어! 만약 내륙 물길에 머물러 있었더라면 언제 빠져나올지 기약이 없었을 거야.20)"

이렇게 한창 신이 났을 때였습니다. 가만 보니 배 뒤로 물소리가 나더니 큰 노를 세 대, 작은 노를 여덟 개나 단 배 한 척이 쏜살같이 쫓아오는 것이 아닙니까. 곧 코앞까지 들이닥칠 즈음에 갈퀴를 턱 걸더니만 열 명 남짓한 강도가 쾌도快刀 · 철척鐵尺 · 금강권金剛圈 같은 것들을 들고 뛰어서 넘어오는 것이었습니다. 알고 보니 맹하에서 동쪽으로 가면 바로 망망한 바다21)이다 보니 대낮에도 강도가 출몰해서 빈 배들만 다니는 곳이었지 뭡니까요.

철척. 중국 무기의 일종으로 '필가차'라고도 한다. 끝이 세 갈래로 갈라져 있다.

와 장강이 만나는 지점으로, 맹하를 통해 장강으로 가면 경항 대운하에서 강폭이 가장 좁은 지역을 돌아갈 수가 있다.
20) 【즉공관 미비】不要歡喜過了。너무 좋아할 때가 아닐 텐데.
21) 바다: 황해黃海, 특히 그 남쪽 상해 인근의 바다를 가리킨다.

그런 판국에 지금 장삿배를 발견했고 거기다 하필이면 바로 코앞에서 딱 마주쳤으니 어디 그냥 놓아줄 턱이 있나요? 물건들을 보이는 족족 다 실어 나르는 것이었습니다. 그러면서 사공이 손에 노를 잡고 있는 것조차 못마땅했던지 철척까지 휘두르는 바람에 사공도 노를 내던질 수밖에 없었지요.

왕 선비는 경황이 없는 와중에도 곁눈질을 했습니다. 그런데 알고 보니 지난번 황천탕에서 맞닥뜨렸던 바로 그 패거리지 뭡니까, 글쎄.

"대왕님! 지난번에도 한번 쓸어가시더니 오늘은 또 웬일로 여기서 뵙는군요. (…) 제가 전생에 대왕님한테 그렇게도 큰 잘못을 저질렀던 가요?[22]"

왕 선비가 이렇게 울부짖자 그 강도들 중에서 덩치가 큰 사람이 말하는 것이었습니다.

"정말 그렇다면 저 녀석한테 노자라도 좀 돌려줘라!"

그러고는 웬 자그만 보따리를 하나 던지더니 뱃머리를 돌려 반대쪽 강 한가운데로 연기처럼 사라져버리는 것이었지요. 왕 선비는 죽는 소리를 하면서 그 보따리를 주워 펴보았지요. 그런데 그 속에 열 냥쯤 돼 보이는 은자 부스러기가 들어 있는 것이 아닙니까. 그는 눈물이 그렁그렁한 채로 코웃음을 지으며

"그래도 이번에는 노자를 빌릴 필요는 없겠구나. 다행이다, 다행이야!"

----

22) 【즉공관 미비】王生膽大, 宜有後福。왕 선비가 간이 크구먼. 나중에 복 받을 만해.

하더니 사공을 보고 화풀이를 했습니다.

"누가 자네더러 이쪽으로 가자고 하던가! 나를 이 꼴로 만들어놓다니 … 돌아가세!"

"세상 참 많이 변했네. 아 백주대낮에 강도질을 할 줄 누가 알았겠습니까요, 글쎄!"

사공은 사공대로 이렇게 볼멘소리를 하는 것이었습니다. 이렇게 해서 온 길을 되돌려서 집으로 가는 수밖에 없었지요.

양 씨는 왕 선비가 벌써 돌아온 것을 보고 또 한 번 가슴이 철렁 내려앉았습니다. 왕 선비는 눈물을 글썽거리면서 앞으로 오더니 그간의 경위를 털어놓고 통곡을 하지 뭡니까. 양 씨는 아주 현명한 사람이었습니다. 사람 보는 눈이 있어서 '조카에게 언젠가는 성공할 날이 올 것'이라고 확신하고 있었지요. 그래서 조금도 원망하는 기색 없이 그저 그를 위로하면서 '운명을 받아들이고 달리 방법을 강구하라'고 이르는 것이었습니다.

그리고 얼마 지난 뒤였습니다. 양 씨는 다시 은자를 끌어 모은 다음 그를 격려하면서 말했습니다.

"도적을 두 번 만난 것은 모두가 그런 일을 당할 운이었기 때문이란다. 운명적으로 재물을 잃자고 들면 집안에 가만히 앉아만 있어도 강도가 집에까지 쳐들어와서 봉변을 당하는 법이다. 그 두 번의 시련 때문에 대대로 이어온 가업을 포기하면 안 되느니라.[23]"

---

23) 【즉공관 미비】達識之婦。식견이 남다른 여인이로구나.

왕 선비가 그래도 겁을 내자 양 씨가 다시 말했습니다.

"조카야, 정 의심스러우면 점쟁이를 찾아가서 좋은지 나쁜지 점을 쳐서 앞날을 따져보면 되지 않겠느냐?"

그래서 정말 점쟁이 한 사람을 찾아내 집으로 불러 장사를 할 대상지를 몇 군데 점을 쳐보았지요. 그러자 모두 나쁜 괘가 나오는데 남경한 군데만 가장 좋은 괘가 나오는 것이었습니다.

"남경까지 갈 것도 없이 그 방향으로 가기만 해도 저절로 재물이 넘칠 운수올시다."

점쟁이가 또 이렇게 덧붙이자 양 씨가 설득했습니다.

"애야, '마음만 크게 먹으면 온 세상을 다 다닐 수 있지만 마음이 약하면 반걸음도 내딛기가 힘들다[24]'고 했느니라. (…) 소주에서 남경까지는 예닐곱 역[25]도 되지 않는 길이어서 객상들이 많이 오가지. 예전에 네 부친이나 숙부께서도 늘 다니시던 길이란다. (…) 너는 재수가 없어서 우연히 강도를 두 번 만났을 뿐이다. 설마 그놈들이 너 하

---

24) 마음만 크게 먹으면~[大膽天下去得, 小心半步難行]: 명대 강남 지역의 유행어. 무슨 일을 하든지 성공 여부는 마음먹기에 달렸다는 뜻이다.

25) 역[站]: '참站'은 역참驛站을 뜻하는 몽골어 '잠치jamch, 站赤'를 한자로 표기한 것이다. 원대 이후로 군사, 행정 관련 문서를 전달하는 파발이 목적지로 가는 도중에 말을 갈거나 숙박·환승하는 장소를 말하는데, 원대에는 '참적站赤' 또는 '참站'으로 표기하다가 명대에 '역驛'으로 바꾸어 썼으며 청대에는 이 둘을 병용하다가 지금은 도로 '참'을 사용하고 있다. 여기서는 편의상 "역"으로 번역했다. 남경에서 소주까지는 대략 215킬로미터 떨어졌으므로 1참은 평균 30킬로미터 정도인 셈이다.

나만 노리고 번번이 강도질을 하기야 했겠니? (…) 점괘도 좋으니 안
심하고 떠나려무나."

왕 선비는 양 씨의 말을 따라 지난번처럼 짐을 챙겨서 길을 나섰습
니다. 어쩌면 이 역시 그의 전생에 정해진 운명이어서 그렇게 하는
수밖에 없었겠지요. 그야말로

> 궤짝 밑에 쟁여놓은 물건이며 팔자에 타고난 재물 篋底東西命裡財,
> 전부가 천지신명의 사자들이 전해주는 것이라네. 皆繇鬼使共神差。
> 강도는 까닭 없이 들이닥치는 것이 아니니, 強徒不是無因至,
> 그들을 잘 다루면 복을 받을 수도 있단다. 巧弄他們送福來。

왕 선비는 이틀을 가서 이번에도 양자강揚子江26)에 이르렀습니다.
이 날은 순풍이 불어서 그런지 그야말로 '두 기슭의 온 산이 마치 말
들이 달리기라도 하는 것처럼'27) 그길로 바로 용강관龍江關28) 어귀까

---

26) 양자강揚子江: 중국 최대의 하천인 장강長江의 한 구간. 옛날 남경에 있었
던 나루인 양자진揚子津에서 유래한 이름으로, 남경에서 황해 어귀에 이르
는 장강 하류 구간을 가리킨다.

27) 두 기슭의 온 산이~[兩岸萬山如走馬]: 남송대 시인 양만리楊萬里(1127~1296)
의 시에 나오는 말. 광종光宗 소희紹熙 3년(1192) 가을에 노년에 벼슬을 버
리고 배를 타고 고향으로 내려가던 길에 지은 칠언 율시七言律詩 〈조둔을
출발해 바람의 힘으로 양림지에서 묵으니 이날은 백 리를 가다發趙屯, 得風
宿楊林池, 是日行二百里〉의 여섯 번째와 일곱 번째 구절이 "兩岸萬山如走
馬, 一帆千里送歸舟(두 기슭의 온 산이 말이 뒤로 달리는 것 같고, 외톨이
권리길 고향 가는 배를 불어 보내주누나)"이다. "두 기슭은~"은 배의 속도
가 하도 빨라서 강 두 기슭의 산들이 반대 방향(뒤쪽)으로 말이 치닫는 것
처럼 빨리 지나가는 것을 두고 한 말이다.

28) 용강관龍江關: 강소성 남경 동북쪽에 있던 관문. 명대에는 이곳에 관문을

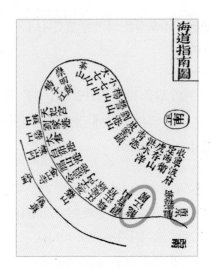

명대의 해도이남도海道指南圖 아래 왼쪽에 용
강관 오른쪽에 남경이 보인다.

지 다다랐지요. 그러고는 날이 저물어 상륙할 시간을 넘긴 탓에 연안
선29)을 물색했습니다. 그는 탄알에 놀란 새처럼 관용의 순시선30) 옆
에 배를 댔습니다. 그러고는 아무 걱정 없다는 듯이 홀가분한 마음으
로 숙소를 잡아 휴식을 취했지요.

　그런데 삼경31)이 되었을 때였습니다. 가만 들어보니 징 소리가 들
리더니 횃불이 일제히 사방을 밝히는 것이 아닙니까. 그 바람에 단꿈

　　세우고 세금을 징수했다고 한다.
29) 연안선[灣船]: '만선灣船'은 수심이 낮은 강변을 오가는 작은 배를 말한다.
30) 【교정】 순시선[巡哨船]: 상우당본 원문(제334쪽)에는 세 번째 글자가 '울
　　제嘲'로 나와 있으나 화본대계판(제133쪽), 천진고적판(제79쪽) 등의 《초각
　　박안경기》에서는 이 글자를 '부르짖을 호號'의 오자로 소개하고 있다.
31) 삼경三更: 밤 11시에서 새벽 1시 사이. 여기서는 "삼경이 되었을 때"라고
　　했으니 밤 11시에서 12시쯤인 셈이다.

에서 놀라 일어나고 말았지요. 그런데 황급히 눈을 뜨니 아, 이번에도 강도떼가 나타났지 뭡니까, 글쎄! 강도떼는 왕 선비의 배로 건너와서 지난번처럼 싹 쓸어가는 것이었습니다. 그제야 자기 배를 살펴보니 처음에 댄 곳이 아니라 누가 끝도 없이 드넓은 강 한가운데에까지 옮겨다놓았지 뭡니까. 횃불 빛 속에서 물건을 빼앗아가는 강도들을 자세히 보니 이번에도 역시 지난번의 그 패거리였습니다. 왕 선비는 용기를 내어 지난번에 자신에게 보따리를 던져주었던 바로 그 덩치 큰 강도의 옷자락을 붙잡고는 무릎을 꿇고 말했습니다.

"대왕님! 차라리 소인을 죽여주시오!"

"우리는 남의 목숨을 해치지 않기로 맹세한 사람들이다. 너는 네 갈 길만 가면 그만인데 어째서 사람을 붙잡고 늘어지는 게냐?"

그러자 왕 선비는 통곡을 하면서 말했지요.

"대왕님께서는 모르시겠지만, 소인은 어려서 부모를 여의고 오로지 숙모님 뒷바라지 덕분에 객지로 나와서 장사를 하게 되었습니다! 그렇게 나온 것이 딱 세 번입니다. 그런데 공교롭게도 전생에 대왕님한테 무슨 빚을 졌던지 … 세 번 다 대왕님을 마주쳐서 물건을 모조리 빼앗 겼지 뭡니까! 그러니 저더러 무슨 낯으로 숙모님을 다시 뵈라는 말씀입니까! 그리고 … 그 많은 은자를 어떻게 벌어 숙모님께 갚아드릴 수가 있겠습니까! 대왕님께서 저를 죽이지 않더라도 강에 몸을 던져 죽어야 할 판이올시다! 다시 돌아가 숙모님 얼굴을 뵙기는 틀렸다고요!"

왕 선비는 가슴이 다 에일 정도로 애걸하면서 대성통곡을 그치지 않는 것이었습니다. 그 대왕은 의협심이 있는 자였습니다. 그가 딱했던지 이렇게 말하는 것이었지요.

"나는 너를 죽이지도 않고 은자를 돌려줄 수도 없다. 허나 … 내게 방법이 있느니라. (…) 내가 어젯밤에 객선을 하나 덮쳤는데 뜻밖에도 실은 짐이 죄다 모시풀 단들이고 양도 적지 않지. 내게는 아무 쓸모가 없으니 은자 대신 그 모시풀 단들을 네 장사 밑천으로 넘겨주고 가겠다. 그 정도면 액수도 얼추 비슷하지 않겠느냐."

왕 선비는 생각지도 않았던 호의를 입고 몇 번이나 고맙다고 인사를 했습니다. 강도떼가 모시풀 단들을 왕생의 배로 마구 던지자 왕 선비와 사공은 허둥지둥 그것들을 쌓기 시작했습니다. 자세히 따져보지 않아도 얼추 이삼백 단은 되는 것 같았지요. 강도들은 모시풀 단들을 다 던지고 휘파람을 불더니 뱃머리를 돌려 사라지는 것이었습니다.

사공은 강 가운데의 작은 항문港門32)을 확인하고 평소처럼 배를

항문. 구영, 〈소주청명상하도〉(부분)

---

32) 항문港門: 항구 어귀에 검문을 위하여 세운 관문.

옮겨 그 안에서 하룻밤을 묵으면서 날이 다 밝기를 기다렸습니다.

"그래도 인정은 있는 강도로구나. 이 정도의 모시풀이라면 거의 천금은 될 것 같은데…. 그자 입장에서도 모시풀은 빼앗아가도 처분하기 어려웠을 거야. 그래서 나한테 주었을 테지. (…) 지금 이 상태로 도매상에 가서 팔았다가 누가 알기라도 하면 불미스러운 일이 생길지도 모른다.[33] 차라리 일단 싣고 집으로 돌아가서 모시풀을 새로 묶고 포장도 바꾼 다음 다른 곳에 가져가 파는 편이 낫겠다![34]"

이렇게 생각한 왕 선비는 그대로 배를 강 한가운데로 저어 갔습니다. 흐르는 물과 같은 방향으로 가다보니 배도 훨씬 빨라져서 얼마 되지 않아 남경 어귀의 갑문에 이르렀지요. 그는 그길로 집으로 갔습니다.

왕 선비는 숙모에게 인사를 하고 나서 이번에도 지금까지 있었던 일을 낱낱이 이야기했습니다. 그러자 양 씨는

"은자는 잃었다마는 이렇게 많은 모시풀로 바꾸어 왔으니 그렇게 큰 손해는 보지 않은 셈이다."

하면서 그중 한 단을 풀어 보았습니다. 그런데 가만 보니 그 속으로

---

33) 【즉공관 미비】亦精細, 亦老成。 치밀하기도 한데 물정까지 밝군.
34) 【교정】 팔자[貨賣麼]: 상우당본 원문(제336쪽)에는 세 번째 글자가 의문문에서 '~합니까'라는 의미로 주로 사용되는 '어조사 마麼'로 나와 있으나 전후 맥락을 고려할 때 여기서는 '그칠 파罷'를 써야 옳다. '파罷'는 근세 이래의 백화에서는 본래 의미는 사라지고 현대 중국어의 '파吧'와 마찬가지로 '~하자'라는 어감을 나타내는 청유형 어조사로 사용되었다. 화본대계판(제134쪽)에서도 '그칠 파'의 오각으로 보았다.

도 겹겹이 싸여 있지 뭡니까. 그래서 그 속의 것까지 다 풀고 나니 뭉치 가장 안쪽에서 웬 단단한 물체가 잡히는데 아주 단단히 묶여 있었지요. 그것을 꼼꼼하게 풀어헤쳤더니 몇 겹이나 되는 면 종이[35] 속에 백금 금괴가 싸여 있는 것이 아닙니까! 다음 모시풀 단을 풀어보아도 결과는 매번 마찬가지였지요. 그렇게 배의 모시풀 단을 전부 헤아려보니 오천 냥 남짓이나 되는 것이었습니다. 물론 그것은 장사 경험이 풍부한 대객상이 물길을 다니면서 강도를 피하려고 일부러 모시풀을 싣고 그 뭉치 속에 금괴를 몰래 감추어 사람들의 눈을 속이려한 것이었습니다. 그렇게 꾀를 낸 것을 그 강도 패거리가 다짜고짜 몽땅 쓸어 갈 줄 누가 알았겠습니까? 그 덕분에 왕 선비만 부자가 된 셈이었지요. 양 씨와 왕 선비는 환성을 질렀습니다.

"이렇게 고마울 수가 있나![36]"

그동안 몇 번이나 놀랄 일을 당하다가 뜻밖에도 이런 횡재를 얻어 밑천보다 갑절이나 많아졌으니 이루 말할 수 없이 기쁠 수밖에요. 이 날 이후로 왕 선비는 객지에 나가 장사를 하는 족족 일이 술술 풀려서 몇 년이 지나지 않아 결국 큰 부자가 되었답니다. 이것이 아무리[37]

---

35) 면 종이[綿紙]: 나무 속껍질의 섬유질을 이용해 만든 종이. 색이 희고 질기며 섬유질이 목면처럼 가늘고 길어서 '면지綿紙'라고 불렀다.

36) 이렇게 고마울 수가 있나[慚愧]: '참괴慚愧'는 원래 '부끄럽구나' 식으로 자신의 잘못이나 단점을 뉘우치고 부끄러워하는 말이다. 그러나 당·송대 이후로는 '잘됐다·다행이다·고맙다' 등과 같이 어떤 사람이나 상황을 반기는 말로 더러 전용되기도 했다. 여기서는 후자의 용법으로 사용되었으며, 편의상 "이렇게 고마울 수가 있나"로 번역했다.

37) 【교정】아무리: 상우당본 원문(제337쪽)에는 이 부분에서 '그럴 연然'만 사용

왕 선비의 복이라고는 하지만, 그 대왕의 작은 자비심 덕택이었다고 하겠습니다. 이렇듯 강도들 중에도 좋은 사람이 없지는 않다는 것을 알 수 있지요.

이제부터는 다른 이야기를 들려드리지요.[38] 이번에도 소주 사람입니다. 무심결에 어떤 호걸과 인연을 맺고 나중에 그 인연으로 집안을 일으키는 것은 물론이고 부부가 다시 상봉까지 하게 되지요. 이 이야기를 증명하는 시가 있습니다.

말할 때는 의협심 하늘을 찌르는 호걸이더니,	說時俠氣凌霄漢,
다 듣고 나니 뛰어난 글솜씨 고금에 으뜸이구나.	聽罷奇文冠古今。
만일 세상 사람들 저마다 정의를 구현한다면,	若得世人皆仗義,
탐천[39]조차 그 맑은 마음을 드러내 보이겠지.	貪泉自可表淸心。

다시 이야기를 들려드리지요. 경태景泰 연간에 소주부蘇州府 오강현吳江縣에 장사를 하는 백성이 살았습니다. 두 글자 성씨인 구양歐

되었다. 그러나 문법적으로 따진다면 원래는 그 앞에 조건문에서 주로 사용되는 접속사인 '비록 수雖'가 함께 사용된 '수연雖然'이나 아예 '연' 대신 '수雖'를 써야 옳다. 화본대계판(제134쪽)에서는 '수'자가 탈락된 것으로 보았다.

38) *본권의 몸 이야기는 풍몽룡의 《정사情史》권18의 〈소어사邵御史〉에서 소재를 취했다. 《곡해총목제요曲海總目提要》에 따르면, 일부 내용이 지방극 희곡인 《옥청정玉蜻蜓》에도 영향을 준 것으로 보인다.

39) 탐천貪泉: 지금의 중국 광동성廣東省 남쪽 바다 서북쪽에 있었다는 샘물. 남북조시대에 동진東晉쯤의 전설에 따르면 사람들이 이 물을 마시면 심성이 탐욕스럽게 바뀌었다고 한다. 평소에 청렴결백하기로 소문 난 오은지吳隱之(?~414)는 광주 자사廣州刺史를 지내던 중 탐천에서 그 물을 마셨지만 오히려 그 심성이 더 맑아졌다고 한다.

陽 씨인데, 부인은 그곳 숭명현崇明縣 사람인 증曾 씨로, 딸 하나
아들 하나를 두었지요. 아들은 나이가 열여섯 살로 아직 혼인을 하
지 않았고, 딸은 스무 살이 되었는데 대단한 집안은 아니어도 제법
곱게 생겨서 그 마을에 사는 진대랑陳大郎을 데릴사위로 집에 들인
상태였습니다. 집안 형편은 넉넉하지도 쪼들리지도 않았고, 문 앞에
자그마한 한 칸짜리 잡화점을 열고 객지를 오가면서 장사를 했는데
진대랑과 손아래 처남, 이 두 사람이 관리를 맡고 있었답니다. 그
댁 장인과 사위, 남편과 아내, 매부와 처남은 서로 존경하고 사랑하
면서 장사로 생계를 꾸렸답니다. 그러다가 어느새 추운 겨울이 되었
습니다. 진대랑이 팔 물건을 좀 장만할 요량으로 소주에 갔을 때였
지요. 길거리를 걷다가 가만 보니 하늘에서 펄펄 상서로운 흰 눈이
내리는 것이 아닙니까.

　옛날 사람의 시 중에 이런 상황을 잘 읊은 작품이 있는데,[40] 그
내용은 이렇습니다.

　　‘풍년 알리는 상서로운 눈’이라고들 하지만,　　盡道豐年瑞,
　　풍년 알리는 상서로운 눈이면 무엇 하겠나?　　豐年瑞若何。
　　장안에는 가난한 이들도 많이 살고 있으니,　　長安有貧者,
　　상서로울 만큼만 많이 내리진 않았으면!　　宜瑞不宜多。

---

40) 옛날 사람의 시 중에~: 당나라 말기의 시인 나은羅隱(833~909)이 지은 시
〈눈[雪]〉을 가리킨다. 다만, 능몽초가 여기에 인용한 〈눈〉의 시구는 나은의
원작과는 다소 차이가 있다. 원문에는 두 번째와 네 번째 구절이 각각 “풍
년의 사정이 어떠하더냐豐年事若何”와 “상서롭게 여기는 이가 많지 않으리
爲瑞不宜多”로 되어 있다. 나은은 원래 권문세족은 눈을 상서롭게 여기지만
가난한 사람들은 그렇지 않다는 취지에서 이 시를 지었다.

진대랑이 내리는 눈을 무릅쓰고 걸으며 차가운 몸을 녹일 술집을 찾고 있는데 문득 보니 저 멀리서 웬 사람이 걸어오는 것이었습니다. 그 사람이 어떤 모습이었는지 아십니까? 그 모습을 볼작시면

몸에는 꽉 끼게 남색 옷을 입고,	身上緊穿着一領靑服,
허리에는 눈에 띄지 않게 칼을 찼으며,	腰間暗懸着一把鋼刀。
겉보기에는 위풍을 좀 띠었는데,	形狀帶些威雄,
얼굴에는 군살조차 없구나.	面孔更無細肉。
두 뺨은 수염41) 나지 않은 곳이 없고,	兩頰無非不亦悅,
온몸이 하나같이 털42)투성이로구나!	遍身都是德輶如。

---

41) 수염[不亦悅]: 상우당본 원문(제339쪽)에는 '수염'에 해당하는 부분이 '불역열不亦悅'로 되어 있다. 이는 《논어論語》〈학이學而〉편의 첫 번째 문장인 "배운 후 짬짬이 그것을 익힌다면 그 또한 기쁘지 않은가學而時習之, 不亦悅乎"에 나오는 '불역열호不亦悅乎'를 차용하면서 그 다음 글자인 '어조사 호乎'를 생략한 것이다. 물론, 여기서 '불역열'까지만 언급하고 마지막 글자 '호'를 생략한 것은 이 문장의 본래의 의미와는 무관하며 단순히 비슷한 발음을 단서로 한 일종의 언어유희에 해당한다. 즉, '호乎'는 수염을 뜻하는 글자인 '수염 호鬍'와 발음이 같은데, '불역열'까지만 언급함으로써 청중/독자로 하여금 '호'를 떠올리고 "두 뺨은 ~않은 곳이 없구나" 하는 앞의 맥락을 통하여 '수염'을 연상하게 하려는 의도가 담겨 있는 것이다. 이 부분은 직역하면 그 의도를 제대로 이해하기 어렵기 때문에 편의상 바로 '수염'으로 의역했다.

42) 털: 상우당본 원문(제340쪽)에는 '털'에 해당하는 부분이 '덕유여德輶如'로 되어 있다. 이는 《시경詩經》〈대아大雅 · 증민烝民〉편에 나오는 구절인 "사람들은 또 '덕은 털만큼이나 가볍다'고 말들 하지만 백성들 중에 그것을 들 수 있는 이는 드물더라人亦有言, 德輶如毛, 民鮮克擧之"에 나오는 '덕유여德輶如'를 차용하면서 그 다음 글자인 '털 모毛'를 생략한 것이다. 여기서 '덕유여'까지만 언급하고 '모'를 생략한 것 역시 앞의 '수염'의 경우와 같은 언어유희이다. 즉, '불역열'까지만 언급함으로써 청중/독자로 하여금 '모'를

그 사람은 키가 일곱 자에 어깨는 넓기가 삼 할이나 되고, 그 커다란 얼굴은 대부분 긴 수염에 덮여 있었습니다. 참말로[43] 기이하게도 수염이 없는 곳조차 털이 한 치는 자라 있었지요. 눈을 제외한 온 얼굴을 빈틈이 없을 정도로 뒤덮고 있는 셈이었습니다. 그야말로 옛날 사람들이 한 우스갯소리[44] 마따나

> "수염이라는 녀석 참 고약하기도 하지,　　髭髯不仁,
> 그 옆으로 비집고 들어오기를 그치지 않네,　侵擾乎其旁而不已,

떠올리고 '털'을 연상하게 하려는 의도가 담겨 있다. 앞의 '수염'의 경우와 마찬가지로 이 부분도 직역하면 당초의 의도를 제대로 살리기 어렵기 때문에 편의상 바로 '털'로 의역했다.

43) 참말로[可煞]: '가살可煞'은 송·원대 구어에 사용된 부사 '가可'와 '살煞'이 합쳐진 합성어로, 형용사 앞에서 특정한 상황을 강조 또는 과장하는 역할을 한다. 여기서도 '작괴作怪'는 '기이하다strange'라는 형용사이므로 '가살작괴可煞作怪'는 "참으로 기이하다" 정도로 번역할 수 있다.

44) 옛날 사람이 한 우스갯소리: 남송대 학자 사희맹謝希孟(1156~1227)은 절강성 황암黃岩 사람으로 자가 고민古民, 호가 회재晦齋인데, 이학理學의 대가이던 육구연陸九淵의 제자였으나 학문이나 언행에서 조금도 꾸밈이나 거리낌이 없었다. 한번은 친구 진백익陳伯益의 집을 방문했다가 벽에 걸린 그의 자화상을 보고 그림 여백에 "백익의 얼굴은 손가락 두 개 크기밖에 되지 않는구나. 수염이 어질지 못하여 그 양 옆을 비집고 들어오기를 그치지 않네, 그리하여 백익의 얼굴은 남는 부분이 거의 없구나伯益之面大無兩指, 髭髯不仁, 侵擾乎其兩旁而不已, 于是乎伯益之面所餘無幾"라는 글귀를 써넣어서 친구를 민망하게 만들었다고 한다. 여기서는 바로 그 글귀와 일화를 언급하기는 했지만 원문 그대로 차용하지 않고 (의)화본의 체제에 맞추어 원래의 풍자 대상인 '백익'의 이름을 빼는 한편, 접속사나 생략이 가능한 부분까지 생략하여 "수염이 어질지 못하여 그 옆으로 비집고 들어오기를 그치지 않는 바, 그리하여 얼굴에 남는 자리가 거의 없구나髭髯不仁, 侵擾乎其旁而不已, 于是面之所餘無幾" 식으로 고쳐놓았다. 첫 구절인 '자염불인髭髯不仁'은 편의상 "수염이라는 녀석 참 고약하기도 하지"로 번역했다.

그래서 얼굴에 남는 자리가 거의 없구나.”　　於是面之所餘無幾。

그 모습을 본 진대랑은 깜짝 놀라서 속으로

‘이 사람 참 이상하게 생겼구나! (…) 밥 먹을 때 저 수염을 다 어떻게 젖히고 입을 드러내는지 모르겠군!’

하고 생각하다가도 또 이런 생각이 들었습니다.

‘좋은 방법이 있다. 돈 든다고 아까워하지 말고 술집으로 초대해서 좀 앉혀놓으면 어떻게 하는지 확인할 수 있겠지.’

진대랑은 그저 그 사람의 특이한 모습을 보고 장난을 칠 생각으로 황급히 몸을 숙이고 다가가 인사를 했습니다. 그 사람도 답례를 하자 진대랑이 말했지요.

“소생이 노선생을 술집에 모시고 이야기를 좀 나누면서 술이나 한잔 하고 싶군요.”

그 사람은 먼 길을 걸어온 데다가 눈 내리는 날까지 만나는 바람에 허기도 지고 춥기도 했습니다. 그런 차에 그 말을 듣고 나니 하도 반가워서 얼굴에 웃음이 절로 나지 뭡니까. 그래서 기다렸다는 듯이

“평소 안면도 없는 분인데 … 그런 두터운 호의를 다 베푸시다니…”

하고 말하니 진대랑이 짓궂게도 말하는 것이었습니다.

"소생이 노선생을 뵈오니 기골이 비범하신 것이 … 호걸이 분명하길래 외람되게도 말을 걸어보았습니다."

"당치도 않습니다!"

그 사람은 입으로는 이렇게 말하면서도 사양하지는 않는 것이었지요. 그렇게 해서 두 사람은 함께 술집으로 갔답니다.

진대랑은 바로 술집 점원에게 술을 몇 각角45) 담고 양다리 고기를 내오는 한편, 닭고기, 물고기, 기타 안주까지 좀 곁들이게 했습니다.46) 진대랑은 그가 입을 어떻게 움직이는지 볼 요량으로 술잔을 들고 먹기를 권했지요. 그 사람은 술잔을 받아 탁자에 놓는 것이었습니다. 그러고는 소매 속에서 자그마한 은 갈퀴를 한 짝 꺼내 양쪽 귀에 걸고 수염을 양쪽으로 젖혔습니다.47) 그러더니 칼을 뽑아 고기를 썰면서 마음껏 마시고 먹는 것이 아닙니까! 게다가 술잔이 작았던지 점원에게 큰 사발을 달라고 해서 연거푸 몇 주전자나 마시는 것이었습니다. 그런 다음 밥을 달라고 하더니 밥이 나오자 또 열 공기 정도를 먹어치우지 뭡니까. 진대랑은 그 모습을 보노라니 얼이 다 나가버렸습니다. 이윽고 그 사람은 일어나서 두 손을 모으고 예를 갖추더니 말했습니다.

---

45) 각角: 고대에 중국에서 술을 담는 데에 사용한 계량 단위. 고대에는 짐승 뿔을 술잔으로 사용했기 때문에 그 의미를 담은 '각'을 단위로 쓴 것으로 전해진다.
46) 【즉공관 미비】陳大郎元自不酸。진대랑이 알고 보니 쩨쩨하지 않았군.
47) 【즉공관 미비】好法。좋은 방법이야.

오 장군이 밥 한 끼 신세를 기어이 갚다.

"이렇게 융숭한 대접을 해주셔서 정말 고맙습니다! 성함과 사시는 곳이라도 알 수 있을지요?"

"소생은 성이 진, 이름이 아무개로, 이 고을 오강현 사람입니다."

진대랑이 이렇게 대답하자 그 사람은 그것을 일일이 다 받아 적었습니다. 진대랑도 그의 이름을 알려고 했지만 제대로 대답해주지 않고 이렇게 말할 뿐이었지요.

"저는 오烏 가올시다. 절강 사람이고요. 언제 귀하께서 저희 절강에 볼일이 생기면 어쩌면 뵐 수 있겠지요. 후한 은덕을 입었으니 반드시 보답하도록 하겠습니다. 절대로 잊지 않겠습니다."

진대랑은 거듭 겸양의 말을 하면서 그 자리에서 술값을 다 치렀습니다. 그 사람은 몇 번이나 고맙다고 인사하면서 술집을 나와 작별인사를 하고 길을 떠나는 것이었지요. 진대랑은 진대랑대로 그저 우연한 자리로 여길 뿐 어디 마음에 두기나 했겠습니까. 그냥 귀가해 가족들에게 이 이야기를 들려주어도 그 말을 믿는 사람도 있고 거짓말을 한다고 의심하는 사람도 있었습니다만 어쨌든 다들 한바탕 웃고 넘어간 것은 두말할 필요도 없었지요.

그렇게 두 해 남짓 지났을 때였습니다. 진대랑은 혼인을 하고 몇 년이 지났지만 아이를 갖지 못한 상태였지요. 부부 두 사람은 발심發心[48]을 하고 남해南海 보타普陀[49] 낙가산洛伽山[50]의 관음대사觀音大

----

48) 발심發心: 불교 용어. 어떤 일을 이루기로 결심하는 것을 말한다.

土 도량에 가서 향을 피우고 아이를 점지해달라고 빌기로 했지요. 그러나 그때까지도 상의만 할 뿐 결정은 내리지 못하고 있었답니다. 그러던 어느 날이었습니다. 진대랑의 장인 구 공歐公이 볼일을 보러 외지에 나가 있을 때였지요. 그런데 가만 보니 바깥에서 누가 들어와서

"구 선생 계십니까?"

남해 보타 낙가산도. 《삼재도회》

49) 보타普陀: 중국 절강성 주산舟山 군도의 1,390여 개 섬들 중 하나. 섬 자체가 산처럼 높다고 해서 '보타산'으로 불리기도 한다. 산서성의 오대산五臺山, 사천성의 아미산峨眉山, 안휘성의 구화산九華山과 더불어 중국 불교 4대 명산으로 일컬어지며, 관음보살이 수행하면서 중생을 구제했다는 전설이 전해지는 불교 도량이 남아 있다.

50) 낙가산洛伽山: 절강성 주산의 보타산에서 동남쪽 5킬로미터 지점에 위치한 작은 섬. 전설에 따르면 관음보살이 이곳에서 수행을 했다고 하는 등, 예로부터 이웃한 보타산과 함께 양대 불교 성지로 일컬어졌다. 지금은 '낙가산洛迦山'으로 표기한다.

하고 부르는 것이었습니다. 진대랑이 황급히 나와서 대답하고 보니 바로 숭명현崇明縣51)의 저경교褚敬橋였습니다. 그는 인사를 하자마자 물었습니다.

"장인어른 … 댁에 계시오?"

"잠시 출타하셨습니다만."

그러자 저경교가 말하는 것이었습니다.

"선생 처외조모 육陸 씨께서 몸이 편찮으셔서 특별히 저더러 편지를 전해달라고 하십디다. 선생 장모님을 모셔서 한동안 같이 지내고 싶다고 말입니다."

대랑은 그 말을 듣자마자 안으로 들어가 장모 증曾 씨에게 그 사실을 알렸지요.

"가기야 가야지. 허나 … 자네 장인이 집에 안 계시니 당장은 길을 나설 수가 없구먼."

증 씨는 이렇게 말하더니 딸과 아들을 불러서 당부했습니다.

"외할머니께서 병이 나셨단다. 너희 둘은 숭명으로 가서 며칠만 수발을 들어드려라. 너희 아버지가 귀가하면 내가 바로 가서 교대할 테니."

---

51) 숭명현崇明縣: 중국 강소성 상해 인근의 도시. 중국에서 세 번째로 큰 섬으로, 장강이 황해로 진입하는 어귀에 자리 잡고 있는데, 당대부터 사람이 살았으며 지금은 행정적으로 상해시에 속한다.

그 자리에서 상의를 마치자마자 저경교를 붙잡아놓고 점심을 대접한 다음 먼저 가서 알리게 했습니다. 다시 이틀이 지나 누나와 동생 둘이 행장을 꾸린 다음 당선艠船을 한 척 불러 출발하려 하는데 증씨가 또 당부하는 것이었습니다.

　"외할머니한테 전해다오. '걱정 말고 몸조리 잘 하시라'고 말이다. 나도 곧 간다는 말씀 드리는 것도 잊지 말고! 며칠 안 걸리는 길이기는 하다마는 너희 둘은 나이가 젊으니 각자 조심하도록 해라."52)

　두 사람은 대답을 하고 나서 숭명으로 떠났습니다. 그런데 바로 이 걸음으로 말미암아 이런 일이 벌어지는데53)

　　　깊은 숲속 산적이 이날 아리따운 여인을 만나니,　錄林此日逢嬌冶,
　　　연지며 분 바른 미녀가 오늘 위험을 당하겠구나.　紅粉從今踏險危。

　다시 이야기를 들려드리겠습니다. 진대랑 쪽에서 아내와 처남이 떠난 지 열흘 남짓 지났을 때였습니다. 구 공은 진작 돌아와 있었지요. 그런데 가만 보니 숭명에서 또 소식을 전하러 사람을 보냈지 뭡니까.

　"저번에 저경교가 '외조카들이 오기로 했다'고 해놓고 어째서 여태

---

52) 【즉공관 미비】既知年少, 不宜使如此輕出。 나이가 어린 것을 알면서 이렇게 경솔하게 나오게 하면 안 되지.
53) 이런 일이 벌어지는데[有分敎]: 명·청대 (의)화본 및 장회소설에서 사용하는 상투어. 제1권 〈팔자 바뀐 사내가 우연히 동정홍을 발견하고, 페르시아 사람이 타룡의 등껍질을 알아보다〉에서는 "분교分敎"를 '분교分交'로 표기하고 있다.

오지 않느냐고 하십니다."

그 사람 말에 구 공 부부와 진대랑은 깜짝 놀라서 말했습니다.

"떠난 지가 벌써 열흘이나 되었는데 오지 않았다니 그게 무슨 말인가!"

"그림자 반쪽조차 얼씬한 적이 없는뎁쇼. 선생 장모님께서는 다 나으셨습니다만 따님과 아드님은 어찌된 영문입니까?"

그 사람이 이렇게 말하자 진대랑은 허둥지둥 그날 두 사람을 태우고 간 사공을 찾아가 물었습니다. 그러자 사공이 말하는 것이었지요.

"해안가까지 갔는데 배가 더는 못 들어가는 거예요. 해서 댁의 작은 서방님과 아씨께서 '배에서 내리자. (…) 길도 별로 멀지 않고 우리도 아는 길이니 사공은 돌아가시오.' 하시더군요. 그때는 날이 막 저무는 참이어서 두 분은 서둘러 길을 나서고 저도 그길로 배를 저어서 돌아왔지요. 그런데 도착을 하지 않았다니요?"

구 공은 마음이 급해졌지만 이렇다 할 방법이 없었습니다. 그래서 증 씨를 보고 말했지요.

"나는 여기서 집을 보고 있으리다. 임자는 사위하고 같이 장모님께 인사를 가서 소식을 좀 알아보고 오시오!"

내외는 속으로 당황스러워 어쩔 줄을 모르다가 사공의 말을 다 듣자마자 잠시도 지체하지 않고 서둘러 행장을 챙기고 배를 빌렸습니다. 그리고 이튿날 일찍 숭명에 도착하여 육 씨 댁 마님을 뵙고 안부를 물었지요. 그러자 '병세는 그런 대로 나아졌는데 외조카들은 행방을 전혀 알 수가 없다'지 뭡니까, 글쎄! 그러자 증 씨는

 "내 목숨 같은 아들딸아!"

 하면서 소리 놓아 통곡을 하는 것이었습니다. 육 씨는 물론이고 놀라서 이유를 물으러 온 이웃집 여자들도 얼마나 많은 눈물을 흘렸는지 모릅니다. 그러나 진대랑은 성질이 급한 사람이었습니다. 그는 탁자와 걸상을 두들기면서 성을 내더니 말했습니다.

 "이제 알겠다. 모두가 그 저경교가 전해온 그 망할 놈의 소식 탓이야! 그놈이 '불 난 틈에 강도짓을 벌인다'는 격으로 흉계를 꾸며서 납치해 간 게지!"

 그러고는 경위를 따져보지도 않고 그길로 씩씩거리면서 저 씨 댁으로 달려가는 것이었습니다.[54] 저경교는 그때까지도 영문을 모르고 있다가 진대랑과 딱 마주쳤겠다? 그래서 경위를 물으려는데 진대랑이 다짜고짜 멱살을 움켜잡더니만

 "내 아내를 돌려다오, 내 아내를 돌려줘!"

 하고 고함을 지르면서 관가로 끌고 가려고 하지 뭡니까. 이때는 벌써 온 동네에 난리가 나서 이웃 사람들이 죄다 몰려와 구경을 하고

---

54) 【즉공관 미비】無路可尋, 不覺遷怒。 따로 길이 없으니 자기도 모르게 남한테 성을 내는 게지.

있었지요. 저경교는 얼굴이 사색이 되어서 소리를 질렀습니다.

"내가 무슨 죄가 있소? 이유라도 좀 압시다!"

"그래도 잡아떼느냐! 내가 멀쩡히 집에 잘 있는데 네놈이 소식을 전한답시고 나타났었지. (…) 도대체 내 아내와 처남을 어디로 끌고 간 게냐!"

대랑이 이렇게 따지자 저경교는 가슴을 치면서 말했습니다.

"정말 억울하기 짝이 없소이다! 남을 도와주려다가 도리어 봉변을 하다니! (…) 나는 호의로 당신들한테 소식을 전해준 것뿐이오. 당신네 아내는 오지도 않았는데 지금 이런 소리를 하니 이게 무슨 날벼락인지 모르겠구려!"

"아내와 처남이 떠난 지가 열흘이나 됐는데 안 왔을 리가 있어?"

그 말에 경교가 이렇게 말하는 것이었습니다.

"또 그러는구려! 내가 선생 집에 소식을 전하러 간 날은 오늘부터 따지면 열이틀이 지났소이다. 이튿날 저녁에 여기 도착한 뒤로 집 밖에는 전혀 나간 일이 없어요. 그때는 당신 아내와 처남이 당신 집에서 출발도 하지 않았을 때라구요. 글쎄! 그런데 내가 어느 겨를에 납치를 하고 선생을 속이겠소? (…) 당장 동네 이웃들을 모두 증인으로 세우겠소이다. 만약 내가 이 열흘 사이에 집 대문을 나서서 어디에 간 적이라도 있다면 그때는 나 때문이라고 인정하리다!"

그러자 사람들도 저마다 말을 거드는 것이었습니다.

"그런 적이 없어요! 인신매매꾼을 만나지 않았다면 강도라도 만난 게지. 애먼 사람 잡지 말아요!"

사람들이 다들 이렇게 말하자 진대랑도 그와는 상관이 없다는 것을 눈치 챘지요. 그래서 하는 수 없이 잡았던 손을 놓고 분을 누르면서 뛰어서 증 씨 댁으로 돌아왔습니다. 그리고 그길로 숭명현에 진정을 넣고 이어서 소주부로 가서 진정을 넣었지요. 그러자 소주부에서는 숭명현의 포졸들에게 즉시 수사에 착수하라는 지시를 내렸습니다. 진대랑은 또 각지의 담장마다 방을 붙이고 상금으로 스무 냥을 내걸었습니다. 그러고 나서 당초 두 사람을 태워 간 사공을 찾아내 관아로 끌고 가서 보증인을 세우고 끌어내어 차례로 조사를 받게 했지요. 그런 다음 다시 숭명으로 가서 증 씨와 함께 스무며칠을 기다렸습니다마는 아무 소식이 없는 것이었습니다. 그러다가 어느 사이에 늦겨울이 다 가고 새해가 코앞에 닥치니 두 사람도 결국 집으로 돌아가는 수밖에 없었지요. 구 공이 그간의 일을 다 전해 듣고 세 사람이 한데 엉켜 통곡을 한 것은 말할 필요도 없었습니다. 남의 집들은 즐겁게 설을 쇠는데 유독 그의 집만 걱정이 태산이었지요.

그렇게 정월이 통째로 총총히 지나가고 어느 사이 이월 초가 되었지만 별다른 동정이 없었습니다. 진대랑은 불현듯 이런 생각이 들었습니다.

'작년에 보타에 불공을 드리러 가려고 했었지. (…) 그저 자식을 점지해주시기를 바란 것이었는데 이제는 기막히게도 자식을 낳아줄 아내까지 사라져버렸으니! (…) 나는 팔자가 이다지도 기구하단 말인가!

(…) 이번 달 열아흐레는 관음보살님의 탄신일이니 거기 가서 불공을 드리고 소원을 빌어야겠다! '관음보살님께서 소원을 들어주십사' 기도도 하고, 절강 땅의 경치도 좀 둘러보고 답답한 마음도 삭힌 다음 장사를 하든지 하자.'

결심을 한 그는 장인에게 그 뜻을 밝히고 가게를 봐줄 것을 당부했습니다. 그러고나서 행장을 꾸려 항주로 향했지요. 그는 항주의 전당강錢塘江55)을 지나 바닷배를 타고56) 보타까지 가서 배를 내렸습니다. 그러고는 세 걸음마다 한 번씩 큰절을 하면서 대사전大士殿 앞까지 갔지요. 향을 피우고 절을 올리면서 생이별을 한 사연을 일일이 다 고했습니다. 그러고 나서 다시 머리를 조아리면서 이렇게 빌었지요.

"이 불제자 … 정성을 다하여 비나이다. 보살님께 엎드려 바라옵나

---

55) 전당강錢塘江: 중국 절강성 전당현錢塘縣 즉 지금의 항주 일대를 흐르는 강. 강의 물줄기가 갈 지之 자로 구부러져 흐르기 때문에 때로는 절강浙江 · 곡강曲江 · 지강之江으로 부르기도 한다.

56) 바닷배를 타고[下了海船]: 상우당본 원문(제349쪽)에는 '하료해선下了海船' 으로 되어 있으나 번역할 때는 '바닷배에서 내려'가 아니라 '바닷배를 타고' 로 해야 한다. 명 · 청대 구어에서는 '하선下船'이 일부 방언(강남)에서 '배에 타다'로 사용되기도 했기 때문이다. 그리고 항주의 전당강에서 주산 군도의 보타까지 가려면 연안을 다니는 작은 배에서 바다 파도를 버텨낼 수 있는 큰 배로 갈아'타는' 것이 상식적인 이동이기 때문에 '하下'는 '내리다'가 아니라 '타다'로 번역해야 옳다. 같은 맥락으로, 조금 뒤에 나오는 '배파하선拜罷下船' 역시 진대랑이 불공을 드린 장소가 보타의 관음대사전이지 배위가 아니므로 '참배를 끝내고 배에서 내려'가 아니라 '참배를 끝내고 배에 올라' 식으로 번역해야 한다. 송 · 원대의 구어는 이처럼 현대 중국어의 의미나 용법과는 편차가 큰 경우가 제법 있어서 이해와 번역에 각별히 유념할 필요가 있다.

니 거룩한 자비심으로 고난에 처한 이들을 구해주시고 넓고 크신 신통력으로 우리 부부가 다시 상봉할 수 있게 해주십시오!"

참배를 마치고 배에 오른 진대랑은 바위 옆에 배를 대고 하룻밤을 묵기로 했습니다. 그런데 꿈속에 관음보살이 나타나 이런 시 네 구절을 일러주는 것이었습니다.

합포57) 진주조개 돌아오는 데는 때가 있는 법,	合浦珠還自有時,
지금 놀라고 위태로워도 마음부터 추스리라.	驚危目下且安之。
고소58)의 한 끼 밥 베푼 공덕 소중하나니	姑蘇一飯酬須重,
인산인해 아무리 망망해도 기약할 수 있으리.59)	人海茫茫信可期。

바람 소리에 잠을 깬 진대랑은 그 시를 한 자도 잊지 않고 뇌리에 외워두었습니다. 그는 그다지 글월에 밝지는 않았지만 그 정도 의미는 이해할 줄 아는 사람이었습니다. 그는 한숨을 쉬더니 말했습니다.

"보살님께서 정말 신통하기도 하시지! 말씀하신 대로라면 상봉을 기약할 수 있겠구나! 하나 … 지금 이 지경이어서야 어디 꿈이나 꿀

---

57) 합포合浦: 중국 광서성 남쪽 남중국해 연안의 해변 도시. 전설에 따르면, 이곳은 예로부터 진주의 명산지로 유명했는데 현지 관리들이 진주조개의 씨가 마를 정도로 지나치게 남획을 하자 조개들이 다른 지역으로 옮겨가 진주가 더는 산출되지 않았다. 그 후 후한대의 청백리 맹상孟嘗(?-?)이 기존의 폐해를 타파하자 진주조개들도 합포로 돌아왔다고 한다. 여기서 "합포 진주조개가 돌아온다"는 말은 잃어버렸던 것을 도로 찾는 것을 암시한다.
58) 고소姑蘇: 중국 강소성 소주의 별칭. "고소의 한 끼 밥 베푼 공덕"은 진대랑이 과거에 털북숭이 나그네에게 식사와 술을 대접한 일을 두고 한 말이다.
59) 【즉공관 미비】□寫情。상황을 □□하게 묘사했군.

수 있겠나!"

그는 속으로 답답해 할 뿐 정작 지난 번 밥을 대접한 그 선행은 까맣게 잊고 있었지요.

이튿날 새벽같이 일어난 그는 배를 타고 귀갓길에 올랐습니다. 그런데 몇 리도 가지 않았을 때였습니다. 바다 수면에서 갑자기 한바탕 광풍이 몰아치더니 온 천지가 다 컴컴해지면서 동서남북조차 분간할 수 없지 뭡니까. 뱃사람은 키를 단단히 붙잡은 채로 바람이 부는 대로 속절없이 떠밀려갔지요.

이윽고 어느 섬 기슭에 이르자 그제야 바람이 잦아들고 해가 나오는 것이었습니다. 그 섬에서는 수백 명이나 되는 해적[60]들이 마침 거기서 창과 곤봉을 휘두르며 활쏘기와 격투를 겨루고 있었지요. 그런데 웬 바닷배가 떠밀려온 것을 발견했으니 그야말로 '쥐가 고양이 아가리 앞을 지나가는 격'[61]으로 어디 가만히 놓아둘 리가 있겠습니까? 그들은 당장 떼를 지어 배를 빼앗더니 배에 탄 사람들이 지닌 재물과 짐을 샅샅이 뒤졌습니다. 그러나 배의 사람들이야 모두가 불공을 드리러 온 사람들이다 보니 가진 것이 많지 않았지요. 해적들은 못내 불만스러웠던지 칼을 들고 죽이겠다고 겁을 주는 것이 아닙니까. 진대랑은 다급해져서 소리를 질렀습니다.

---

60) 해적[嘍囉]: 중국 원·명·청대 구어에서 '루라嘍囉'는 '부하·졸개·병졸' 등의 의미로 사용된다. 여기서는 '해적' 졸개들을 가리키는 데에 사용되었으므로 편의상 '해적'으로 번역했다.

61) 쥐가 고양이 아가리 앞을 지나가는 격[老鼠在猫口邊走]: 명대의 유행어. 주로 위험한 상황을 자초하는 것을 비유할 때 사용되었다.

"호걸님들, 살려주셔유!"

해적들이 들어보니 동쪽 지역62) 말투인지라 물었지요.

"너는 어디 놈이냐?"

그러자 진대랑은 어쩔 줄을 몰라하면서 대답했습니다.

"소인은 소주 사람이여유."

그 말을 듣자마자 해적들이 말하는 것이었습니다.

"그렇다면 일단 묶어서 대왕님께 끌고 가서 처분을 기다리자. 그냥 죽이지 말고!"

이렇게 해서 다른 사람들까지 덩달아 목숨은 건져서 모두 결박당한 채로 취의청聚義廳63)으로 끌려갔지요. 진대랑은 이때까지만 해도 그들이 무슨 속셈인지 알지 못했지요. 그래서 '어쨌든 간에 이 목숨 절반은 염라대왕 댁으로 넘어가버렸나 보다'하는 생각이 드는 것이었습니다. 그는 눈물이 글썽거리는 눈을 꼭 감고 입으로는 무조건

---

62) 동쪽 지역[東路]: '동로東路'는 명대 강남 지역에서 절강 동쪽의 소주를 부르던 이름. 중국에서는 전통적으로 전당강을 중심으로 그 동쪽을 '절동浙東', 그 서쪽을 '절서浙西'라고 불렀는데, 여기서도 동쪽 지역을 일컫는 말로 사용되었다. 소주는 행정구획상 강소성에 속하며 절강성 동쪽(절동)에 위치해 있다. 여기서는 '동로'를 "동쪽 지역"으로 번역했다.

63) 취의청聚義廳: 명대 소설에서 해적, 산적의 소굴에서 중대사를 논의하거나 선포하는 용도로 사용된 큰 건물을 가리키는 말. 《수호전水滸傳》의 경우처럼, 때에 따라 '취의당聚義堂' 또는 '충의당忠義堂'으로 일컫기도 했다.

"고난에서 구해주시는 관세음보살이시여!"

하고 주문만 외울 뿐이었습니다. 그런데 가만 보니 취의당에서 웬 대왕[64]이 느릿느릿 내려오는 것이 아닙니까. 그는 대랑을 몇 번이나 자세히 살펴보더니 깜짝 놀라서 이렇게 말하는 것이었습니다.

"이제 보니 내 지인께서 예까지 오셨구나! (…) 얘들아, 냉큼 풀어드려라!"

진대랑은 그 말을 듣고서야 큰마음을 먹고 실눈을 떠서 대왕을 훔쳐 보았지요. 아, 그랬더니 두 해 전에 길에서 마주쳐서 술집에서 식사 대접을 했던 바로 그 털북숭이이지 뭡니까![65] 해적들이 서둘러 결박을 풀어주자 대왕은 등받이가 달린 접의자를 끌어와 진대랑에게 자리를 권했습니다.

등받이가 달린 명대의 접의자

"부하들이 물정을 모르고 진 형께 실례를 범했군요. 모쪼록 용서하시기 바랍니다!"

그러면서 고개를 숙이고 절을 하는 것이었습니다. 진대랑은 진대랑대로 연신 답례를 하면서 말했습니다.

"소인이 감히 산채山寨[66]를 기웃거렸으니 죽어 마땅합니다. 더는

---

64) 대왕大王: 명대의 은어. 주로 해적이나 산적의 우두머리를 높여 부르던 말.
65) 【즉공관 미비】日前東道做着了. 지난번에 한턱 제대로 낸 셈이군.

무슨 말이 필요하겠습니까!"

"진 형께서는 어찌 그런 말씀을 하십니까! (…) 소생은 눈이 내리던 그날 진 형께서 베푸신 밥 한 끼의 은혜에 감동하여 그 일을 속에 새기며 잊지 않고 있었습니다. 몇 번이나 진 형을 찾아뵈려고 했지만 산채에 일이 많다보니 마음대로 할 수가 없었지요. 해서 지난번에 부하들에게 소주 출신 객상을 만나면 함부로 죽이지 말라고 일러두었지요. 그런데 오늘 진 형을 뵙게 되었으니 하늘이 내리신 인연인가 봅니다그려!"

대왕이 이렇게 말하자 진대랑이 말했습니다.

"대왕님께서 소인을 저버리지 않으신다면 부디 동행한 분들의 보따리며 짐들을 그대로 돌려주시고 하루 빨리 귀향할 수 있게 해주시기를 빕니다. 그렇게만 해주시면 기필코 결초보은하겠습니다![67]"

"약소한 보답도 미처 못 했는데 어째서 훌쩍 떠나려 하십니까! 게다가 … 진 형께 천천히 들려드릴 이야기도 하나 있는 걸요."

대왕은 이렇게 말하더니 고개를 돌려 부하들에게 분부해 사람들을 풀어주고 짐과 화물을 돌려준 다음 먼저 귀향하게 해 주었습니다. 그

---

66) 산채山寨: 명대 소설에서 산적이나 해적들의 본거지를 가리키는 말. 이 이야기에 등장하는 것은 해적들과 섬의 본거지여서 그다지 어울리는 말은 아니지만 소설에서는 이 표현이 해적과 산적을 가리지 않고 두루 사용되었다. 최근에는 '가짜·짝퉁'을 뜻하는 유행어('산자이')로 변용되고 있다.
67) 【즉공관 미비】大郎也有些義氣。 대랑도 의리가 좀 있기는 하군.

러자 사람들은 뛸 듯이 기뻐했습니다. 그야말로 귀문관鬼門關[68] 가는 길에서 풀려나 기사회생 하게 되었으니 말입니다. 사람들은 머리로 마치 마늘을 찧기라도 하는 것처럼 대왕에게 연신 조아리면서 고맙다고 절을 했습니다. 그러고는 진대랑에게도 고맙다고 인사를 하고 '부모님께서 어쩌자고 다리를 두 개만 주셨나' 야속해하면서[69] 쏜살같이 배를 띄워 떠나는 것이었습니다.

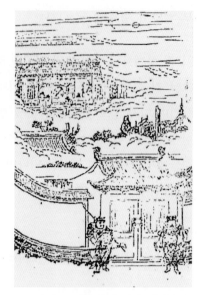
《서유기》 속에 형상화된 귀문관의 모습

대왕은 즉시 부하들에게 '술상을 차려 진대랑을 대접하라'고 일렀습니다. 이윽고 준비가 끝나자 술상을 취의청으로 대령했는데, 그 술안주 중에는 산해진미가 다 있고 사람의 간과 뇌까지 끼어 있었지요. 대왕이 자리에 앉아 술을 몇 잔

---

68) 귀문관鬼門關: 중국 고대 전설에서 이승에서 저승으로 들어갈 때 지나간다고 하는 관문. 때로는 사람이 죽는 것을 '귀문관을 지난다[過鬼門關]'고 표현하기도 했다. 명대의 소설가 오승은吳承恩은 《서유기西遊記》 제10회에서 "성문에 큰 현판이 걸렸는데 거기에는 '유문지부 귀문관'의 일곱 글자가 금색으로 쓰여 있다.城門上掛着一面大牌, 上四着幽門地府鬼門關七個大金字" 라고 묘사했다.

69) '부모님께서 어쩌자고 다리를 두 개만 주셨나' 야속해하면서[恨爹娘少生了兩隻脚]: 명·청대 강남 지역의 유행어. 달릴 때 다리가 네 개였다면 더 빠를 텐데 다리가 두 개뿐이어서 더는 속도를 내지 못하는 것을 아쉬워하는 장면을 묘사할 때 자주 사용했다.

마시고 나자 진대랑이 입을 열어 물었습니다.

"지난번에는 겨를이 없는 탓에 실례를 범하여 미처 대왕님 존함을 꼼꼼히 여쭙지 못했습니다만 … 이제는 자세히 알려주시기를 빕니다!"

그러자 대왕이 말하는 것이었습니다.

"소생은 바닷가에서 태어났는데, 성이 오烏, 이름은 우友올시다. 어려서부터 기운이 좀 세서 사람들이 저를 두령으로 추대한 덕택으로 이 섬에서 잠시 주인 행세를 하고 있지요. 남들은 털이 무척 많은 것을 보고 저를 '오 장군烏將軍'이라고 부른답니다. 지난번에는 바닷길로 숭명현에 간 김에 사시는 고을을 거닐다가 진 형을 뵈었던 것입니다. (…) 소생은 놀고먹는 부류가 아닙니다. 해서 진 형의 식사 대접에 감동을 받았지요. 우리는 재물은 하찮게 여기지만 의리를 중요하게 여기는 놈들이올시다. 진 형께서 속세[70]에서 소생을 잘 아는 사이가 아니었다면[71] 전혀 안면이 없는 사람한테 그렇게 선뜻 융숭한 대접을 해주실 턱이 있었겠습니까! '사내는 자신을 알아주는 이를 위하여 목숨을 바친다.士爲知己者死'[72]고 하지요. 진 형이야말로 정녕 제 지기이

---

70) 속세[塵埃]: 원래 '진애塵埃'는 '먼지', 나아가 '[먼지로 더러운] 속세·세속' 이라는 의미를 나타내는 말이지만, 여기서는 맥락상 그보다는 '전생'의 의미로 이해하는 것이 좋을 듯하다.

71) 【즉공관 미비】 豈知只是要看他喫飯耶。그저 오 장군이 밥을 먹는 모습을 보려던 의도였다는 것을 알 리가 있나.

72) 사내는 자신을 알아주는 이를 위하여 목숨을 바친다[士爲知己者死]: 춘추·전국시대에 진晉나라의 권문세족이던 한韓·조趙·위魏 세 씨족이 지智

신가 봅니다그려!"

그 말을 들은 대랑은 놀랍기도 하고 기쁘기도 했습니다.

'이런 행운이 다 있나! (…) 만일 지난번에 밥을 대접하지 않았다면 오늘 목숨조차 보전하기 어려웠을 게 아닌가!'

그는 속으로 이렇게 생각하면서 다시 몇 잔을 더 마셨지요. 그런데 대왕이 말하는 것이었습니다.

"진 형께 여쭙겠습니다. (…) 댁에 식구가 몇 분이나 계신지요?[73]"

"장인 장모와 아내, 처남뿐입니다. 다른 사람은 없고요."

"지금 다들 평안하십니까?"

그래서 대랑은 눈물을 흘리면서 말했습니다.

씨를 멸망시키자 그 식객으로 있던 예양豫讓은 조양자趙襄子가 기거하는 저택의 측간에 잠입하기도 하고 스스로 숯을 삼켜 목소리를 바꾸고 옻칠을 하여 살갗을 망가뜨리면서 지백智伯의 원수를 갚으려고 애쓰다가 결국 실패하자 "사내는 자신을 알아주는 이를 위하여 목숨을 바치고, 여인은 자신을 기쁘게 해주는 이를 위하여 화장을 한다.士爲知己者死, 女爲悅己者容"라는 명언을 남기고 스스로 목을 찔러 자결했다고 한다. 그 후로 이 명언은 전한대 역사가 사마천司馬遷(BC145~?)이 편찬한 중국 정사 《사기史記》의 〈자객열전刺客列傳〉과 〈보임안서報任安書〉, 유향劉向이 편찬한 《전국책戰國策》의 〈조책趙策〉 등에 소개되면서 의리를 지키기 위해서라면 목숨조차 초개처럼 여기는 대장부의 본보기로 후대에까지 널리 전해졌다.

73) 【즉공관 미비】 問得蹊蹺。 참 요상하게도 묻네 그려.

"솔직히 말씀드리자면 작년에 제 아내와 처남이 같이 숭명으로 친지를 방문하러 갔는데 가는 길에 실종되고 말았습니다. 그 바람에 지금은 그 행방을 알 길이 없지요. (…)"

"그렇다면 … 형수님은 찾기 어려울 것 같군요. (…) 소생의 산채에 있는 여인도 진 형 고을 출신인데 … 연배며 용모가 진 형과 잘 어울립니다. 소생이 그 여인을 진 형의 부인으로 드릴까 하는데 … 어떠신지요?"

대랑은 대왕의 기분을 상하게 할까 두려워 마다할 수가 없었습니다. 그러자 대왕이 바로 소리치는 것이었습니다.

"어서 모셔라, 어서!"

그래서 가만 보니 웬 사내와 여인이 취의청으로 걸어 들어오는 것이었습니다. 그런데 대랑이 자세히 보니 다른 사람이 아니라 바로 자신의 아내와 처남이지 뭡니까, 글쎄! 세 사람은 서로 부둥켜안고 한바탕 통곡을 했습니다. 대왕은 술자리를 더 마련하게 해서 세 사람을 귀빈 자리에 앉히고, 자신은 주인 자리에 앉더니 말했습니다.

"진 형께서는 형수님이 이곳에 계신 이유를 아십니까? 작년 겨울, 제 부하들이 숭명현 해안의 인적 없는 곳으로 나가서 작은 장사[74]를 좀 한 적이 있습니다. 그때 어떤 사내와 여인이 저녁에 길을 가는 것

---

74) 작은 장사[細商]: 글자대로 풀이하면 '작은 장사'이지만 맥락상 오 장군의 해적들이 해적질로 얻은 재물, 화물 등의 장물을 처분하는 일을 가리키는 것으로 보인다.

진대랑은 세 사람이 다시 상봉하다.

을 발견하고 붙잡아 왔더군요. 해서 소생이 경위를 물으니 진 형 댁 가솔이길래 황급히 '각자 거처를 달리 하되 절대로 소홀히 모시지 말라'고 일렀답니다.[75] 그렇게 두 달가량 지났지만 이런저런 일로 바쁘기도 해서 적절한 해결책이 없었지요. 그저 속으로 '진 형을 한번 뵙기만 하면 작은 힘이나마 보태어 보내드릴 텐데…' 하는 생각만 하던 참이었습니다. 그런데 오늘 이렇게 뜻하지 않게 만나 뵙게 되었으니 이제 그럴 필요가 없게 되었군요!"

그러자 세 사람은 거듭 감사해 마지않는 것이었지요. 그의 아내와 처남은 그들대로 은밀히 진대랑에게 말했습니다.

"그날 해변에서 외할머님 댁이 눈에 들어오길래 타고 온 배는 돌려보내고[76] 둘이서 걸어서 가고 있었습니다. 그런데 웬 사람들이 떼를 지어 나타나 저희를 묶길래 '이제는 죽었구나!' 하는 생각뿐이었지요. 그런데 뜻밖에도 대왕님을 뵙게 되었고 내력을 캐물으시길래 일일이 대답해드렸더니 우리를 각별하게 대하시는 것이 아닙니까. 우리는 당연히 영문을 모르고 있었습니다. 그런데 오늘 이야기를 듣고 나니 이제야 작년에 들려주신 소주에서의 인연 이야기가 떠오릅니다. (…) 그날 하신 말씀이 정말 허튼소리가 아니었군요!"

그러자 진대랑은 또 이런 생각이 드는 것이었습니다.

'이런 행운이 있나! 만일 지난번에 밥을 대접하지 않았더라면 오늘

---

75) 【즉공관 측비】要緊. 아주 중요하지.
76) 【즉공관 미비】船家不說謊. 사공이 거짓말을 하지는 않았군.

아내조차 지키기 어려웠을 것이 아닌가!'

이윽고 술을 다 마시고 자리에서 일어난 진대랑은 입을 열었습니다.

"아내의 부모님께서 눈이 빠져라 기다리고 계십니다. 대왕님께서 두터운 은덕을 베푸셔서 상봉했으니 하루 빨리 귀가하게 해주시면 크나큰 다행이겠습니다!"

"그렇다면 내일 배웅을 해드리지요."

대왕은 이렇게 말하더니 그날 밤 대랑 부부를 한곳으로 보내고 처남은 다른 곳으로 보내 각자 하룻밤을 보내게 해주었습니다. 이튿날, 대왕은 또 술상을 차려 송별연을 베풀었지요. 세 사람이 절을 하며 고맙다고 인사하고 길을 나서려 하자 대왕은 또 해적들을 시켜 황금 삼백 냥, 백은 천 냥을 선물하는 한편 그 수량을 따질 수도 없을 정도로 많은 온갖 비단까지 다 챙겨주는 것이 아닙니까.

"워낙 많아서 지니고 가기가 어렵습니다."

진대랑은 몇 번이나 사양했지만 대왕이

"제가 알아서 보내드리겠습니다."

하는지라 대랑도 받을 수밖에 없었지요.

"이제부터는 해마다 한 번씩 놀러 오십시오."

대왕이 이렇게 말하자 대랑도 그러겠다고 대답했습니다. 대왕이 섬

기슭까지 배웅을 나가니 그 부하들이 진작부터 배를 몰고 나와 대기하고 있었지요. 세 사람은 기쁜 마음으로 작별인사를 하고 배에 올랐답니다. 그 바다 일대는 강도들이 수시로 출몰하는 지역이었습니다. 그러니 거센 바람이나 파도 따위가 무슨 걱정이겠습니까? 겨우 이틀만에 바닷길로 숭명에 도착해 세 사람을 배에서 내려주고 바닷배는 그 곳을 떠나는 것이었습니다.

세 사람은 마침내 외조모 댁에 도착해 외조모를 만나서 그간의 경위를 들려주었지요. 그러자 그 어른은

'아이구, 우리 집 귀한 손들아!'

하고 부르면서 기뻐서 어쩔 줄을 모르는 것이었습니다. 진대랑은 이어서 배를 한 척 불러 세 사람이 함께 집으로 돌아왔습니다. 그러자 장인과 장모는 아들딸과 사위가 모두 무사히 돌아온 것을 보고는 '꿈만 같다'며 믿으려 들지 않았습니다. 그래서 대랑이 앞서 있었던 자초지종을 들려주었지요. 그제야 내외가 한참이나 슬퍼했다가 기뻐했다가 하는 것이었습니다. 그러다가 구 공이 말했습니다.

"이건 정말 오 장군의 의리 덕분이다. 허나 만약 광풍을 만나지 않았더라면 무슨 수로 그 섬에 갈 수가 있었겠느냐? 보타의 관음대사님이야말로 정말 신통하신 게지!"

그래서 대랑이 관음보살이 꿈속에서 전한 네 구절의 시를 들려주니 온 식구가 감탄해 마지않는 것이었지요. 이때부터 대랑 부부는 해마다 보타로 불공을 다녔습니다. 그때마다 오 장군은 사람을 보내 바닷길로 마중을 나오거나 배웅을 해주었지요. 물론, 그때마다 많게는 천

금에서 적게는 몇 백 냥까지 어김없이 후한 선물을 받아서 귀환하고
는 했답니다. 진대랑은 진대랑대로 해마다 다른 고을로 가서 진기한
보물이나 희귀한 물건들을 구해 바쳤습니다. 오 장군도 오 장군대로
그때마다 갑절의 보상을 해주니 마침내 진대랑은 오吳 땅에서 으뜸가
는 거부가 되었지요. 이 모두가 밥 한 끼의 공덕을 베푼 데 대한 보답
이었던 것입니다. 그래서 후세 사람은 그의 선행을 칭찬하는 시를 다
음과 같이 지었답니다.

가랑이 긴 한신77)이 밥 한 끼 값 치렀다더니,　　胯下曾酬一飯金,
흉악한 도적도 이런 깊은 정이 있을 줄이야!　　誰知劇盜有情深。
세간에서 특출한 사나이 이야기를 할 때마다,　　世間每說奇男子,
샌님이 도적보다 낫다 우길 필요야 없지 않겠나!　何必儒林勝綠林。

---

77) 한신韓信(BC231~BC196): 한나라의 군사가. 회음淮陰 사람으로 지략이 뛰어
났다. 어려서 부모를 여의고 낚시로 낚은 물고기를 팔아 생계를 이었다. 끼
니를 거르는 경우에는 빨래하는 노부인이 주는 밥을 얻어먹곤 해서 그 고
을 사람들에게 무시를 당하곤 하였다. 한번은 건달이 싸움을 걸자 그 가랑
이 사이를 기어 지나감으로써 싸움을 피했다. 나중에 한나라 고조 유방劉邦
에게 중용된 그는 금의환향하여 밥을 나누어준 전날의 노부인을 찾아가 천
금으로 그 은혜를 갚았다고 한다.

제 9 권

선휘원에서 양가댁 여인들 그네 타기 모임을 열고
청안사에서 부부는 기막힌 인연에 웃고 울다
宣徽院仕女秋千會 淸安寺夫婦笑啼緣

卷之九
宣徽院仕女秋千會 淸安寺夫婦笑啼緣 해제

　　이 작품은 인간의 인연은 전생에 정해지는 것이어서 인위적으로 바꿀 수 있는 것이 아님을 설파하는 이야기이다. 이야기꾼은 이방 등의 《태평광기太平廣記》에 소개된 유劉 씨네 아들의 이야기를 앞 이야기로 들려주고, 이어서 이창기李昌祺의 《전등여화剪燈餘話》에 소개된 배주拜住와 속가실리速哥失里의 이야기를 몸 이야기로 들려준다.

　　원대 대덕大德 연간에 선휘원宣徽院의 원사院使 발라孛羅는 매년 청명절淸明節 전후가 되면 가까운 지인과 친척들을 초대해 집안 정원에서 '그네 타기 대회[鞦韆會]'를 성대하게 연다. 어느 날 말을 타고 그 집 정원 밖을 지나던 추밀원樞密院 동첨同僉의 아들 배주拜住는 담 안에서 들리는 여인들의 웃음소리에 말을 멈추고 집 안을 훔쳐보다가 그네를 타는 여인들의 선녀 같은 모습에 넋을 잃는다. 귀가한 배주로부터 그 일을 들은 모친은 정식으로 선휘원사 댁에 혼담을 넣고, 배주를 면담하고 재능을 시험한 발라는 딸 속가실리速哥失里를 출가시키기로 결심한다. 그러나 혼례가 임박했을 때 갑자기 탄핵당한 동첨이 감옥에 갇혔다가 병사하자 전 재산을 나라에 몰수당한 동첨 집안은 설상가상으로 배주를 제외한 온 가족이 그 병에 전염되어 죽는다. 그러자 속가실리의 생모는 배주와의 혼사를 파기하고 평장平章의 아들에게 출가시키려 하고 그 결정에 반발한 속가실리는 신부 가마에서 목을 매 죽는다. 비보를

접하고 밤중에 절로 달려온 배주는 그녀의 죽음을 애도하던 중 관 속에서 소리가 들리자 중들을 설득해 관을 뜯고 극적인 상봉을 한다. 그길로 야반도주한 두 사람은 상도上都에서 살림을 차린 후 배주는 서 당을 차리고 속가실리는 패물을 팔아서 생계를 이어간다. 그로부터 일 년 후, 상도의 부윤으로 부임한 발라는 업무를 보조할 서기를 구하던 중 면접을 하러 온 배주로부터 딸이 살아 있다는 말을 듣고 기뻐한다. 얼마 후 딸과 상봉한 발라는 부인을 설득해 결국 정식으로 혼례를 치러 주어 두 사람은 아들 셋을 낳고 해로한다.

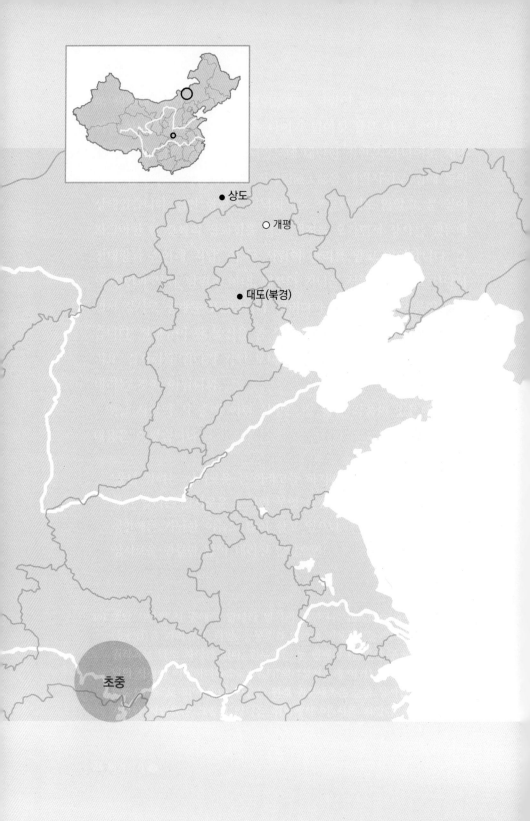

상도

○ 개평

● 대도(북경)

초중

이런 시가 있습니다.

듣자니 인온대사[1])는,	聞說氤氳使,
오로지 숙세의 인연만 관장한다던데,	專司夙世緣。
그저 산 사람을 만나게 해줄 뿐이요,	豈徒生作合,
늘 죽은 사람을 다시 되돌리기만 하는가?	慣令死重還。
일이 잘 풀리기만 하면 재미가 없나니,	順局不成幻,
역경을 거쳐야 권세를 얻게 되지.	逆施方見權。
아이들은 이를 두고 행운이라 하더니,	小兒稱造化,
이로써 그것이 참말임을 믿겠구나!	於此信其然。

이야기를 들려드리겠습니다. 인간 세상에서 혼인은 전생에서 정해지는 것이어서 억지로 이룰 수는 없는 법입니다. 인연이 돼서는 안될 사이라면 여러분이 아무리 꾀를 쓰고 아무리 마음을 나쁘게 먹어도 결국에는 아무것도 이루지 못합니다. 그러나 인연이 될 사이라면 아무리 남이 방해를 놓고 남들의 이간질을 당하더라도 헤어졌던 사람조차 도로 만나고 죽은 사람조차 도로 살아나지요.[2) 지금까지 전기[3)

---

1) 인온대사氤氳大使: 중국 고대의 민간 전설에 등장하는 신. 남녀의 혼인을 관장하는 것으로 믿어졌다.

나 소설만 해도, 《천녀이혼倩女離魂》4)의 경우처럼 산 사람이 넋이 빠져나와 부부가 되는가 하면 《최호알장崔護謁漿》5)의 경우처럼 죽은 사

2) 【즉공관 미비】此等話可息人妄想胡行。이런 말은 사람들이 허튼생각이나 허튼짓을 하는 것을 막지.

3) 전기傳奇: 명대에 무대 상연을 목적으로 창작된 희곡을 일컫던 이름. '전기'는 글자대로 '기이한 이야기[奇]를 전한다[傳]'는 뜻으로 풀이할 수 있다. 원래는 당대唐代 중기의 문인 배형裴鉶(?~?)이 지은 신선·귀신 이야기 위주의 단편 소설집의 제목이었으나 나중에는 그 소설집에 수록된 이야기들과 비슷한 장르의 소설을 가리키는 용어로 굳어졌다. 그 후로 그 이름의 성격은 변화를 거듭하다가 명·청대 이후로는 일반적으로 중국 남부 지역에 유행하던 남곡南曲을 위주로 하는 장편 희곡을 가리키는 이름으로 정착되었다. 능몽초 당시에는 유명한 정치가이자 극작가이던 왕세정王世貞(1526~1590)의 《명봉기(鳴鳳記)》, 탕현조湯顯祖(1550~1616)의 《모란정牡丹亭》 등의 전기가 강남에서 큰 인기를 모았다.

4) 《천녀이혼倩女離魂》: 원대의 극작가 정광조鄭光祖(1264~?)가 지은 잡극雜劇 희곡. 당대의 진현우陳玄祐(779년 전후)가 지은 《이혼기離魂記》에서 소재를 가져왔다. 선비 왕문거王文擧는 자신이 태어나기 전에 부모 사이에 맺은 혼약에 따라 정혼한 장 씨 댁으로 가서 장천녀張倩女와 혼인하려 한다. 그러나 천녀의 모친은 그가 과거에 급제해야 혼인을 허락하겠다고 선언한다. 문거는 하는 수 없이 서울로 향하고, 상사병을 앓던 천녀는 어느 날 그 넋이 빠져나와 서울에 온 문거와 함께 달콤한 신혼을 보낸다. 장원급제한 후 천녀와 함께 금의환향한 문거는 장모에게 허락도 없이 천녀와 정을 통한 일을 사죄한다. 그러나 자신이 서울로 떠나던 날부터 천녀가 의식을 잃은 채 병상에 누워 있었다는 사실을 뒤늦게 알고 놀란다. 그때 그동안 문거와 함께 지내던 천녀의 넋은 내실로 들어가 병상의 천녀와 합쳐지매 진상을 안 장모가 혼인을 허락하면서 두 사람은 비로소 정식으로 부부가 된다.

5) 《최호알장崔護謁漿》: 당대 시인 최호崔護를 주인공으로 한 원대 극작가 백박白樸(1226~1306?)의 잡극 희곡. 청명절淸明節에 홀로 도성 남쪽을 거닐던 최호는 어느 마을에 이르러 목이 말라 물을 찾는다. 그때 웬 여자가 문을 열고 나와 그릇에 물을 담아주고 물을 마시는 최호를 바라본다. 최호는 다

천녀이혼 삽화. 맹칭순,《신전고금명극유지집》

람이 넋으로 바뀌어 나타나 부부가 되기도 하지요. 그 이야기들은 기기묘묘하기가 이루 표현조차 하기 어려울 정도입니다.

《태평광기太平廣記》[6]에 소개된 이야기만 해도 그렇습니다.[7] 유劉

음 해 청명절에 다시 그곳을 찾는데 문 앞은 전과 같지만 문은 굳게 닫힌 채 사람의 기척조차 찾을 길이 없다. 허탈해진 최호는 하는 수 없이 그 집 대문에 "지난해 오늘 이 문 앞에서는, 여인과 복숭아꽃이 서로 붉었지. 여인은 어디 갔는지 알 수 없건만, 복숭아꽃만 여전히 봄바람에 웃는구나.去年今日此門中, 人面桃花相映紅. 人面不知何處去, 桃花依舊笑春風"라는 시를 써놓고 발길을 돌린다.

6) 《태평광기太平廣記》: 북송대의 역대 설화집. 당시 명성이 높던 학자 이방李昉(925~996)을 필두로 하여 12명의 학자와 문인이 송나라 태종太宗의 칙명으로 977년에 475종의 고서에서 종교 설화나 정사에 실리지 않은 역대 소설들을 신선神仙·여선女仙, 도술道術·방사方士 등 92개의 유형으로 구분해 총 500권으로 엮었다. 현재 중국에서 송대 이전의 소설들 중 원형을 보존하고 있는 것은 하나도 없는데, 그 원형의 일부를 보존하고 있다는 점에

씨 댁에 아들이 하나 있었답니다. 젊은 나이에 의협심이 강한 데다가 담력도 남달랐지요. 즐기는 것은 화살을 재서 활을 쏜다거나 말을 달리며 칼을 휘두른다거나 음주며 축국蹴鞠[8] 같은 일들이었습니다. 교분을 나누는 사람도 늘 검객이나 노름꾼, 심지어 사람을 죽이고도 대가를 치르지 않는 그런 망나니들이었습니다. 그러던 어느 날이었습니다. 하루는 초楚[9] 땅을 유람하는데 현지의 풍습이 자기 취향과 딱 맞지 뭡니까. 그래서 그 지역에서 자신과 뜻이 잘 맞는 자들과 한 형제처럼 내왕했답니다. 그런데 그중의 어떤 사람이 그를 보고 말했습니다.

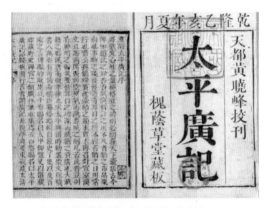

건륭44년(1779)에 간행된 《태평광기》

서 문학사적으로 대단히 귀중한 가치를 가지고 있다.

7) *본권의 앞 이야기는 이방 등이 엮은 《태평광기太平廣記》 권386의 〈유씨자처劉氏子妻〉에서 소재를 취했다.

8) 축국蹴鞠: 중국 고대에 가죽으로 싼 공을 차고 놀던 놀이.

9) 초楚: 중국 고대의 지역 이름. 원래는 춘추·전국·한대에 대대로 그 일대에 존재했던 나라의 이름에서 유래했으며, 명대에는 지금의 호북湖北과 호남湖南 두 지역을 아울러 일컬었다.

"이웃의 왕王 씨 댁 딸은 미모로는 지금 따라올 만한 사람이 없을 정도입니다."

그래서 유 씨네 아들은 그 자리에 있던 사람에게 중신아비로 나서서 대신 그 댁에 혼담을 넣어줄 것을 부탁했지요. 그러자 왕 씨 댁에서는

"그 사람이 아무리 젊고 용감하다고는 하지만 듣자니 행실이 해괴한 데다가 실속도 좀 없다더군. (…) 나중에 무슨 사달이라도 내서 딸아이 신세를 망칠까 걱정이올시다!"

하면서 단호하게 거절하는 것이 아닙니까. 그러나 왕 씨 댁의 딸은 전부터 그 젊은이가 영웅적인 의협심을 가졌다는 이야기를 들었으므로 의외로 제법 그를 흠모하고 있었습니다.[10] 그러나 부모가 결정권을 가졌으니 어쩔 도리가 없었지요. 중신아비가 유 씨네 아들에게 그대로 전했습니다. 유 씨네 아들은 성격이 화끈한 사나이이다 보니

"싫다면 그만두는 수밖에. 대장부가 좋은 아내 없을까 겁내겠나? 걱정할 게 뭐 있어!"

하면서 조금도 개의치 않았답니다. 그리고 나서 다시 땅으로 가서 한가롭게 몇 년 동안 유람을 다니는 것이었지요. 물론 그 사이에도 몇몇 집안과 혼담이 오가기는 했습니다. 그러나 고귀하면 고귀하다고, 낮으면 낮다고 마다하다 보니 한 군데도 성사되지 못한 채 도로 초 땅으로 돌아와야 했지요. 그 이웃 왕 씨 댁 딸은 그때까지도 출가만

---

10) 【즉공관 미비】 姻緣在此。인연이 여기 있었구먼.

하지 않았을 뿐 이미 남의 집과 정혼을 한 상태였지요. 유 씨네 아들은 그 소식을 전해 듣고도 개의치 않았습니다.

옛 친구들은 유 씨네 아들이 돌아온 것을 보고 모두 그를 방문하고 전처럼 같이 붙어 다녔답니다. 낮에는 사냥을 해서 노루·사슴·꿩·토끼 따위를 잡고, 밤에는 그것들을 삶거나 구워 다 같이 술을 마시면서[11] 삼경 사경[12]이 지나도록 자리가 끝나지 않았지요.

그러던 어느 날이었습니다. 사냥을 마치고 돌아오는 길에 성 밖 십 리 남짓 떨어진 숲에서 말을 내려 잠시 쉬고 있었습니다. 그런데 가만 보니 수풀이 음산하고 땅도 황량하지 뭡니까. 거기다가 무덤이 예닐곱 개 있는데 한결같이 비에 젖어 씌운 떼가 다 떨어져나가는 바람에 관이 반이나 드러나거나, 아예 관의 나무가 상해서 시신이 다 보이는 것도 있었습니다. 사람들이 그 광경을 보더니 말했지요.

"이런 곳은 … 지금이 대낮이기에 망정이지 만약에 밤에 혼자 지나간다면 얼마나 무섭겠나?"

그러자 유 씨네 아들이 말하는 것이었습니다.

"대장부는 귀신도 제압할 수 있는 법. (…) 컴컴한 밤에 길을 간다 한들 두려워할 것이 뭐가 있겠나? 두고 봐요, 내 오늘 밤 기필코 여기에 한번 와볼 테니까!"

---

11) 【즉공관 미비】豪擧可想. 그 떠들썩한 분위기를 알 만하군.
12) 삼경 사경: 삼경이 밤 11시부터 새벽 1시까지, 사경이 새벽 1시부터 3시까지이므로, 삼경 사경이 지났다면 새벽 3시가 지난 시각인 셈이다.

"유 형이 아무리 담력이 커도 그 정도까지는 못 하실 텐데?"

사람들이 이렇게 말하니 유 씨네 아들이 말했습니다.

"오늘 밤 일단 두고들 봐요."

"무엇으로 증명해 보일 테요?"

그러자 유 씨네 아들은 오래된 무덤에서 벽돌을 하나 가져오더니 붓을 들어 동행한 사람들 이름을 모두 거기에 적고 나서

"내 지금 이 벽돌을 가져가리다. 그리고 갔다가 한밤중에 나 혼자 여기다 갖다 놓겠소."

하더니 웬 관을 가리키면서 말하는 것이었습니다.

복건성 천주泉州에서 발견된 남조 시기 고분의 벽돌

"이 관 위에다 놓을 테니 내일 와서 보면 될 것 아니오. (⋯) 내가 갖다놓지 못하면 진 걸로 치고 여러분한테 한턱을 내리다. 허나 ⋯ 내가 갖다놓으면 여러분이 진 걸로 치고 나한테 한턱내시오! (⋯) 벽

돌에 이름은 인원대로 차례로 적었소이다. 한 사람도 빠지지 않았을 거요."

그러자 사람들은 모두 웃으면서 말했습니다.

"그럽시다, 그래요!"

그런데 말이 끝나고 가만 들어보니 허공에서 아련하게 천둥소리가 들리지 뭡니까. 사람들은 우르르 말을 타고 유 씨네 아들의 거처로 갔습니다. 그러고는 이번에도 사냥해서 잡은 짐승들을 삶아서 술을 마셨지요

그러는 사이에 삽시간에 우레가 치고 큰비가 쏟아지기 시작했습니다. 거기다가 몇 번이나 집채가 다 흔들릴 만큼 벼락까지 치는 것이 아닙니까. 그러자 사람들은 유 씨네 아들에게 농담으로 말했습니다.

"유 형, 낮에 한 말 말이요. (…) 지금 같아서는 무쇠 같은 호걸이라도 갈 엄두를 못 낼 것 같구려?"

"무슨 그런 말씀을? 비가 좀 그치면 갈 테니까 두고 보시오!"

이렇게 말하기가 무섭게 정말 지나가는 소나기였던지 빗줄기가 가늘어지지 뭡니까. 유 씨네 아들[13]은 낮의 그 무덤 벽돌을 지니고 문을 나서더니 바로 출발했지요. 그러자 사람들이 모두 웃으면서 말하는

---

13) 【교정】 유 씨네 아들[劉氏]: 상우당본 원문(제365쪽)에는 이 부분이 '유 씨劉氏' 로 나온다. 그러나 이 이야기에는 유 씨네 아들의 어머니, 즉 유 씨는 등장하지 않으므로 '유 씨네 아들'에서 '아들子'이 빠진 것으로 이해해야 옳다.

것이었습니다.

"저 친구 어디서 좀 어슬렁거리다가 돌아와서 능청을 떨겠지. 우리
는 술이나 마시면서 기다립시다!"

그러나 유 씨네 아들은 정말로 술기운에 단숨에 낮에 잠시 쉬어
갔던 그 무덤가로 와서 웃으면서 말했습니다.

"저 겁쟁이들 좀 보라니까. (…) 뭐가 그렇게 무섭다고 여기에 오겠
다는 소리도 못 하다니!"

이때 우레와 비는 벌써 그치고 희미하게 별빛이 비치고 있었지요.
그런데 막 벽돌을 관 위에 놓으려고 하는 찰나였습니다. 가만 보니
관 위에 무엇인가가 쪼그리고 앉아 있는 것이 아닙니까. 유 씨네 아들
은 손으로 좀 더듬다가 말했습니다.

"이상하군. (…) 이게 뭐지?"

그러고는 어둠 속에서 더 만져보니 웬 옷이나 이불 같은데 무엇인
가를 싸놓은 것 같았지요. 그래서 두 손으로 안아보니 무게가 얼추
칠팔십 근은 돼 보이는 것이었습니다.[14] 그는 웃으면서 말했습니다.

"무슨 물건이든 간에 일단 이걸 지고 가서 그자들한테 좀 보여줘야
겠다. (…) 무엇인지 알아보면 내일까지 기다리지 않아도 믿을 테지."

---

14)【즉공관 미비】大膽。간도 크군.

그는 자기가 기운이 세다고 자신하던 터였습니다. 그래서 사람들을 놀라게 만들 요량으로 벽돌은 놓아두고 한 손으로 그 물건을 끌어다 등에 지더니 성큼 걸어서 돌아갔지요.

집에 돌아왔을 때는 벌써 한밤중이었습니다. 사람들은 그때까지도 주령酒令에 획권劃拳까지 하면서 술을 마시고 있는데 들어 보니 밖에서 발걸음 소리가 나는 것이었습니다. 유 씨네 아들이 돌아온 것을 알아챘는데 무슨 무거운 물건을 지고 오는 것 같지 뭡니까. 한창 의아하게 여기고 있는데 문이 열리고 유 씨네 아들이 곧바로 등롱 앞까지 와서 등에 졌던 것을 땅바닥에 내려놓았습니다. 그래서 등롱 아래에서 보았더니 아 글쎄, 새 옷을 입은 웬 여인의 시신이 아닙니까! 그런데 이상하게도 꼿꼿하게 선 채로 쓰러지지도 않는 것이었지요. 그 자리에 있던 사람들은 고개를 들고 그 모습을 보더니 저마다 놀란 나머지 방귀[15]를 흘리고 오줌을 지렸습니다. 어떤 사람은 아예 도망도 못치고 쩔쩔매고 있었지요. 유 씨네 아들이 다시 등불을 들고 그 시신의 얼굴을 자세히 비춰보는데 가만 보니 얼굴에 연지와 분을 바른 지 얼마 되지 않았고 생김새는 아주 곱지 뭡니까. 다만 두 눈을 꼭 감고 입에는 숨결 하나 없어서 도대체 어찌 된 영문인지 알 수가 없었지요. 사람들이 모두 겁을 내면서 말했습니다.

---

15) 【교정】 방귀[屎]: 상우당본 원문(제367쪽)에는 '오줌 뇨尿'로 나와 있으나 전후 맥락이나 뒤에 이어지는 동사 '흐를 곤滾'의 의미에 주목할 때 여기서는 '방귀 비屁'가 사용되어야 옳다. 화본대계판(제147쪽)에서도 '방귀 비'의 오각으로 보았다. 시오노야와 카라시마의 일역본(제1책, 제312쪽)에서는 이 부분을 의역해놓았다.

"유 형, 이런 식으로 사람들을 놀리면 사람대접 못 받소! (…) 어쩌자고 죽은 사람을 지고 와서 사람을 놀래키는 거요? 냉큼 도로 지고 나가요, 글쎄!"

그러자 유 씨네 아들은 껄껄 웃으면서 말했습니다.

"이 여자는 내 아내올시다! 나는 오늘밤 그녀하고 잠자리까지 같이 해야 하는데 왜 아깝게 지고 나가요?"

말을 마친 그는 두 소매를 걷어붙이더니 그녀를 한 아름 끌어안고 침상에 올려놓았습니다.[16] 그러고는 그녀와 머리를 맞대고 입까지 서로 마주한 채로 정말 한 이불을 덮고 잠을 청하는 것이 아닙니까. 그는 그저 사람들 앞에서 담력을 자랑하려고 일부러 그렇게 행동한 것이었습니다. 사람들은 그 광경이 무섭기도 하고 우습기도 해서 말했습니다.

"정말 정신 나간 놈일세! 이렇게 간이 크고 겁이 없다니! (…) 당신한테 지기는 졌소마는 어떻게 이렇게 끔찍한 짓을 다 벌인단 말이오!"

유 씨네 아들은 사람들이야 뭐라고 하든 말든 끝까지 아랑곳하지 않고 그대로 잠이 들어버렸습니다. 그러자 사람들은 그길로 뿔뿔이 흩어져 버리는 것이었지요.

유 씨네 아들이 시신과 같이 사경四更[17]까지 잤을 때였습니다. 그

---

16) 【즉공관 미비】頑皮極, 亦趣極。참 짓궂기는 하다마는 참 재미있군.
17) 사경四更: 새벽 1시~3시쯤.

시신이 산 사람의 숨을 받아서 그런 걸까요? 입과 코에 차츰 숨결이 되돌아오기 시작하는 것이 아닙니까.[18] 유 씨네 아들이 깜짝 놀라 황급히 손을 그녀의 가슴 쪽에 갖다 대니 온기가 느껴졌습니다.

"정말 다행이다! 혹시 … 되살아나는 게 아닐까?"

유 씨네 아들이 이렇게 긴가민가할 때였습니다. 그 여인은 벌써 스스로 사지를 움직이기 시작하는 것이었지요. 유 씨네 아들은 그럴수록 더운 숨을 그녀에게 불어넣어 주었습니다. 그랬더니 정말 그 시신이 몸을 뒤척이더니 되살아나지 뭡니까!

"여기가 어디지? (…) 내가 왜 여기 있죠?"

하길래 유 씨네 아들은 그녀의 이름이 무어냐고 물었습니다. 그러나 여인은 내내 부끄러워하기만 할 뿐 말을 하지 않는 것이었습니다.
이윽고 날이 환하게 밝았습니다. 그런데 가만 보니 간밤에 술자리를 함께했던 패거리 중 몇 명이 찾아왔지 뭡니까.

"간밤 그 시신은 어디로 갔소? (…) 참 해괴한 일도 다 있지 뭐요!"

그래서 유 씨네 아들은 일단 이불로 그 여인을 가리고 나서 물었습니다.

"해괴하다니요?"

---

18) 【즉공관 미비】 奇事。 기이한 일일세!

"알고 보니 간밤이 이웃의 왕 씨 댁 딸이 시집가는 날이었대요. 한데 몸단장을 끝내고 가마에 막 오르려는 찰나 갑자기 급성 심장병으로 죽었다는구려. 그런데 염을 끝내기도 전에 우레 소리가 들리는가 싶더니 시신이 사라져버려서 여태껏 못 찾았다지 뭡니까19)? (…) 간밤에 유 형이 웬 시신을 지고 왔잖소. (…) 그 시신 아니요?"

사람들이 이렇게 말하자 유 씨네 아들은 껄껄 웃으면서 말했습니다.

"내가 지고 온 건 산 사람이올시다. 시신이라니 … 무슨 그런 말씀을20)?"

"또 말도 안 되는 소리를 하시네!"

사람들이 이렇게 투덜거리길래 유 씨네 아들은 이불을 열어젖히고 사람들에게 보여주었지요. 그런데 정말로 산 사람이지 뭡니까.

"또 해괴한 일이 생겼다!"

하면서 다들 묻기 시작하는 것이었습니다.

"아가씨는 뉘 집 분이시오?"

그 여인은 사람이 많은 것을 보고 나서야 말을 하기 시작했습니다.

---

19) 【즉공관 측비】雷震尸起, 自是常事。 우레 소리에 시신이 일어나는 일이야 자주 있는 일이지.

20) 【즉공관 미비】更趣。 더더욱 재미있군.

"소녀는 이곳 왕 씨네 딸이에요. (…) 간밤에 머리가 어지러우면서 땅바닥에 쓰러졌는데 … 어째서 여기에 있는 건지 영문을 모르겠네요."

유 씨네 아들은 이번에도 껄껄 웃으며[21] 말하는 것이었습니다.

"내가 어젯밤 '내 아내'라고 했지요? (…) 지금 말씀하시는 것을 들어 보니 작년에 내가 혼담을 넣었던 바로 그 댁이었구먼? 그렇다면 내가 거짓말을 한 건 아니로군."

그러자 사람들도 다들 웃으면서 말했습니다.

"전생의 인연인 것 같군요! 우리가 중신을 서 드리겠습니다."

이 소식이 전해지고 얼마 지나지 않았을 때였습니다. 찾아온 왕 씨 댁 부모는 딸이 살아 있는 것을 발견하고 놀라움과 기쁨을 금하지 못 했습니다. 그 댁 딸은 딸대로 그가 이전에 청혼을 했던 바로 그 유 선비임을 알고 부모를 보고 말했습니다.

"소녀는 죽었다가 넋이 되돌아와서 유 선비님을 뵈었습니다. (…) 어젯밤 죽은 시신이라고는 하지만 벌써 이분과 한밤중에 동침을 했지요. (…) 이제 남에게 새로 시집을 가기는 어렵게 되었으니[22] … 아버지, 어머니께서 선처해주십시오!"

그러자 사람들도 하나같이 거드는 것이었지요.

---

21) 【즉공관 미비】一笑皆有豪趣。웃을 때마다 호걸의 기개가 담겨 있구나.
22) 【즉공관 미비】適逐所願。소원을 제대로 이루었군그래!

"이건 하늘의 뜻이니 거역해서는 안 될 것입니다!"

왕 씨 댁 부모는 결국 딸을 유 씨네 아들에게 출가시켜 그를 사위로 삼았고, 두 사람은 백년해로했답니다.

하늘의 뜻은 이미 정해져 있어서 이렇게 맺어지기도 한다는 것을 알 수 있습니다. 만일 그날 밤 그 집 딸이 급사를 하거나 큰 우레가 치지 않았더라면 왕 씨 댁 딸은 진작 남의 집 아내가 되었을 테지요. 또 유 씨네 아들이 담력을 시험하고 장난을 치지 않았더라면 설사 우레 때문에 시신을 잃어버렸더라도 두 사람에게 무슨 상관이 있었겠습니까? 그게 다 전생에 미리 정해진 인연 때문인 거지요. 그래서 이렇게 기기묘묘하게 엎치락뒤치락하다가 마침내 이런 기이한 일이 생겼던 것입니다! 이상의 이야기는 부모가 혼인을 허락해주지 않으면서 빚어진 일이었습니다.

이어지는 이야기는 부모가 허락했다가 후회하면서 죽은 목숨이 되살아난 경우입니다. 한마음으로 절개를 굳게 지킴으로써 마침내 부부가 되면서 미담을 남긴 경우로서, 제목은 《추천회기鞦韆會記》[23]입니다. 그야말로

---

23) 《추천회기鞦韆會記》: 명대 중기의 문인 이정李禎(1376~1452)이 지은 연애소설. 인물과 줄거리는 대체로 본편의 내용과 비슷하다. 이정은 자가 창기昌祺 또는 유경維卿으로, 여릉廬陵 사람이다. 영락永樂 2년(1404), 한림원翰林院 서길사庶吉士로 백과전서 《영락대전永樂大典》의 편찬에 참여하고 예부낭중禮部郎中을 거쳐 광서 포정사廣西布政使·하남 포정사河南布政使 등을 역임하면서 청백리로 명성을 얻었다. 이정이 지은 소설집으로는 이 밖에도 《전등여화剪燈餘話》가 있다.

정성이 지극하면,　　　　　　　　　精誠所至,

쇠나 돌조차 가를 수 있나니,　　　　金石爲開。

절개가 헛되지 않아,　　　　　　　　貞心不昧,

죽은 후 다시 상봉하는구나!　　　　死後重諧。

　이 이야기는 바로 원나라 대덕大德24) 연간에 있었던 일입니다.25) 그
왕조의 선휘원사宣徽院使26)는 발라孛羅27)라고 하는 색목인色目人28)이

24) 대덕大德: 원나라 성종成宗 발이지근 철목이孛兒只斤鐵本耳(보르지긴 테무르)
　　가 사용한 두 번째 연호. 1297년부터 1307년까지 11년 동안 사용했다.

25) *본권의 몸 이야기는 명대의 소설가 이창기李昌祺(1376~1452)가 지은《전
　　등여화剪燈餘話》권4〈추천회기鞦韆會記〉및 풍몽룡《정사情史》권10〈속가
　　실리速哥失里〉에서 소재를 취했다. 나중에 청대 초기의 사종석謝宗錫, ?~?
　　이 지은 전기 희곡《옥루춘玉樓春》에 영향을 준 것으로 보인다.

26) 선휘원사宣徽院使: 중국 고대의 벼슬 이름. 처음 설치된 당대 후기에는 환
　　관이 원사院使와 부사副使로 충원되었으며 고정된 업무는 없었다. 담당자
　　나 관련 업무에 다소 변동이 있기는 했지만 오대와 북송대에도 그대로 계
　　승되었다. 송대에는 내제사內諸司 및 삼반三班·내시內侍의 관적官籍을 총
　　괄하는 한편 조정의 제사·조회·연회 등에 필요한 장막·도구·음식 등을
　　점검하는 일도 담당했다. 원풍元豊 연간(1078~1085) 이후로는 그 업무가 각
　　성省·시寺로 이관되면서 벼슬은 그대로 존재하되 실질적인 업무나 권한은
　　없는 일종의 명예직으로 조정 중신들에게 내려지다가 남송에 이르러 폐지
　　되었다. 능몽초가 여기서 12세기 남송대에 없어진 이 벼슬 이름을 그보다
　　나중인 14세기 원대 이야기를 하면서 사용한 것은 역사적 사실과는 다소
　　거리가 있다. 역사적 사실과 문학적 허구 사이의 이 같은 괴리나 혼동은
　　《박안경기》등 중국의 전통적인 백화소설 또는 희곡작품들에서는 보편적으
　　로 나타나는 현상이다.
　　참고로, 여기서 작자가 최초로 "선휘원사"를 언급한 그 다음부터는 "선휘"
　　로 부르는데,《박안경기》가 본질적으로 독서를 위한 소설이 아니라 공연을
　　위한 이야기이다 보니 이야기꾼은 들려주기 쉽고 손님은 기억하기 쉽게 하
　　려고 벼슬 이름을 두 글자로 줄인 것으로 이해할 수 있겠다. 만약 단순히

었습니다. 바로 옛 재상宰相 제국공齊國公의 아들이었지요. 발라는 재상 댁에서 태어나 온갖 호사를 다 누렸으며, 그 저택의 웅장하고 화려함은 비교할 상대가 없을 정도였습니다. 그러면서도 박학하고 글재주가 뛰어난 데다가 어진 학자들을 존경해 예의로 대했답니다. 그래서 당대의 조정 대신들은 한결같이 그의 장점을 칭찬해마지 않았지요.

그는 해자교海子橋29) 서쪽에 살았습니다. 첨판僉判30)인 엄도랄奄都剌,

독서만을 위한 소설이라면 어차피 책으로 인쇄된 내용을 눈으로 읽는 것이므로 굳이 이름을 축약할 필요가 없기 때문이다.

27) 발라孛羅: '발라 재상'으로 불린 원대의 대신 볼로드Bolod, ?~1313의 한자이름. 볼로드는 몽골 타로반朶魯班 씨로, 그 조부와 부친은 칭기스 칸의 정실 보르테의 집사였는데, 충성심을 인정받아 대대로 '겁설怯薛, 케식kešig'을 세습했다. 1260년 쿠빌라이가 원나라 황제 세조世祖로 즉위하자 보르치어용 요리사 및 겁설의 수장으로 임명되었고 어사중승御史中丞 · 대사농大司農 · 어사대부御史大夫 등의 벼슬을 역임했다. 지원至元 20년(1283), 쿠빌라이의 명령에 따라 일 한국에 사자로 파견되었다가 그곳에 정착하고 호라산 지역의 지휘관으로 임명되었다. 나중에 일 한국의 재상 라시드 앗딘 Rashid ad-Din(?~1319)이 《집사集史》를 엮는 것을 돕기도 했다.

28) 색목인色目人: 원대에 몽골 제국에 귀순한 서역西域 계통의 사람들을 통틀어 일컫는 이름. '여러 종류의 사람들'이라는 뜻의 '제색목인諸色目人'을 줄인 말로, 몽골인, 한인漢人(금나라 치하의 주민), 남인南人(남송 치하의 주민) 이외의 서역계 각국 사람을 가리킨다. 원나라는 중국을 효율적으로 지배하기 위하여 이들에게 몽골인에 버금가는 준지배자로서의 특권을 부여하고 문 · 무 각 방면에서 두루 중용했다.

29) 해자교海子橋: 중국 북경의 다리 이름. 북경 지안문地安門 북쪽을 흐르는 영정하永定河의 지류인 해자海子, 즉 지금의 십찰해什利海에 지어졌으며, 처음에는 '만영교萬寧橋'로 불리는 나무다리였으나 나중에 돌다리로 개축되었다. 당시 지안문은 대도성의 후문後門으로도 불렸기 때문에 나중에는 '후문교'로 일컬어지기도 했다.

30) 첨판僉判: 송대의 벼슬 이름. 원래는 '첨서판관청 공사簽書判官廳公事'를 줄인 '첨판簽判'이던 것이 나중에 '첨판僉判'으로 불려지게 되었다.

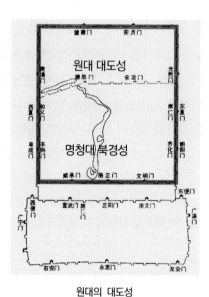

원대의 대도성
궁성 안으로 해자(십찰해)가 흐르는 것이 보인다. 지금의 북경 지역

경력經歷[31])인 동평東平[32]) 출신의 왕영보王榮甫까지 세 집안이 서로
이웃했는데 한집안같이 가깝게 내왕했지요. 선휘원사 댁 뒤에는 '행
원杏園'이라는 이름의 꽃이 많은 정원이 있었습니다. 바로 "춘색만원
관불주春色滿園關不住, 일지홍행출장래一枝紅杏出墻來"[33])에서 이름

---

31) 경력經歷: 중국 근세의 관직명. 금대金代에 도원수부都元帥府와 추밀원樞密
院에 처음으로 설치되었고, 원대에는 추밀원樞密院·대도독부大都督府·어
사대御史臺 등의 관청에 설치했다. 그 후인 명·청대에도 도찰원都察院·통
정사사通政使司·포정사사布政使司·안찰사사按察使司 등에 설치하고 문서
의 출납을 담당하게 했다고 한다.

32) 동평東平: 원대의 지역 이름. 지금의 산동성 동평현東平縣 일대에 해당한다.
송대에 동평부東平府로 불리던 것을 원대에 '동평로東平路'로 개칭했으며,
명대부터 도로 '동평부'로 불렸다.

33) 춘색만원관부조~: 남송대 시인 엽소옹葉紹翁(?~?)의 칠언절구七言絶句〈유

을 딴 정원이었지요. 행원의 진기한 화초며 아름다운 정자는 여느 권문세가들은 바랄 수조차 없는 것이었습니다. 그런데 해마다 봄이 오면 선휘원사 댁의 여인들은 첨판과 경력 두 집안의 가족들을 초대해 행원에서 그네 놀이를 하면서 연회를 성대하게 열어 하루 종일 즐겁게 놀곤 했습니다. 나머지 두 집안도 각자 하루건너 한 차례씩 연회를 열어 보답했답니다. 그런데 이월 말에 시작해 청명淸明34)이 지나야 행사가 끝났으며, 이를 '천추회鞦韆會'라고 불렀지요.

이때 추밀원 동첨樞密院同僉35) 첩목아 불화帖木兒不花36)의 아들로 '배주拜住'라고 하는 도령이 있었습니다. 그런데 말을 타고 행원 밖을

원불치游園不值)의 셋째, 넷째 구절이다. 글자 그대로 번역하면 "온 화원에 가득한 봄빛은 미처 가두어놓지 못하여, 붉은 살구꽃 한 가지가 담을 넘어 나왔구나"가 된다. 엽소옹은 자가 사종嗣宗, 호는 정일靖逸로, 처주處州 용천龍泉 사람이다. 강호파江湖派 시인으로 칠언절구에 뛰어났다.

34) 청명淸明: 중국 고대의 대표적인 명절이자 24절기의 하나. 일반적으로 음력 3월로, 한식寒食 날이거나 그 하루 전날이었다. 당대 이래로 해마다 이 날이 오면 교외로 나가 조상의 묘역을 단장하고 제사를 지낸 다음 명절 음식을 먹고 나들이를 즐겼다고 한다.

35) 추밀원 동첨樞密院同僉: 원대의 벼슬 이름. 지금의 국방부에 해당하는 추밀원에는 수장인 추밀사樞密使를 위시하여 추밀부사樞密副使 · 첨서추밀원사簽書樞密院事 · 동첨추밀원사同簽樞密院事 등의 벼슬이 있었다. "추밀원 동첨"은 곧 동첨추밀원사로, 정사품에 해당했다고 한다.

36) 첩목아 불화帖木兒不花: 원대의 장수 테무르 부하Temür Buqa(1286~1368)의 한자 이름. 테무르 부하는 처음에 황제의 숙위宿衛(켑테울)를 지내다가 군사를 이끌고 양양襄陽으로 가서 남송 장수 범문호范文虎와 싸워 이겼다. 나중에는 쿠빌라이의 측근인 백안伯顔(바얀)을 따라 남송 정벌에 나서 건강建康(지금의 남경) · 평강平江 · 임안臨安(지금의 항주) 등지를 함락하고 복건福建 · 광동廣東까지 진격했다. 그 공로로 중서 좌승中書左丞 · 도원수都元帥 등을 역임하고 회왕淮王에 책봉되었다. 시호는 충양忠襄이다.

선휘원에서 양갓집 여인들 그네 타기 모임을 열다.

지나가는데 담 안에서 웃음소리가 들리지 뭡니까. 말 위에서 목을 빼고 들여다보니 담 안에서는 그네를 타면서 웃고 즐기는 분위기가 완연한 것이었습니다. 멀리 보이기는 해도 그 여인들은 하나같이 절세의 미인들이었지요. 배주는 고삐를 당겨 말을 멈추었습니다. 그리고는 버드나무 그늘 속에 몸을 숨긴 채 얼마나 시간이 흘렀는지도 모를 정도로 마음껏 훔쳐보았답니다. 그런데 문을 지키던 늙은 정원지기가 담 너머에서 울리는 말방울 소리를 듣고 나와서 보니 웬 도령이 말을 탄 채로 얼을 빼고 담장 안을 훔쳐보고 있는 것이 아닙니까. 그가 동첨 댁 도령임을 알아본 정원지기는 선휘원사에게 달려가 그 일을 고했지요. 그러자 '선휘원사는 급히 사람을 시켜 그를 쫓아버리게 했습니다. 배주는 정원지기와 마주치자 누가 눈치를 챘다는 것을 직감했습니다. 그래서 불미스러운 사태가 벌어질 것을 우려해 재빨리 채찍을 휘둘러 멀리 내뺐지요. 집으로 돌아온 배주는 어머니에게 그 일을 떠벌리면서 '선휘원사 댁 여인들이 하나같이 절세미인들이더라'며 감탄해 마지않는 것이었습니다. 어머니는 그의 속마음을 눈치 채고

"그 댁과 우리 집안은 격이 딱 맞다. 매파를 보내 혼담을 넣기만 하면 그쪽에서도 승낙할 테지. 공연히 부러워하기만 할 필요가 어디 있겠느냐."

하더니 즉시 매파를 선휘원사 댁으로 보내 혼담을 넣었지요. 그러자 선휘원사가 웃으면서 말하는 것이었습니다.

"지난번에 말을 타고 그네 타는 모습을 훔쳐보던 자가 아닌가? 내 그렇지 않아도 사윗감을 고르려던 참이니 그 도령더러 우리 집으로

와서 좀 둘러보라 이르시게. 재능과 용모가 정말 훌륭하면 당장 혼인을 허락하지."

　매파는 동첨 댁으로 돌아가 그대로 고했습니다. 동첨은 몹시 반가워하면서 그길로 배주에게 정장을 잘 갖추어 입고 선휘원사 댁으로 가게 했지요.

　선휘원사가 인사를 나누고 보니 외모가 복스럽고 훤한지라 속으로는 벌써부터 꽤 흡족해 하고 있었습니다. 그러나 그 속에 담고 있는 재능과 학문은 어느 정도인지 알 수가 없지 뭡니까. 그래서 그를 시험해볼 요량으로 배주를 보고 말했지요.

　"귀하는 그네 타는 모습을 보는 것을 좋아하니 그네 놀이를 제목으로 삼아 【보살만菩薩蠻】37)을 한 가락 불러보시오. 이 몸이 가르침을 좀 받고 싶구려!"

　그러자 배주는 붓과 벼루를 달라고 하더니 단번에 한 편을 뚝딱 써 내는 것이었습니다. 그 가사는 이러했지요.

붉은 줄 화려한 널의 부드럽고 가녀린 손가락,	紅繩畫板柔荑指,
동풍에 제비가 짝을 지어 나는구나.	東風燕子雙起。
누가 잘하는지 뽐내자면 더 높이 뛰어야지,	誇俊要爭高,
거기다 치마도 단단히 매어야 하리라.	更將裙繫牢。
상아 침상에서 옷 입은 채 잠을 자다 보니,	牙床和困睡,

---

37) 【보살만菩薩蠻】: 본래는 당대의 교방곡敎坊曲이었으며, 후대에 사詞나 곡曲의 가락 이름으로 사용되었다. '보살만' 이외에도 '【자야가子夜歌】·【중첩금重疊金】·【화계벽花溪碧】' 등 다양한 별칭이 존재한다.

금비녀가 다 흘러내리겠구나.　　　　　　　一任金釵墜。

베개 치우고 늦게야 일어났더니,　　　　　推枕起來遲,

벌써 비단 창 너머로 달이 다 떴구나.　　紗窓月上時。

　선휘원사는 그의 글재주가 출중하고 운율도 잘 맞는 것을 보고 내심 아주 흐뭇하게 여겼습니다. 그래서 술자리를 마련하게 해서 극진하게 대접했지요. 술자리가 준비되자 배주를 조카처럼 예우하여 그를 옆의 맨 앞자리에 앉게 하고 자신은 주인 자리에 앉았습니다. 술을 마시던 선휘원사는 이렇게 생각했습니다.

　'방금 그가 읊은 〈추천사鞦韆詞〉는 거침없고 아름답기는 한데, … 혹시 그날 그네 타는 모습을 보고 미리 이 제목으로 지어놓았던 것이 오늘 제목과 우연히 맞아떨어진 것은 아닐까? 그렇지 않고서야 어떻게 이렇게 빨리 지을 수가 있단 말인가? 정말 '일곱 걸음 만에 시를 짓는 재주'38)를 가졌다 해도 이 정도까지는 아닐 터! (…) 내 다시 한 번 그를 시험해봐야겠다.'

---

38) 칠보지재七步之才: 일곱 걸음을 옮기는 사이에 시를 짓는 뛰어난 글재주. 《세설신어世說新語》〈문학편文學篇〉에 소개된 조조曹操 아들 조식曹植(192~232)과 조비曹丕 형제의 일화에서 유래했다. 후한後漢의 군벌 조조曹操의 아들 조비는 아우이자 정적이던 동아왕東阿王 조식을 몹시 미워했다. 나중에 후한의 황제 헌제獻帝를 폐하고 위魏나라 문제文帝가 된 조비는 조식을 제거할 생각으로 자신이 일곱 걸음을 걷는 동안에 시를 짓지 못하면 극형을 내리겠다고 공언한다. 조식은 걸음을 옮기면서 다음과 같은 시를 지었다고 한다. "콩대를 태워 콩을 삶으니, 콩이 가마솥 속에서 우는구나. 본디 한 뿌리에서 난 사이거늘, 어찌하여 이다지도 급히 삶아대는가煮豆燃豆萁, 豆在釜中泣. 本是同根生, 相煎何太急". 이를 들은 조비는 부끄럽기도 하고 아우가 불쌍하기도 해서 조식을 살려주었다고 한다.

그런데 마침 나무 위에서 꾀꼬리가 지저귀는 소리가 들리지 뭡니까. 그래서 바로 배주를 보고 말했지요.

"이 몸이 다시 가르침을 부탁드리겠소. (⋯) 이번에는【만강홍滿江紅】³⁹⁾ 가락에 맞추어〈꾀꼬리〉라는 제목으로 가사를 한 수 부탁합시다. 주옥같이 훌륭한 시구로 말이외다. 어떻소이까?"

그러자 배주는 그 요청에 따라 즉석에서 노래를 지었지요. 그러고는 섬등지剡藤紙⁴⁰⁾를 펴서 진晉나라 대가⁴¹⁾의 필치로 그침 없이 글을 써서 선휘원사에게 바치는 것이었습니다. 그 내용은 다음과 같았지요.

진나라의 서예 대가 왕희지와 그의 대표작〈난정십서〉(부분)

---

39)【만강홍滿江紅】: 명대의 노래 가락 이름. '【상강홍上江虹】·【염양유念良游】·【상춘곡賞春曲】' 등으로 불리기도 했다.

40) 섬등지剡藤紙: 종이의 종류. 중국 절강성 섬현剡縣에서는 예로부터 등나무가 많이 나서 그 껍질로 만든 종이가 대단히 유명했다고 한다. 섬현에서 나는 등나무 종이, 즉 '섬등지'는 이름난 종이의 대명사로 사용되었다.

41) 진나라 대가: 동진東晉의 유명한 서예가 왕희지王羲之(303~361)를 말한다. 왕희지는 자가 일소逸少로, 지금의 산동인 낭야琅琊 임이현臨沂縣 사람이다. 진나라 조정의 남하로 회계산會稽山으로 이주한 후로 비서랑秘書郎·영원장군寧遠將軍·강주 자사江州刺史·회계 내사會稽內史 등을 역임했다. 예서·초서·해서·행서에 두루 능했으며, 대표작〈난정집서蘭亭集序〉는 '천하에서 으뜸가는 행서[天下第一行書]'로 일컬어진다.

부드러운 햇볕 갠 날,	嫩日舒晴,
봄날 풍광 아름답기도 하구나!	韶光艷。
푸른 하늘 이제 막 개었는데,	碧天新霽,
바야흐로 복사꽃은 반쯤 피고,	正桃腮半吐,
꾀꼬리 소리 비로소 들리누나.	鶯聲初試。
외로운 베개맡에서 이따금 듣노라니,	孤枕乍聞,
은은한 현악기 소리 같고,	弦索悄,
구불구불 펼쳐진 병풍 너머,	曲屛
가냘픈 생황 소리 간간이 들리네.	時聽笙簧細。
사랑스러운 새소리는,	愛綿42)蠻,
부드러운 혀로 동풍을 읊는 듯	柔舌韻東風,
유난히 아리땁구나!	愈嬌媚。
그윽한 꿈 깨어나니,	幽夢醒,
까닭 모를 시름은 가시지 않고,	閑愁泥.
가까스로 남았던 살구꽃마저 지니	殘杏褪,
겹겹의 문들 모두 닫혔구나.	重門閉。
절묘한 소리 꽃다운 가락,	巧音芳韻,
너무도 아름다운데,	十分流麗,
버들가지 꽃 사이로 왔다 갔다 하며,	入柳穿花來又去,
좋은 짝 찾으려 해도 도무지 방법이 없네.	欲求好友眞無計。
상림43)을 바라보건만,	望上林,

---

42) 【교정】무명[錦]: 상우당본 원문(제376쪽)에는 '비단 금錦'으로 나와 있으나
전후 맥락을 고려할 때 '무명 면綿'이 와야 옳다. 《시경詩經》〈소아小雅·면
만綿蠻〉의 "지저귀는 저 꾀꼬리, 언덕배기에 머무누나綿蠻黃鳥, 止于丘阿"
에서 볼 수 있듯이, '면만綿蠻'은 새가 우는 소리를 가리킨다.

43) 상림上林: 한대의 어용 정원인 '상림원上林苑'의 약칭. 한나라 무제가 건원

언제 짝지어 살 수 있을까 싶어,   何日得雙棲,

마음조차 아련하여라!   心沼遞。

선휘원사는 그의 가사가 글월은 글월대로 글씨는 글씨대로 하나같이 뛰어난 것을 보고 속으로는 벌써부터 흡족하게 여겼습니다. 그런데 마지막 구절까지 읽고 나니 그네 놀이 광경을 보면서 사모하는 감정이 생겨났습니다. 거기다가 슬쩍 구혼의 뜻까지 감추어놓은 것을 깨닫고 자기도 모르게 탁자를 치면서 큰 소리로 외치는 것이었습니다.

"아주 훌륭한 작품이다! 정말 내 사위로 삼을 만하구나. (⋯) 이 몸의 셋째 부인에게 어린 딸이 있는데 이름이 속가실리速哥失里로 귀하의 배필로 삼을 만하외다. 이 몸이 불러내서 인사를 시키리다!"

그러더니 바로 운판雲版[44])을 두드려 셋째 부인과 아가씨를 대청으로 불러냈습니다. 그 자리에서 배주는 장모와 인사를 나누었지요. 이어서 속가실리 아가씨와도 인사를 나누는데[45]) 그날 그네 놀이를 하던 여인들 중 가장 아름다웠던 바로 그 여인이지 뭡니까. 배주는 감히 고개를 똑바로 들 수는 없어도 벌써 제법 충분히 살펴본 터였습니다마는 지난번 담 밖에서 멀찍이 바라본 것과는 비교도 되지 않을 정도

建元 3년(BC138) 진秦나라 황제의 옛 어용 정원을 보수·확장한 것으로, 사방 300리에 이르고 그 안을 흐르는 하천이 8개나 될 정도로 규모가 컸다고 한다.

44) 운판雲板: 중국의 전통 악기. 걸대에 구름 문양의 크고 편평한 철판을 걸어 놓고 채로 쳐서 소리를 냈다.

45) 【즉공관 미비】此却是夷俗矣。이건 오랑캐의 풍속인데?

였지요. 그는 속으로 이루 형용할 수 없
이 기쁘고 신바람이 났습니다. 인사가
끝나자 부인은 아가씨와 함께 안으로
돌아갔습니다.

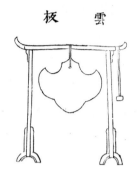

운판. 《삼재도회》

다시 이야기를 들려드리지요. 안채의
여인들은 몸채에서 부인과 아가씨를 불
렀다는 말을 듣고 선휘원사가 사위를
마음에 들어 한다는 것을 눈치 챘습니
다. 다른 아가씨들은 그들대로 모두 문 뒤에서 문틈을 벌리고[46] 배주
의 비범한 모습을 보고 저마다 부러워하는 것이었지요. 그러다가 속
가실리가 들어오자 가만히 그녀에게 축하 인사를 건넸습니다.

"그야말로 '문의 난간에는 기쁜 기색이 넘치고, 사위는 용을 탄 신
선을 닮았다'는 격이로군요!"[47]

그야말로 온 집안사람들이 한결같이 칭찬해 마지않았던 것이지요.
선휘원사와 작별한 배주는 집으로 돌아와 부모에게 아뢰고 길일을
잡아 약혼 예물을 보냈습니다. 그 예물의 규모하며 글귀의 품격은 온
도성에 떠들썩하게 전해져 대단한 화젯거리로 여겨질 정도였지요.

그러나 '좋은 일에는 시련도 많은 법[好事多磨]'[48]이고 '비와 구름

---

46) 【즉공관 미비】最是女眷要看得緊。 여자 식구들이 그렇게 보려고 안달하는 경향이
좀 있지.

47) 문의 난간에는~: 당나라 시인 두보杜甫(712~770)가 지은 오언율시五言律詩
〈이감택李監宅〉에 나오는 제7~8구이다.

은 예측할 수가 없는 법[風雲不測]'49). 대간臺諫50)의 관리는 동첨이 부유하고 호탕한 것을 보고 상소를 올려 '그가 사사로이 뇌물을 받아 챙겼다'고 비판하고 나섰습니다. 그러자 황제의 어명에 따라 서대西臺의 어사御史51)에게 심문하라는 명령이 내려졌지 뭡니까. 그 바람에 동첨은 졸지에 감옥에 갇히는 신세가 되고 말았습니다.

동첨은 부유하게 잘살던 사람이었습니다. 그러니 감옥에서의 고초

---

48) 좋은 일에는 시련도 많은 법[好事多磨]: 명대의 한자 성어. 우리나라에서는 '호사다마好事多魔'라고 쓰고 '좋은 일에는 마가 낀다' 식으로 새기지만 잘 못된 용법이다. 여기서의 '마'는 '악귀 마魔'가 아니라 '갈 마磨'를 써야 옳기 때문이다. 시오노야와 카라시마의 일역본(제1책, 제323쪽)에서도 "좋은 일 에는 시련이 많아서好事磨多く"로 번역되어 있다. '마磨'는 중국에서 원래 의 '갈다grind'라는 의미와 함께 나중에는 '고통을 당하다suffer'나 '좌절을 겪다frustrate'의 경우처럼 정신적으로 시련을 당하는 것을 나타내는 데에 사 용되는 경우도 많다. '갈 마磨'가 '악귀 마魔'로 잘못 전해진 것은 두 글자가 형태나 발음에서 서로 비슷한 것이 결정적인 원인으로 작용한 것으로 보인 다. 여기서는 '호사다마'를 편의상 "좋은 일에는 시련도 많다"로 번역했다.
49) 비와 구름은 예측할 수가 없는 법[風雲不測]: 명대의 한자 성어. 상황에 변 화가 무쌍하게 많은 것을 두고 하는 말이다. 때로는 '비와 구름은 예측하기 어렵다風雲難測' 식으로 사용되기도 했다.
50) 대간臺諫: 당대에 황제에게 간언을 하던 대관臺官과 간관諫官을 함께 일컬 은 이름. 당·송대의 시어사侍御史·전중 시어사殿中侍御史·감찰어사監察 御史는 관리들의 범법이나 범죄를 탄핵하는 일을 담당하여 '대관'으로 일컬 어졌고, 간의대부諫議大夫·습유拾遺·보궐補闕·정언正言 등은 황제에게 간언하는 일을 담당하여 '간관'으로 일컬어졌다. 이 제도는 명대까지 그대 로 계승되다가 명대에 이르러 그 기능이 도찰원都察院에 통합되었다.
51) 서대西臺의 어사御史: '서대西臺'는 어사대御史臺를 달리 일컫는 이름이다. 어사대는 후한대로부터 원대까지 존속한 중앙 감찰기구이자 중앙 사법기 관으로, 관리를 규찰하고 탄핵하여 기강을 바로잡는 일을 관장했다. 진·한 대에는 어사부御史府, 남북조 시기에는 어사대로 불렸다.

를 어디 감당할 수가 있겠습니까? 며칠 지나지 않아 병이 들고 말았지요. 알고 보니 원나라에서는 대신이 옥에 갇혔다가 병이 날 경우 소청을 올리면 석방하는 것을 의례적으로 허용하곤 했답니다. 동첨도 다행스럽게 옥에서 석방되어 집으로 돌아와 병을 치료할 수 있었지요. 그러나 병세가 무겁다 보니 오만 가지 약을 다 써도 효과가 없지 뭡니까. 결국 열흘도 되지 않아 세상을 떠나버리고 말았답니다. 집안사람들은 통곡을 하며 슬퍼했지요. 그러나 동첨이 감옥에서 얻은 그 병이 전염병일 줄 누가 알았겠습니까! 결국 동첨이 죽고 나서도 온 집안에 다 전염되고 말았습니다. 그 바람에 며칠 되지도 않아 또 한 사람이 죽더니 한 달 사이에 모조리 다 죽고 겨우 배주 한 사람만 가까스로 살아남았을 뿐이었지요. 설상가상으로 서대에서는 뇌물을 전부 조사해 국고로 환수시켰고, 그 서슬에 남은 가산으로는 배상금을 내기조차 부족한 형편이 되고 말았지 뭡니까. 정말 순식간에 얼음이 녹고 기와가 흩어지듯 패가망신을 하고 만 것입니다.

선휘원사는 이 일을 몹시 안타깝게 여겼습니다. 그래서 속으로 배주를 자신의 집에 거두어 집으로 돌아가면 혼인을 시키고 그가 학문에 전념해 벼슬길로 나가게 해주고 싶었지요. 그래서 셋째 부인과 상의를 했습니다마는 셋째 부인도 어쩔 수 없는 여자였나 봅니다. 그저 방금까지 뜨겁다가도 금세 차가워지는 세상인심에나 신경을 쓰지, 어디 대단한 도리에 관심이 있어야지요. 그렇다 보니 속으로만 발끈하면서 언짢아할 뿐이었습니다.

알고 보니 선휘원사에게는 첩실이 여러 명 있었습니다마는 유독 셋째 부인만 가장 총애하고 있었지요. 그래서 집안일은 모두 그녀가 주재하고 있었습니다. 그렇다 보니 지난번 배주가 마음에 들었을 때에도 자신의 딸에게만 혼인을 허락하도록 이끌었었지요. 물론 그것도 남들에게 지기 싫어하는 근성 때문이긴 했습니다.[52] 그랬는데 남의 딸들은 하나같이 부유하고 고귀한 집안에 출가했건만 자기 사위 집만 몰락한 셈이었지요. 그것이 몹시 못마땅했던지 이 혼사를 깰 작정으로 당장 딸 속가실리에게 그 사실을 알렸습니다. 그러나 속가실리는 파혼을 원치 않았습니다. 그녀는 울면서 모친에게 사정했습니다.

"혼인을 하거나 의형제를 맺는 경우에는 일단 맹세를 하고 나면 평생 바꿀 수 없는 법입니다. 소녀가 다른 언니 동생들이 부귀를 누리는 모습을 보노라면 어디 속으로 부러워하지 않을 리가 있겠습니까? 그러나 아무리 하찮은 언약이라도 일단 정해지고 나면 귀신조차 속이기 어려운 것입니다.[53] 그가 가난하고 미천해졌다고 해서 어떻게 전날의 언약을 깰 수가 있겠습니까? (…) 그건 사람으로서는 할 도리가 아닙니다. 소녀 죽어도 어머니 말씀을 따를 수가 없습니다!"

선휘원사도 딸의 말에 일리가 있다고 여기기는 했습니다. 그러나 셋째 부인이 애교와 아양을 떨며 선휘원사의 귀를 잡아끄니 그 성화를 어떻게 견딜 수가 있겠습니까? 또 딸이야 바라든 말든 어디 상관이나 하겠습니까? 결국 새로 평장平章[54]인 활활출闊闊出의 아들 승가노

---

52) 【즉공관 미비】前日以爲私厚, 今日以爲下梢。 전에는 혼자서만 후덕한 것처럼 굴더니 이제는 '잔가지'(천덕꾸러기) 취급을 하는군!

53) 【즉공관 미비】好個女兒, 卽立此心, 天緣定矣。 훌륭한 딸이야! 이 마음을 가지고 있으니 천생연분도 맺어지겠구나.

54) 평장平章: 중국 고대의 벼슬 이름. 당대에는 상서성尙書省·중서성中書省·문하성門下省을 두고 그 수장을 '재상宰相'이라고 불렀다. 벼슬이 높고 권한이 막중하기는 했지만 상설되지는 않았기 때문에 다른 관원에게 '동중서

僧家奴에게 출가시키기로 결정해버렸답니다. 배주는 그 소식을 전해 듣고 속으로 몹시 괴로웠습니다. 그러나 대세가 기운 것을 아는지라 감히 더 이상 항변할 엄두를 내지 못했지요.

평장 댁에서는 길일을 잡아서 예물을 보내왔습니다. 지난번 동첨 댁 예물보다 더 많고 성대하게 말이지요. 그러자 셋째 부인이 말했습니다.

"체면을 세울 수 있게 됐으니 이제야 속이 다 후련하구나!"

그런데 얼마 뒤에 가만 보니 평장 댁에서 길일을 잡아 꽃가마를 대문 앞까지 대령해 놓았지 뭡니까. 속가실리는 가마에 타기를 거부 했지만 부인과 자매들이 저마다 나서서 설득하는 것이었지요. 속가실 리는 한바탕 대성통곡을 하더니 결국 눈물이 그렁그렁한 채로 억지로 가마에 올랐답니다.

평장 댁에 도착하자 주례는 혼인을 축하하는 시가를 읊고 신부가 가마에서 나올 것을 요청하는 것이었습니다. 그런데 신부 들러리가 가마의 발을 걷어 올리고 한참을 기다렸지만 나올 생각을 안 하지 뭡니까. 그래서 머리를 들이밀고 가마 안을 살피던 들러리는

"에그머니!"

하고 소리를 지르고 말았습니다. 알고 보니 속가실리는 가마 안에

문하평장사同中書門下平章事(약칭 동평장사)'라는 직함을 부여하고 국사에 동참시켰다. 이 제도는 대대로 계승되어 송대에는 '동중서문하평장사', 금 ·원대에는 '평장정사平章政事'로 일컬었다. 원대의 행중서성行中書省에도 평장정사를 두었는데 지방의 고위 장관으로서 '평장'으로 약칭되기도 했다.

서 몰래 비단 발싸개55)를 풀어 목을 매고 자살하는 바람에 이미 숨이 끊어졌지 뭡니까, 글쎄. 그 사실을 허겁지겁 평장에게 알렸지만 평장으로서도 손을 써볼 길이 없는지라 사람을 보내 그 사실을 선휘원사댁에 알렸지요. 셋째 부인은 그 소식을 듣고 딸 이름을 부르다가 천지신명을 찾다가 하면서 대성통곡을 하는 것이었습니다. 그러다가 허둥지둥 사람을 시켜 가마를 되돌려 오게 하더니 급히 딸의 발싸개를 풀고 생강탕을 먹이려 했지요 그러나 입을 꽉 다문 채 당최 깨어날 기색이 없지 뭡니까. 셋째 부인은 울고 불다가 몇 번이나 기절을 했지만 그래도 어쩔 도리가 없었지요. 관이라도 비싼 것을 사서 평소에 쓰던 화장함, 장신구, 패물과 두 신랑 집에서 보냈던 예물까지 조금도 아까워하지 않고 모두 관 속에 넣어 주고56) 염을 마친 다음 그 관을 청안사清安寺에 잠시 안치하기로 했답니다.

계속 이야기를 들려드리겠습니다. 배주는 집에 있다가 그런 변고가 생겼다는 소식을 듣고 아가씨가 자신을 위해 죽었다는 것을 직감했습니다. 그는 영구가 청안사에 안치된 것을 알고 그녀에게 조문을 하러 가기로 했지요. 그날 밤 절에 도착해 관을 발견한 배주는 자기도 모르는 사이에 마음이 아파서 가슴을 쓸면서 애절하게 통곡했습니다. 정말이지 전생과 이승, 내세의 온갖 부처님들이 다 눈물을 흘리고, 온 절간의 스님들이 다 긴 한숨을 내쉬며 안타까워할 정도였지요. 그렇게 통곡을 하고 나서 그는 두 손으로 관을 두드리면서 말했습니다.

---

55) 발싸개[纏脚紗布]: 중국에서 고대에 버선이나 양말 대용으로 발을 싸는 데에 사용하던 길이가 긴 비단 천.
56) 【즉공관 미비】愛極生癡, 何益於事。사랑이 지나치면 집착이 생기는 법이다. 그러니 매사에 무슨 보탬이 되겠나!

명대의 관

"아가씨! 넋이 아직 가까이에 있다면 대답 좀 해주오. 여기 배주가 왔소이다!"

그런데 가만 들어 보니 관 안에서 가냘프기는 하지만

"어서 관을 여세요, (…) 저 벌써 살아났어요."

하는 대답 소리가 들리는 것이 아닙니까! 그 소리를 또렷하게 들은 배주는 관을 열려고 했지만 사방에 옻칠이 된 데다 못까지 단단히 박혀 손을 쓸 길이 없었습니다. 그래서 절의 주지에게 사정을 털어놓았지요.

"관 속의 아가씨는 원래 제 아내인데 억울하게 죽었습니다. 그런데 방금 관 속에서 '벌써 살아났다'고 대답하지 뭡니까! 그래서 관을 열려고 했지만 혼자서는 힘이 부치는군요. (…) 스님께 도움을 청해야 할 것 같습니다!"

"이것은 선휘원사님 댁 아가씨의 관인데 누가 감히 함부로 연단 말입니까! (…) 관을 열었다가는 벌을 받을 겁니다."

주지가 이렇게 말하니 배주가 말했습니다.

"관을 연 벌은 저 혼자 받지요. 다른 분에게는 누를 끼치지 않겠습니다. 게다가 … 컴컴한 밤이어서 눈치를 챌 사람도 없고요. (…) 만약 아가씨가 정말 살아나서 구해낸다면 … 관 속에 있는 것들은 반드시 스님들께 다 나누어드리겠습니다![57] (…) 설사 살아나지 않았더라도 저만 그녀 얼굴을 한 번만 보고 도로 닫는다면 누가 알겠습니까?"

'관 속의 재물을 다 나누어주겠다'는 말을 들은 그 중들은 관 속에 넣어 준 재물이 매우 많다는 것을 직감하고 욕심이 생겼습니다. 게다가 배주가 출세라도 하면 이 중들이 불제자와 시주의 관계를 맺게 될 테니 그 간곡한 요청을 뿌리칠 수도 없는 노릇이었지요. 그래서 당장 도끼를 가져와서 관 뚜껑을 뜯으니 '삐걱' 하는 소리가 나면서[58] 관 뚜껑이 열리는 것이었습니다. 속가실리는 관 속에서 몸을 추슬러 앉다가 배주를 발견하고 서로 반가워서 어쩔 줄을 모르는 것이었지요.

---

57) 【즉공관 미비】 有此話, 便開棺得成了。 이 말을 했으니 관을 여는 것도 시간 문제지.
58) 【교정】 나면서[將]: 상우당본 원문(제383쪽)에는 '장군 장將'으로 나와 있다. 근세 즉 당·송대 이래로 백화에서는 '장將'이 원래의 '장군'이라는 의미와는 달리, 명사 또는 명사구 앞에서 목적어의 위치를 나타내는 일종의 목적어 표지인 전치사로 그 문법적 기능이 확장된다. 그러나 여기서는 '장'을 전치사로 보기 어렵다. 그 뒤에 오는 '획연일성劃然一聲'이 체언(명사)이 아니라 용언(동사구)이기 때문이다. 따라서 전후 맥락을 고려할 때 여기에는 '볼 견見'이 와야 옳다.

淸安寺夫婦
笑啼緣

청안사에서 부부가 기막힌 인연에 웃고 울다.

"아가씨가 되살아난 경사도 다 운명인가 보오! (…) 이게 다 이 절 스님들께서 거들어주신 덕분입니다!"

배주가 이렇게 말하자 아가씨는 손목에 찬 금팔찌 한 쌍과 머리의 장신구를 절반이나 빼서 중들의 노고에 보답했습니다. 그러고나서 관 속에 남아 있는 것을 따져 보아도 그 가치가 몇 만 냥 어치는 될 정도 였지요. 배주는 아가씨와 상의한 끝에 말했습니다.

"원래는 선휘원사께 이 사실을 알려드리는 것이 도리이겠습니다만 혹시 변고라도 생길까 걱정이 되어서 말입니다. (…) 지금 이렇게 많 은 재물이 생겼으니 차라리 사람들을 속이고 우리 둘이 멀리 떠나는 편이 낫겠습니다. (…) 스님들께서는 옻칠을 좀 사서 관을 원래대로 잘 칠하십시오. 소문만 나지 않으면 귀신도 눈치를 못 챌 테니[59] 이것 이 상책일 듯싶습니다!"

절의 중들은 재물을 후하게 받아놓았으니 그의 말을 따르지 않을 이유가 없었지요. 그래서 원래대로 관에 반들반들하고 단단하게 칠을 한 다음 철저하게 함구했습니다. 배주는 그제서야 속가실리를 데리고 상도上都[60]로 가서 집을 구해 살았습니다. 이때는 몸에 지닌 재물이

---

59) 귀신도 모를 테니[神不知, 鬼不覺]: 명대의 속담. 원문대로 번역하면 '신도 모르고 귀신도 눈치 채지 못한다'라는 뜻으로, 우리나라 속담 '쥐도 새도 모른다'와 같은 의미로 사용된다.

60) 상도上都: 원나라 세조世祖 쿠빌라이가 남송을 정벌하기 전인 1256년 한족 출신의 과학자인 유병충劉秉忠(1216~1274)에게 명하여 지금의 하북성河北 省 난하灤河 북쪽, 즉 내몽고 자치구 중부의 석림곽륵 맹錫林郭勒盟에 건설 한 원나라 최초의 수도. 처음에는 '개평부開平府'로 불리다가 나중에 '상도'

많은 데다가 배주는 배주대로 따로 글방을 구해 몽골인 학생 여러 명에게 글을 가르쳐 월급이 생겼지요 그 덕분에 형편이 넉넉해서 여유로운 생활을 할 수 있었답니다. 이렇게 부부 두 식구가 서로 사랑하고 아끼면서 지내다 보니 어느 사이에 한 해가 금세 지나가버렸습니다. 이들의 내력을 아는 사람은 없었고, 이들이 선휘원사의 딸이니 동첨의 아들이니 하는 사정은 더더욱 알 사람이 없었습니다.

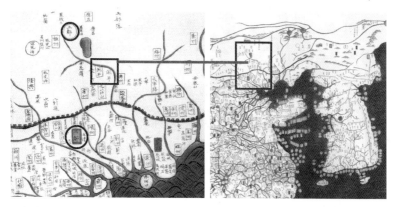

14세기 조선의 세계지도 〈혼일강리역대국도지도混一疆理歷代國都之圖〉. 대도(아래 동그라미) 동쪽의 난하 물줄기를 따라 개평(네모) 위로 상도(위 동그라미)가 보인다.

다시 이야기를 들려드리지요. 선휘원사는 딸을 잃은 후로 마음이 우울하다 보니 배주의 행방을 수소문할 겨를이 없었습니다. 한참 동

로 개칭되었다. 마르코 폴로Marco Polo(1254~1324)의 《동방견문록》에는 상도가 '하나두Xanadu'라는 이름의 전설적인 부富의 도시로 묘사되어 있다. 1273년까지 초기 원나라의 도읍이었으며, 1274년 지금의 북경인 대도大都로 천도한 뒤로는 1364년까지 원나라 황제가 여름에 머무는 제2의 수도 역할을 했다. 대도와 함께 '양도兩都'로 일컬어졌다. 그러나 원나라가 멸망하면서 폐허로 버려져 지금은 성벽과 사원·고분군·유목민의 야영지·수로水路 등의 유적만 남아 있을 뿐이다.

안 그녀를 만나지 못했지만 그저 '정처 없이 떠돌아다니느라 목숨조차 부지하기 어렵게 됐을 테지' 하고 여길 뿐이었지요. 그러던 어느 날이었습니다. 황제가 어명을 내려 선휘원사를 개평윤開平尹[61]으로 제수했지 뭡니까. 선휘원사는 가솔을 데리고 임지로 떠났습니다.

개평부라는 곳은 관청의 업무가 많고 복잡했습니다. 그래서 선휘원사는 글방의 선생을 자신의 비서로 불러 글을 쓰는 수고를 대신하게 하기로 했지요. 그러나 상도는 북쪽 끝 이민족의 땅인데 어디서 유생을 구할 수 있겠습니까? 며칠째 물색하고 다니는데 갑자기 누가 선휘원사를 보고 말하는 것이었습니다.

"최근에 웬 선비 하나가 대도大都[62]에서 가족을 데리고 이곳에 와서 정착했답니다. 같은 색목인으로, 민간에 천막을 치고 지내는데 학문이 대단하더군요. (⋯) 부군께서 혹시라도 막료를 구할 요량이라면 적임자는 이 사람밖에 없을 것입니다.[63]"

---

61) 개평윤開平尹: 상도, 즉 개평부의 수장. '부윤府尹'은 지금의 시장에 해당한다.

62) 대도大都: 원나라의 도읍. 지금의 북경北京 지역에 해당하며, 중통中統 원년(1206)에 쿠빌라이가 황제로 즉위하면서 원 제국의 도읍이 되었다. 쿠빌라이의 신임을 받던 유병충劉秉忠(1216~1274)이 도성의 건설을 주도했으며, 지원至元 4년(1267)부터 순제順帝 지정至正 28년(1368)까지 제국의 도읍으로 유지되었다. 이탈리아 상인 마르코 폴로의 《동방견문록》에서는 대도를 '캄불룩Cambuluc'으로 불렀지만 이는 '칸의 도시'라는 뜻의 튀르크어 '칸발릭Khanbaliq'의 와전이다.

63) 부군府君: 선휘원사를 높여 부른 존칭. 여기서 '부군'은 원래 부윤府尹을 달리 부르는 이름으로 사용되었다. 부윤은 경기京畿 지역을 관할하는 행정 장관을 부르던 이름으로, 한대의 서울 시장, 즉 '경조윤京兆尹'이라는 관직명에서 유래했다.

선휘원사는 몹시 반가워하면서 수하에게 명첩名帖을 들려 보내 바로 초빙해 오도록 일렀습니다. 그 명첩을 본 배주는 속으로 바로 선휘원사임을 직감하고 서둘러 아가씨에게 그 사실을 알렸지요. 그러고는 의관을 가지런히 차려입고 인사를 하러 갔겠다? 선휘원사가 보니 바로 배주가 아닙니까. 그는 깜짝 놀라면서 속으로 생각했습니다.

'한동안 보이지 않길래 각지를 떠돌다가 죽은 줄 알았더니 … 어떻게 해서 이처럼 단정하게 갖추어 입었을꼬? (…) 혈색은 또 어쩌면 이렇게 좋단 말인가!'.

그러면서 불현듯 딸 생각을 하니 마음이 좀 착잡해지는 것이었습니다.[64] 그래서 배주를 보고 말했지요.

"그해에 귀하와의 언약을 저버렸다가 도리어 사랑하는 딸을 죽게 만들고 말았지. 정말 부끄럽고 한스럽기 짝이 없구려. (…) 그래, 귀하는 지금 어째서 여기에 있소? 혼인은 한 게요?"

"이렇게 염려해주시니 부군께서 정이 얼마나 두터운지 알 수 있군요. 솔직하게 아뢰자면, … 따님은 죽지 않고 이곳에서 저와 함께 지내고 있습니다."

배주가 이렇게 고하자 선휘원사는 깜짝 놀라면서 말했습니다.

"당치도 않은 소리! 내 딸은 그날 목을 매어 죽었고 그 시신을 담은

---

64) 【즉공관 측비】 自然之情。 인지상정이지.

관을 청안사에 안치해두었소. 한데 … 어떻게 살아서 이곳에 살고 있다는 건가!"

"따님인 아가씨는 사실은 이 사위와 전생의 인연이 미처 끝나지 않았던 게지요. 그래서 도로 살아난 것입니다. 지금 제 거처에 있으니 당장 와서 뵐 수도 있는 것을 어찌 함부로 거짓을 아뢸 수가 있겠습니까?"

선휘원사는 허둥지둥 안으로 들어가더니 셋째 부인에게 이 사실을 알렸습니다. 그러나 다들 믿지 않는 눈치였지요.[65] 그래서 이번에는 배주가 사람을 시켜 아가씨에게 알리게 하니 속가실리는 가마를 타고 바로 개평부 관아까지 들어오는 것이었습니다. 그 말에 놀란 집안사람들이 다 달려와서 너도 나도 살펴보니 정말 속가실리이지 뭡니까. 선휘원사와 셋째 부인은 그녀가 귀신이건 사람이건 아랑곳하지 않고 다짜고짜 머리를 끌어안더니 한 덩어리가 되어서 통곡부터 하는 것이었습니다. 그렇게 한바탕 울고 나서 다시 눈을 크게 뜨고 보고 또 보아도 몸에 입은 옷이며 찬 패물이 하나같이 입관할 때 함께 넣어준 바로 그 물건들이었지요. 이번에는 걸음 걷는 것을 살펴보니 그림자도 제대로 있고, 입은 옷을 살폈더니 솔기가 나 있고, 하는 말을 들어보니 소리가 나는 것이 아닙니까. 정말 영락없는 산 사람이었던 거지요.[66] 그래서 셋째 부인이 말했습니다.

---

65) 【즉공관 미비】原難信。 솔직히 믿기지 않지.
66) 걸음 걷는 것을 살펴보니~[行步有影, 衣衫有縫]: 중국에서는 전통적으로 귀신에게는 그림자가 없고, 귀신이 입은 옷은 일종의 환영이기 때문에 옷에 솔기가 없으며, 이승과 저승으로 산 사람과 다른 세계에 속해 있기 때문에 말을 해도 소리가 나지 않는다고 믿었다. 그래서 여기서도 선휘원사의 가솔

"얘야! 아무리 네가 귀신이라고 해도 나는 절대로 너를 안 놓아줄란다!"

그런 와중에도 유독 선휘원사만은 글공부를 한 사람답게 끝까지 눈앞의 광경을 믿지 않지요.

"이건 억울하게 죽은 귀신이[67] 사람의 모습을 빌려 젊은 귀하를 홀린 것이외다![68]"

하고 의심 했답니다. 그러면서 입으로 말은 하지 않았지만 은밀히 사람을 시켜 대도의 청안사로 가서 중들에게 어찌 된 일인지 물어보게 했습지요. 중들은 처음에는 무조건 시치미를 뗐습니다. 그러나 나중에는 심부름을 온 사람이 '배주 부부와 선휘원사 가족이 벌써 상봉하고 확인을 마쳤다'는 말을 듣고서야 진상을 낱낱이 들려주었답니다. 심부름꾼이 그 말을 곧이곧대로 믿으려 들지 않자 중들은 관을 뜯어서 그에게 확인시켜주려고 했지요. 그런데 가만 보니 관이 텅텅 빈 채 아무것도 든 것이 없지 뭡니까. 그래서 돌아와서

"이분들 이야기가 사실이었습니다!"

하고 아뢰니 선휘원사도 그제서야 말하는 것이었습니다.

들이 그림자와 솔기, 목소리로 속가실리가 산 사람인지 귀신인지 확인하고 있는 것이다.

67) 【즉공관 측비】 理亦有之。 이치상으로는 그럴 수 있지.

68) 【즉공관 미비】 讀書人拘疑如此。 글공부를 한 사람들은 이렇게 의심이 많다니까.

"참으로 전생에서 맺어진 인연이로구나! 내 딸이 절개를 지켰기에 이처럼 기이한 일이 일어난 게지. (…) 진작에 이렇게 될 줄 알고 처음부터 내 말대로 사위로 받아들였더라면 어찌 굳이 이런 우여곡절을 다 겪을 필요가 있었겠는가?"

그 말을 들은 셋째 부인은 무안하기도 하고 몹시 후회도 되었습니다. 그래서 사위를 더욱 다정하게 대해주더니 아예 데릴사위로 불러들여 한집에서 평생을 함께 지냈답니다. 나중에 속가실리와 배주는 아들 셋을 두었습니다. 장남 교화敎化는 벼슬이 요양遼陽[69] 등의 고을의 행중성行中省[70] 좌승左丞에까지 이르렀습니다. 차남 망고태[71]忙古

---

69) 요양遼陽: 중국 고대의 도시 이름. 지금의 요녕성遼寧省 중부의 도시로, 고대에는 '양평襄平' 또는 '요동성遼東城' 등으로 불리기도 했다. 원대에는 지원至元 6년(1269) 동경 총관부東京總管府, 지원 24년(1287) '요양로遼陽路'로 불렸으며 요양현遼陽縣·개주蓋州·의주懿州 등지를 관할했다. 지정至正 17년(1357) 이래로 홍건적紅巾賊이 이 일대를 장악했다가 곧 명나라에 접수되었다. 명대에는 이 지역의 주·현州縣을 철폐하고 군위제軍衛制를 시행하여 변방에 장벽을 쌓아 군사도시로 만들었다.

70) 행중성行中省: 원대의 지방 최고 행정기구인 행중서성行中書省을 말한다. 원대에는 중서성中書省을 두고 전국의 정무를 총괄했지만 강역이 원체 광대하여 내지인 하북·산동·산서·하남·내몽고 지역은 중서성이 직할하고, 토번吐蕃 지역은 선정원宣政院이 관할하는 한편, 각 로路의 10개 주요 도시에는 행중서성을 두고 경내의 군량·병력·둔전·조운 등의 정무를 관장하게 했다. 행중서성은 '움직이는 중서성'이라는 뜻으로 '행성行省'으로 약칭되기도 했다. 지원 23년(1286)부터는 재상이 수장인 중서성과 달리 행중서성은 종1품의 평장정사平章政事 2명을 수장으로 하되 그 아래로 정2품의 우승右丞·좌승左丞 각 1명, 종2품의 참지 정사參知政事 2명을 두었다.

71) 【교정】 망고태忙古歹: '忙古歹'는 몽골인의 이름으로, 한어 병음으로는 'Manggutai', 우리 발음으로는 '망구타이' 식으로 읽힌다. 그런데 이 이름자 중에서 '歹'는 우리 한자음으로는 '나쁠 알'로만 읽어서 중국의 한자음 '태

歹과 삼남 흑시黑厮는 둘 다 황제가 내린 무기를 지니고 내겁설內怯薛[72]을 지냈지요. 삼형제 중에서 교화와 망고태는 먼저 죽고 흑시는 벼슬이 추밀원사樞密院使[73]까지 이르렀습니다.

나중에 우리네 천자의 군사[74]가 연燕 땅[75]까지 쇄도했을 때 원나라 순제順帝[76]는 청녕전淸寧殿으로 행차하여 세 궁궐의 황후와 태자를

---

tai'와는 큰 차이가 있다. '태'가 우리나라에서 언제부터 '알'로 발음되었는 지는 알 수 없지만 원래의 발음이 와전된 것이 분명하며 몽골어 원어나 중국식 발음에 비추어 보더라도 잘못된 독음이기 때문에 여기서 '알'을 버리고 '태'로 표기했다.

72) 내겁설內怯薛: 원대의 벼슬 이름. '내內'는 '궁중·궁정'을 뜻하고, '겁설怯薛'은 몽골어 '케식кешиг'을 한자로 표기한 것이다. 몽골 제국의 건설자인 칭기즈칸이 처음으로 창설해 원대 내내 계승되었던 숙위宿衛 친위대이다. 중국에서 '케식'의 한자 표기인 '겁설'은 원대는 물론이고 명대 문헌에서도 수시로 찾아볼 수 있을 정도로 많이 사용되었다.

73) 추밀원사樞密院使: 원대에 군사기밀·변방 기무·궁궐 경비 등의 업무를 관장한 추밀원의 수장. '추밀사樞密使'로 약칭되기도 했다. 송대에는 추밀원의 수장을 추밀사樞密使와 추밀부사樞密副使로 일컬었으며, 때로 각각 지추밀원사知樞密院事와 동지추밀원사同知樞密院事, 또는 첨서추밀원사簽書樞密院使와 동첨서추밀원사同簽書樞密院事로 부르기도 했다. 원대에는 지추밀원사와 동지추밀원사로 일컬어졌다.

74) 천자의 군사[天兵]: '천병天兵'은 글자대로 번역하면 '하늘의 군사' 또는 '천자의 군사'라는 뜻이다. 여기서는 중원의 몽골족을 공격하는 명나라 태조 주원장朱元璋의 군사를 두고 한 말이다.

75) 연燕 땅: 중국 고대의 지역 이름. 지금의 북경北京과 그 주변 지역을 두루 일컫는다.

76) 순제順帝(1320~1370): 원나라 제11대 황제인 타환 첩목이妥懽怗睦爾(토곤 테무르)를 말한다. 조정에서의 파벌싸움으로 어려서부터 고려高麗·광서廣西 등의 변방을 전전하는 불우한 시절을 보냈다. 지순至順 3년(1332) 당시의 권신權臣 연 첩목이燕帖木兒(엘 테무르)가 옹립한 아우 영종寧宗이 재위 43일 만에 죽자 광서에서 귀환해 이듬해 상도에서 제위에 올랐다. 처음

모두 불러 논의한 결과 전쟁을 피하기로 의견을 모았었지요. 그때 흑
시와 승상丞相 실열문失列門은 통곡을 하면서

　"이 나라는 세조世祖77)께서 이루신 나라이온즉 죽음으로 지키심이

원 순제

에는 권신 백안伯顔(바얀)이 정권을
농단하여 한인 세력을 억압했으나 지
원 5년(1339) 권력을 장악하고 나서
백안의 조카로 인문주의자였던 탈탈
脫脫(톡토)을 재상으로 기용하고 한
문화를 중시하고 송·요·금 세 나라
의 역사를 편찬하는 등 문화 전성기
를 이룩했다. 그러나 정치·경제적으
로는 실책이 많은 데다가 천재지변이
잇따르고 치안이 악화되면서 결국 지정至正 11년(1351) 홍건적의 난이 일어
난다. 홍건적 출신인 주원장朱元璋이 각지의 군벌을 흡수하고 강남江南을
통일한 후 지정 27년(1367) 북벌에 나서 대도를 함락하자 고려 공녀 출신인
기황후奇皇后 소생의 태자와 함께 상도를 거쳐 응창應昌으로 피신했다가 그
곳에서 죽었다. '순제'는 명나라 측이 붙인 묘호廟號이며 원래의 묘호는 혜
종惠宗이다.

77) 세조世祖: 원나라를 세운 홀필렬忽必烈(1215~1294)을 말한다. 칭기스 칸의
　손자 발아지근 홀필렬孛兒只斤忽必烈(보르지긴 후빌라이)은 1251년 몽가蒙
　哥(몽케)가 홀필렬을 막남漠南 한인 지역의 군정을 일임한 것을 계기로 남
　송 정벌의 선봉장을 맡는 한편 금나라와 거란의 잔당을 평정했다. 1259년
　태자 신분으로 몽가에게 조공을 온 고려 원종元宗(1219~1274)과 긴밀한 협
　력관계를 수립하고 그 아들 충렬왕忠烈王을 부마로 맞아들여 고려와 정치
　적 협력을 강화했다. 경쟁자인 막내아우 아리 부가阿里不哥(아릭 부케)를
　격파하고 몽골 제국의 대칸大汗으로 즉위했다. 지원 8년(1271) 《역경易經》
　의 "위대하여라 하늘의 시작이여大哉乾元"의 의미를 따서 국호를 대원大元
　으로 개칭하고 대도大都를 제국의 도읍으로 정했다. 지원 11년(1274) 측근
　인 백안을 보내 남송 정벌에 나서고 지원 16년(1279) 지금의 광동인 애산崖
　山까지 밀린 남송의 잔당을 완전히 소탕함으로써 중원 통일에 성공했다.
　색목인을 능력에 따라 발탁하여 중앙정부의 재정을 관장하게 하는가 하면

옳사옵니다!"

하고 간언했답니다. 그러나 순제가 그 충언을 듣지 않고 한밤중에
건덕문建德門[78]을 열고 도망가는 바람에 흑시는 그를 모시고 사막으
로 들어간 뒤로 행방을 알 길이 없게 되었지요.

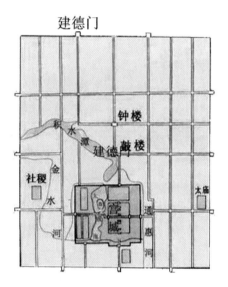

원대 대도성의 건덕문(북문)

티베트의 라마교喇嘛敎를 수용했다. 동북아를 제패한 후로는 일본 · 베트남
· 자바 등지에 대하여 정벌에 나섰으나 번번이 실패했다. 일본의 경우 고려
와 연합해 1274년과 1281년 두 차례나 정벌에 나섰으나 태풍으로 좌절되었
다. 묘호는 세조世祖, 시호는 성덕신공문무황제聖德神功文武皇帝이며 몽골
식 존호는 설선가한薛禪可汗(세첸 하안)이다.
78) 건덕문建德門: 원대에 대도大都에 있었던 문. 지금의 건승문建勝門에 해당
한다.

평장부에는 가마로 죽었던 여인[79] 태워 가고,　　平章府轎擡死女,
청안사에서는 옻칠로 빈 관을 보수했단다.　　清安寺漆整空棺。
만일 생전에 정해진 운명이 아니었다면,　　若不是生前分定,
어디 사후인들 다시 기쁨 누릴 수 있었겠는가!　　幾曾有死後重歡。

---

79) 죽었던 여인[死女]: 죽었다가 배주의 도움으로 되살아난 선휘원사의 딸 속
　　가실리를 가리킨다.

제 10 권

한 수재는 소란 속에 어여쁜 아내 맞이하고
오 태수는 그 재주 아껴서 연분을 맺어주다

韓秀才乘亂聘嬌妻　吳太守憐才主姻簿

卷之十

韓秀才乘亂聘嬌妻 吳太守憐才主姻簿 해제

    이 작품은 당시에 만연하던 문벌의식과 배금주의의 병폐에 관한 이야기이다. 이야기꾼은 먼저《춘추경전 집해春秋經傳集解》에 소개된 정鄭나라 대부大夫 공손초公孫楚의 이야기를 앞 이야기로 들려주고, 이어서 이후李詡의《계암노인만필戒庵老人漫筆》에 소개된 한사유韓師愈의 이야기를 몸 이야기로 들려준다.

    명대 정덕正德 연간에 절강 천태현天台縣의 수재 한사유韓師愈(자 자문子文)는 열두 살에 관학에 입학할 정도로 뛰어난 인재였지만 서당 훈장 일로 생계를 꾸리는 고단한 처지이다 보니 아무도 혼담을 넣지 않는다. 단오端午에 잠시 귀향한 사유는 평소 가깝던 매파에게 비슷한 형편의 유학자 집안을 혼처로 물색해줄 것을 부탁하지만, 상대방은 향시에서 좋은 성적을 얻을 것을 조건으로 건다. 그러나 시험 감독관이 돈과 권력을 가진 집안의 청탁으로 그의 성적을 삼등급으로 조작하는 바람에 결국 혼사는 무산된다. 마침 새 황제가 즉위하고 조정에서 양가 규수들을 궁녀로 끌고 간다는 소문이 퍼지자 천태현에서 전당포를 운영하던 김金 조봉朝奉은 열여섯 살 된 딸 조하朝霞 걱정에 다급한 나머지 집 밖에 구경을 나온 사유를 붙잡고 무작정 딸을 아내로 주겠다고 매달린다. 그러자 사유는 혼약서를 작성하고 딸의 옷과 머리카락을 받은 다음 쉰 냥으로 간단히 예물을 장만해 김 조봉에게 전달한다.

그로부터 반년 후 딸을 가난뱅이 수재에게 준 일을 뒤늦게 후회하던 김 조봉은 처남인 정程 조봉이 고운 조하를 보고 겹사돈이 될 것을 제안하자 사유와 정혼시킨 일을 털어놓는다. 그러자 정 조봉은 '아들이 어릴 때 김 조봉과 겹사돈이 되기로 언약했다고 위증을 하고 돈과 인맥을 동원해 혼약을 물리자'고 부추기고, 다음 날 가짜 증인 조효趙孝를 데리고 관아에 파혼 송사를 제기한다. 피고로 출두한 사유의 비범한 모습을 본 태수 오공필吳公弼은 분명히 곡절이 있음을 간파하고 김 조봉·정 조봉·조효에게 차례로 정혼 날짜를 묻는다. 이들의 대답이 서로 다른 것을 보고 속임수를 쓴 것을 간파한 오 태수는 세 사람에게 곤장을 치고 김 조봉의 딸 조하를 원래대로 사유에게 출가시키게 한다. 신혼 첫날 사유의 사람됨에 반해 남편을 진심으로 사랑하게 된 조하는 얼마 후 거행된 향시·회시에서 사유가 연달아 장원으로 급제하면서 덩달아 '부인夫人'으로 봉해지는 영광을 누린다.

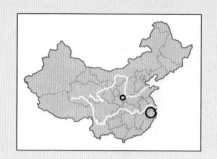

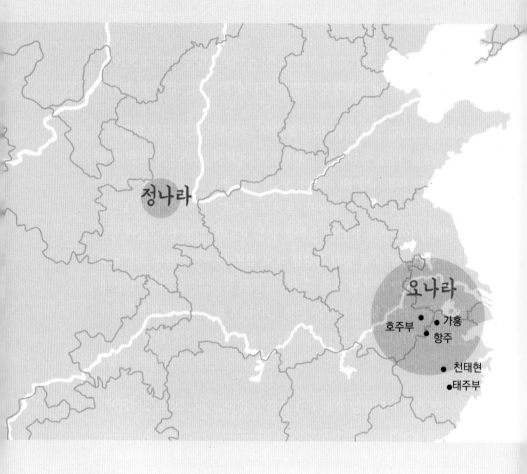

정나라

오나라

호주부　　　가흥

　　　　항주

천태현

태주부

이런 시가 있습니다.

딸 출가시키려면 현명한 사위 골라야겠지만,	嫁女須求女壻賢,
가난과 부귀는 하늘에 달려 있기 마련이란다.	貧窮富貴總由天。
인연은 본래 전생에서 정해지는 것이니,	姻緣本是前生定,
뜨거웠다 식었다 하는 세태에 마음 바꾸지 말라.	莫爲炎涼輕變遷。

이야기를 들려드리겠습니다. 사람이 한 세상을 살다 보면 푸른 바다도 뽕밭으로 바뀌기 일쑤입니다. 눈앞의 천하거나 귀한 것, 막히거나 통하는 것은 모두 다 잣대가 되지 못하지요. 오늘날 세상 사람들은 뱃속에 온통 권세와 잇속이나 챙길 생각뿐입니다. 누가 거인擧人이나 진사進士에 급제했다고 칩시다. 그 집에서 딸을 두었으면 앞다투어 그 딸을 며느리로 삼으려 들지요. 또, 그 집에서 아들을 두었다면 너도 나도 그 아들을 사위로 삼으려 듭니다.[1] 만에 하나라도 급제자가 벼슬이 낮거나 녹봉이 적은 상황에서 어느 날 갑자기 요절이라고 했다고 칩시다. 그러면 도로 가난한 도령, 가난한 아씨 신세가 돼버리고

---

[1] 【즉공관 미비】今時藥石。 요즘 세상에서 새겨들어야 할 명언이로고.

맙니다. 이때는 후회를 해도 늦은 거지요. 온갖 가난과 고초에 찌든 선비가 부유하거나 고귀한 집안에 혼담을 넣기라도 하면

'그늘진 수채에서 백조 고기를 먹으려 든다'[2]　陰溝裏思量天鵝肉喫.

하고 비웃습니다. 그러다가도 갑자기 젊은이가 과거에 급제하기라도 하면 다들 후회하면서 자신에게 사람 보는 눈이 없는 것을 탓하기는 커녕 외려 딸에게 그런 호강을 누릴 복이 없다고 한탄하지요. 그래서 사위를 고를 줄 아는 옛날 사람들은 군이 부유하고 고귀한 집안에 주지는 않고 꽃 같고 옥 같은 사랑스러운 딸을 쉬어빠진 오이지나 문드러진 두부같이 가난한 선비한테 출가시켰던 겁니다. 그러면 하나같이 그를 어리석다고 비웃으면서 이렇게 말하곤 합니다.

"아주 큰 양고기가　　　　　　　　好一塊羊肉,
아깝게도 개 아가리로 들어가버렸구나!"　可惜落在狗口裡了.

그러다가 어느 날 갑자기 천자가 인재를 등용할 때 그 사위가 출세에 출세를 거듭하면서 오화고五花誥[3]니 칠향거七香車[4]니 호강이라는

---

2) 그늘진 수채에서 백조 고기를 먹으려 든다[陰溝洞裡思量天鵝肉喫]: 명대의 속담. 자신의 능력은 생각하지 않고 분수에 넘치는 물건을 탐내거나 일을 하려 드는 사람들을 빗대어 하는 말. 때로는 '두꺼비가 백조 고기를 먹으려 든다[癩蛤蟆想喫天鵝肉]' 식으로 표현하기도 하므로, 그늘진 수채에서 뒹구는 것이 두꺼비임을 알 수 있다.
3) 오화고五花誥: 황제가 고위 관리에게 내리던 일종의 임명장. 여기서는 그 관리의 아내에게 내려진 봉호封號를 뜻한다. '오화五花'는 여러 색깔을 써서 화려하고 고급스럽게 꾸민 모습을 형용하는 말이다.
4) 칠향거七香車: 황제가 고급 관리의 아내에게 하사하던 가마. 일반적으로 진

명대에 황제가 내린 조서(부분)

호강은 다 그 딸에게 누리게 해주면 그제서야 그에게 선견지명이 있었다며 탄복합니다. 이런 경우야말로

> "무릇 사람이란 외모로 판단해서는 안 되며,　凡人不可貌相,
> 바닷물은 말로 재서는 안 되는 법."　　　　海水不可斗量。

인 격이지요. 사위가 현명한가 어리석은가만 따질 일이지 집안 형편이 가난한가 부유한가를 따져서는 안 된다 이 말씀이올시다. 옛날의 위고韋皐[5])나 여몽정呂蒙正[6]) 같은 경우가 다 그 본보기인 것입니다.

귀한 향을 넣은 주머니들을 달아 화려하게 장식했다고 해서 '칠향거'로 불렸다고 한다.

5) 위고韋皐(745~805): 당대의 정치가. 자는 성무城武이며, 경조京兆, 지금의 서안 만년萬年 사람이다. 덕종德宗 때에 벼슬이 검교사도檢校司徒 겸 중서령中書令에 이르렀으며, 나중에는 검남劍南 서천西川의 절도사節度使를 지내고 남강군왕南康郡王에 봉해졌다. 전설에 따르면 처음에는 당시의 권세가 장연상張延賞의 사위였는데 인격 무시를 당하자 그 집안과 결별했다고 한다.

6) 여몽정呂蒙正(946~1011): 북송의 정치가. 자는 성공聖功이며 하남河南 사람이다. 태평흥국太平興國 2년(977) 진사進士 제1의 성적으로 급제한 후 태종

다시 이야기를 들려드리지요.[7] 춘추春秋시대에 정鄭나라에는 대부 大夫[8]가 한 사람 있었는데 이름이 서오범徐吾犯이었습니다. 부모님은 이미 돌아가시고 한 배에서 난 누이동생만 하나 있었지요. 그 아가씨 는 나이가 딱 열여섯이었는데, 생김새가 피부는 흰 눈 같고 얼굴은 앵두 같으며 귀밑머리는 한 무리 까마귀 같고 눈썹은 봉황새처럼 가 지런했습니다. 게다가 시도 읊고 노래도 지을 줄 알았지요. 거기다 거문고·바둑·서예·그림에서 집안일이며 바느질까지, 무엇 하나 통 달하지 않은 것이 없을 정도였지요. 또 하나 장점이 있다면, 애교가 넘치는 두 눈으로 사람의 상相을 아주 잘 본다는 것이었습니다. 그래 서 벼슬아치들이 자신의 오라비와 내왕하기라도 하면 늘 발 뒤에서 몰래 그들의 상을 살피고 당사자의 귀천과 성패 여부를 알아맞히곤 했지요. 그런데 그 평생 운세가 조금도 틀림이 없어서[9] 당시 그 명성

太宗·진종眞宗 재위 기간에 세 번이나 재상을 지내고 내국공萊國公에 봉해졌다. 전설에 따르 면 젊은 시절 집안 형편이 가난했는데 승상의 딸이 던진 비단 공에 맞아 그 집 사위가 되었 다가 나중에 승상에게 미운털이 박혀 부부가 집을 나와 다 허물어진 움막에서 살았다고 한 다.

여몽정 초상 《삼재도회》

7) *본권의 앞 이야기는 《춘추경전 집해春秋經傳集解》〈소원昭元·제20〉에서 소재를 취했다.

8) 대부大夫: 중국 고대의 관직명. 주周나라 때에는 임금 아래에 경卿·대부· 사士의 세 등급의 관리들을 두었는데, 대부의 지위는 경보다 낮고 사보다 는 높았다고 하니 중견 관리에 해당했던 것으로 보인다. 송·원대에는 수공 업 장인에 대한 존칭으로 사용되기도 했다.

이 더더욱 높아졌답니다. 그래서 대부 공손초公孫楚라는 사람이 그녀를 아내로 맞기로 했는데 아직 혼례를 치르지는 않은 상태였습니다.

공손초에게는 사촌형이 하나 있었습니다. 이름이 공손흑公孫黑으로 상대부上大夫[10] 벼슬을 지내고 있었지요. 그는 그 아가씨가 아름답다는 말을 듣자마자 사람을 시켜 서 씨 댁에 가서 혼담을 넣게 했습니다. 그런데 서 대부 쪽에서는 그녀가 이미 정혼한 상태라고 대답하는 것이었습니다. 공손흑은 애초부터 무뢰한이었지요. 그래서 권세를 믿고 그 댁에서 원하든 말든 혼례에 쓸 술과 예물을 갖추고 풍악을 앞세워 그 댁으로 보냈지 뭡니까. 서 대부는 하는 수 없이 이튿날 술자리를 마련하고 그들 형제를 초대한 다음 누이동생이 직접 선택하는 대로 따르기로 했지요.[11] 공손흑은 사윗감을 고르려는 것임을 눈치

---

9) 【즉공관 미비】韋皐之妻母苗氏亦能相人。위고 아내의 모친인 묘 씨도 사람 상을 잘 보았다지.

상우당본 원문(제393쪽)에는 '위고'가 '상常'과 비슷하게 나와 있다. 그래서 화본대계판(제173쪽)과 천진고적판(제93쪽)에는 '상'으로 나온다. 그러나 역사적으로 관상의 고수인 묘苗 씨는 당대의 장수 위고韋皐(746~805)의 장모였다고 하고, 제19권 〈이 공좌는 꿈속 말을 기막히게 풀이하고 사소아는 기지로 배의 도적들을 사로잡다李公佐巧解夢中言, 謝小娥智擒船上盜〉에도 두 사람의 일화가 소개되어 있다. 따라서 여기서의 '상고常皐'는 '위고韋皐'의 오독 또는 오각으로 보아야 옳다. 위고는 젊은 시절 신분이 미천하고 형편이 좋지 않았다. 한번은 장연상張延賞이 사윗감을 고르려고 잔치를 베푼다는 소식을 듣고 누추한 차림으로 잔치에 참석했다. 위고의 누추한 겉모습만 본 장연상은 그를 무시했지만 아내 묘 씨는 그를 보고 장래가 촉망된다고 여겨 딸을 출가시켰다고 한다. 위고는 장모의 기대를 저버리지 않고 열심히 노력하여 벼슬이 검남서천 절도사劍南西川節度使·검교태위檢校太尉 등에 이르고 나중에는 '남강군왕南康郡王'에 책봉되었다.

10) 상대부上大夫: 중국 고대의 관직명. 주周나라의 왕과 제후의 나라에서는 경卿 아래에 상대부·중대부中大夫·하대부下大夫를 두었다고 한다.

챘습니다. 그래서 바로 진한 화장에 화사한 옷차림을 하고 왔지요. 거기다가 자신의 부와 권세를 과시할 생각으로 금과 은, 화려한 비단 따위를 대청에 가득 늘어놓았답니다. 반면에 공손초는 평소 옷차림 그대로 별다른 예의를 갖추지도 않은 상태였습니다. 그러자 옆에서 지켜보던 사람들은 한결같이 공손흑만 칭찬하면서[12] 속으로

'분명히 공손흑이 마음에 들었을 거야.[13]'

하고 넘겨짚었습니다. 술자리가 끝나자 두 사람은 작별 인사를 하고 그 댁을 떠났지요. 아가씨는 그 광경을 방에서 다 지켜보고 나서 오라비를 보고 말하는 것이었습니다.

---

11) 【즉공관 미비】有見識。의식이 있군그래.

12) 【즉공관 측비】一班肉眼。하나같이 눈이 낮구먼!

13) 【즉공관 미비】坦腹如不聞者正此好。배를 드러낸 채 들은 체도 하지 않는 사람. 딱 그 사람이 좋겠지.
   '배를 드러낸 채 들은 체도 하지 않았다坦腹如不聞'는 남조南朝 시기 유송劉宋의 문학가 유의경劉義慶(403~444)이 지은 《세설신어世說新語》〈아량雅量〉에 나오는 말로, '서성書聖'으로 일컬어지는 동진東晉대의 서예가 왕희지王羲之(303~361)의 일화에서 유래했다. 동진대에 태부太傅를 지내던 치감郗鑒이 측근을 시켜 승상丞相 왕 씨에게 그 아들을 사위로 삼고 싶다는 내용을 담은 서신을 전달했다. 왕 승상이 치감의 측근에게 동쪽 방에 가서 아무나 골라보라고 하자 그 측근은 승상의 아들들을 다 둘러보고 돌아왔다. 왕 승상의 아들들이 저마다 자기 자랑하기에 바쁜데 유독 한 아들만 동쪽 침상에서 배를 드러낸 채 마치 아무 일도 없다는 듯이 누워 있더라는 측근의 보고를 들은 치감은 "딱 그 사람이 좋겠군正此好." 하면서 그 아들을 수소문해서 사위로 삼았는데 그가 바로 왕희지였다고 한다. 이때부터 '동쪽 침상의 사람東床', '배를 드러낸 동쪽 침상의 사람坦腹東床', '동쪽 침상의 배를 드러낸 사람東床坦腹'은 사위를 가리키는 말로 사용되기 시작했다.

"공손흑은 벼슬도 높고 용모도 수려하군요. 다만, … 살기를 좀 띠고 있어서 장래에 절대로 곱게 죽지는 못할 것입니다. 차라리 공손초에게 시집가는 편이 낫겠어요. 조금 좌절이야 있겠지만 나중에는 두고두고 부와 권세를 누리게 될 테니까요."

서 대부는 당초 약속했던 대로 공손흑의 혼담을 물리고 공손초와 정혼하기로 하고 날을 잡아 혼례를 치렀습니다. 그러자 공손흑은 속으로 앙심을 품고 또 못된 꾀를 꾸몄습니다. 그러다가 하루는 갑자기 투구와 갑옷을 입고 겉은 평상복으로 가린 다음 공손초의 집에 들이닥쳐 그를 죽이고 그 아내를 빼앗으려 들었지요. 그런데 이미 누군가가 그 일을 공손초에게 알린 덕분에 공손초가 재빨리 긴

미늘창을 진 하나라 걸왕. 산동 무후사武候祠의 후한대 화상석.

미늘창을 들고 쫓아 나왔습니다. 공손흑은 미처 손을 쓰기도 전에 창에 찔리고 말았지요. 그는 고통을 참으며 쏜살같이 대문을 나가더니 그길로 재상 공손교公孫僑에게로 가서 일러바쳤습니다.

그때 그 자리에는 대부들이 모두 모여 이 일에 대해 의논하고 있었는데 공손초도 왔길래 한참동안 논쟁을 벌였답니다.

"공손흑이 같은 집안의 아우를 죽이려 했다는군. 그 일이 사실인지 거짓인지 알 수가 없다. 하나 벼슬로 따져보아도 공손흑에게 양보하는 것이 옳고 나이로 따져보아도 공손흑에게 양보하는 것이 옳다. 공손초는 벼슬이 낮고 나이가 어리면서도 함부로 무기를 휘둘렀으니

국법에 따라 멀리 귀양을 보내 마땅하다!"

　공손교는 이렇게 말하더니 그 자리에서 죄목을 정하고 오吳나라로 귀양 보내자는 결정을 내리는 것이었습니다. 공손초는 집으로 돌아가서 씨 댁 아가씨와 머리를 끌어안고 대성통곡하고 하는 수 없이 귀양길에 나섰지요. 공손흑은 더더욱 기고만장했습니다. 다른 사람들은 그것을 보고 다들 '서 씨 댁 아가씨가 애초부터 공손초에게 출가하지 말았어야 한다'며 안타까워했지요. 심지어 서 대부조차 세간의 그런 평판들로부터 자유롭지 못했습니다. 그러나 서 씨 댁 아가씨는 전혀 그렇게 여기지 않고 느긋한 마음으로 남편을 기다리며 자기 자리를 지키는 것이었지요.

　다시 이야기를 들려드리겠습니다. 정鄭나라에 유길游吉이라고 하는 상경上卿[14]이 있었습니다. 공손교가 물러난 다음에는 그가 재상이 되어야 할 차례였지요. 그런데 공손흑이 유길의 권력과 지위를 빼앗을 요량으로 밤낮으로 음모를 꾸미더니 급기야 반란을 일으키려 들지 뭡니까. 공손교는 그 일을 알자마자 공손흑이 반란을 일으키기 전에 서둘러 관리를 보내 그의 죄상을 일일이 열거하고 그가 스스로 목을 매고 죽을 것을 강요했습니다. 그렇게 되고 보니 "공손흑이 곱게 죽지는 못할 것"이라고 한 서 씨 댁 아가씨의 말과 딱 맞아떨어진 셈이었지요. 공손초는 오나라에서 삼 년 동안 귀양살이를 하다가 죄를 사면받고 조정으로 돌아오자마자 상대부 벼슬을 대신하니 그 부와 권세가

---

14) 상경上卿: 중국 고대의 관직명. 주나라와 제후의 나라에서는 각각 왕과 제후를 보필하는 경卿을 두었는데 지위에 따라 상경·중경中卿·하경下卿의 세 등급으로 구분했다.

절정에 이른 셈이었습니다. 그렇게 해서 마침내 서 씨 댁 아가씨와 백년해로하게 되었지요.

"이야기꾼 양반, 또 허튼소리를 하는구려! 세상에는 좋은 사람들 중에도 끝까지 가난하게 사는 이도 있기 마련이외다. 헌데 설마 그 사람들이 하나같이 벼슬을 살았다는 소리요? 속담에도 이런 말이 있지 않습니까. '외상을 주는 것은 현금을 받는 것만 못하다![15]' 딸을 부자한테 시집보내서 당장 눈앞의 즐거움부터 누리고 보는 것이 장땡이라니까!"

손님께서 잘 모르시는군요. 아무리 사위를 고를 줄 아는 사람이라 해도 결국에는 모두 운명을 따라가기 마련입니다. 물 한 모금, 밥 한 끼조차 전생에 이미 정해지지 않은 것이 없으니까요. 그러니까 따지고 보면 차라리 선비한테 출가시키는 편이 더 나은 거지요. 어쨌든 간에 전혀 가망이 없는 것은 아니니까요.

이제부터는 딸을 둔 어떤 부자 이야기를 또 하나 들려드리겠습니다. 이 부자는 부유한 것만 믿고 가난한 사람을 업신여겨 전날의 약속을 어기려 듭니다. 그런데 청렴하고 현명한 태수 덕분에 그 혼사가 무사히 치러지고 나중에는 부부가 부귀영화를 누려 마침내 미담이 되었답니다. 이 이야기를 증명하는 시가 한 수 있습니다.

왕년에 홍불은 규방에 매여 있었지만,　　　　當年紅拂困閨中,

---

15) 외상을 주는 것은 현금을 받는 것만 못하다[賒得不如現得]: 명대의 유행어. 장래에 이익을 얻는 것보다는 눈앞의 이익을 챙기는 것이 훨씬 현실적이라는 뜻으로 쓰는 말이다.

이 위공을 모실 마음을 지니고 있었나니,[16] 有意相隨李衛公。

훗날 누린 영화를 어느 누가 따를 수 있겠나? 日後榮華誰可及,

모두가 그 두 눈이 영웅 알아본 덕분이었다네. 只緣雙目識英雄。

그럼 이야기를 들려드리겠습니다.[17] 우리나라의 정덕正德[18] 연간
에 절강浙江 땅의 태주부台州府 천태현天台縣에 수재가 한 사람 살았
습니다. 성이 한韓, 이름이 사유師愈였으며, 자는 자문子文이었지요.
부모는 모두 돌아가시고 형제조차 없이 혈혈단신이었습니다. 그는 열
두 살이 되자마자 관학[19]에 진학하여 대단한 학문을 쌓았답니다. 그
야말로

---

16) 홍불紅拂: 수隋나라 말기의 여협객 장출진張出塵을 말한다. 당나라 전기傳
   奇 작품인 《규염객전虯髯客傳》에 따르면, 그녀는 평소 손에 붉은 먼지떨이
   를 들고 있어서 '홍불녀紅拂女'로 불렸다고 한다. 수隋나라 말기의 군사 전
   략가 이정李靖(571~649)은 무명 시절에 월국공越國公 양소楊素를 예방했다
   가 자신이 영웅임을 알아본 그 집 시녀 홍불과 백년가약을 맺고 함께 야반
   도주를 했다고 한다. 훗날 이정은 이세민李世民을 도와 당나라를 세우고
   그 공으로 '위국공李衛國公'에 봉해진다. 여기에 언급된 "이위공李衛公"은 바
   로 이정을 말한다. 홍불과 이정의 그림은 제4권의 것을 참조하기 바란다.
17) *본권의 몸 이야기는 명대의 소설가 이후李詡(1506~1593)가 지은 《계암노
   인만필戒庵老人漫筆》 권5의 〈와언취수녀訛言取秀女〉에서 소재를 취했다.
18) 정덕正德: 명나라 제10대 황제인 무종武宗 주후조朱厚照(1491~1521)가
   1506~1521년에 16년 동안 사용한 연호.
19) 관학官學: 중국 고대에 조정에서 직접 운영한 국립 학교. 고대의 최고 학부
   인 태학太學과 국자감國子監은 나라의 인재를 육성하는 중요한 교육기관으
   로 간주되었다. 지방인 부府·주州·현縣에서는 관학으로 상庠을 운영했으
   며, 여기서 수학하는 것을 '유상游庠', 그 학생들을 생원生員 또는 수재秀才
   라고 불렀다.

재주는 조자건20)을 뛰어넘고,　　　　　　才過子建,

용모는 반안21)과 맞먹는구나.　　　　　　貌賽潘安。

품속에는 다섯 수레 책22) 두루 읽은 학식 품고,　胸中博覽五車,

뱃속에는 천고 만물 망라하는 재능 담았으니,　腹內廣羅千古。

훗날 분명 계수나무 꽃 꺾는 귀빈23)이 되겠지만,　他日必爲攀桂客,

지금은 아직 미나리 뜯는 사람24)일 뿐이란다.　目前尙作採芹人。

---

20) 조자건曹子建: 삼국시대 위나라의 문학가 조식曹植(192~232)을 가리키며, '자
건'은 그의 자다. 후한대 정치가이자 문학가인 조조曹操(155~220)의 셋째 아
들로 〈낙신부洛神賦〉·〈백마편白馬篇〉·〈칠애시七哀詩〉 등의 시를 짓는 등 문
재가 뛰어나 '건안문학建安文學'을 대표하는 인물로 꼽힌다. 그러나 정치적
으로는 경쟁 관계에 있던 형 조비曹丕와의 권력투쟁에서 패하여 유명한 '칠
보시七步詩'를 지은 후 지방으로 추방되어 조비와 그 아들 조예曹叡의 치세
에 이르기까지 몇 번이나 책봉지를 옮겨 다녀야 할 정도로 끊임없이 견제와
감시를 당했다. 41세 때 진왕陳王에 봉해졌으나 울화병으로 병사했다.

21) 반안潘安(247~300): 서진西晉의 문학가. '반악潘岳'으로도 불리며 자는 안인
安仁이다. 하남河南 중모中牟 사람으로, 어려서부터 아름다운 외모와 재능
으로 이름을 떨쳤다.

22) 다섯 수레 책[五車書]: '오거서五車書'는 전국시대 사상가 장주莊周의 우화
를 담은 《장자莊子》〈천하天下〉의 "혜시는 학문이 깊은데 그의 책은 다섯
수레나 된다惠施多方, 其書五車"에서 유래한 말이다. 책을 많이 읽어 학식
이 풍부하고 심오한 것을 가리키며, 때로는 '서오거서五車·오거五車·오거
독五車讀·혜자서惠子書' 등으로 쓰기도 한다.

23) 계수나무 꽃 꺾는 귀빈[攀桂客]: '반계객攀桂客'은 과거에 급제한 사람을 일
컫는 말. 당나라 시인 교연皎然(720?~803?)이 "왕년에 계수나무 꽃가지 꺾
은 것은 벗을 붙잡기 위해서였는데 오늘 계수나무 꽃가지 꺾는 것은 고향
가는 나그네 배웅하기 위해서라네昔年攀桂爲留人, 今朝攀桂送歸客"라고 읊
은 것처럼, 중국에서 계수나무 꽃가지는 원래 지인에게 정표로 주는 기념품
으로 간주되었다. 그러나 나중에는 행운, 나아가 부귀공명을 뜻하는 말로
전용되어, 명대에는 과거에 급제한 것을 '계수나무 꽃가지를 잡아챘다攀桂'
또는 '계수나무 꽃가지를 꺾었다折桂'라고 표현했다. 여기서도 한 수재가
미래에 과거에 급제할 것임을 암시하는 말로 사용되고 있다.

이 한자문이라는 양반은 학식이 풍부했습니다. 그러나 집안 형편이 어려워서 남의 집에서 서당 훈장을 하면서 겨우 입에 풀칠을 하고 있었지요. 그렇다 보니 나이는 열여덟이 넘었건만 아직도 장가를 가지 못했지 뭡니까. 그러던 어느 날이었지요. 단오절25)이 머지않길래 주인과 작별하고 집으로 돌아왔는데, 집에서 며칠을 지내노라니 문득 이런 생각이 들었습니다.

'나도 이제 혼사를 의논할 때가 되었다. 내가 가진 학문으로 따지자면 아무리 대단한 집안에서 딸을 배필로 준다고 해도 전혀 그들에게 억울할 일이 아닐 게다. 하지만 … 요즘 같은 세상에 어느 누가 그러려고 들겠나?'

그러다가 또 한동안 이렇게 생각했습니다.

"말이야 그렇다지만 나와 같은 입장의 유학자 집안이라면 나라고

---

24) 미나리 뜯는 사람[採芹人]: 관학에 입학한 생원을 일컫는 말. '미나리를 뜯는다採芹'는 원래 《시경詩經》〈노송魯頌·반수泮水〉의 "즐거운 반수에서 그 미나리를 뜯는다思樂泮水, 薄采其芹"에서 유래한 말로, 관학의 학생들이 학문에 정진하는 것을 가리킨다. '반수泮水'는 주나라의 관학인 반궁泮宮 옆을 흐르던 개천의 이름이어서 나중에는 관학을 일컫기도 했다.

25) 단오절[端陽節]: 중국의 전통적인 명절의 하나. '단양端陽·단오端五·중오重五·천중天中·목란沐蘭·포절蒲節' 등으로 불리기도 한다. 처음에는 조국의 망국을 걱정하면서 강물에 투신한 전국시대 초楚나라 시인 굴원屈原(BC340?~BC278)의 죽음을 애도하는 날이었다. 그러나 위魏·진晉·남북조南北朝 시기에 댓잎에 싼 찰밥인 종자粽子를 먹고 용으로 장식된 용주龍舟를 타는 경주가 추가되면서 범국가적인 축제로 자리 잡았다. 웅황주雄黃酒를 마신다거나 향주머니를 찬다거나 창포菖蒲를 꽂는다거나 풀싸움을 한다거나 하는 풍습은 송대를 전후해 추가되었다고 한다.

해서 그들의 딸보다 꿀릴 것이 뭐가 있는가!"

그래서 바로 배갑拜匣[26]을 열고 교
습비로 받은 은자 다섯 푼을 저울에
단 다음 봉통封筒[27]을 만들어 밀봉했
습니다. 그러고는 그것을 다시 배갑
에 넣어 시동에게 들고 자신을 따르

명대의 배갑

도록 이르더니 발길이 닿는 대로 걸어서 왕 매파의 집으로 갔지요.
왕 매파는 마중을 나왔다가 상대가 가난뱅이인 것을 보고도 그다지
언짢아하는 기색이 없었습니다. 매파는 차를 한 잔 마시자마자 입을
열고 묻는 것이었습니다.

"수재 나리, 언제 돌아오셨습니까? 무슨 바람이 불었길래 예까지
오셨어요?"

"집에 온 지 닷새째 되었네. (…) 오늘 예까지 온 것은 부탁할 일이
좀 있어서일세."

자문은 이렇게 말하고 나서 시동에게서 봉통을 넘겨받아 두 손으로
왕 매파에게 건넸습니다.

"약소하네마는 받아주시게. 일이 성사되면 또 후하게 사례함세."

---

26) 배갑拜匣: 명대에 예물이나 청첩을 보낼 때 사용하던 장방형의 나무 곽. '배
    첩갑拜帖匣'으로 부르기도 했다.
27) 봉통封筒: 명대에 편지나 문서 따위를 넣어두던 네모난 자루. '장상狀箱'으
    로 불리기도 했다.

왕 매파는 한번 사양하는가 싶더니 넙죽 그것을 챙기면서 말했습니다.

"수재 나리, … 중신을 서달라는 말씀이지요?"

"그렇네. 집안이 가난하니 부잣집에 혼담을 넣는 것까지는 바라지도 않네. 그저 나 같은 유학자 집안의 따님이라도 얻어서 밥만 챙겨먹고 대를 이을 아들만 얻는다면 감지덕지. … 몇 해 동안 모아둔 교습비일세. 얼추 사오십 냥 정도의 예물은 장만할 수 있을 거네. 그러니 어멈이 나를 위해서 적당한 집안에 걸음 한번 해주시게!"

왕 매파는 가난뱅이 선비의 중신을 서자면 당연히 높으면 높아서 안 되고 낮으면 낮아서 안 된다는 것을 알고 있었습니다. 그러나 거절하기 민망해서 어쩔 수 없이 대답했지요.

"나리께서 후하게 인심을 쓰시는군요! (…) 일단 댁으로 돌아가십시오. 쇤네가 천천히 찾아보고 기별이 있으면 바로 알려드리겠습니다요."

한자문도 그제서야 집으로 돌아가는 것이었습니다.

그렇게 며칠이 지났을 때였습니다. 가만 보니 왕 매파가 문 안으로 들어와서

"나리, 계세요?"

하고 부르는 것이 아닙니까. 자문이 마중을 나와서 물었지요.

"혼담은 어떻게 되었는가?"

"수재 나리 걱정에 신발이 다 닳도록 돌아다녔지 뭐예요, 글쎄. (…) 방금 한 댁에 여쭈어봤답니다. 바로 현 관아 앞 허許 수재 댁 따님인데, 나이가 열일곱이랍니다. 그 수재님은 재작년에 돌아가시고 그 댁 마님은 집에서 수절하고 계시지요. 형편이 그다지 넉넉하지는 않지만 그럭저럭 지낼 만은 하답니다. 해서 수재 나리 이야기를 꺼냈는데 마음이 좀 있는 것 같더군요. 한데, … '우리 딸을 선비에게 출가시키는 일이야 얼마든지 괜찮네. 다만, 우리 아녀자들이 글 한 줄 모르는 처지이기는 해도 이번에 제학提學[28]이 태주에 행차해 세고歲考[29]를 실시할 예정이라니 그 댁 나리가 그 시험에서 좋은 성적을 얻는다면 당장 사주단자를 보냄세'라고 하시네요.[30]"

자문은 자신의 재주가 뛰어난 것만 믿고 '이 일은 십중팔구 이루어지겠다.' 싶어서 왕 매파를 보고 말했습니다.

---

28) 제학提學: '제독학정提督學政'을 줄인 말로, 명대의 시험 감독관을 말한다. 명대 정통正統 원년(1436)에 북경과 남경 두 도읍과 지방 행정 관청인 십삼 포정사十三布政司에 각각 제독학정관을 두고, 관학 생원生員(즉 수재)들을 대상으로 시험을 실시하고 평가·퇴출 등의 업무를 관장하게 했다. 두 도읍에서는 어사御史가, 포정사에서는 안찰 첨사按察僉事가 맡게 했고, 3년마다 한 번 임명하고 임기 안에 세고歲考·과고科考라는 이름으로 관학의 생원들에게 두 번 시험을 보게 했다고 한다.

29) 세고歲考: 명대에 제학이 해마다 각지의 포정사가 관할하는 부府·주州·현縣의 관학에서 수학하는 생원들을 대상으로 실시한 시험으로, '세시歲試'라고 불리기도 했다. 생원을 대상으로 한 시험은 3년에 두 번 각지 포정사의 제학이 관할 부·주·현을 순회하면서 실시했다. 시험 결과는 여섯 등급[六等]으로 나누고 생원들의 우열을 가려서 삼등급까지는 상을 내리고 사등급 이하의 성적을 받은 자들에게는 벌을 내리거나 퇴학시켰다.

30) 【즉공관 미비】何可憑准。眞婦人之見。무슨 근거로 그런 소리를 하는 걸까? 정말 아녀자의 소견이로고!

"그렇게 말했다니 시험부터 치르고 혼사를 의논해도 늦지는 않겠군."

그리고 고량주 몇 잔을 사서 왕 매파를 대접했지요. 그런 다음 작별 인사를 나누고 그 자리를 떠났습니다.

자문은 다시 서당으로 돌아갔습니다. 한 달 남짓 조신하게 지내고 있는데 종사宗師31)의 행차를 알리는 기마패32)가 도착했다는 것이었지요. 그 종사는 성이 양梁, 이름이 사범士範으로 강서江西 땅 사람이었습니다. 하루도 되지 않아 그 일행이 태주에 도착하자 한자문은 김처럼 구멍이 숭숭 뚫린 모자를 쓰고 두부피처럼 우툴두툴한 저고리를 입고, 토란 뿌리처럼 너덜너덜한 허리띠를 매고 목이버섯처럼 구깃구깃한 장화를 신고서 다른 생원들과 함께 종사를 영접해서 성 안으로 모셨습니다. 공자孔子 사당에서 분향하고 서원書院에서 강서講書33)하는 절차를 마친 종사는 방을 붙이고 부학府學34) 및 천태·임해臨海 두 현의 생원들부터 먼저 시험을 보이기로 했지요.

때가 되자 자문은 그침 없이 답안지를 다 작성하고 몹시 의기양양했지요 시험장을 나설 때에는 자기 답안지까지 베껴 나와 몇몇 선배,

---

31) 종사宗師: 명대에 제학提學을 높여 부르던 존칭. 때로는 각 분야에서 사람들의 귀감이 되고 존경을 받는 사람을 두루 일컫는다.

32) 기마패起馬牌: 명대에 중앙 정부의 고위 관리가 지방에 파견될 때 지방관들이 영접하기 수월하도록 해당 관리가 도착할 날짜를 적어 미리 보내던 패찰을 말한다.

33) 강서講書: 세고를 실시하기 전에 제학이 각지 관학 생원들을 상대로 경서의 대의를 강의·해설하는 것을 일컫는 말.

34) 부학府學: 명대에 각지의 부府(지금의 시에 해당)에서 설립·운영한 교육기관.

몇몇 친구에게 가르침을 청했더니 감탄하지 않는 사람이 없었습니다. 이번에는 자신도 몇 번이나 그것을 음미하더니 탁자를 두드리면서 말하는 것이었습니다.

"명문일세, 명문이야! 장원狀元을 해도 손색이 없을 정도인데 까짓 우수한 성적쯤이야!"

그는 이어서 그 글을 코 가까이 가져가 냄새를 맡으면서 말했습니다.

"정말 아내의 향기[35]가 나기는 좀 나는군그래!"

다시 이야기를 들려드리지요. 그 양 종사라는 양반은 일자무식이었습니다. 거기다 아주 탐욕스럽고 설상가상으로 현지 관리며 상급자들에게 아부도 썩 잘하는 자였지요.[36] 그래서 지난번에 항주杭州·가흥嘉興·호주湖州에서 시험 감독을 할 때에도 그를 욕하지 않는 사람이 없을 정도였습니다. 오죽하면 하마터면 수재들에게 뭇매를 맞을 뻔했지 뭡니까, 글쎄. 그렇다 보니 사람들은 몇 마디 구령을 지어서

"길 앞 양 씨네 가게는,	道前梁鋪,
중개인 성이 부 가인데,	中人姓富,
생원 유생들 명예까지 다 파는 한이 있어도,	出賣生儒,
단골을 놓치는 일은 절대로 없지.[37]	不惶主顧。

---

35) 아내의 향기[老婆香]: 시험에서 좋은 성적을 거두는 것은 누워서 떡을 먹는 것만큼 쉬운 일이므로 곧 아내를 얻게 될 것이라는 뜻으로 한 말이다.

36) 【즉공관 미비】好个宗師。 이런 자가 '종사'라니!

37) 길 앞 양 씨네 가게는~: 양 제학이 생원·유생들에게 시험 정보를 유출해서 치부하는 독직 행위를 자행한 것을 비꼬는 내용이다. "중개인 성이 부富가

하고 조롱하는가 하면 대련對聯38)을 지어서

"대갓집 도련님네는 싱글벙글,　　　　　　　　　　公子笑欣欣,

아우도 형님도 모두 입학했다며 기뻐하는데,　　　喜弟喜兄都入學,

대련의 예시. 청대 왕문치王文治의 작품

인데"는 '부유할 부富'에 근거한 일종의 언어유희로, 공평하게 시험 감독을
해야 할 제학이 유능한 인재를 발탁하는 데에는 관심이 없고 그저 돈 벌
궁리만 하는 것을 두고 한 말이다.

38) 대련對聯: 변문騈文(팔고문)의 격식에서 형성된 독립된 문체의 일종. 일반
적으로 서로 짝을 이루는 앞뒤 두 구절로 구성되기 때문에 '대련' 또는 '대
자對子'로 부르며, 때로는 기둥에 붙인다고 해서 '영련楹聯'이라고 부르기
도 했다. 우리나라 고택에서 대문 양쪽에 붙이는 '입춘대길立春大吉'과 '건
양다경建陽多慶'도 전형적인 대련의 격식을 따른 것이다.

동생童生39)들은 울상이 되어서,　　　　　　　　　童生愁慘慘,

　조부님께도 아버님께도 낙제했다며 원망하누나.”　恨祖恨父不登科。

　하고 빈정거리기도 했답니다. 거기다가 ‘사서四書40)’의 내용 몇 구
절을 팔고문八股文41)으로 고쳐서 이렇게 비꼬기까지 했지요.

사서의 실례

<hr />

39) 동생童生: 명대에 과거 시험에 응시하기 위하여 글공부를 하는 사람들을
　　두루 일컫던 이름. 연령과는 상관없이 생원生員(즉 수재) 자격을 얻기 위한
　　과거를 보지 않았거나 그 시험에서 낙방한 선비들을 일률적으로 ‘동생’ 또
　　는 ‘유동儒童’이라고 불렀다고 한다.
40) 사서四書: 고대 중국에서 중요한 경전으로 여겼던 네 가지 유가 서적.《논어
　　論語》·《맹자孟子》·《중용中庸》·《대학大學》이 그것이며, 때로는 여기에《시
　　경詩經》·《서경書經》·《역경易經》을 추가하여 ‘사서삼경四書三經’으로 일컫
　　기도 했다.
41) 팔고문八股文: 명대에 과거 시험을 위해 변문騈文에 근거하여 새로 고안한
　　문체. 처음에는 출제 방법이나 문장 형식에 특별한 격식이 없었으나, 시간
　　이 흐르면서 파제破題·승제承題·기강起講·입제入題·기고起股·허고虛股·
　　중고中股·후고後股·결속結束의 여덟 부분으로 굳어졌다. 여기서 기고·허
　　고·중고·후고의 ‘고股’가 긴 대구對句를 이룬 것이 마치 여덟 개의 기둥을
　　세운 것 같다고 해서 ‘팔고문’으로 불리기 시작했다. 때로는 지정된 유가
　　경전의 대의에 입각하여 답안을 작성한다는 뜻에서 ‘경의經義·제의制義’

"군자가 도를 배우면 공정하여 기뻐하고,　　君子學道公則悅,

소인이 도를 배우면 죄다 책만 믿는단다.　　小人學道盡信書。

시도 배우지 않고,　　不學詩,

예절도 배우지 않은 채,　　不學禮,

부형만 믿고 있으니,　　有父兄在,

어찌할꼬 배우기를 전폐하고 있으니!　　如之何其廢之。

그 시를 외고,　　誦其詩,

그 책을 읽는다지만,　　讀其書,

아무리 훌륭해도 존중받지 않으니,　　雖善不尊,

어찌할꼬 그래서야 되겠는가!"　　如之何其可也。

이 한자문이라는 선비는 가난뱅이 유생이었습니다. 그러니 뇌물로 갖다 바칠 돈이 있을 리가 있습니까? 열흘이 지나고 나서 시험 결과를 적은 방이 붙었는데, 가만 보니 대갓집 도령이며 부자들만 높은 성적을 받았지 뭡니까. 한사유의 이름은 어디에 있었는지 아십니까? 말 그대로

'임금 왕王' 자 같은데도 세로획 하나가 **빠졌고**,　　似王無一竪

'내 천川'자 같으면서도 가로로 드러누웠구나!　　如川却又眠。[42]

등으로 부르기도 했다. 처음부터 과거 시험을 겨냥해 고안된 문체였기 때문에 명대 중기 이후로는 팔고문 참고서가 많이 출판되었으며, 수험생은 참고서에 제시된 예문의 자구만 암기해 답안을 작성하는 폐해가 늘어났다. 팔고문은 청대에도 그대로 인습되었으나 청대 말기에 과거가 폐지되면서 자연스럽게 그 명맥이 끊어졌다.

42) '임금 왕' 자 같은데도~: '석 삼三' 자를 가지고 한 일종의 문자 유희. '임금 왕' 자에서 세로획을 빼면 '석 삼' 자가 되고 '내 천' 자를 90도 돌려놓으면 역시 '석 삼' 자가 된다. 여기서는 시험에서 낮은 점수대인 '삼등三等'을 얻은

왕년에 어떤 【황앵아黃鶯兒】 가사에서도 삼등급의 비애를 이렇게
노래한 적이 있었지요.

수모도 없고 영광도 없어라,	無辱又無榮,
글 솜씨로 따지자면 난형난제이건만,	論文章是兄弟,
길잡이 풍악 소리도 이제 일장춘몽 되었구나!	鼓聲到此如春夢。
출중한 이는 운수가 막히고,	高才命窮,
평범한 자는 외려 운수가 대통이라!	庸才運通,
늠생도 이쯤 되면 공생 되는 편이 낫겠네.	廩生到此便宜貢。
일단 고정하고,	且從容,
한쪽에 들러리 서서,	一邊站立,
남들 어사화 붉은 장식43) 구경이나 할 밖에!	看別个賞花紅。

한자문은 졸지에 삼등급으로 주저앉고 나니 부아가 치밀어서 얼이
다 나갈 지경이었습니다. 양 종사를 '염병할 개자식'이라고 한바탕 욕

한 수재를 두고 한 말이다. 명대에 향시鄕試와 회시會試는 삼 년마다 한 번씩
치렀다. 여기서 급제한 수험생들은 성적에 따라 일갑一甲·이갑二甲·삼갑三
甲으로 구분했고, 그중에서 우수한 성적을 얻은 일갑 급제자들은 다시 수석
은 장원壯元, 차석은 방안榜眼, 그 다음은 탐화探花로 일컬었다. 한 수재가
얻은 '삼등'은 탐화가 아니라 삼갑에 해당하는 것으로 낮은 점수를 받은 급제
자들을 가리킨다. 명대 실시된 세고에서 '삼등'은 벌도 없고 상도 없는 어중
간한 점수대의 이도 저도 아닌 등급으로 간주되었다. 아래의 【황앵아】에서
"수모도 없고 영광도 없다[無辱又無榮]"고 한 것은 바로 이를 두고 한 말이
다. 여기서는 혼란을 피하기 위하여 삼등을 '삼등급'으로 번역했다.
43) 붉은 장식[花紅]: '화홍花紅'은 중국에서 과거에 급제한 급제자나 혼례를 치
르는 신랑이 착용하던 금빛 꽃과 붉은 비단을 말한다. 여기서는 편의상 "붉
은 장식"으로 번역했다. 시오노야와 카라시마의 일역본(제1책 제43쪽)에서
는 이 부분을 '우등상優等賞'으로 의역했다.

을 후련하게 퍼붓기는 했습니다만 이제 혼담은 꺼내지도 못하게 돼버렸지 뭡니까.[44] 왕 매파는 왕 매파대로 중신을 서러 오지 않는 것이었지요. 그는 억지로 자신을 달래고 한숨을 푹 내쉬며 이렇게 말하는 수밖에 없었습니다.

"아내 맞을 때 좋은 중매쟁이 없다 속상해 마라. 娶妻莫恨無良媒,
책 속에 옥처럼 아름다운 여인이 있나니!"[45]   書中有女顏如玉。

이렇게 신세타령을 한 그는 별 수 없이 쓸쓸하게 전처럼 서당으로
갔지요. 집 주인이며 학생들과도 인사를
나누었지만 그때마다 얼굴이 다 달아올
라서 자기가 생각해도 민망스럽기 짝이
없었습니다.

다시 한 해 남짓 지났을 때였습니다.
마침 정덕 황제께서 붕어하시고 유언에
따라 흥왕興王[46]을 황제로 옹립하여 가

가정제 주후총의 초상

---

44) 【즉공관 미비】 好掃興。 정말 흥이 다 깨졌군

45) 책 속에 옥처럼 아름다운 여인[書中有女顏如玉]: 송나라 제3대 황제인 진종
眞宗(968~1022)이 지은 〈권학문勸學文〉에서 유래한 말. 원래는 학문에 정진
해 출세하면 자연히 아름다운 아내를 얻을 수 있다는 뜻으로, 여기서는 한
수재에게 여자나 혼인에 대한 잡념을 접고 오로지 학문에만 정진하라고 독
려하는 말로 사용되었다.

46) 흥왕興王: 명나라 제7대 황제 헌종憲宗 주견심朱見深의 손자이자 흥원왕興
獻王 주우원朱祐杬의 아들인 세종世宗 주후총朱厚熜(1522~1567)을 말한다.
부왕 주우원 사후에 왕위를 세습하여 '흥왕'이 되었으며, 정덕正德 16년
(1521), 제10대 황제 무종武宗이 죽자 종제從弟의 신분으로 황위를 계승했다.

정嘉靖 황제께서 사저에서 부름을 받자와 제위에 오르셨답니다. 그런데 춘추가 꼭 열다섯이신지라 양갓집 규수를 간택하여 후궁을 채우게 되었지요. 그러자 절강 땅에서는 이런 헛소문이 떠들썩하게 나돌았습니다.

"조정에서 절강 땅 곳곳으로 가서 궁녀들을 뽑는단다!"

아, 그런데 어리석은 백성들이 그 소문을 곧이곧대로 믿어버렸지 뭡니까. 그 바람에 딸을 출가시키려던 사람들이나, 아내를 맞아들이려던 사람들이 허둥지둥 법석을 피우는 통에 꼴이 영 말이 아니었습니다. 그 와중에 재미를 본 것은 잡화를 파는 가게 주인들, 나팔 불고 북 치는 악대의 풍각쟁이들, 신부 시중을 드는 들러리들, 가마를 메는 가마꾼들, 혼례식을 진행하는 주례들이었답니다.[47] 그중에서도 가장 가소로운 것은

"궁녀 열 명을 과부 하나가 인솔해 와야 한다."

라는 소문이 퍼지는 바람에 칠팔십이나 된 사람들까지 줄줄이 시집을 가버리는 것이었습니다. 그 모습을 볼작시면

| 열서너 살 사내가, | 十三四的男兒, |
| 스물너덧 살 여자와 혼인을 하고, | 討着二十四五的女子。 |

1522~1566년의 45년 동안 재위했으며, 연호는 가정嘉靖이다.

47) 【즉공관 미비】歷來有之。然到底愚不可破, 時時出一轍, 何也。 대대로 있었던 일이다. 그러나 결국에는 어리석기 짝이 없으면서도 수시로 비슷한 소동이 벌어지는 것은 어찌 된 노릇일까?

열두세 살 여자가,	十二三的女子,
삼사십 된 사내에게 시집을 가네.	嫁着三四十的男兒。
크고 거칠고 시커먼 얼굴조차,	粗蠢黑的面孔,
절세의 미녀 대접을 받을까 걱정이요,	還恐怕認做了絶世芳姿.
펑퍼짐하고 단단하고 벌어진 것들조차,	寬定宕的東西,
꽃봉오리 여린 처녀 대접할까 걱정이네.	還恐怕認做了含花嫩蕊。
'절개가 서릿발처럼 매섭다' 둘러대도,	自言節操凜如霜,
두 남편 섬기면 열녀가 될 수 없는 법.	做不得二夫烈女。
머잖아 몸뚱이를 관에 누일 나이이면서,	不久形軀將就木,
또 한 번 기를 쓰고 봄바람 기약하누나.	再拚命个一度春風。

당시에 이름 모를 사람이 지었다는 다음 시는 이 소동을 아주 재미있게 읊었습니다.

붉은 글씨의 어명이 진짜인지 판명되기도 전에,	一封丹詔未爲眞,
싸구려 술 석 잔에 바로 혼례를 치르는구나.	三杯淡酒便成親。
밤 되어 밝은 달을 누각에서 바라보노라니,	夜來明月樓頭望,
시집가지 않은 이는 항아뿐인가 하노라[48]!	唯有嫦娥不嫁人。

---

48) 【즉공관 미비】此元僧柏子庭之詩也。見輟耕錄。이것은 원대의 승려 백자정이 지은 시이다. 《철경록》을 참조하기 바란다.
여기서의 '백자정柏子庭'은 원대 승려 조백祖柏을 말한다. 조백은 자가 자정子庭으로, 대략 원나라 혜종惠宗 지정至正 연간인 1340년 전후에 생존한 것으로 보인다. 원래는 사명四明, 지금의 영파 출신으로 가정嘉定(지금의 상해)에 머물렀으며, 마을마다 걸식을 다니면서 유랑하기를 좋아했다고 한다. 난초 그림과 시로 유명하여, 《원시선元詩選》에서는 그의 시에 우스운 표현이 많아서 사람들이 읽고 포복절도했다고 소개했다. "시집가지 않은 이는 항아뿐"이라는 것은 항아는 불로장생약을 훔쳐 달로 도망쳤기 때문에 궁녀 선발 소동이 벌어져도 끌려갈 걱정이 없다는 뜻으로 한 말이다.

달로 달아난 항아

한자문은 이때 마침 집에 돌아와 있었습니다. 그런데 고을에서 이렇게 난리가 난 것을 보고 한가하게 대문을 나와 그 광경을 지켜보고 있었지요. 그런데 가만 보니 등 뒤에서 웬 사람이 자문을 다급하게 잡아채는 것이 아닙니까! 고개를 돌려 보니 다름 아닌 전당포를 운영하는 휘주徽州 출신의 김金 조봉朝奉이었습니다. 그는 자문에게 인사를 하더니 이렇게 말하는 것이었지요.

"우리 집에 어린 딸아이가 하나 있는데, 올해 열여섯이 되었습니다요. 수재 나리께서 마다하지 않으신다면 출가시키고 싶습니다만."

말을 마친 그는 자문이 원하든 말든 상관하지 않고 주머니를 뒤져 사주단자를 꺼내더니 그의 소매 속에 무작정 찔러 넣었습니다.

"농담하지 마십시오. 저는 씻은 듯이 가난한 수재올시다. 어찌 영애를 감당할 수가 있겠습니까?"

자문이 이렇게 말하자 조봉은 눈살을 찌푸리면서 말했습니다.

"지금 상황이 급박한데 나리는 어째서 그런 맥 빠지는 소리를 하십니까! (…) 조금만 지체해도 당장 궁녀로 뽑혀서 끌려갈까 걱정이 태산인걸요. 우리 부부는 이 어린 딸아이 하나밖에 없습니다. 만약 저 멀리 북경北京으로 가 버리기라도 하면 다시는 만날 날을 기약할 수 없다고요! 그 꼴을 차마 어떻게 본단 말입니까! (…) 나리께서 거두어만 주신다면 사람 목숨을 하나 구해주시는 셈입니다요!"

그는 말을 마치자마자 무릎을 꿇고 엎드려 절을 하려고 하는 것이었습니다. 자문은 그런 어명은 없다는 것을 똑똑히 알고 있었습니다. 그러나 내심 아내를 얻고 싶었던지라 진실을 알리지 않고 황급히 김조봉을 덥석 잡아 일으키면서 말했지요.

"소생 주머니에는 사오십 냥밖에 없습니다. 제가 가난한 것을 괘념하시지 않는다 해도 영애를 맞아들이자면 당장 혼사를 치르기는 어렵습니다."

"상관없습니다, 상관없어요! 정혼한 사람만 있으면 조정에서도 억지로 끌고 가지는 않을 테니까요. (…) 일단 정혼부터 하고 상황이 진정되면 천천히 혼사를 치르도록 합시다."

"그것도 … 괜찮겠지요. 분명히 밝혀둡니다만 … 나중에 번복하면 안 됩니다49)?"

그러자 조봉은 다급한 나머지 하늘을 우러러 보면서 이렇게 맹세까지 하는 것이었습니다.

---

49) 【즉공관 측비】要緊。아주 중요하지.

"만약 번복하면 태주부 관아에서 형벌을 받겠습니다!"

"맹세까지 하실 필요야 없겠지마는, … 말로만 하는 이야기는 믿을 바가 못 되지요. 그러니 조봉께서는 일단 돌아가 계십시오. 소생이 바로 벗 두 사람을 불러 함께 귀 점포로 가겠습니다.[50] 일단 영애를 한번 보여주시고 조봉께서 혼약서를 써주십시오. 그러면 소생의 벗들이 서명하고 함께 증인이 되어줄 것입니다. (…) 예물을 보내드린 다음에 영애의 옷가지나 머리카락, 아니면 손톱이라도 한 가지 받아두겠습니다. 그것을 소생 거처에 간직해두어야 나중에 번복하시더라도 안심이 되지요.[51]"

김 조봉은 일을 이루려는 생각밖에 없는지라

"그렇게 의심할 필요까지야 있습니까? 그러지요, 그러고말고요. 전부 다 명령대로 따를 테니 제발 … 좀 서둘러만 주십시오!"

하면서 무조건 다 들어주겠다고 다짐했지요. 그리고 같이 걸으면서

"그럼 기다리고 있겠습니다, 기다리겠어요!"

하고 신신당부하고 나서야 자기 가게로 돌아가는 것이었습니다.
한자문은 그길로 학교로 가서 친구를 두 사람 만났습니다. 바로 장사유張四維와 이준경李俊卿이었지요. 그는 경위를 설명하고 나서 배첩拜帖을 써서 함께 전당포로 향했습니다. 조봉은 그들을 맞아들여

---

50) 【즉공관 미비】精細。치밀하군.
51) 【즉공관 미비】此却不必。이렇게까지 할 필요야!

차를 대접하고 안부 인사를 나눈 다음 딸 조하朝霞를 몸채 회당으로 불렀습니다. 그녀가 어떻게 생겼느냐고요? 그 모습을 볼작시면

눈썹은 봄날의 버들 같고,	眉如春柳,
눈은 가을의 잔물결 같구나.	眼似秋波。
고운 복사꽃을 몇 떨기 얼굴 위에 올려놓았나,	幾片夭桃臉上來,
갓 나온 죽순 둘을 치마 사이에 드러내놓았나.	兩枝新笋裙間露。
나라와 고을 기울게 할 정도의 미색은 아니라도,	卽非傾國傾城色,
남달리 출중한 인물임은 분명하구나!	自是超群出衆人。

자문은 여자의 미모와 자태를 보고 진작부터 기분이 좋아졌습니다. 그 여자는 일일이 인사를 하고 나서 바로 방으로 들어가는 것이었지요. 자문이 이번에는 한 점쟁이를 찾아가서 혼사의 길흉 여부를 물었습니다. 그러자

"정말 대길이올시다. 다만, … 혼례를 치르기에 앞서서 사소한 일로 역정 낼 일이 좀 생기겠구먼요."

하는 것이었습니다. 김 조봉은 무조건 일부터 성사시키고 보자는 식으로

"대길이라니 그걸로도 아주 좋은 일 아닙니까! 역정을 내는 것 정도는 별것 아니지요."

하자마자 전첩全帖52)을 꺼내더니 거기에 이렇게 썼습니다.

----

52) 전첩全帖: 명대에 남의 집을 방문하거나 혼례 등의 의례 과정에서 사용하던

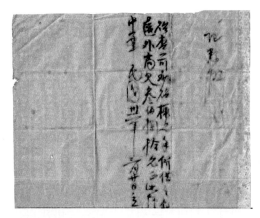

명대 전첩(명첩)의 실례. 안쪽 적당한 자리에 자기소개 내용을 적고 접어서 사용했다.

혼주 김성은 휘주 사람입니다. 낳은 딸 조하는 나이가 열여섯으로, 어렸을 때부터 누구에게도 혼인을 허락한 적이 없습니다. 이제 태주부 천태현의 유생 한자문이 예물을 갖추어 아내로 삼게 하노니, 이는 참으로 쌍방이 다 원하는 바입니다. 혼인 예물을 받은 이후로는 어떠한 이의도 제기하지 않겠습니다. 장 공과 이 공 두 분이 이 말을 함께 들었습니다.

가정53) 원년 월 일   혼주   김성
                         입회 지인   장안국 이문재

명함의 일종. 보통은 붉은색 종이로 된 단첩單帖을 사용했지만, 상대방에 대한 존경의 뜻으로 예의를 갖출 때에는 이보다 열 배 큰 전지를 접어서 열 면으로 만든 전첩을 사용했다고 한다. 전첩의 첫 면에는 '정正'이나 '정숙整肅'이라고 적고 다음 면에는 서명을 하는 것이 관례였으며, 그 내용도 격식을 갖춘 정중한 표현들로 이루어졌다.

53) 가정嘉靖: 제11대 황제인 세종世宗 주후총朱厚熜이 1522년부터 45년 동안 사용한 연호. "가정 원년"이라면 서기 1523년에 해당한다.

이렇게 쓰고 나서 세 사람은 모두 서명을 하고 자문에게 건네 간수하게 했습니다. 이것도 자문이 가난한 신세를 고려해서 부득이하게 대비 차원에서 한 조처였습니다. 그러나 나중에 실제로 약속을 저버리는 일이 벌어질 줄은 생각도 못 했지요. 물론 그것은 나중에 벌어질 이야기입니다마는 말입니다.

이때 한자문은 길일을 잡아 정혼식을 올리기로 약속했습니다. 그리고 약속한 날이 되자 모아두었던 교습비 오십 냥으로 대충 옷과 장신구를 몇 점 장만하고 나머지는 전부 은자로 준비한 다음 거기에 이렇게 적었습니다.

'삼가 공경하는 마음으로 혼인 예물을 올립니다.
사위 한사유가 머리를 조아려 거듭 절을 올림'

그러고는 장안국과 이문재 두 사람에게도 은자를 한 냥씩 주고 그들이 중신아비 자격으로 함께 예물을 들이고자 김 씨네 가게로 갔습지요. 김 조봉은 엄청난 부자였습니다. 그렇다 보니 아내 정程 씨와 함께 그의 초라한 예물을 보고 나니 마음이 썩 내키지가 않는 것이었습니다. 그러나 궁녀 선발이 코앞까지 닥쳤으니 받는 수밖에 없었지요. 신부 쪽의 답례 예물은 없는 것이 없을 정도로 잘 갖추어져 있었습니다. 이어서 조봉은 정말 자문의 요청대로 딸의 검고 가는 머리카락을 한 다발 잘라 와서 건넸습니다. 자문이 그것을 하나하나 다 받으면서

'만약 이번에 떠들썩하게 돌았던 소문만 아니었다면 아내를 어느 세월에 맞아들일지 기약조차 할 수 없었을 테지. 거기다 이렇게 처가의 재물까지 받게 되다니!'

한 수재가 소란 속에 어여쁜 아내를 맞이하다.

하면서 속으로 몹시 기뻐한 것은 두말할 나위도 없었습니다.

세월은 화살처럼 빠르고 해와 달은 베틀의 북같이 움직인다지요. 여름이 가고 겨울이 오면서 어느덧 반년이라는 시간이 지났습니다. 바야흐로 가정 2년이 되어 궁녀를 선발한다는 풍문도 이미 저절로 잦아든 상태였지요. 김 씨 부부는 평온하고 아무 일도 벌어지지 않은 것을 보자 딸을 궁상맞은 선비에게 출가시키기가 아까워 차츰 후회를 하기 시작했습니다. 자문은 자문대로 정혼 예물을 한번 보내고 나니 주머니 속에 모아 두었던 교습비가 벌써 다 바닥난 상태였지요. 그래서 아직도 혼례를 치르는 일에 대해서는 미처 말조차 꺼내지 못하고 있었습니다.

그러던 어느 날, 김조봉은 마침 가게에서 정산을 하고 있었습니다. 그런데 가만 보니 웬 손님이 열일고여덟쯤 되는 아이를 따라서 안으로 들어오더니 자신을 부르는 것이었습니다.

"자형, 누님은 댁에 계세요?"

알고 보니 김 조봉의 처남인 휘주의 정 程조봉이 김 조봉과 동업으로 전당포를 열려고 친아들 아수阿壽를 데리고 휘주에서 오는 길이었지 뭡니까. 김 조봉은 서둘러 두 손님을 맞이하고 이어서 아내 정 씨와 딸 조하를 불러 인사를 시켰지요. 그는 안부를 묻고 나서 술을 데워 마시게 해주었습니다. 그러자 정 조봉이 넌지시 묻는 것이었습니다.

"조카딸이 이렇게 곱게 컸군요. 그런데 정혼은 했습니까? (…) 이런 말씀 드려서는 안 되겠지만, 아들놈이 아직 혼처가 없습니다. (…) 자형께서 괜찮으시다면 사촌끼리 부부가 되는 것도 좋을 것 같습니다만…"

김 조봉은 한숨을 쉬면서 말했습니다.

"그러게 말일세! 우리 딸아이를 처조카 한테 아내로 줄 수 있다면야 달갑지 않을 리가 있겠나? 다만, … 작년에 궁녀를 선발한다고 법석을 떨 때 속으로 당황한 나머지 허둥지둥 딸아이를 한 수재인가 뭔가 하는 자한테 줘버렸지 뭔가! (…) 그자는 가난뱅이 샌님인데 … 보아하니 얼굴에 온통 입주름54)이 자글자글해서 평생을 가도 출세하긴 글렀더구먼! 지난번에 양학도學道55)가 행차해서 감독한 시험에서 삼등급을 받았다니 합격하기는 틀린 것

입가에서 입속까지 생긴 입주름. 이 주름이 있으면 굶어 죽을 팔자라고 믿었다.

같네.56) 우리 딸아이를 그런 자한테 어떻게 출가를 시키겠나? 그저 우리 딸아이가 복이 없는 탓이지. (…) 이제는 어디 하소연할 데도 없고 참나!"

그러자 정 조봉은 한참을 망설이다가 물었습니다.

"자형, 누님, … 정말 그자한테 딸을 주시기 싫습니까?"

---

54) 입주름[餓文]: 사람 입가에서 입속까지 생긴 주름. 명대의 미신에서는 이런 주름살이 있는 사람은 반드시 굶어 죽는다고 여겼다. 상우당본 원문(제413쪽)에는 '주름'에 해당하는 글자가 '글월 문文'으로 되어 있으나 '무늬 문紋'으로 해석하여 '주름'으로 해석해야 옳다.

55) 학도學道: 명대 제학에 대한 별칭.

56) 【즉공관 미비】到此還受三等之累。 이 상황에서도 삼등급의 수모를 당하는군그래.

"내가 왜 거짓말을 하겠나!"

"자형께서 조카딸을 진심으로 그자한테 줄 생각이시라면 더 길게 말할 필요가 없습니다. 허나, … 그게 내키시지 않는다면 … 꾀를 하나 써서 관아에서 파혼 판결을 내리게 하면 되지 어려울 게 뭐가 있겠습니까?"

"꾀를 어떻게 내라는 겐가?"

하고 김 조봉이 물었더니 정 조봉이 말하는 것이었습니다.

"제가 내일 태주부에 송사를 제기해 자형을 고소하고 그냥 이렇게 말하겠습니다. '어릴 때 사촌끼리 혼인을 시키기로 언약했습니다. 그런데 최근에 제가 휘주에서 오랫동안 지내고 있는 사이에 자형이 혼약을 어기고 다른 사람에게 출가시키려고 듭니다. 관아에서 우리 아들을 위하여 판결을 내려주십시오.' 하고 말입니다. (…) 제 아들놈이 아무리 재주가 없기로서니 그 궁상맞은 아귀보다야 훨씬 낫지요!"

"좋기야 좋지. 하지만 … 지난번에 내가 직접 쓴 혼약서와 딸아이의 머리카락이 그자한테 증거로 남아 있다네. 그러니 관아에서 어떻게 자네 아들에게 유리한 판결을 내리려 들겠는가? 게다가 나 역시 지난번에 한 말이 있으니…"

"자형은 정말 관아의 실정을 잘 모르십니다그려! (…) 저와 자형은 같은 휘주 사람이고 거기다 친척 사이 아닙니까! '어릴 때 아들과 딸을 맺어주기로 언약했다'고 둘러대도 금방 믿는다니까요. (…) '돈만 있으면 귀신에게도 맷돌질을 시킬 수가 있다'[57]는 속담도 있지 않습니까? 우리한테 돈은 얼마든지 있으니 그걸로 윗사람들한테 뇌물을 바치고 아랫사람들도 매수하는 겁니다. 거기다가 아무 지방 수령한테든지 부탁해서 태수 쪽에 사정을 좀 봐달라고 하면 그깟 혼약서 종잇장 정도야 단번에 무효로 만들 수가 있다니까요.[58] (…) 자른 머리카락이 누구 것인지 알 게 뭐랍니까? 설사 태수가 우리 소원을 들어주지 않는다고 해도 겁날 게 없습니다. (…) 쓸 돈만 있으면 자형도 당연히 낭패를 보는 일은 없을 겁니다."

김 조봉은 손뼉을 치면서 말했습니다.

"기가 막히군! 내일 당장 그렇게 하세!"

그날 밤 술자리가 끝나자 그들은 각자 휴식을 취했답니다.

이튿날 날이 밝자 정 조봉은 일찌감치 머리를 빗고 세수를 한 다음 아침밥을 챙겨 먹었습니다. 그러고는 법가法家[59]를 한 사람 부르더니 고소장의 문안을 의논해 정했지요. 이어서 조趙 씨 성을 가진 사람을 찾아가 증인으로 세운 다음 김 조봉과 함께 태주부 가는 길에 올랐습

---

57) 돈만 있으면 귀신에게도 맷돌질을 시킬 수가 있다[有錢使得鬼推磨]: 명대의 속담. 돈만 있으면 누구라도 부릴 수 있고, 무슨 일이라도 해낼 수 있다는 뜻으로, 당시 강남 지역에 만연하던 배금주의를 잘 반영하고 있다.

58) 【즉공관 미비】若是昏官, 原只須如此。 어리석은 관리라면 사실 이 정도밖에 되지 않았을 테지.

59) 법가法家: 명대에 법률·소송 관련 업무를 대행하는 사람들에 대한 별칭. 지금의 사법서사 또는 법무사에 해당한다. 제2권 〈요적주는 수치를 피하려다 수치를 당하고, 정월아는 착오를 알고도 착오를 밀어붙이다〉에서는 '송사訟師'가 나오는데, 명칭만 다를 뿐 내용상으로는 동일한 업종이다.

니다. 그런데 바로 이 걸음 때문에 다음과 같은 일이 벌어지게 됩니다.[60)]

아리따운 이 결국 훌륭한 선비와 짝 지어지고,　麗人指日歸佳士,
못된 꾀 부리면 당장 무서운 벌 받게 되는 법.　詭計當場受苦刑。

중국 만화에 묘사된 방고패

　태주부 관아 앞까지 왔을 때였습니다. 마침 신임 태수 오공필吳公弼이 재판정에 나와 있었습니다. 이윽고 방고패放告牌[61)]를 지고 나왔길래 정 조봉이 그 뒤를 따라 재판정으로 들어갔습니다. 태수는 의민관義民官[62)]을 시켜 고소장을 받아서 처음부터 읽어보았지요.

---

60) 다음과 같은 일이 벌어지게 됩니다[有分敎]: 명대 (의)화본 및 장회소설에서 자주 등장하는 상투어. 이 극적 장치는 제1권·제6권·제8권 등에도 보인다.
61) 방고패放告牌: 원·명대에 관청에서 사건 심리의 개시를 알리기 위해 내걸었던 패.
62) 의민관義民官: 명대의 의민義民을 말한다. 명대에 천재지변이 발생했을 때

송사를 제기한 정원程元이 혼약을 어긴 자를 고소합니다. 극악무도한 김성은 여러 해 전에 친딸 김 씨를 정원의 아들 정수程壽에게 아내로 주겠다고 해서 혼사의 여섯 절차[63]를 모두 마쳤습니다. 그러나 괘씸하게도 멀리 태주까지 이사를 가자 전날의 혼약을 저버리고 작년 모월에 멋대로 천태현의 유생 한사유에게 새로 혼인을 허락했지 뭡니까! 이 일은 조효趙孝 등이 증인을 섰사온즉, 인륜과 관련이 있고 교화에도 영향이 있는 사안입니다. 모쪼록 천태현 원님께서 현명한 판결을 내리시어 왕년의 인연을 맺을 수 있게 해주시기를 바라며 삼가 고하나이다.

원고	정원	휘주부 흡현 사람
피고	김성	휘주부 흡현 사람
	한사유	태주부 천태현 사람
증인	조효	태주부 천태현 사람

태주부 부윤[64] 나리께서 선처해주십시오.

재난을 당한 이재민을 위해 곡식을 기부하거나 재물을 헌납하는 사람들을 표창하여 '의민'이라고 불렀다. 이런 사람들에게는 관복을 착용하거나 국역을 면제받는 등의 특권을 부여했다고 한다. 명나라 가정제 재위 당시에는 의민이 20석의 곡식을 헌납하면 관모와 옥대를 하사하고 그보다 많이 헌납한 이에게는 정칠품正七品의 벼슬을 내렸으며, 500석을 헌납한 이에게는 현지 관청에서 당사자를 표창하는 패방牌坊을 세워주었다고 한다.

63) 여섯 절차[六禮]: 중국에서 고대에 혼인하는 두 집안이 정식으로 혼례식을 치르기 전에 진행해야 했던 혼인 절차. 납채納采·문명問名·납길納吉·납징納徵·청기請期·친영親迎의 여섯 단계로 진행된다고 하여 '육례六禮'로 일컬어졌다.

64) 부윤府尹: 중국 고대에 경기京畿 지역을 관할하는 행정 장관을 부르던 이름. 한대의 서울 시장, 즉 '경조윤京兆尹'이라는 관직명에서 유래했다. 북송

태수는 그것을 다 읽고 나서 정원을 불러 물었습니다.

"김성은 너와 어떤 관계가 있는가?"

그러자 정원이 머리를 조아리면서 말하는 것이었지요.

"현명하신 나리, 소인의 친자형입니다. 아주 가까운 친척인 데다 마침 아들과 조카딸이 나이가 엇비슷해서 혼인시키기로 약속했던 것입니다요!"

"그자가 어째서 함부로 혼약을 어겼단 말인가?"

태수가 이렇게 캐묻자 정원이 말했습니다.

"김성이 태주로 이사해 살게 되었기 때문입니다요. 소인은 그대로 휘주에 남아 있다 보니 거리부터가 아주 멀어지게 되었습니다. 헌데, 작년에 궁녀를 뽑는다는 소문이 돌자 김성은 정말 그런 일이 있는 줄 알고 대뜸 딸을 새로 한 수재한테 주었다지 뭡니까. (…) 소인은 최근에 안부 인사차 태주 누이 집에 들러 혼사를 마무리할 때가 되어서야 혼약을 어긴 진상을 깨달았습니다. 그도 다급하다 보니 이런 잘못을 저질렀겠지요.[65] 허나, 소인 입장에서야 어떻게 며느리 될 사람을 아무 이유도 없이 남한테 양보할 수가 있겠습니까! (…) 만약 관아

대에는 도읍지 개봉開封에 부윤을 두어 문신으로 충당하고 도성의 일을 전담하게 했다. 지위는 상서尚書보다는 낮았지만 시랑侍郎보다는 높았기 때문에 재상과 동급이라는 의미에서 '상공相公'으로 높여 부르기도 했다.

[65] 【즉공관 미비】 會說. 말 잘한다.

의 도움을 빌리지 않는다면 그 한 수재라는 자가 또 어떻게 소인한테 양보하려 들겠습니까? 제발 천대天臺[66] 나리께서 선처해주십시오!"

태수는 그가 하는 말에 제법 일리가 있다고 여겼습니다. 그래서 당장 고소장을 즉석에서 접수하고 분부했지요.

"열흘 안에 판결 결과를 기다리도록 하라."

정원은 그제서야 머리를 조아리고 나서 그 자리를 나가는 것이었습니다.

고소장이 접수된 것을 안 김 조봉은 이튿날 당장 장 선비와 이 선비를 찾아갔습니다. 그리고 일부러 당황한 시늉을 하면서 말했지요.

"이 일을 어쩐답니까, 이 일을 어째! (…) 당초 제가 휘주에 있을 때 처남에게 아들이 하나 있어서 제 딸을 출가시키겠다고 약속했습니다. 나중에 저는 이 태주부로 이사를 왔는데 하필 궁녀를 뽑는다는 난리를 만났지 뭡니까. '멀리 있는 물로는 가까운 곳의 불을 끌 수 없는 법[67]'. 다급한 나머지 선비님들 지인께 딸을 주기로 했고, 원래는

---

66) 천대天臺: 상우당본 원문(제417쪽)에 나오는 '천대天臺'는 명대에 지방 행정 관청의 수장인 태수나 지현을 높여 부르던 존칭이다. '대臺'는 간혹 '태台' 를 약자도 쓰기도 하므로 태주부 관할의 현인 '천태天台'를 가리키는 것으로 생각할 수도 있지만 실제로는 상관이 없다.

67) 멀리 있는 물로는 가까운 곳의 불을 끌 수 없는 법[遠水不救近火]:《한비자韓非子》〈설림 상說林上〉에 나오는 말. 더딘 방법으로는 긴급한 일을 해결할 수 없다는 뜻이다. 때로는 '멀리 있는 물로는 가까운 곳의 불을 끄기 힘들다 遠水難救近火' 식으로 쓰기도 한다.

두 분이 중신아비가 되어 혼담을 성사시켜주셨지요. 그런데 뜻밖에도 지금 처남이 와서 벌써 소인 이름을 들면서 관아에 고소를 했지 뭡니까, 글쎄. 정말 이 일을 어쩌면 좋습니까요!"

두 사람은 그 소리를 듣자마자 속에서 부아가 치밀고 약이 솟구쳐 올라서 욕을 퍼부었습니다.

"이 겁도 없는 고약한 영감태기야! 네놈이 당초 혼사를 의논할 때 얼마나 맹세를 많이 했더냐! 혼약만 하더라도 그렇지, 그걸 대체 누가 썼더냐! 이제 와서 그런 말도 안 되는 헛소리를 늘어놓다니! 한 선비가 가난한 것이 마뜩잖아서 네놈이 그 따위 간교한 꾀를 꾸민 것을 우리가 다 안다! 한 수재는 재능이 출중해서 절대로 평생 가난하게 살 사람이 아니다! 우리는 세 학교[68]의 동문들을 움직여 상급 관청의 수령을 뵈올 것이다. 네 이 요망한 영감태기 다리몽둥이를 분질러놓고[69], 네놈 딸도 평생 남에게 시집조차 못 가게 만들어놓겠다!"

김 조봉은 변명을 하려고 했습니다. 그러나 두 사람은 상대조차 해주지 않고 단숨에 한자문의 집으로 달려갔지요. 그러고는 자문에게 방금 있었던 일을 일러주었습니다. 그 말을 다 들은 자문은 하도 분해서 한참 동안 얼이 나간 채 말 한마디조차 할 수가 없었지요. 그러다가 잠시 안정을 취하고 있는데 장 선비와 이 선비는 하도 단단히 성이 나서 당장 자문을 끌고 학교의 동문 친구들과 합세해 부윤을 만나러

---

68) 세 학교[三學]: 지방의 관학인 현학縣學·주학州學·부학府學을 통틀어 일컫는 말.
69) 【즉공관 미비】秀才風, 却也厲害. 샌님의 허풍이로군. 그래도 대단하구나.

갈 기세이지 뭡니까! 그러자 뜻밖에도 자문은 그들을 이렇게 설득했습니다.

"두 분 잠시 고정하십시오. 제가 생각해보니, 정말 그 못된 늙은이가 혼인을 맺기를 바라지 않는 이상 설사 그 여자를 빼앗아 온다고 해도 결국에는 부부 사이가 화목할 수가 없습니다.[70] (…) 우리가 만약 학문적으로 조금이라도 발전을 이룬다고 칩시다. 아무려면 명문대가치고 어떻게든 연분을 맺어보려고 달려들 집안이 없을 리가 있습니까? 그 부유한 장사치가 무슨 대단한 집안도 아니니 이렇게 대수롭게 여길 이유가 없습니다. 더욱이 그자에게는 돈이 얼마든지 있으니 관아에서도 당연히 그자를 감싸려 들 테지요. 소생은 집안이 가난한데 무슨 돈이 남아나서 그자와 소송을 벌인단 말입니까? 훗날 좋은 일이 생기기만 하면 원수를 갚을 날이 없을 리가 없습니다. 번거로우시겠지만 두 분께서는 가서서 그자를 보고 전해주십시오. '당초의 지참금이 쉰 냥이었으니 갑절로 배상해주면 기꺼이 혼사를 물리겠다.'고 말입니다."

두 사람이 그의 말을 따르기로 하자 자문은 배갑을 열고 혼약서와 사주단자, 그리고 머리카락을 꺼냈습니다. 두 선비는 그것들을 다 챙겨서 전당포로 가져갔지요. 장 선비와 이 선비가 자문이 앞서 한 말을 끝까지 전달하자 김 조봉은 몹시 기뻐하면서 말하는 것이었습니다.

"혼사를 물릴 수만 있다면야 소인도 고생할 필요가 없으니 … 은자

---

70) 【즉공관 미비】大見識。정말 식견이 대단하군그래.

몇십 냥이야 무슨 대수이겠습니까!"

그는 냉큼 저울을 가져다가 원보元寶[71] 두 개를 백 냥어치로 맞추어서 장 선비와 이 선비에게 건넸습니다. 그러고는 자문에게 파혼서를 써줄 것을 요구하는 한편 지난번의 혼약서와 머리카락까지 돌려달라고 하는 것이 아닙니까. 그러자 자문이 말했지요.

명대의 은 원보

"일단 관아의 송사부터 마무리하고 나서 파혼서를 쓰고 당초의 혼약서를 돌려드려도 늦지 않습니다. 지금은 송사가 끝나지 않았으니 함부로 이런 식으로 돌려드리기는 곤란하지요. 어쨌든 은자는 지금 당장 받아가지 않아도 괜찮습니다."

정 조봉은 이어서 은자 두 냥을 가져다 장 선비와 이 선비에게 주면서 그들이 연명으로 소송을 취하해줄 것을 부탁했습니다. 두 선비는 붓과 벼루를 달라고 해서 소송취하서를 작성했지요. 그리고 나서 원고, 피고, 증인 일행과 함께 관아로 들어갔습니다.

오태수가 마침 저녁 집무를 시작했길래 일행은 바로 소송취하서를 바쳤습니다. 태수는 그것을 처음부터 읽기 시작했지요.

---

71) 원보元寶: 명대에 유통되던 화폐의 일종. 명대에는 금으로는 다섯 냥·열 냥짜리 원보를, 은으로는 쉰 냥짜리 원보를 만들어 유통시켰다고 한다. '원보'는 그 이름 자체가 행운을 뜻하는 데다가 첫 글자 '원元'은 세 단계의 과거 시험에서 모두 급제하기를 기원하는 '삼원급제三元及第'의 '원'과 같은 글자를 썼기 때문에, 행운이나 부귀를 상징하는 도안에 자주 등장했다.

송사 취하를 설득한 장사유와 이준경은 천태현 현학의 학생입니다. 거두절미하고 휘주 사람 김성의 딸은 과거 정 씨와 정혼을 한 사이였습니다. 그런데 천태로 이주한 뒤로 오가는 길도 멀고 험한 데다 딸도 혼기가 닥쳤지요 정 씨 쪽에서는 기별이 없길래 어쩔 수 없이 새로 한 선비에게 주기로 했다가 결국 정 씨와 다툼이 일어나 송사를 제기하기에 이르렀습니다. 이에 김성도 정혼 예물을 돌려주기를 원하고 한 선비도 혼사를 물리기를 원하니 정 씨와의 약속을 어길 필요가 없게 되었습니다. 부끄럽게도 친척 사이여서 분쟁을 끝내고자 하여, 이 일로 삼가 아뢰나이다.

그런데 알고 보니 이 오 태수라는 양반은 복건 지방의 명문가 출신이었습니다. 그는 사람 됨됨이가 공정하고 정직한 데다가, '조개 패貝' 자가 든 '재물 재財'는 좋아하지 않고 '조개 패'자가 빠진 '재주 재才'만 소중히 여기는[72] 사람이었지요.[73] 그는 고소장을 받은 그날부터 바로 현지의 유지들이 진정서를 보내자 태수도 속으로 '이 송사에는 사연이 있다'고 진작 눈치를 챘답니다. 고소취하서를 읽고 난 그가 고개를 들어 한자문을 보니 무척 풍채가 당당하지 뭡니까. 벌써부터 제법 흐뭇한 마음이 들었던지 말하는 것이었습니다.

"저 수재에게 올라오라 이르라!"

한자문이 앞으로 와서 무릎을 꿇자 태수가 말했습니다.

---

72) '조개 패' 자가 든~: 일종의 문자 유희. '재물 재財' 자에서 '조개 패貝' 자를 빼면 '재주 재才' 자가 남는다. 즉, 재물보다 사람(의 재주) 을 더 소중하게 여긴다는 뜻으로 한 말이다.

73) 【즉공관 미비】 何處得來。 어디서 구했을꼬?

"내가 보기에 자네는 출중한 인재일세. 절대로 재야에서 오래도록 고생할 위인이 아니야! 자네를 사위로 삼아도 아깝지 않을 정도일세. (…) 그런 자네가 어째서 경솔하게 김 씨네 딸과 정혼을 한 것인가? 또 지금은 어째서 이렇게도 가볍게 혼약을 물리려 드는 것인가!"

한자문은 머리가 비상했습니다. 당초에는 이 송사에 큰 기대를 하지 않았지요. 그런데 뜻밖에도 태수가 자신을 응원하자 바로 말을 바꾸었습니다.

"소생인들 혼사를 물리면서 어찌 미련이 없었겠습니까. (…) 당초 정혼할 때 김성은 하늘을 우러러 맹세까지 했지요. 그러나 그 말도 당최[74] 믿기 어렵길래 다시 김성에게 친필로 혼약서를 써줄 것을 요구했습니다. 장 선비와 이 선비 모두 같이 상의한 분들입니다. 지금 바로 그 혼약서의 '누구에게도 혼인을 허락한 적이 없습니다'라는 구절이 바로 그 증거입니다. 정혼 예물을 받고 나서는 신부의 검은 머리카락 한 다발을 답례로 보냈더군요. (…) 소생은 여태껏 그것을 곁에 고이 간직하면서 아침저녁으로 꺼내 보곤 했습니다. 마치 제 아내를 보는 것처럼 말입니다. 그런데 지금은 하루아침에 소蕭 서방님[75]을 뜨내기 길손 대하듯 하니 어찌 참을 수가 있겠습니까? (…) 정 씨가 정혼한 사이라는 말도 금시초문입니다. 어차피 가난한 놈은 부자들하고는 상대가 되지 않는 세상이다 보니 난데없이 이런 사달이

---

74) 【교정】 당최[尤]: 상우당본 원문(제423쪽)에는 '더욱 우尤'로 나와 있으나 전후 맥락을 고려할 때 여기에는 '오히려 유猶'로 해석해야 옳다.

75) 소 서방님[蕭郎]: 명대에 여자가 연인이나 평소에 연모하던 남자를 막연하게 부르던 애칭.

난 것입니다."

그는 말을 마치자마자 눈물을 왈칵 쏟았습니다. 그러더니 마침 소매 속에 지니고 있던 사주단자며 혼약서며 머리카락 다발을 모두 태수에게 바치는 것이었지요. 태수는 그것들을 자세히 살펴보고 나서 정원과 조효를 한쪽으로 멀리 데려가게 했습니다. 그러고는 입을 열어 먼저 김성에게 캐물었지요.

"네 딸을 정 씨 집안에 주겠다고 한 적이 있는가?"

"나리, 정말 주겠다고 했습니다요."

"그렇다면 한 수재에게는 주지 말았어야지!"

"궁녀를 뽑는다며 상황이 급박하게 돌아가길래 다급한 나머지 앞뒤 따져보지도 못하고 그런 일을 하기는 했습니다. 하지만 어쩔 수가 없었습니다요!"

그래서 다시 물었습니다.

"그 혼약서는 네가 친필로 쓴 것이냐?"

"예."

"혼약서에는 '어렸을 때부터 누구에게도 혼인을 허락한 적이 없다'고 되어 있군. (…) 이건 어찌 된 일인가?"

"그때는 일을 성사시켜야겠다는 생각뿐이었습니다! 그래서 무조건 그가 원하는 대로 따른 것이지… 사실은 참말이 아니었습니다요."

김성이 이렇게 대답하자 말이 오락가락하는 것을 본 태수는 어느 사이에 얼굴에서 언짢은 기색이 역력해지는 것이었습니다. 태수가 다시 캐물었지요.

"네가 정원과 혼약을 맺은 날이 몇 년 몇 월 몇 일이었더냐?"

그러자 김성은 한동안 말을 하지 못했습니다. 그러다가 잠시 생각하더니 하는 수 없이 얼버무리는 것이었지요.

"모년 모월 모일입니다."

태수는 큰 소리로 김성을 물러가게 하고, 이번에는 정원을 불러내어 물었습니다.

"너는 김 씨네 딸과 정혼했다고 했는데 무슨 증거라도 있느냐?"

"혼사의 여섯 절차를 모두 마쳤으니 그것이 바로 증거입지요."

"그때 중신을 선 자는 어디에 있느냐?"

"그때의 중신아비는 휘주에 있고 이곳에는 안 왔습니다요."

"네 며느리의 사주단자를 내게 보여다오."

"깜빡하고 챙겨오지 못했습니다."

그러자 태수는 코웃음을 치더니 다시 물었습니다.

"너는 몇 년 몇 월 몇 일에 그와 혼약을 맺었더냐?"

그러자 정원도 잠시 생각을 하더니 입에서 나오는 대로 둘러댔지요.

"모년 모월 모일입니다."

그런데 김성이 말한 날짜와는 전혀 맞지 않는 것이 아닙니까. 태수는 속으로 눈치를 채고 또 조효를 불러 캐물었습니다.

"네가 증인을 섰다던데 어디 출신이냐?"

"이곳 출신입니다요."

"태주 출신인데 어떻게 휘주에서 일어난 일을 안단 말이냐!"

"두 집안이 가까운 사이라서 아는 게지요."

"그렇다면 … 몇 년 몇 월 몇 일에 혼약을 맺었는지는 기억하느냐?"

조효는 지레짐작으로 날짜를 둘러댔습니다. 그런데 이번에도 두 사람이 처음에 진술한 날짜와 다르지 뭡니까.[76] 사실 그 세 사람은 한 수재가 고소를 취하하자 '이제는 더 이상 수고할 필요가 없다' 싶어서 관아에 고할 대답거리는 아예 입을 맞추지 않았던 것입니다.[77] 그랬건만 이놈의 태수 나리가 꼬치꼬치 캐물을 줄 누가 알았겠습니까, 글

---

76) 【즉공관 미비】 只此一法, 三人皆敗。 바로 이 단서 때문에 세 사람 모두 마각이 드러나는군.

77) 【즉공관 미비】 天意也。 하늘의 뜻이다.

쎄! 관아의 관속들은 관속들대로 아무리 뇌물을 받아먹기는 했지만 태수가 하도 엄하고 공정하게 심문을 하니 다들 몸을 사리면서 누구도 옆에서 한마디도 편을 들 엄두조차 내지 못했지요. 그러니 자연히 마각이 드러날 수밖에요.

태수는 벌컥 성을 내면서 말했습니다.

"네 이 괘씸한 것들! 감히 이렇게 나를 기만하고 국법을 능멸하다니! 궁녀 선발 따위의 일이 애초부터 사실무근이었던 것은 그렇다고 치자. 어리석다 보니 두려워서 저지른 짓이라고는 하지만, 김성의 딸에게 만약 증거가 될 정 씨네 정혼 예물이 정말로 있었다면 굳이 한 선비를 끌어들여 위기를 피할 꾀를 궁리할 필요가 없었을 것 아니냐.[78] (…) 지금 한 선비의 사주단자와 혼약서는 한 치의 거짓이나 잘못도 없다. 그러나 저 정원이라는 놈의 진술은 모두가 뜬구름 잡는 허튼소리로구나! 더욱이 정말 혼사를 치를 생각으로 왔다면 어째서 당초의 중신아비와 함께 오지 않았단 말이냐? 셋이 진술한 정혼 날짜만 해도 그렇다. 서로가 제각각이니 이건 또 무슨 까닭이냐! (…) 저 조효라는 놈은 태주 출신이 확실하다. 그렇다면 네놈들이 서둘러 증인을 물색하다가 증인을 서줄 또 다른 휘주 사람을 당장 구하기 어렵자 저놈을 매수해 재판정에 세운 것이 아니겠느냐? (…) 이 모든 소동은 단지 한 선비가 가난하다는 이유 하나 때문에 못된 마음을 품고 딸을 처조카에게 줄 속셈으로 즉흥적으로 공모해서 이 같은 간교한 속임수를 벌인 것이렷다? 그래도 할 말이 있느냐!"

---

78) 【즉공관 미비】 眞明白。 정말 똑 부러지는 말씀.

오 태수가 한 수재의 재주를 아껴 연분을 맺어주다.

태수는 말을 마치자마자 손을 뻗어 명령패[79]를 뽑더니 큰 소리로 명령을 내려 세 사람에게 각각 서른 대씩 곤장을 치게 했습니다. 세 사람이 줄줄이 죽는 소리를 하자 한자문은 바로 무릎을 꿇고 태수에게 말했습니다.

"나리께서 소생을 위해 판결을 내려 이 혼사를 이루어주셨으니 여기 있는 김성은 소생의 장인이 되는 셈입니다.[80] 그렇다면 서로 원수를 질 수는 없사오니 모쪼록 너그럽게 용서해주십시오!"

"김성은 한 선비의 얼굴을 봐서 절반은 용서해주겠다. 그러나 원고와 증인은 그 죄를 용서할 수 없느니라!"

태수가 이렇게 말하니 세 사람은 그 자리에서 형벌을 받을 수밖에요. 그들은 애초부터 이 같은 불상사는 예상하지 못했지요. 그래서 미처 장전杖錢[81]을 쓸 겨를이 없었습니다. 그러다 보니 저마다 곤장에 피부가 찢어지고 살이 터져나가는 바람에 울부짖음과 신음이 잇따르는 낭패를 당했답니다. 한자문·장안국·이문재 세 사람은 옆에서 속으로 은근히 고소해 했습니다. 결국 김 조봉이 왕년에 하늘을 우러러 했던 맹세대로 된 셈이었지요.

태수는 소송취하서를 말소하고 붓을 들어 다음과 같이 판결을 내렸

---

79) 명령패[簽]: 명대에 관청에서 죄인이나 용의자를 소환·체포·심문할 때 관속들에게 주던 영첨슈簽을 말한다.

80) 【즉공관 미비】韓生周全處。한 선비의 주도면밀한 면을 엿볼 수 있군.

81) 장전杖錢: 곤장을 치는 아전을 매수하기 위해 쓰는 돈. 명대에 곤장을 맞는 죄인이나 그 가족이 곤장을 살살 쳐달라는 뜻에서 아전에게 술값으로 은밀히 쥐어주었다고 한다.

습니다.

 한 선비는 집안에 남은 것이 없을 정도로 가난하여 배필을 구하려 해도 뜻을 이룰 수 없었다. 김성은 재물이 든 궤짝을 천 짝이나 재어 놓을 정도로 부유하면서도 유능한 사위를 얻고도 스스로 포기했다. 이는 사위를 고르는 이에게 애초부터 사람을 알아보는 안목이 부족했던 탓이다. 결국 혼사에 눈독을 들이던 제삼자가 그 틈에 재빨리 송사를 일으키는 잔꾀를 꾸미게 만들었다. 정 씨네가 과거에 맺었다는 언약은 쌍방 모두 증거가 없으나, 한 씨와 새로 맺은 혼약은 모두 입증할 근거가 있다. 소송 취하에 들인 은자 백 냥을 혼례를 치르는 경비로 쓸 것이며, 어린 딸은 한 선비에게 주도록 하라. 김성·정원·조효는 공연히 평지풍파를 일으켰으니 각자 곤장을 쳐서 본보기로 삼도록 하라!

 태수는 판결을 내리고 나서 사주단자·혼약서·머리카락을 모두 한 자운에게 돌려주었습니다. 일행은 태수에게 하직인사를 하고 그 자리를 나왔습니다. 정 조봉은 일이 틀어지자 온 얼굴에 부끄러운 기색이 역력했습니다. 뿐만 아니라 돌아오는 길에 한자문으로부터 수도 없이 '나쁜 놈'이라며 온갖 욕을 다 먹어야 했지요. 한자문은 심지어

 "잘했구려, 정말 잘했어! (…) 나는 그깟 곤장 때려 봤자 얼마나 아프겠어 싶지 뭐야!"

 하고 무안까지 다 주었습니다. 정 조봉은 치미는 부아를 억누르며 숨만 죽일 뿐 한마디도 대꾸할 수 없었지요. 거기다가 조효까지 어쨌든 난데없이 억울한 매를 맞았으니 김 조봉과 둘이 돈을 모아 위자

료82)조로 조효에게 쥐어줄 수밖에 없었습니다. 그러면서도 여전히 구시렁구시렁 불평을 해대는 것이었습니다. 이런 경우를 두고 하는 말이 있지요.

"부인을 잃고 군사까지 잃었구나."83)　　　　　　　賠了夫人又折兵。

이렇게 해서 한 수재와 김 조봉 일행은 제 갈 길을 찾아 헤어졌답니다. 한자문은 한바탕 소동을 겪고 나서는 김성이 또 무슨 변덕을 부릴까 싶어 서둘러 은자 백 냥을 가져다 혼수품 같은 것을 좀 장만하고 길일을 잡자마자 바로 혼례식을 치르려 했습니다. 물론, 이번에도 장 선비와 이 선비가 날짜를 받고 기별을 전달하는 일을 맡았지요. 김 조봉은 김 조봉대로 태수가 한 수재 편을 드는 것을 보고는 그를 함부로 대할 수가 없었습니다. 그렇다고 처남과 함께 상급 관청에 가서

---

82) 위자료[遮羞錢]: '차수전遮羞錢'은 글자 그대로는 '망신을 무마하는 돈'이다. 여기서는 애초에 증인만 서기로 했던 조효가 예상하지 못했던 곤장을 맞는 봉변을 당하자 그 대가로 주는 돈이어서 편의상 '위자료'로 번역했다.

83) 부인을 잃고 군사까지 잃었다[賠了夫人又折兵]: 명대 소설가 나관중羅貫中(1330?~1400?)의 역사소설《삼국지연의三國志演義》에서 유래한 말. 삼국시대에 오吳나라 원수 주유周瑜는 주군인 손권孫權의 누이동생과의 혼인을 빌미로 적국인 촉蜀나라 군주 유비劉備를 오나라로 유인해 인질로 삼고 형주荊州를 빼앗으려 한다. 그러나 유비의 측근 책사인 제갈량諸葛亮의 계책으로 유비는 손권의 누이동생을 데리고 무사히 오나라를 빠져 나가고 그 뒤를 추격하던 주유의 군사는 제갈량이 매복한 촉나라 군대에 참패하고 만다. 보통 이득을 보려고 잔꾀를 부렸다가 당초의 목적을 이루기는커녕 오히려 큰 손해를 본 사람을 비꼬는 말로 자주 사용된다. 여기서 "부인을 잃고 군사마저 잃었다"라는 것은 김 조봉이 딸은 딸대로 한자문에게 빼앗기고 돈은 돈대로 잃는 망신을 당한 것을 두고 한 말이다.

손을 써보려고 해도 그러자면 또 태주부나 천태현의 관아를 거칠 수밖에 없었지요. 그렇다 보니 그야말로 속으로만 끙끙거릴 뿐 밖으로는 항변 한마디 못하면서 일일이 한수재의 말대로 따를 수밖에 없었답니다.

신혼 첫날 신방에 화촉을 밝힌 뒤였습니다. 조하가 한 선비를 보니 기개가 있고 늠름한 데다 외모가 준수하고 성격이 쾌활하지 뭡니까. 재주와 용모가 아주 잘 어울렸지요. 그러니 그의 집안 형편이 가난하든 말든 무슨 상관이겠습니까? 자연히 서로 사랑하게 된 젊은 부부는 신혼의 즐거움을 만끽하면서 도리어 '아버지가 괜한 일을 벌였다'며 원망까지 했다지요. 그야말로

'등불도 불이라는 것을 진작 알았더라면,　　　早知燈是火,
밥이 다 돼도 한참 전에 되었을 것을.84)'　　　飯熟已多時。

이때부터는 다시는 뒷말이 나오지 않았답니다.
그 이듬해에는 전홍田洪이 종사를 맡아 예비시험85)을 주재했습니다. 거기다가 한자문은 한자문대로 오 태수의 적극적인 추천을 받아

---

84) 등불도 불이라는 것을~[早知燈是火, 飯熟已多時]: 명대의 속담. 아무리 조건이 미흡해도 현실을 인정하고 받아들인다면 괜한 헛수고는 피할 수 있다는 뜻이다. 여기서는 김성이 당초 한 수재와의 혼약을 그대로 지켰더라면 도중에 남을 속이려고 속임수를 꾸미고 남을 매수하느라 금전적 손해를 무릅쓰고 급기야 곤장까지 맞고 웃음거리가 되는 망신은 당하지 않았을 것이라는 뜻으로 한 말이다.
85) 예비시험[錄科]: '녹과錄科'는 명대에 향시鄕試를 보기 전에 치르던 시험을 가리킨다. 이 시험에서 합격해야 정식으로 향시에 참가할 수 있었다.

상위권으로 선발되었지요. 봄과 가을 두 시험[86]에서도 연달아 수석으로 급제하니 김 씨네 딸도 어느 사이에 자연히 부인夫人[87]으로 신분이 격상되었지 뭡니까. 장인은 그제서야 지난날 일을 떠올리면서 자신의 잘못을 부끄러워하고 뉘우쳤다고 합니다.[88] 만약 한 수재에게 오늘과 같은 날이 올 줄 진작 알았더라면 딸을 첩으로 그에게 주는 것조차 달갑게 여겼을 테지요. 이 이야기를 증명하는 시가 있습니다.

여몽정도 왕년에는 몹시 가난했나니,　　　蒙正當年也困窮,
평범한 눈으로 영웅을 보려 들지 말라.　　休將肉眼看英雄。
좀처럼 찾기 힘든 그 의인도 정말 자랑스럽지만,　堪誇仗義人難得,
청렴하고 현명한 태수야말로 고홍[89]인가 하노라!　太守廉明卽古洪。

---

86) 봄과 가을 두 시험[春秋兩闈]: 명대에 회시會試와 향시鄕試를 아울러 일컫던 말. 명대에는 과거 시험을 봄과 가을로 나누어 시행했다. 회시를 봄에 치른다 하여 '춘시春試' 또는 '춘위春闈'로 불렸고, 향시는 가을에 치른다 하여 '추시秋試' 또는 '추위秋闈'로 불렸다. 향시와 회시는 삼 년에 한번 치렀으며, 여기서 급제한 수험생들은 성적에 따라 일갑一甲·이갑二甲·삼갑三甲으로 구분했다. 우수한 성적을 얻은 일갑 급제자들은 다시 일등은 장원壯元, 이등은 방안榜眼, 삼등은 탐화探花로 일컬었다.

87) 부인夫人: 명대에 조정에서 1~2품 고관대작의 모친 또는 아내에게 내리던 봉호封號.

88) 【즉공관 미비】肉眼自然如此。평범한 안목을 가졌으니 그럴 수밖에!

89) 고홍古洪: 당대에 설조薛調,(829?~872)가 지은 전기傳奇 《무쌍전無雙傳》에 등장하는 협객. 재산을 몰수당한 궁녀 유무쌍劉無雙을 황릉에서 구해내어 어린 시절부터 알고 지낸 그녀의 외사촌인 왕선객王仙客과 부부가 되도록 도와준다. 여기서는 능몽초가 오 태수를 고홍에 빗대어 한 말이다.

제11권

악독한 사공은 꾀로 가짜 시신으로 돈을 챙기고
고약한 하인은 실수로 진짜 살인 사건을 고발하다
惡船家計賺假屍銀 狠僕人誤投眞命狀

卷之十一

惡船家計賺假屍銀 狠僕人誤投眞命狀 해제

　이 작품은 못된 짓을 벌이다가 벌을 받은 사람에 관한 이야기이다. 이야기꾼은 풍몽룡의 《지낭智囊》에 소개된 소주부蘇州府 사람 왕갑王甲의 이야기를 앞 이야기로 들려주고, 이어서 홍매洪邁의 《이견지보夷堅志補》에 소개된 왕걸王傑의 이야기를 몸 이야기로 들려준다.

　명대 성화成化 연간에 절강 영가현에 사는 왕걸은 술김에 생강 장수 여대呂大를 때려 실신시킨다. 여대는 가까스로 의식을 회복하지만 불안했던 왕걸은 그에게 사과하는 뜻에서 흰 비단과 대 광주리를 주어 보낸다. 그날 밤, 뱃사공 주사周四가 여대에게 준 비단과 광주리를 들고 나타나서 여대가 배에서 죽었다고 알린다. 다급해진 왕걸은 주사를 금품으로 매수하고 하인 호아호胡阿虎와 함께 그 시신을 자기 선영에 몰래 묻는다. 나중에 왕걸의 딸이 마마를 앓을 때 호아호는 제때에 의원을 불러 오지 못했다는 이유로 왕걸에게 모진 매를 맞는다. 그 일로 앙심을 품은 호아호가 관가에 '왕걸이 여대를 때려 죽였다'고 고발하는 바람에 왕걸은 졸지에 감옥에 간힌다. 그로부터 일 년 후, 인사차 왕걸의 집에 들른 여대는 그 사이에 벌어진 일들에 놀란다. 알고 보니 당시 왕걸의 집을 나온 여대는 주사의 배를 탔다가 무심결에 왕걸에게 구타당한 일을 들려준 것이었다. 왕걸의 재산이 탐난 주사는 여대에게서 비단과 광주리를 사들이고 강에 떠오른 신원 불명의 시체를 여대로 속여서 금품을 뜯으러 온 것이었다. 사건을 엄정하게 심리한 지현은 무고를 당한 왕걸을 석방하고 왕걸을 무고한 주사와 호아호는 곤장을 맞다가 장독杖毒으로 현장에서 즉사한다.

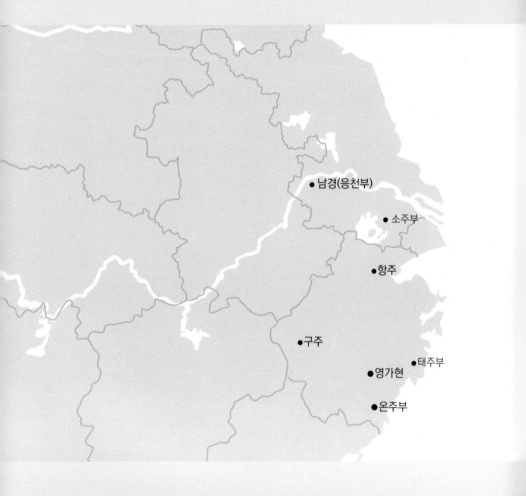

● 남경(응천부)

● 소주부

● 항주

● 구주

●태주부

●영가현

●온주부

이런 시가 있습니다.

아득하디 아득하며 어둡디 어두운 땅,   杳杳冥冥地,
그르디 그르며 옳디 옳은 하늘,   非非是是天。
남을 해치면 언젠가 자신을 해치게 되나니,   害人終自害,
고약한 꾀도 결국은 헛되기만 하다네.   狼計總徒然。

이야기를 들려드리겠습니다. 사람을 죽이고 목숨으로 대가를 치르는 것은 인간 세상에서는 아주 중대한 사건으로 예삿일이 아닙니다. 그래서 진실인 것을 거짓으로 몰기도 어렵고 거짓인 것을 진실로 여기기도 어렵지요. 진실인 경우에는 아무리 돈을 가지고 귀신까지 매수해 당장은 법망을 벗어날 수 있을지 모르지만 결국에는 하늘이 용납하지 않아 저도 모르는 사이에 저절로 그 진상이 드러나기 마련입니다. 또 거짓인 경우에도 아무리 가혹한 형벌과 고문을 당해 억울함을 뒤집어쓰고 한을 풀지 못하더라도 결국에는 결백을 밝히는 날이 오기 마련이지요. 만일 잘못이 횡행해서 죄를 지은 자가 자기 집에서 천수를 다하고 죄가 없는 이가 외려 감옥의 형틀에서 비명에 횡사하는 일이 벌어진다고 칩시다. 설마 우리 머리 위의 저 어르신[1])께서 눈이 없겠습니까? 그래서 옛 사람들의 이런 말씀이 옳다는 것입니다.

맑디맑은 푸른 하늘은 속일 수 없나니,　　　　湛湛青天不可欺,
그런 마음 품기도 전에 벌써 미리 아시네.　　未曾擧意已先知。
선과 악에는 결국 응보가 내리기 마련이니,　善惡到頭終有報,
그저 응보가 이르냐 늦느냐만 다를 뿐이라네.[2]　只爭來早與來遲。

왕사성을 관장하는 제6전 지옥의 변성왕(가운데)의 모습

　"이야기꾼 양반, 그건 아니지요! 그렇게 따진다면야 사형수의 감옥
에도 억울한 사람이 있을 리가 없고 저승에도 억울하게 왕사성枉死

---

1) 우리 머리 위의 저 어르신[頭頂上的這个老翁]: 여기서는 하늘 또는 하느님
   을 말한다.
2) 선과 악에는 결국 응보가 내리기 마련이니~[善惡到頭終有報, 只爭來早與來
   遲]: 원·명대의 속담. 사람의 선행이나 악행에 대한 심판은 반드시 내리게
   되어 있으며 그 심판이 닥치는 시기만 차이가 날 뿐이라는 뜻이다. 여기서
   는 이 두 구절이 모두 네 구절로 이루어진 시의 제3~4구로 제시되어 있지
   만 이보다 앞서 풍몽룡馮夢龍이 엮은 《성세항언醒世恒言》 제20권에서는 제
   1~2구에 사용되어 "선과 악에는 결국 응보가 내리기 마련이니, 그저 일찍
   닥치느냐 늦게 닥치느냐만 다를 뿐이라네. 그대에게 권하노니 남 속일 생각
   일랑 품지 마시오, 푸른 하늘은 속일 수가 없나니!善惡到頭終有報, 只爭來早
   與來遲. 勸君莫把欺心傳, 湛湛青天不可欺" 식으로 나와 있다.

城[3])을 만들 턱이 없지 않소?"

손님께서 잘 몰라서 그러십니다. 억울하게 죽은 이나 사람을 죽이고도 죗값을 치르지 않은 자들은 어쩌면 모두 전생의 인연 때문일 것입니다. 만일 전생의 인연과는 상관없이 사람을 죽이고도 목숨으로 대가를 치르지 않는다거나, 사람을 죽이지 않았는데도 엉뚱하게 목숨으로 대가를 치르는 일이 벌어진다고 칩시다. 그랬다가는 죽은 이나 산 자 모두 그 원한이 하늘까지 치솟을 것입니다. 아무리 관리가 현명하지 못하더라도 하늘께서는 자연히 헤아리고 살피시기 마련입니다. 그래서 별의별 해괴한 일이 벌어지더라도 때가 오면 그 사건을 잘 처리하시지요. 그래서 이렇게들 말합니다.

"사람이 악하면　　　　　　　　　　　　　　　人惡
사람들은 두려워할지언정 하늘은 두려워하지 않고,　人怕天不怕,
사람이 착하면　　　　　　　　　　　　　　　人善
사람들은 무시할지언정 하늘은 무시하지 않는다."　人欺天不欺。

또 이런 말도 있답니다.

"하늘에 친 그물은 넓고도 넓어서,　　　　　　天網恢恢,
구멍이 난 듯해도 절대 흘리는 법이 없다."[4)]　　疎而不漏。

---

3) 왕사성枉死城: 불교 용어. '억울하게 죽은 사람들의 성'이라는 뜻으로, 중국의 민간 전설에 따르면 지옥을 관장하는 지장보살地藏菩薩이 자살·재해·전란·암살·사고 등의 사유로 제 명에 죽지 못한 원혼들을 위해 지옥에 지은 도시라고 한다. 이 도시를 관장하는 왕은 제6전第六殿 변성왕卞城王으로 일컬어졌다.

예로부터 청렴한 관리나 훌륭한 목민관은 한두 사람이 아니었습니다. 그들은 '사람 목숨은 하늘에 달린 데다가 세태도 좀처럼 예측하기 어렵다. 그러니 아무리 믿기 어려운 일이라도 진실일 수가 있는 반면에, 아무리 믿기 쉬운 일이라도 거짓일 수 있다'는 이치를 잘 압니다. 그래서 상황이 그럴듯하고 죄가 당연해 보이는 경우라도 거듭 몇 번이나 자세히 살피고 헤아려야만 억울하게 죽은 원귀가 감옥에 존재하지 않게 되는 것입니다. 그런데 지금 벼슬을 하는 관리들은 소중하게 여기는 것은 재물이요 받드는 것은 부귀와 공명뿐입니다. '정직'이니 '공평'이니 하는 것 따위는 진작에 동쪽 바다 망망대해5)에 던져버린 지 오래되었지요. 그래서 이런 일은 절대로 관용을 베풀면 안 된다는 것을 잘 알면서도 당사자들을 경솔하게 풀어주곤 하고, 이런 일이 상당히 난처하다는 것을 잘 알면서도 당사자들을 건성으로 심문하곤 하지요. 살인자를 법적으로는 용서할 수 있어도 정서상으로는 용서하기 어렵다는 것을 전혀 염두에 두지 않는 것입니다!

직접 죄를 지은 간악한 놈들의 경우만 해도 그렇습니다. 그런 놈들

---

4) 하늘에 친 그물은~[天網恢恢, 疏而不漏]: 중국 고대의 사상가 노자老子의 《도덕경道德經》제75장(백서본 제38장)에 나오는 말. 제75장은 하늘의 도[天道]에 순응하는 처세의 원칙을 세 단계에 걸쳐 서술했는데, 여기서 '하늘의 그물[天網]'은 곧 '도'의 다른 이름으로 해석된다. 두 구절에 대한 번역은 문성재 《처음부터 새로 읽는 노자 도덕경》(제416쪽)을 따랐다. 마지막 글자의 경우 일부 판본에는 '루漏'로 나와 있지만 백서본帛書本 등 한대 전후의 주요 판본들에는 모두 '실失'로 되어 있다. 이를 통해 《박안경기》가 간행되던 명대 말기에 능몽초가 본 《도덕경》에는 '루'로 굳어져 있었음을 알 수 있다.
5) 동쪽 바다[東海]: '동해東海'는 역사적으로 중국의 입장에서 동쪽 바다인 황해黃海(우리의 서해)를 말한다. 때로는 하북성과 산동성 사이에 있는 발해渤海를 가리키는 말로 사용되기도 한다.

의 죄를 밝히지 않는다면 피해자의 원혼이 어떻게 편히 눈을 감을 수 있겠습니까? 억울하게 모함을 당한 사람의 경우도 그렇지요. 몇 번이나 추궁을 하고 온갖 형벌을 가합니다. 그렇게 가혹한 형벌을 가하다 보니 아무리 능지처참을 할 중죄를 지었다고는 하지만 서두르는 과정에서 섣불리 판결을 내려 그 집안을 패가망신하게 헤집어 놓기가 일쑤이지요. 그 한 사람을 해쳤을 뿐이라지만 사실은 한 집안을 전부 해친 셈입니다. 자기 벼슬이나 할 줄 알지 남의 고통은 안중에도 두지 않지요. 그런 자들 속내에 도대체 자손들을 위해 조금이라도 음덕을 쌓겠다는 생각이 들어는 있는지 궁금할 뿐입니다![6] 지금도 그래서 이 이야기를 들려드리려고 하는 것입니다. 그저 세상의 청렴하고 현명한 어른들을 설득하려는 일념으로 말씀입니다. 이 세상 풀 한 포기 나무 한 그루조차 모두가 하늘이 내리신 생명입니다. 하물며 조상이나 후손들의 경우야 더 무슨 말이 필요하겠습니까? 자비를 근본 정신으로 삼아 관대함과 엄격함을 병행하여 바른 이를 보호하고 사악한 자들을 응징하면서 백성을 걱정하는 부모의 심정을 저버리지 말아야 할 것입니다. 온 백성이 감동하고 추앙할 뿐만 아니라 하늘조차 기꺼이 그를 지켜주실 테니까요.

그럼 이야기를 계속 들려드리지요.[7] 우리나라[8]에 왕갑王甲이라는

---

6) 【즉공관 미비】爲有司者宜寫一遍, 置之座右。 관리 된 자들은 응당 한 번씩 써서 좌우명으로 삼아야 할 것이다

7) *본권의 앞 이야기는 풍몽룡이 지은 《지낭智囊》 권27의 〈잡지부·추노인雜智部鄒老人〉에서 소재를 취했다.

8) 우리나라[國朝]: '국조國朝'는 이야기꾼이 자신이 이야기를 들려주는 시점에 존재하던 왕조를 가리키는데, 여기서는 명나라 왕조를 말한다.

소주부와 장주현. 부성 안(오른쪽)에 장주현이 보인다. 《삼재도회》

부자가 살았습니다. 소주부蘇州府 사람으로 같은 고을의 이을李乙과
는 대대로 원수지간이었지요. 왕갑은 온갖 꾀를 꾸며내 그를 해치려
했지만 미처 소원을 이루지 못하고 있었답니다. 그러던 어느 날이었
지요. 큰 바람과 큰 비가 몰아치기에 삼경을 알리는 북소리가 울린
뒤에 이을은 아내 장蔣 씨와 저녁을 먹고 깊은 잠에 빠져 있었습니다.
그런데 가만 보니 열 명이 넘는 강도가 붉은 주사와 검은 먹을 얼굴에
칠하고 떼를 지어 몰려들지 뭡니까. 장 씨는 놀라고 당황한 나머지
황급히 침상 아래로 몸을 피했습니다. 그런데 긴 수염에 큰 얼굴을
한 웬 사람이 이을의 머리채를 잡아채더니 단칼에 목을 베어 죽이는
것이 아닙니까. 그러고는 물건 하나 훔치지 않고 바로 다들 흩어져
버리는 것이었습니다.

장 씨는 침상 아래에서 상황을 똑똑히 지켜보았지요. 그녀는 덜덜 떨면서 걸어 나와 옷을 챙겨 입고 남편의 시신을 마주한 채 대성통곡을 했습니다. 이때 이웃사람들은 벌써 전부 와서 현장을 보고 저마다 슬퍼하며 그녀를 위로했지요. 그러자 장 씨 부인이 말하는 것이었습니다.

"저희 남편을 죽인 자는 원수 왕갑입니다!"

"어떻게 압니까?"

사람들이 묻자 장 씨가 말했습니다.

"제가 침상 밑에서 똑똑히 보았습니다. (…) 왕갑이라는 자는 전부터 원수지간이었어요. 거기다가 수염이 길고 얼굴도 크더군요. 주사와 먹을 칠하기는 했지만 그래도 알아볼 수 있답니다. 만약 다른 강도였다면 어째서 제 남편은 죽이면서 물건은 하나도 건드리지 않을 수가 있겠습니까? 그러니 그 흉악범이 그놈이 아니고 누구이겠습니까? (…) 번거롭겠지만 여러분께서 저를 위해 원수를 좀 갚아주십시오!"

그러자 사람들은 이렇게 말했습니다.

"그자가 당신 남편과 원수지간이라는 것은 우리도 다 압니다. 더욱이 우리 고을에서 도적이 나타났으니 우리도 관가에 신고해야 하고요. (…) 내일 아침 당신은 고발장을 써서 우리하고 같이 관가에 가서 고발하기만 하면 됩니다. 그러니 오늘은 일단 헤어집시다."

사람들이 떠나자 장 씨는 방문을 닫고 다시 한참을 울먹였습니다. 그러니 어디 잘 생각인들 들겠습니까? 괴로운 마음으로 동이 틀 때까지 기다린 끝에 이웃사람에게 부탁하여 고발장을 작성해 길을 나서 장주현長州縣으로 왔지요. 마침 지현9)이 재판정에 나와 개정을 알렸지요. 그러자 장 씨는 재판정 계단 앞까지 가서 큰 소리로 억울하다고 하소연했습니다. 지현은 그 고발장을 읽고 경위를 캐묻더니 이번 사건이 살인강도라는 중대 사건임을 알고 즉시 분부해 범인을 잡아 오게 했지요. 마침 같은 구역 담당관들도 와서 경위서를 제출하니 지현은 포관捕官에게 현장 조사를 맡기고 즉시 포졸을 파견하여 범인을 체포하게 하는 것이었습니다.

다시 이야기를 들려드리지요. 이을을 죽인 왕갑은 얼굴을 변장해서 정체를 알아챈 사람이 없을 거라고 여겼는지 의기가 양양해서 아무 대비도 하지 않고 있었습니다. 그런데 뜻밖에도 한 무리의 포졸이 집으로 들이닥치지 뭡니까. 그야말로

'우레가 하도 빨라 귀를 막아도 이미 때는 늦다.10)' 疾雷不及掩耳。

---

9) 지현知縣: 명대의 벼슬 이름. 진·한대 이래로 현령縣令은 한 현縣에서 가장 고위급 관리였다. 당대에는 좌관佐官이 현령을 대리하면서 '지현사知縣事'로 일컬었으며, 송대에는 중앙정부의 관리[朝官]를 현의 장관으로 파견해 현의 행정을 관장하도록 하고 이들을 '지현사知縣事', 또는 줄여서 '지현知縣'으로 불렀다. 원대에는 '현윤縣尹'으로 개칭되었으며, 명대에는 현의 정식 장관으로 삼았으나 품계는 정7품正七品으로 낮아서 속칭 "깨알 같은 칠품 벼슬아치[七品芝麻官]"로 일컬어지곤 했다.

10) 우레가 하도 빨라~[疾雷不及掩耳]: 중국 고대의 격언. 주나라의 여상呂尙이 지었다는 《육도六韜》〈용도龍韜·군세軍勢〉에 나오는 말로, 원래는 "우레가 하도 빨라 귀를 막을 겨를조차 없고, 번개가 하도 빨라 눈을 감을 겨를조차 없다疾雷不及掩耳, 迅電不及瞑目" 두 구절로 이루어졌다. 군사작전이나 상황이 아주 급박하게 전개되는 것을 두고 하는 말이다.

순간적으로 몸을 피할 곳조차 찾을 수 없었습니다. 결국 그 자리에서 사람들에게 결박당한 채 그길로 관아의 재판정까지 끌려오고 말았습니다. 지현이 추궁했습니다.

"너는 어째서 이을을 죽였느냐?"

"이을은 강도에게 죽음을 당했습니다. 그게 소인하고 무슨 상관이 있습니까요?"

왕갑이 이렇게 말하자 지현은 이번에는 장 씨에게 물었습니다.

"그대는 어째서 이 자가 죽였다고 고발했는가?"

"소첩이 침상 아래에 숨어서 보았습니다. 저 작자가 분명합니다!"

"밤인데 어떻게 그렇게 똑똑히 알아볼 수 있었는가?"

"모습만 알아볼 수 있는 것이 아니라 그렇게 추정할 만한 정황이 또 한 가지 있습니다. (…) 만일 단순한 강도였다면 어떻게 사람만 죽이고 물건도 훔치지 않은 채 사라질 수가 있겠습니까? 그러니 그 소행을 벌인 것이 평소 원한을 품고 있던 자가 아니고 누구이겠습니까!"

그래서 지현은 당장 이웃사람들을 불러서 물었습니다.

"저 왕갑이라는 자가 이을에게 정말 원한이 있었는가?"

"정말로 원한이 있었습니다. 물건은 안 훔치고 사람만 죽인 것도 사실입니다요!"

이웃사람들이 모두 이렇게 고하자 지현은 버럭 호통을 치면서 왕갑의 주리를 틀게 했습니다. 왕갑은 부잣집 출신이다 보니 그 고통을 참지 못하고 죄를 자백할 수밖에 없었지요.

"이을과 원한이 있어서 강도로 위장해 죽인 것이 사실입니다요!"

그러자 지현은 친필 자백서를 받고 그를 사형수 감옥에 가두었습니다.[11]

왕갑은 우발적으로 죄를 인정하기는 했으나 속으로는 그래도 빠져나갈 궁리에 바빴습니다. 그러나 뾰족한 수가 떠오르지 않자 속으로 이렇게 생각했지요.

'이곳에는 추鄒 노인이라는 소송 대리인이 살고 있지. 아주 간교하지만 나하고는 친한 사이다. (…) 누가 아무리 '십악의 대죄[12]'를 지어도 그와 상의만 잘 하면 살 길이 생기지. (…) 아들이 사식을 넣을 때 그 아이더러 추 노인한테 가서 상의를 해보라고 일러야겠군!'

---

11) 【즉공관 미비】亦宜詰其從人, 得一二證人者, 他日可無駁理矣。 그 종복을 추궁하는 것도 좋다. 증인 한둘만으로는 나중에 반박할 근거가 없을 테니까 말이다.

12) 십악의 대죄[十惡大罪]: 수隋나라 이래로 중국 역대 왕조가 형법으로 정한 열 가지 큰 죄. 모반을 하거나, 대역무도한 일을 저지르거나, 불효하거나, 불의한 일을 하거나, 친족에게 상해를 가하는 일을 저지른 경우가 이에 해당한다. 열 가지 죄를 범하거나 살인을 저지른 자에게는 사면의 혜택이 주어지지 않았다. 여기서 "누가"는 원문에는 '당신[你]'으로 되어 있다. 줄거리상으로는 이 부분이 왕갑의 생각을 보여주는 독백獨白으로 제시되어 있다. 그러나 실제로는 이야기꾼(화자)이 무대 아래에서 이야기를 듣는 손님(청중)을 염두에 두고 한 말로 이해해야 옳다.

얼마 후 아들 왕소이王小二가 사식을 넣으러 오자 왕갑은 자신의 생각을 상세하게 일러주고 나서 이렇게 당부했습니다.

"만약 써야 할 때가 되면 (…) 돈 아끼려다가 내 목숨까지 그르치면 안 된다?"

왕소이는 그렇게 하겠다고 일일이 다짐을 하고 그길로 추 노인 집으로 갔습니다. 그러고는 자기 부친의 사정을 알리고 그에게 빠져나갈 꾀를 내주기를 부탁했습니다. 그러자 노인이 말하는 것이었지요.

"춘부장 어른의 일은 본인 입으로 자백하신 것일세. 지현도 이제 갓 부임한 탓에 이 사건을 직접 해결하려 들겠지. (…) 자네가 그곳에 가서 아무리 하소연해도 관아에서 내린 당초의 판결을 뒤집을 수는 없을 게야. 지현으로서도 자기 잘못을 인정하고 당초의 판결을 번복하려 들지는 않을 테지. (…) 내게 이삼백 냥만 주게. 그러면 내가 남경에 좀 가서 기회를 봐서 기필코 춘부장 어른을 빼낼 방법을 궁리해보겠네!"

"어떻게 방법을 궁리하시게요?"

"그런 건 따지지 말고 … 은자나 내게 주게. 나중에 그 덕을 보게 될 걸세. 허나 … 지금은 뭐라고 장담하기 곤란해."

소이는 당장 삼백 냥을 모은 다음 추 노인 집으로 가서 잘 전달했습니다. 그러고는 당장 길을 나서기를 재촉했지요.

"허연 것[13])이 이렇게 많이 생겼으니 좌우당간 기회를 찾아보도록 함세! 일단 느긋하게 좀 기다려보게나!"

그러자 소이는 고맙다는 인사를 하고 집으로 돌아갔습니다. 노인은 노인대로 그날 밤에 바로 짐을 챙겨 남경으로 향했지요.

하루도 되지 않아 남경에 도착한 추 노인은 형부刑部 관아로 가서 현지 상황을 자세히 알아보았습니다. 그랬더니 절강사浙江司14)의 낭중郎中15)인 서공徐公이 상당히 발이 넓고 거기다가 손님을 반긴다지 뭡니까. 그래서 그 자리에서 선처를 부탁하는 추천서를 한 통 받은 다음 선물을 두둑하게 장만해 서공을 예방했습니다. 추 노인을 접견한 서공은 그가 언변도 뛰어나고 장단도 잘 맞추는 것을 보고 꽤나 마음이 잘 통한다고 여겼지요. 그래서 서로 빈번하게 내왕하면서 차츰 사이가 돈독해졌습니다.

그러고 나서도 좋은 기회를 찾지 못하던 차였습니다. 그러다가 어느 날 갑자기 포도청에서 해적을 스무 명 넘게 붙잡아 왔는데, 판결을 내리러 형부로 압송한다지 뭡니까. 그래서 노인은 다가가서 상황을 알아보다가 그들 틈에 소주 사람이 둘 끼어 있는 것을 확인했지요.

---

13) 허연 것[白物]: '백물白物'은 명대의 은어로, 희게 번쩍이는 은자를 말한다.

14) 절강사浙江司: 명대의 관서 이름. 명대의 형부에서는 각지의 형사 사건[刑獄]을 관장하는 부서들을 두었는데, 지역에 따라 크게 절강사·강서사江西司·호광사湖廣司 등이 있었다. 소주는 현재는 강소성에 속하지만 명대에는 절강사에 속했다.

15) 낭중郎中: 명대의 관직명. 명나라 태조[明太祖] 때에 설치된 육부는 처음에는 중서성中書省에 예속되었다가 중서성의 철폐와 함께 황제에 직속되었다. 각 부에는 관련 업무를 주재하는 상서尙書와 그를 보좌하는 좌우 두 명의 시랑侍郎을 중심으로 하되 그 예하에 낭중郎中·원외랑員外郎·주사主事 등을 두었다.

노인은 고개를 끄덕이고 몹시 반가워하며 중얼거렸습니다.

"방법이 여기에 있었구나!"

이튿날, 추 노인은 연회 자리를 잘 준비 했습니다. 그러고는 청첩請帖[16]을 써서 서공을 술자리에 초대했지요. 이윽고 연회 준비가 끝나고 서공이 가마를 타고 왔습니다. 노인은 웃는 얼굴로 그를 맞이해 자리에 앉은 다음 이런저런 이야기를 나누었습니다. 그렇게 밤이 깊어질 때까지 술을 마신 노인은 사람들을 물리치고 나서 백 냥을 꺼내와 서공에게 바쳤습니다. 서공은 깜짝 놀라며 그 이유를 물었지요. 그러자 노인이 말하는 것이었습니다.

청대 순천부 부윤 하내영河乃瑩의 청첩
《공부자구서망》

"지금 저희 친척 중에 왕 아무개라는 자가 저희 현에서 옥살이를 하고 있습니다. 모쪼록 선처해주시기를 빕니다!![17]"

---

16) 청첩請帖: 명대에 손님을 초대하거나 초빙할 때 보내는 초대장이나 초청장을 일컫던 말. 우리나라에서는 '청첩'이라는 표현을 결혼식에 참석하는 하객들에게만 한정해서 사용하지만 중국에서는 특정한 대상이나 용도에 한정하지 않고 널리 사용했다.

17) 【즉공관 미비】 嚴案所望救, 百金卽能動之。若預先央求, 未必遽允。老人善於

"도울 수 있다면야 당연히 말씀대로 해드려야지요. 허나, … 다른 부서 소관인지라 손을 쓰기가 어렵겠습니다."

"어렵지 않습니다. (…) 왕 아무개는 그저 이을과 원수 사이일 뿐이었습니다. 그런데 지금 이을이 피살되었고, 범인을 잡지 못하자 모함을 받아 감옥에 갇힌 것입니다. 어제 보니 귀 형부에 해적이 스무 명 넘게 끌려 왔는데 거기에 소주 사람이 둘 끼어 있더군요. (…) 이번에 그 두 해적을 닦달해서 '이을을 죽였다'는 자백만 하게 만드십시오. (…) 두 놈이야 어쨌든 죽을 목숨이어서 더 추가될 죄목도 없을 테고, … 그렇게 되면 저희 집안의 왕 아무개는 그것만으로도 갱생의 은혜를 입는 셈입니다."

서공은 그러마 하고 슬그머니 그 은자를 챙겨 가마 손잡이의 곽에 넣었습니다. 그러고는 종을 부르더니 연회에 초대해줘서 고맙다는 인사를 하고 나서 가마를 타고 그 자리를 떠났지요.

노인은 이어서 은밀히 두 해적의 가족을 찾아갔습니다. 그러고는 그들에게 단단히 사례를 하기로 약속하고 일단 은자 백 냥을 건넸지요.[18] 그러자 두 해적도 그렇게 하겠다고 하는 것이었습니다.

재판을 할 때가 되자 서공은 두 해적을 가까이 부르더니 물었습니다.

"너희는 과거에 몇 사람을 죽였느냐?"

觀變者。 중요한 사건에서 구명을 바랄 때에는 백 냥이면 사람을 움직일 수 있군. 만일 처음부터 부탁했다면 뜬금없이 수락하기는 어려웠을 것이다. 노인이 상황 판단에 뛰어나구나.

18) 【즉공관 미비】 周正。 주도면밀하군

그러자마자 두 해적이 자백했습니다.

"언제 어디서 아무개를 죽였고, … 모월 모일 밤중에는 이 씨 댁으로 갔다가 이을을 죽였다."

그러자 서공은 진술서를 작성한 다음 해적들을 감옥에 수감하고 바로 사건을 종결시켰습니다. 추 노인은 관청의 공문서 서식에 맞추어 장주현에 보고할 진술서를 베꼈지요. 그는 판결문을 지니고 서공과 작별인사를 한 다음 그길로 소주로 돌아왔습니다. 그러고는 장주현으로 가서 재판정에 진정을 넣었지요. 그것을 펼친 지현은 이을을 죽인 주범의 이름이 적혀 있는 것을 보고

'왕갑이 정말로 억지 자백을 했었나 보다!'

하고 여겼지요. 그런데 감옥에서 꺼내 풀어 주 할 때였습니다. 별안간 왕소이가 들어와서 큰 소리로 억울하다고 하소연하는 것이 아닙니까. 지현은 지현대로 그것을 진실로 믿어 의심치 않았지요. 그래서 그길로 왕갑을 감옥에서 불러내 바로 석방했습니다. 장 씨는 이 소식을 들었지만 미처 따져볼 겨를도 없이 사건 당일 밤중에 자신이 사람을 잘못 본 줄로만 알고 포기할 수밖에 없었답니다.

다시 이야기를 들려드리지요. 왕갑은 석방되어 집으로 돌아가는데 희희낙락 건들거리며 집으로 갈 때였습니다. 막 대문 앞까지 왔을 즈음 갑자기 찬 바람이 부는가 싶더니 고함을 지르는 것이었습니다.

"젠장, 이을 형님이 여기 나타날 줄이야!"

그러고는 털썩 땅바닥에 쓰러져 아무리 소리쳐 불러도 의식을 되찾지 못한 채 순식간에 숨이 끊어져 죽어버리는 것이 아닙니까, 글쎄![19] 그 일을 증명하는 시가 있습니다.

털보 얼굴의 염라대왕은 본디 진지하시니, 胡臉閻王本認眞,
사람 죽이면 목숨으로 갚는 것은 본인의 몫. 殺人償命在當身。
몰래 가짜로 바꿔 놓아도 하늘을 속일 수는 없거늘, 暗中假換天難騙,
꾀 많은 추 노인이 가소롭기 짝이 없구나! 堪笑多謀鄒老人。

제5전 지옥을 관장하는 염라대왕의 모습

방금 들려드린 것은 진짜를 가짜로 속인 이야기였습니다. 이번에는 가짜를 진짜로 둔갑시킨 이야기를 하나 들려드리지요. 주인공은 아주 하찮은 일 때문에 간사한 자의 흉계에 속아 엄청난 불행을 당합니다. 만일 하늘의 법도가 밝게 빛나지 않았더라면 자칫 비명에 횡사했을 것입니다. 그야말로

---

19) 【즉공관 미비】快哉。속이 다 시원하구먼!

착한 이는 복 받고 음탕한 이는 불행을 당하니,　福善禍淫,

하늘의 법도를 밝게 드러내는구나!　　　　　昭彰天理。

다른 사람들 해치려 못된 마음 품다가는,　　欲害他人,

자기부터 먼저 다치기 마련이란다.　　　　　先傷自己。

　이제 이야기를 들려드리지요.[20] 우리나라의 성화成化[21] 연간이었습니다. 절강성 온주부溫州府[22]의 영가현永嘉縣에 왕 씨 성을 가진 선비가 살았지요. 이름은 걸傑이고 자는 문호文豪로, 유劉 씨 성을 가진 아내가 있었습니다. 집안에는 내외 딱 두 식구뿐이고 딸을 하나 두었는데 나이가 두 살이었지요. 집안에는 시동과 하녀[23]를 몇 사람 부렸지만 집안 형편이 그다지 넉넉하다고 할 수는 없었습니다. 왕 선비의 경우 유학을 본업으로 삼고 있다고는 하지만 아직 글방에서 배운 적은 없었지요. 그저 집에서 글을 외우고 익히는 정도였고, 더러

---

20)　*본권의 몸 이야기는 남송의 소설가 홍매洪邁(1123~1202)가 지은 소설집 인《이견지보夷堅志補》권5의 〈호주강객湖州姜客〉및 풍몽룡《지낭智囊》권 27의 〈영가주자永嘉舟子〉에서 소재를 취했다. 나중에는《금고기관今古奇 觀》권29에 〈회사원한복고주懷私怨狠僕告主〉이라는 제목으로 수록되었으 며,《곡해총목제요曲海總目提要》에 따르면 희곡《잠청삼賺靑衫》에도 영향 을 준 것으로 보인다.

21)　성화成化: 명나라 제8대 황제 헌종憲宗 주견심朱見深이 사용한 연호. 1465~ 1487년까지 23년간 사용되었다.

22)　온주부溫州府: 명대의 지명. 지금의 절강성 남부에 자리잡은 온주시溫州市 일대에 해당하며, 남쪽으로는 복건성福建省과 가깝다.

23)　하녀[養娘]: '양낭養娘'은 원래 송대에 하녀를 부르던 호칭이다. 노비의 신 분을 대대로 세습하는 '가생자家生子'와 달리 양낭은 금전을 통한 계약을 거쳐 고용-피고용의 주종관계가 결정되었다. 여기서는 편의상 "하녀"로 번 역했다.

밖으로 나가 벗을 사귀거나 글을 평가하는 것이 고작이었습니다. 아내 유 씨는 유 씨대로 부지런하고 알뜰하게 집안일을 돌보는 데다가 무척 어질고 슬기로워서 부부가 서로 안락한 생활을 영위하고 있었습니다.

그러던 어느 날이었습니다. 바야흐로 늦은 봄날을 맞아 두세 명의 친구가 왕 선비를 끌고 교외로 나가 나들이를 하면서 경치를 즐기게 되었지요. 그 모습을 볼작시면

긴긴 아름다운 햇살에,	遲遲麗日,
솔솔 부는 산들바람,	拂拂和風.
자줏빛 제비며 노란 꾀꼬리,	紫燕黃鶯,
푸른 버들 숲에서 짝을 찾누나.	綠柳叢中尋對偶.
이리저리 나는 벌이며 나비들이,	狂蜂浪蝶,
천도 복숭 나무들 속에서 벗을 찾네.	天桃隊裏覓相知.
명문가 도련님네들 흥이 오르면,	王孫公子興高時,
술집 찾지 않는 날이 없다네.	無日不來尋酒肆.
아리따운 용모며 교태로운 자태에,	艶質嬌姿,
마음이 흔들릴 즈음이면,	心動處,
그럴 때 규방 미모 안 드러낼 수 없나니,	此時未免露閨容.
숙취 남았어도 거듭 부축해 나와야지,	須敎殘醉可重扶,
다행히 진 꽃떨기 아직 쓸지 않았으니!	幸喜落花猶未掃.

왕 선비는 아름다운 봄 경치를 보고 나니 속이 다 후련해져서 술기운이 얼근하게 오를 정도로 술을 마셨지요. 그러고는 평소 다니던 길을 따라 집으로 돌아오는데 가만 보니 가동家童 둘이 웬 사람과

집 대문 앞에서 실랑이를 벌이고 있지 뭡니까. 알고 보니 그 사람은 호주湖州24) 출신의 여呂 씨 성을 가진 객상客商이었습니다. 그는 대바구니를 들고 생강을 팔다가 가동이 생강 값을 깎으려 드는 바람에 실랑이가 벌어진 것이었지요. 왕 선비는 까닭을 묻더니 그 객상을 보고 말했습니다.

"그 정도 값이라면 잘 쳐준 셈인데 ⋯ 왜 우리 집 앞에서 큰 소리로 행패를 부리는 게야? 정말 물정을 모르는구먼!"

그 객상은 고지식한 사람이다 보니 이렇게 대꾸했지요.

"우리는 푼돈 장사올시다. 한데 어쩌자고 값을 깎으려고 드십니까? ⋯ 나리께서도 좀 너그럽고 통 크게 처신하셔야지 가난뱅이처럼 이러시면 안 되지요!"

그러자 왕 선비는 술기운을 빌려 버럭 성을 내며 욕을 퍼부었습니다.

"이 늙은 놈은 어디서 굴러 온 놈이야! 감히 이렇게 분수를 모르고 나한테 대들어?"

그러더니 그에게 다가가 연거푸 몇 번 주먹질을 하고 와락 밀어버렸습니다. 그 객상은 중년인 데다가 폐결핵25)을 앓고 있던 참이었습

---

24) 호주湖州: 명대의 지명. 지금의 절강성 호주시湖州市에 해당하는 지역으로, 태호太湖의 남안, 항주杭州 북쪽, 상해上海 남쪽에 자리잡고 있다. 명대부터 고급 비단의 생산지로 유명했다.
25) 폐결핵[痰火病]: '담화병痰火病'은 명대의 방언으로, 지금의 폐결핵肺結核을 말한다.

니다. 그래서 왕 선비가 밀자 몸이 휘청하더니 맥없이 땅바닥에 쓰러지는 것이 아닙니까. 그야말로

몸은 오경에 산의 달을 머금은 듯하고,　　　　　　　身如五鼓銜山月,
목숨은 삼경에 기름 마른 호롱불 같구나!26)　　　　命似三更油盡燈。

사실 사람이 살면서 가장 명심해야 할 것은 성을 내면 안 된다는 것입니다.27) 하물며 이런 푼돈벌이 장사치한테서는 깎아 봐야 한두 푼이 고작이지요. 그게 무슨 큰돈이나 된답니까! 물론 대갓집의 포악한 종복들이 번번이 주인의 힘을 믿고 걸핏하면 서민들을 괴롭히는 꼴은 늘 보곤 합니다. 그러나 그런 짓을 저질렀다가는 오히려 주인 체면까지 잃게 만들지요. 그래서 제대로 된 주인이라면 그 같은 행태를 엄히 다스리기 마련입니다. 그런데도 왕 선비가 성을 내고 주먹을 휘둘러 그를 때리는 바람에 결국 그 같은 고생을 하게 된 것 아닙니까. 물론 이건 나중의 이야기이지만 말입니다.

다시 이야기를 들려드리지요. 왕 선비는 이날 객상이 맥없이 쓰러지는 것을 보고 깜짝 놀라 술기운이 싹 가셨습니다. 그는 허둥지둥 하인들을 불러 쓰러진 객상을 부축해 회당으로 데려가 눕히게 했습니다. 그러고는 찻물을 입속으로 흘려보냈더니 그제야 의식을 되찾는

---

26) 몸은 오경에 산의 달을 머금은 듯하고~[身如五鼓銜山月, 命似三更油盡燈]: 명대의 속담. 달은 오경이 지나면 져버리고 호롱불은 삼경이 지나면 꺼지기 마련이다. 여기서 오경의 달과 삼경의 호롱불은 목숨이 다하거나 목숨이 위태로운 것을 빗대어 한 말이다. 참고로 삼경은 밤 11시에서 1시 사이, 오경은 새벽 3시에서 5시 사이에 해당한다.
27) 【즉공관 미비】 格言。격언이로군!

것이었지요. 왕 선비는 객상에게 잘못했다고 사과하고 술과 밥을 내오게 해서 그를 대접했습니다. 흰 비단까지 한 필 꺼내 그에게 '일단 몸조리에 보태어 쓰라'고 주었지요.[28] 그러자 그 객상은 표정이 밝아지는 것이었습니다. 그는 고맙다고 인사하고 나서 나루터로 향했습니다.

만일 왕 선비에게 선견지명의 신통력이 있어서 서둘러 달려가 객상의 허리를 잡아채 끌어안고 발길을 되돌리게 하고 객상을 자기 집에 반년이고 두 달이고 기꺼이 돌보았더라면 얼마나 좋았겠습니까. 그런데 바로 이 걸음으로 말미암아 다음과 같은 불행이 생기고 말았습니다.[29]

두 손으로 실로 짠 그물 던졌건만,   雙手撒開全線網,
그 속에서 얻은 것은 시빗거리뿐이구나!   從中釣出是非來。

왕 선비는 객상이 가버렸는데도 가슴이 쉬지 않고 쿵쿵거리며 진정이 되지 않았습니다. 그래서 방으로 들어가 아내에게 말했지요.

---

28) 【즉공관 미비】還戱前倨後恭, 然白絹却是過分, 小心反成禍本。 처음에는 거만하게 나갔다가 나중에 예의를 갖춘 덕이군. 아무리 그래도 흰 비단은 좀 과분한 것 아닌가? 오히려 화근이 될 수도 있으니 조심해야 한다.

29) 다음과 같은 불행이 생기고 말았습니다[有分敎]: 명대 (의)화본 및 장회소설에 사용되는 상투어. 보통 이 앞에는 장면이 끝나거나 바뀔 때마다 '바로 이 걸음 덕분에只因此一去'라는 말이 관용적으로 사용되며, 이 뒤에는 다음 장면에서 벌어질 사건이나 상황을 사전에 미리 암시하는 두 구절의 시를 사용함으로써 청중들이 이야기에 몰입하도록 이끈다. 엄밀한 의미에서는 독서를 목적으로 한 일반 소설의 관용적인 표현이라기보다는 극장에서의 공연을 목적으로 한 공연물에서 주로 사용하는 연극적 장치의 일종으로 이해하는 것이 더 좋을 듯하다. 분교分敎는 '분교分交'로 쓰기도 한다. 여기서는 '유분교有分敎'를 편의상 "다음과 같은 일이 벌어진다" 식으로 번역했다.

"하마터면 큰일을 낼 뻔했어. 천만다행이요, 천만다행이야!"

이때는 날이 벌써 저문 상태였습니다. 유 씨는 즉시 계집종을 불러 몇 가지 채소를 차리고 술을 데우게 해서 남편을 대접하고 놀란 가슴을 가라앉히게 했지요. 그런데 술을 몇 잔 마셨을 때입니다. 가만 들어보니 바깥에서 황급히 문을 두드리는 소리가 들리는 것이 아닙니까. 왕 선비는 또 깜짝 놀라 호롱불을 들고 나가보았습니다. 뜻밖에도 나루의 뱃사공 주사周四가 손에 흰 비단과 대바구니를 들고 다급하게 왕 선비를 보고 이렇게 말하는 것이었습니다.

"나리, 큰일 났습니다요! (…) 어쩌자고 그런 살인을 저지르셨습니까?"

놀란 왕 선비는 안색이 흙빛처럼 어두워져서 다시 그 까닭을 물을 수밖에 없었지요.

"나리, 이 흰 비단과 대바구니를 알아보시겠습니까?"

"오늘 생강을 팔던 웬 호주 출신 객상이 우리 집에 왔었네. (…) 이 흰 비단은 내가 그자에게 준 것이고, … 이 대바구니는 바로 그자가 생강을 담았던 것일세. 한데 … 어째서 자네한테 있는 겐가?"

"오늘 오후쯤입니다. 여씨 성을 가진 호주 내기 객상 하나가 제 배를 부르더니 강을 건너게 해달라는 겁니다. 그렇게 배를 탔는데 폐결핵으로 발작을 일으켰지 뭡니까. 상황이 위태롭게 되었는데 저에게 '나리한테 호되게 맞았다'고 하더군요. (…) 그자는 흰 비단과 대바구

악독한 사공이 꾀로 가짜 시신으로 돈을 챙기다.

니를 제게 증거로 주면서 대신 관가에 고발해줄 것을 당부했습니다. 게다가 저더러 '호주에 가서 가족들에게 알려 억울함을 풀고 목숨 값을 받게 해달라'고 하더니, 말을 마치자마자 눈을 감고 죽어버렸습니다. (…) 지금 시체는 아직 제 배에 있습니다. 배도 문 앞 강가에 대어 놓았고요. 그러니 일단 나리께서 직접 배로 가서 좀 보시고 어떻게든 처리해 주십시오!"

왕 선비는 그 소리를 듣고 놀란 나머지 눈이 휘둥그레지고 손이 떨리고 다리 힘이 다 빠졌습니다. 가슴은 가슴대로 새끼 사슴이 여기 저기 마구 들이받는 것처럼 콩닥거리지 뭡니까. 그래도 겉으로는 애써 담담한 척 말했지요.

"그게 무슨 소리인가!"

그러면서도 은밀히 사람을 시켜 배로 가서 살펴보게 했습니다. 아니나 다를까 정말 죽은 시신이 하나 있다지 뭡니까, 글쎄. 왕 선비는 심장병을 앓고 있던 참이어서 안절부절못하다가[30] 방으로 뛰어 들어가 유 씨에게 이 일을 알렸지요. 그러자 유 씨가 말하는 것이었습니다.

"어쩌면 좋아요!"

"이제 일이 이렇게 돼버렸으니 무슨 말을 해야 좋을지 모르겠구려. (…) 아무래도 사공을 매수해서 이 야음을 틈타 시체를 처리하게 해야 하겠소. 그래야 아무 일도 없지!"

---

30) 【즉공관 미비】原欠精細。애초부터 사려가 깊지 못했지.

왕 선비는 얼추 스무 냥은 돼 보이는 은자 조각을 한 뭉치 꺼내 소맷자락에 넣고 방을 나와 사공을 보고 말했습니다.

"사공 양반, 이 일은 발설하면 안 되오. (…) 우리 둘 다 먼 장래를 염두에 두고 의논합시다. 일이야 내가 잘못해서 저질렀소이다마는 고의로 그런 건 절대로 아니올시다! (…) 우리 둘 다 같은 온주 사람이니 동향 사람으로서 의리라는 것이 있지 않겠소? (…) 객지 사람 복수까지 해줄 필요가 어디 있겠소이까? 하물며 대신 원수를 갚아준다 한들 사공 양반한테 무슨 이득이 있소? 차라리 언급을 하지 않는 편이 낫지. (…) 내가 사례를 좀 하오리다. 그러니 이 시체를 다른 곳으로 싣고 가서 버려 주시오. (…) 칠흑같이 어두운 밤인데 … 누가 알겠소이까?"

"어디다 버리라는 말씀입니까? 혹시 내일이라도 누가 알아채고 경위를 따지기라도 하면 … 저라고 안전할 리가 없는걸요!"

"여기서 몇 리 되지 않는 곳에 내 선친의 묘소가 있소이다. 무척 외진 곳인데 사공 양반도 알 게요. (…) 밤에 인적이 없는 틈을 타서 … 수고스럽겠지만 사공 양반 배로 거기까지 싣고 가서 몰래 묻어주시구려. (…) 귀신도 모르게 … !"

"나리 말씀이 제법 일리가 있군요. 헌데 사례를 어떻게 하실 생각입니까31)?"

왕 선비는 손에 든 것을 꺼내 그에게 주었지요. 그러나 사공은 적다고 생각했던지 말하는 것이었습니다.

---

31)【즉공관 미비】主意在此。속셈은 여기에 있었구먼그래!

"한 사람 목숨 값이 고작 은자 몇 냥 치밖에 안 된답디까? (…) 오늘 공교롭게도 내 배에서 죽은 것도 하늘이 내리신 작은 횡재인 셈이올시다. (…) 백 냥은 주셔야지요."

왕 선비는 '일만 잘 처리되면 된다' 싶었던지 그의 말에 함부로 토도 달지 못했지요. 그는 고개를 끄덕이더니 집으로 들어가 은자와 옷가지·장신구 따위를 좀 챙겨 나와 주사에게 주었습니다.

"이 물건들은 얼추 예순 냥은 될 게요. (…) 집안 형편이 넉넉하지 못하니 모쪼록 이 정도로 양해해주시구려."

주사는 그 많은 물건을 보더니 말투가 금세 누그러지는 것이었습니다.

"됐습니다, 됐어. 나리는 글공부를 하시는 분이지요. 수시로 저를 보살펴주시기만 하면 됩니다. 그러면 저도 더는 따지지 않겠습니다.32)"

천하의 왕 선비도 이 순간만큼은 마음이 몹시 다급했습니다. 그야말로

그의 동의를 얻는 날이,　　　　　　　　得他心肯日,
바로 내 운이 트이는 때라네.　　　　　　是我運通時。

왕 선비는 그제야 마음이 한결 홀가분해졌는지 이어서 술과 음식을

---

32) 【즉공관 미비】此句反當不起禍, 未有艾也。이 구절은 오히려 불행의 소지가 되지 않지. 아직은 그럴 빌미가 없거든.

차려와 사공을 대접하는 것이었습니다. 그러고는 바로 하인을 둘 부르더니 호미·쇠스랑 따위를 찾아 갖고 오게 했습니다.

그런데 집안 하인들 중에 호胡 씨 성을 가진 자가 있었습니다. 성질이 거칠고 기운이 세서 다들 그를 "호아호胡阿虎"[33]라고 불렀지요. 그는 즉시 일일이 준비를 마치고 함께 배를 타고 묘소까지 갔습니다. 그리고 빈 땅을 한 자리 골라 땅을 파고 시신을 묻은 다음 다시 함께 배를 타고 집으로 돌아왔지요. 그렇게 꼬박 하룻밤을 뛰어다니고 나니 서서히 동이 트는 것이었습니다. 바로 다시 사공을 불러다 아침밥을 먹이고 나서야 작별인사를 하고 그 자리를 떠나는 것이었지요. 왕 선비는 왕 선비대로 하인을 시켜 대문을 닫고 각자 흩어졌습니다.

왕 선비는 혼자 방으로 돌아와 유 씨를 보고 말했습니다.

"나는 명문가의 자제로 반듯하게 살아왔소. 그런데 뜻밖에도 이런 기막힌 일을 당해서 저 따위 하찮은 놈에게 협박을 당하고 돈을 뜯길 줄이야!"

그러고는 눈물을 비 오듯이 쏟는 것이었습니다. 그러자 유 씨는 이렇게 위로했습니다.

"서방님, 그것도 운명에 정해진 시련이겠지요. (…) 그렇게 놀랄 일을 좀 당하고 재물을 좀 쓰셔야지요. 너무 괴로워하실 것 없습니다.

---

33) 호아호胡阿虎: 우리 식으로 표현하자면 '호랑이 호가' 정도로 번역할 수 있겠다. 중국 남방에서는 외자로 된 사람 이름이나 별명 앞에 '아삼阿三·아귀阿貴·아와阿蛙' 식으로 접두사 '아阿-'를 붙여 부르는 경우가 많다.

그래도 이번에는 다행스럽게도 하늘이 도우셔서 편안하고 무사하게 되었군요. 그것만 해도 무척 다행스러운 일입니다. (…) 하룻밤을 꼬박 고생하셨으니 일단 좀 쉬시지요."

이렇게 위로한 유 씨가 또 음식을 내오게 해서 왕 선비에게 먹이고 각자 휴식을 취한 것은 말할 필요도 없습니다.

며칠이 지나자 왕 선비는 사태가 진정된 것을 보고 세 가지 제물[34] 과 복을 비는 물건들을 좀 사서 신명과 조상에게 제사를 지냈습니다. 그런데 그 주사라는 작자가 갑자기 들이닥쳐 인사를 하러 온 척하는 것이 아닙니까. 왕 선비는 그럴 때마다 그를 정성껏 대접하면서 그의 성미를 건드릴 엄두조차 내지 못했지요. 돈을 꾼다는 핑계로 돈을 요구하기라도 하면 마지못해 들어주는 수밖에 없었습니다. 주사는 그렇게 해서 경제적으로 여유가 생기자 나룻배를 처분하고 가게를 하나 열었답니다. 그때부터는 더 이상 다른 이야기가 없었습니다.

손님들, 제 이야기 좀 들어보십시오. 왕 선비는 어쩔 수 없는 샌님 이라 그다지 안목이 없었습니다. 당초에 사공을 매수해 시신을 묘소 까지 실어 갔으면 마른 땔감을 그러모아 바로 불태워서 아무 흔적도 없게 처리해버렸어야지요. 그랬더라면 얼마나 깔끔하게 끝냈겠어요? 그런데 순간적으로 별 생각 없이 시신을 가져다 땅 속에 묻었으니 그야말로

---

34) 세 가지 제물[三牲]: 고대 중국에서는 제사를 지낼 때 소·양·돼지를 제물 로 올렸는데 이를 '삼생三牲'이라고 불렀다. 나중에는 닭·물고기·돼지를 이렇게 부르기도 했다고 한다.

‘풀을 벤다면서 뿌리를 뽑지 않는 바람에,　　　斬草不除根,

싹이 봄 되자마자 또 돋아나고 마는구나.35)’　　萌芽春再發。

그렇게 또 일 년이란 세월이 흘렀습니다. 그런데

“된서리는 뿌리 없는 풀에만 내리고,　　　　　濃霜只打無根艸,

재앙은 복 없는 놈한테만 닥치는 법!”　　　　禍來只挤36)福輕人。

이라고 했던가요? 그의 세 살배기 딸이 마마를 아주 심하게 앓았지
뭡니까. 그 바람에 신점을 치기도 하고 의원을 불러 병을 치료하기도
했지만 하나같이 아무 효험도 없었습니다. 왕 선비에게는 오직 이 딸
하나뿐이었기에 내외가 예뻐하면서 몹시 애지중지했지요. 그렇다 보
니 종일 침대맡을 지키며 눈물을 흘렸답니다.

그러던 어느 날입니다. 웬 친척이 선물을 한 상자 장만해서 병문안
을 왔기에 왕 선비가 맞아들여 인사를 나누었습니다. 차를 마시고 난
그는 ‘딸이 병을 하도 심하게 앓아서 머지않아 목숨까지 위태로워질
것 같다’고 하소연했지요. 그랬더니 그 친척이 이렇게 귀띔하는 것이
었습니다.

---

35) 풀을 벤다면서 뿌리를 뽑지 않는 바람에~[斬草不除根, 萌芽春再發]: 명대의
　　 속담. 풀을 뿌리째 뽑지 않으면 봄에 다시 싹이 자라서 또 뽑는 수고를 해야
　　 한다는 뜻이다. 여기서는 왕 선비가 객상의 시신을 화장하지 않는 바람에
　　 사공에게 두고두고 덜미를 잡혀 시달리게 된 것을 두고 한 말이다.

36) 【교정】 닥치는[挤]: 상우당본 원문(제453쪽)에는 ‘손 어지러울 분挤’으로 되
　　 어 있으나 전후 맥락을 따져볼 때 ‘달릴 분奔’으로 해석해야 옳다.

"우리 현에 풍馮 씨 성을 가진 소아과 의원이 한 사람 산다네. 죽어 가는 사람도 되살리는 대단한 실력을 가지고 있다는군. 여기서 삼십 리 정도 떨어진 곳에 사는데 … 그를 모셔 와서 좀 보이지 않고 그러나!"

"말씀대로 하고말고요!"

그런데 이때는 날이 벌써 어두워진지라 친척을 붙잡아놓고 저녁을 대접하니 혼자서 작별인사를 하고 그 자리를 떠나는 것이었지요. 왕 선비는 그길로 유 씨에게 그 사실을 알리고는 청첩을 쓴 다음 그날 밤 호아호를 불러 이렇게 분부했지요.

"자네는 오경에 출발하도록 하게. 이 청첩을 가지고 가서 풍 의원께 '어서 딸의 마마를 보러 와주십사' 부탁드리게. 나는 집에서 점심상을 차리면서 기다리겠네."

호아호는 그렇게 하기로 하고 길을 나섰지요. 그날 밤에는 별다른 이야깃거리가 없었습니다.

다음 날, 왕 선비는 정말 점심을 잘 준비하고 미시未時·신시申時37)

---

37) 미시未時·신시申時: 동양에서는 고대에 하늘과 땅의 우주원리를 방위와 시간을 나타내는 데에 적용했다. 특히, 시간의 경우 '십이간지十二干支'를 적용하여 자시子時는 밤 23시~01시, 축시丑時는 밤 01~03시, 인시寅時는 밤 03~05시, 묘시卯時는 새벽 05시~07시, 진시辰時는 아침 07시~09시, 사시巳時는 오전 09시~11시, 오시午時는 정오인 11시~13시, 미시未時는 오후 13시~15시, 신시申時는 오후 15~17시, 유시酉時는 저녁 17시~19시, 술시戌時는 밤 19시~21시, 해시亥時는 밤 21시~23시로 각각 정했다. "미시·신시까지 기다렸다"면 오후 1시부터 오후 5시까지 기다린 셈이다.

까지 기다렸습니다만 아무 기별도 없지 뭡니까. 그렇게 어느 사이에 또 하루가 지나 버렸지요. 그런데 침상맡으로 가서 딸의 상태를 살폈더니 병세가 나아지기는커녕 더 심해지지 뭡니까. 삼경 무렵이 되었을 때에는 딸도 날숨만 있고 들숨은 없을 정도로 악화되는가 싶더니 결국 부모 곁을 떠나 염라대왕이 있는 저승으로 가버리고 마는 것이었습니다. 그야말로

가을바람 버들가지에 불면 매미가 먼저 알아채건만,[38]

金風吹柳蟬先覺,

어둠 속에 저승사자 보내도 죽는 이는 알지 못하는 법.

暗送無常死不知。

왕 선비 내외는 마치 보물을 잃은 것 같았습니다. 각자 소리 놓아 통곡을 하다 하다 결국 정신줄까지 놓고 마는 것이었지요. 그리고 그날 성대하게 염습殮襲을 마치고 나서 바로 시신을 화장했답니다. 그런데 날이 밝고 오시午時 나절이 되었을 때입니다. 가만 보니 호아호가 돌아와서 이렇게 고하는 것이었습니다.

"풍의원은 댁에 계시지 않아 반나절을 더 기다렸습니다. 해서 오늘에서야 돌아오게 되었습니다요."

---

38) 가을바람 버들가지에 불면 매미가 먼저 알아채건만~ [金風吹柳蟬先覺, 暗送無常死不知]: 송·원대의 속담. 매미는 가을바람이 불기도 전에 계절의 변화를 알아채지만 죽을 사람은 저승의 염라대왕이 보낸 저승사자가 오는 것조차 깨닫지 못한다는 뜻이다. 송대의 역사소설인《대송선화유사大宋宣和遺事》에는 앞 구절이 '가을바람 불기도 전에 매미가 먼저 알아챈다金風未動蟬先覺'로 나와 있다.

그러자 왕 선비는 눈물을 흘리면서 말했습니다.

"우리 딸아이의 목숨은 거기까지였나 보구나! (…) 이제 더 이상 거론할 것 없다."

그렇게 며칠이 지났을 때입니다. 호아호의 동료 중 하나가 진상을 실토했는데, '호아호는 그날 도중에 술을 마시고 만취해서 청첩을 잃어버리는 바람에 그 이튿날이 되어서야 집에 돌아와 놓고 그런 엄청난 거짓말을 꾸며냈다'는 것이 아닙니까! 왕 선비는 그 일을 알고 딸 생각을 하며 벌컥 성을 냈습니다. 그리고는 당장 호아호를 불러들여 대나무 작대기를 꺼내더니 때리려고 했습니다.[39] 그런데 호아호가

"내가 사람을 때려죽인 것도 아닌데 왜 이러십니까?"[40]

하는 것이 아닙니까. 왕 선비는 그 소리를 듣자 더더욱 속에서 부아가 치밀었습니다. 그는 속에서 악이 복받쳐 올라 황급히 가동에게 그를 끌어내리게 했습니다. 그러고는 단숨에 쉰 대가 넘게 매질을 하고 나서야 멈추고 방으로 들어가 버렸지요. 호아호는 살갗이 찢어지고 살이 터질 정도로 곤장을 맞고 비틀비틀 자기 방으로 가더니 독이 잔뜩 올라서 말했습니다.

"내가 왜 이런 엿 같은 수모를 당해야 하지? (…) 마마에 걸린 당신 딸은 애초부터 가망이 없었다고! 그런데 내가 의원을 데리고 오지

---

39) 【즉공관 미비】又是使性之過。 또 성을 내는 실수를 범하는군!
40) 【즉공관 미비】狠哉。 고약하기도 하구나!

않아서 딸이 죽었다는 거야, 뭐야? 나를 이렇게 모질게 매질할 것까지는 없었잖은가! (…) 분하다, 분해!"

그러고는 잠시 생각하더니 말하는 것이었지요.

"괜찮아. (…) 내 손에는 큰 건수가 있으니까. (…) 상처가 다 아물기만 해봐라. 왕가놈에게 본때를 보여줄 테다! (…) 우물이 두레박 속에 떨어질지 두레박이 우물 속에 떨어질지[41] 어디 두고 보자! (…) 지금은 일단 발설하지 말고 왕가놈이 먼저 준비할 때까지 기다리자."

두레박과 우물. 상우당본 《이각 박안경기》

---

41) 우물이 두레박 속에 떨어질지 두레박이 우물 속에 떨어질지[井落在弔桶裏, 弔桶落在井裏]: 원래 "두레박이 우물 속에 떨어진다弔桶落在井裏"는 명대에 유행하던 속담으로, 약자(두레박)가 강자(우물)의 통제를 받을 수밖에 없다는 의미로 주로 사용되었다. 여기서는 새로 "우물이 두레박 속에 떨어질지"라는 구절을 추가함으로써 그 결과를 예측하기 어렵다는 뜻으로 사용되었다.

그야말로

가세가 기울면 종도 상전을 우습게 알고   勢敗奴欺主,
시절이 어수선해지면 귀신도 사람을 우롱하는 법.42) 時衰鬼弄人。

　호아호가 은밀하게 악독한 계책을 꾸미는 일은 일단 접어두고 다시
왕 선비쪽 이야기를 들려드리지요. 딸이 죽고 어느새 달포 정도 지났
습니다. 그의 친척과 친구들은 수시로 술과 음식을 준비해서 왕 선비
를 위로했지요. 그는 그대로 차츰 그 일을 마음에 두지 않게 되었습니
다. 그러던 어느 날입니다. 그가 회당 앞을 한가하게 거니는데 가만
보니 포졸들이 우르르 몰려오더니 밧줄과 쇠사슬을 가지고 와서 다짜
고짜 왕 선비 목에다 씌우는 것이 아닙니까. 왕 선비는 깜짝 놀라서
물었습니다.

　"나는 유가의 법도를 지키는 뼈대 있는 집안의 자제이니라. 어떻게
나를 이렇게 능욕할 수 있느냐! (…) 대체 무슨 일이냐?"

　포졸들이 '퉤' 하고 침을 뱉으며 말했습니다.

　"사람을 죽여놓고 뼈대 있는 집안 자제 좋아하시네! '나리들은 틀
릴지 모르지만 우리는 그렇지 않다'43)고 그런 소리는 원님 앞에 가서

---

42) 가세가 기울면 종도 상전을 우습게 알고~[勢敗奴欺主, 時衰鬼弄人]: 명대의
　　속담. 입지가 불안해지면 그 틈을 타고 남들이 당사자를 업신여기기 마련이
　　라는 뜻이다. 때로는 "세상이 어지러워지면 종조차 상전을 우롱하고, 시운
　　이 다하면 귀신조차 사람을 업신여긴다[亂世奴欺主, 時衰鬼弄人]" 등으로 사
　　용되기도 했다.
43) 나리들은 틀릴지 모르지만~[官差吏差, 來人不差]: 명대의 속담. 관리들에게

하시지?"

이때 유 씨는 가동·여인들과 같이 그 소리를 들었습니다. 대체 무슨 일이 났는지 전혀 알 길이 없는지라 그저 서서 우두커니 지켜만 볼 뿐 나설 엄두를 내지 못했지요. 이때는 왕 선비조차도 어찌 해볼 도리가 없었습니다.

늑대나 범 같은 그 무리는 앞에서 끌고 뒤에서 밀면서 왕 선비를 영가현 관아로 끌고 들어와서 재판정 오른쪽에 무릎을 꿇렸습니다. 그런데 자신을 고발한 원고가 왼쪽에 꿇어앉아 있는 것이었습니다. 왕 선비가 고개를 들어 바라보니 다른 사람도 아니고 자기 집 하인 호아호가 아닙니까! 그제서야 그가 속으로 원한을 품고 자신을 고발했다는 것을 깨달았습니다. 지현인 명시좌明時佐가 입을 열어 물었습니다.

"오늘 호아호가 호주 객상 여 아무개를 네가 때려 죽였다고 고발했는데, 어찌 된 일이냐?"

왕 선비는 대답했습니다.

"푸른 하늘같이 현명하신 나리, 놈의 거짓말을 곧이듣지 마십시오! 왕걸처럼 허약해빠진 이런 샌님이 어떻게 사람을 때려죽일 수가 있겠습니까? (…) 저 호아호라는 놈은 원래 소인 집 종입니다. 며칠 전에 잘못을 저질러서 매로 엄하게 다스렸지요. 그랬더니 그 일에 앙심을 품고 이처럼 엄청난 사달을 낸 것입니다. 나리께서 굽어 살펴

는 착오가 있을 수도 있지만 그 명령을 수행하는 사령들에게는 한 치의 착오도 있으면 안 된다는 뜻이다. 아무리 잘못된 명령이라도 아랫사람인 사령은 무조건 그 명령을 수행할 수밖에 없음을 뜻한다.

주십시오!"

그런데 호아호는 머리를 조아리면서 이렇게 고하는 것이었습니다.

"푸른 하늘 같은 나리, 저자 이야기를 곧이들으시면 안 됩니다요! 상전이 아랫것을 때리는 일이야 늘 있는 일인데 제가 어찌 그 일로 원한을 품겠습니까? (⋯) 지금 시체가 주인 선영의 왼편에 묻혀 있습니다. 바라옵건대 나리께서 직접 사람을 보내 땅을 파보게 하십시오. 시체가 있으면 제 말이 사실이고 없다면 거짓일 것입니다요. 만일 시체가 없다면 쇤네 기꺼이 무고죄를 인정하겠습니다!"

지현은 그 말에 따라 즉시 사람을 보내 호아호를 데려가 시신을 찾게 했지요. 호아호는 이어서 시신이 묻힌 자리를 가리켰고, 얼마 지나지 않아 정말로 시신 한 구를 지고 현 관아로 돌아왔지 뭡니까. 지현은 직접 자리에서 일어나 시신을 살펴보더니 말했습니다.

"시체가 있으니 사실임이 분명하다. (⋯) 그래도 할 말이 있느냐?"

지현이 왕 선비를 형벌로 다스리려 하자 왕 선비가 말했지요.

"나리, 제 말씀을 좀 들어보십시오! (⋯) 저 시체는 부패했으니 얼마 전에 죽은 것이 아닌 듯합니다. 만약 한참 전에 맞아 죽었다면 어째서 그때 바로 고발하지 않고 이제야 고발했겠습니까? (⋯) 호아호놈이 어딘가에서 이 시신을 찾아내 터무니없는 말을 지어내 소인을 모함하는 것이 분명합니다!"

"그 말도 일리가 있군."

지현이 이렇게 말하자 호아호가 다시 말하는 것이었습니다.

"이 시체는 정말로 한 해 전에 맞아 죽은 것입니다요! 당시에는 상전과의 정리를 생각해 차마 진실을 알릴 수 없었을 뿐입니다. 게다가 아랫것이 상전을 고발하면 그것만으로도 죄목이 추가되는 일입니다. 해서 내내 가슴 속에 묻어둔 채 발설하지 않았던 것입니다요.[44] 하지만 지금까지도 상전이 그 엄청난 죄를 저지르고도 고칠 기미조차 없고 쉰네는 쉰네대로 그런 사달이 나서 덩달아 연루될까 두려워 마지못해 다시 과거지사를 털어놓은 것입니다[45]! (…) 나리께서 정 못 믿으시겠다면 동네 이웃들을 다 불러 작년 모월 모일에 정말 주인이 사람을 때려 죽인 일이 있는지 물어보십시오. 그러면 바로 진위 여부를 아실 수 있을 것입니다요!"

지현은 이번에도 그 말에 따르기로 했습니다. 이윽고 이웃 사람들이 모두 소환되어 왔기에 지현이 한 명씩 심문했더니 정말로

"작년 모월 모일에 생강을 팔던 객상이 왕 씨네 사람에게 맞아 죽었다가 잠시 소생한 일이 있기는 한데 … 그 후에 어떻게 됐는지는 모릅니다."

하고 고하는 것이 아닙니까. 왕 선비는 사람들에게 지목을 당하자 낯빛이 다 변하고 말까지 횡설수설하는 것이었습니다.

---

44) 【즉공관 미비】會說。말재주가 비상하군!
45) 【즉공관 미비】如此利害人, 豈可與他作私事。王生無知人之哲, 宜其及也。이렇게 무서운 자인데 어찌 그와 같이 사사로운 일을 도모할 수 있겠나? 왕 선비는 사람을 알아보는 슬기가 없으니 이런 낭패를 당할 수밖에!

"정황이 분명한 사실이니 벌을 받아 마땅하다. 더 이상 무슨 말이 필요하단 말이냐? (…) 이놈이 매를 맞지 않으면 자백하지 않을 생각인가 보구나!"

지현은 이렇게 말하면서 당장 명령패[46]를 뽑더니 고함을 질렀습니다.

"매우 치렷다!"

그러자 좌우로 늘어선 형리들이 함성을 지르더니 왕 선비를 엎어놓고 곤장 스무 대를 힘껏 내려쳤습니다. 불쌍한 약골 샌님이 이렇게 고통스러운 형벌을 당하다니요! 왕 선비는 고통을 참지 못하고 짓지도 않은 죄를 일일이 자백할 수밖에 없었습니다. 지현은 그가 자백한 내용을 전부 기록한 다음 말했습니다.

"저 죽은 자를 이놈이 때려 죽였다고는 하지만 죽은 자의 가족이 시신을 확인하지 않고서는 처벌할 수가 없다. 일단 감옥에 수감했다가 그 가족이 시신을 확인하러 나타나면 그때 가서 죄목을 결정하고 처분을 내리겠다."

---

46) 명령패[令箋]: 명대 관청에서 판관이나 관리가 사람을 소환, 체포, 심문할 때 대나무로 만들어진 신주 같은 모양의 명령패를 뽑아 아전이나 포졸에게 건네면 그것을 신표로 삼아 상부의 명령을 집행하곤 했다. 뒤의 삽화에 보이는 지현의 탁자 오른쪽에 희미하게 보이는 통에 명령패들이 꽂혀 있다. 이밖에도 《포청천包青天》 등의 중국 드라마나 영화에서도 판관이 명령패를 뽑아 던지는 장면을 쉽게 확인할 수 있다.

고약한 하인이 실수로 진짜 살인 사건을 고발하다.

지현은 즉시 왕 선비를 감옥에 가두고 시신은 도로 매고 가서 묻어주되, 사후의 검사를 위해 함부로 태우거나 훼손하지 못하게 했습니다. 그러고는 사람들을 해산시키고 자신도 재판정을 나와 관아로 돌아갔지요. 호아호는 드디어 자신의 원한을 갚았다고 여기고 매우 우쭐해졌습니다. 그러나 차마 왕 씨 댁 안방마님을 볼 낯은 없었던지 다른 곳으로 거처를 옮겨버렸답니다.

다시 이야기를 들려드리지요. 왕 씨 댁 가동들은 현 관아에서 소식을 수소문하던 중 상전이 벌써 감옥에 갇혔다는 것을 알고 놀라서 하얗게 질린 얼굴로 집으로 달려와서 안방마님에게 그 사실을 고했지요. 유 씨는 그 소식을 듣자마자 얼이 나가버렸습니다. 마님은 대성통곡을 하더니 뒤로 나자빠지는데, 아 글쎄

목숨이 어찌되었는지 모르겠으나,　　　　未知性命何如?
얼핏 보니 팔다리가 움직이지 않는구나!　先見四肢不動。

계집종들이 당황하여 어쩔 줄을 모르면서 다급하게 큰 소리로 부르자 유 씨도 그제야 차츰 의식을 되찾는 것이었지요.

"서방님!"

유 씨는 이렇게 소리 놓아 통곡하니 두 시진時辰[47] 넘게 그렇게 울고 나서야 그치는 것이었습니다. 유 씨는 서둘러 은자 조각을 좀 챙겨 몸에 지녔습니다. 그러고는 검푸른 옷으로 갈아입더니 계집종

---

47) 시진時辰: 고대 중국에서는 하루를 열두 시진으로 나누고 간지干支로 불렀으므로 "두 시진"이라면 지금으로 치면 네 시간이 된다.

을 하나 대동한 채 가동에게 길잡이를 서게 해서 그길로 영가현 관아 감옥 문 앞으로 달려왔습니다. 내외는 서로를 만나자 목이 메도록 통곡했습니다. 그러더니 이번에는 왕 선비가 울면서 말하는 것이었지요.

"아호 그 놈이 나를 이렇게 해코지할 줄이야!"

유 씨는 이를 갈면서 호아호를 한바탕 호되게 욕했습니다. 그러고는 몸속에서 은자 조각들을 꺼내 왕 선비에게 건네면서

"이것을 감옥 옥졸들에게 나누어주시고 잘 봐달라고 하시면 고생하지 않으실 거예요."

하니 왕 선비가 그것을 받았습니다. 그러나 날이 어두워지는 바람에 유 씨는 어쩔 수 없이 남편과 작별하고 내내 훌쩍거리면서 집으로 돌아왔지요. 그러고는 되는 대로 저녁을 좀 먹고 울적한 마음으로 잠자리에 들었습니다.

'전날 밤만 해도 서방님과 같이 잠자리에 들었건만 … 오늘 이같은 변을 당해 서로 떨어지게 되다니!'

그녀는 이런 생각이 들자 자신도 모르게 또 한바탕 통곡을 했습니다. 그러고나서 참담한 심정으로 잠을 청한 것은 더 말할 나위도 없었습니다.

다시 이야기를 들려드리지요. 왕 선비는 감옥에 갇히고 나서 옥졸들에게 뇌물을 쓴 덕에 매질 같은 형벌은 피할 수가 있었습니다. 그러

나 그와 함께 있는 이들은 하나같이 쑥대머리에 때가 잔뜩 낀 낯을 한 죄수들이었지요. 그러니 속이 즐거울 턱이 있습니까? 게다가 최종 판결이 아직 내려지지 않아 생사가 어떻게 될지 알 수가 없었습니다. 그러니 아무리 누가 정성껏 옷과 밥을 챙겨주어도 굶주리고 헐벗는 고초는 피하기 어려워서 몸이 나날이 야위어 갔답니다. 그러자 유 씨는 또 은자를 가져다 위아래에 뇌물을 쓰고, 남편을 보석으로 데리고 나올 마음을 먹었지요.

> "사람 목숨이 걸린 중대한 일은,　　　　人命重事,
> 함부로 다루어서는 안 된다."　　　　不易輕放。

라고 했던가요? 그래서 감옥에서 인내심을 갖고 버틸 수밖에 없었습니다.

시간은 쏜살같이 흘렀습니다. 왕 선비는 감옥에서 시름시름 앓으면서도 반년을 버텼습니다. 그러나 고생과 근심이 많다 보니 결국 큰 병에 걸리고 말았지 뭡니까. 유 씨는 용한 의원을 찾아가 약을 지어 먹여 보았습니다. 그러나 백 가지 약이 다 효과가 없어서 그저 죽는 날만 기다릴 뿐이었지요. 그러던 어느 날이었습니다. 가동이 아침밥을 날라 왔더니 왕 선비가 감옥 문을 향해 이렇게 분부하는 것이었습니다.

"돌아가거든 안방마님한테 전하거라. (…) 내 병세가 위중해 나을 가망이 없으니 조만간 죽을 것이다. 마님한테 '급히 면회 좀 오시라' 이르거라. 내 이제 영별을 고해야 할 것 같다!"

가동이 집에 돌아가 그대로 전하자 유 씨는 가슴이 철렁 내려앉았습니다. '더는 시간을 지체할 수 없다' 싶어서 서둘러 가마를 하나 빌려[48] 타고 쏜살같이 현 관아로 향했지요. 유 씨는 대문에서 몇 걸음 떨어진 곳에 내린 다음 감옥 입구까지 걸어갔습니다. 그러고는 왕 선비와 만나자마자 샘처럼 펑펑 눈물을 쏟은 것은 말할 필요도 없지요.

　"이 어리석은 남편이 못나서 실수로 남의 목숨을 앗아 감옥에 갇히는 바람에 현명한 당신이 이토록 고초를 당하는구려! (…) 지금 병세가 날로 위중해지기만 할 뿐 나아지질 않는구려. 그래도 당신을 이렇게 보게 되었으니 이제 죽어도 여한이 없소. 다만 … 호아호 그놈은 내가 지옥에 떨어지는 일이 있어도 절대로 용서하지 않겠소!"

　그러자 유 씨도 눈물을 머금고 말했습니다.

　"서방님, 그런 불길한 말씀일랑 하지 마십시오! 일단 마음을 추스르고 몸조리나 잘하십시오. (…) 남 목숨이야 실수로 상하게 하셨다지만 아직 피해자 가족이 나타나지 않았지 않습니까. 제가 전답을 다 팔아치우는 한이 있더라도 서방님은 꼭 구해내어 우리 부부가 상봉할 수 있도록 하겠습니다. (…) 호아호 그놈은 하늘이 용서하지 않으실 겁니다. 언젠가는 복수할 날이 올 테니 너무 마음에 담아두지 마십시오[49]!"

---

48) 【교정】 빌려[顧]: 상우당본에는 '돌아볼 고顧'로 나와 있으나 원래는 '품 살 고雇'를 써야 옳다.

49) 【즉공관 미비】 見得透。 아주 잘 봤군.

"당신이 이토록 마음을 써주니 내가 다시 밝은 세상을 볼 수 있게만 된다면 내 병세도 조금은 나아질 것 같소. 그러나 몸이 원체 허약하다 보니 오래는 버티지 못할 것 같구려!"

그러자 유 씨는 다시 남편을 한 차례 위로했지요. 그리고 울면서 작별인사를 나누고 집으로 돌아와 방에 앉아 혼자 우울한 마음을 달랬답니다. 그때 종복들은 회당 앞에서 투전50) 판을 벌여 놀고 있었습니다. 그런데 가만 보니 웬

멜대를 메고 가는 사람.《원곡선》

---

50) 투전[鬪牌]: '투패鬪牌'는 당대부터 민간에서 유행한 놀이인 엽자희葉子戲, 즉 카드놀이를 가리킨다. 작게 자른 종이 카드 40장을 4명이 각자 8장씩 쥐고 남은 8장은 탁자 복판에 펼쳐 놓은 후 4명 중 1명을 장가莊家(주인)로 정하고 나머지 3명이 승부를 내는 방식으로 진행했다. 이때 종이 카드에는 전설상의 인물들과 함께 '문전文錢(푼돈)'으로부터 '색자素子(노끈)', '만관萬貫(만 꿰미)', '십만十萬(10만 꿰미)' 등의 글자와 무늬가 그려져 있고, 조커Joker처럼 특별한 카드로는 '천만관千萬貫(1000만 꿰미)', '반문전半文錢(반푼)', '공몰문空沒文(빈털터리)'의 3장을 썼는데, 액수가 큰 쪽이 작은 쪽을 이기는 식이었다. 명대에는 주로 사대부들 사이에서 유행해서 '진사가 도박을 못하면 수치로 여긴다進士不工賭博爲恥'라는 말이 다 나올 정도였으며, 심지어 나라 전체가 내우외환으로 위태롭던 숭정 연간에도 만연했다. 원래는 40장으로 놀다가 60장, 다시 120장을 거쳐 136장까지 카드 숫자가 늘어났으며, 놀이 명칭도 '마조馬弔, 마장馬將'으로 바뀌었다. 나중에는 카드의 소재가 내구성이 약해 쉬이 찢어지는 종이에서 뼈나 상아로 대체되면서 마장麻將 즉 마작麻雀으로 발전했다. 일설에는 당대의 엽자희가 11세기에 유럽에 전래되어 포커 게임으로 발전했다고 한다. 여기서는 편의상 "투전"으로 번역했다.

중늙은이 하나가 상자를 두 개 지고 곧장 왕 씨 댁으로 들어오는 것이 아닙니까. 그 사람은 멜대를 내려놓더니 가동을 보고 묻는 것이었습니다.

엽자희를 노는 여인들　　　　엽자희에 사용하던 종이 카드

"선비님 … 댁에 계신가요?"

그런데 바로 이 사람이 오는 바람에 다음과 같은 일이 벌어지고 맙니다.

억울한 가난한 선비는,	負屈寒儒,
진나라 궁정의 밝은 거울[51]을 얻게 되고,	得遇秦庭朗鏡。
흉악한 짓 벌이고 잔꾀 부린 자는,	行凶詭計,
재상 소하[52]의 현명한 법을 피하기 어려우리.	難逃蕭相明條。

---

51) 진나라 궁정의 밝은 거울[秦庭朗鏡]: 갈홍葛洪의 《서경잡기西京雜記》에 따르면, 진시황제가 거울로 궁궐 나인들을 비추면 그 속이 훤히 보여서 오장육부를 보고 판결을 내렸다고 한다. 여기서는 왕갑의 목숨을 살린 지현의 현명한 판결을 두고 한 말이다.

이 일을 증명하는 시가 있습니다.

호주 상인은 그저 아득히 먼 곳에 있는데,　　　　　湖商自是隔天涯,
사공이 무단히 불행의 단서를 만들었구나.　　　　舟子無端起禍胎。
머잖아 왕 선비는 억울함을 토로하고,　　　　　　指日王生冤可白,
불행의 별은 행복의 별로 바뀌겠구나!　　　　　　災星換做福星來。

하인들은 그 사람을 자세히 살펴보다가

"귀신이다! 귀신이 나타났다!"

큰 소리로 외치면서 뿔뿔이 달아났습니다.
이 사람이 누구인 것 같습니까? 바로 한 해 전에 생강을 팔았던
호주 객상이지 누구이겠습니까! 그러자 객상은 가동을 하나 붙잡고

---

52) 재상 소하[蕭相]: '소상蕭相'이란 한나라의 개국공
신 소하蕭何(?~BC193)를 말한다. 진나라 제2대
황제인 호해胡亥 원년에 유방을 보필하여 농민
봉기를 일으켰다. 유방의 군대가 진나라의 수도
함양咸陽에 입성했을 때 다른 장수들은 노략질
에 혈안이 되어 현지의 민심이 들끓자 그는 '사
람을 죽인 자는 사형에 처하고, 사람을 상하거나
도둑질을 한 자는 벌을 준다殺人者死, 傷人及盜
抵罪'라는 이른바 '약법 삼장約法三章'을 시행하
여 주민들의 환영을 받고 얼마 후 민심도 안정되
었다고 한다. 또 한나라가 항우項羽의 초나라와
대결할 때 한신韓信을 유방에게 추천하기도 했

소하. 《삼재도회》

지만 한나라가 개국한 후에는 유방을 도와 한신·영포英布 등의 개국공신
들을 제거하는 악역을 맡기도 했다. "재상 소하의 현명한 법"이란 '약법 삼
장'을 말한다.

물었습니다.

"나는 이 댁 주인 나리를 뵈러 왔을 뿐이오. 한데, ⋯ 어째서 나를 귀신이라고 하는 게요?"

유 씨는 회당 쪽에서 소란한 소리가 들리자 회당으로 걸어 나왔습니다. 그러자 여씨가 앞으로 다가오더니 큰 소리로 인사를 하고 말하는 것이었습니다.

"마님, 제 말씀을 들어보십시오. (⋯) 이 늙은 것은 그때 생강을 팔던 호주 객상 여대입니다요. 전에 이 댁 나리께서 술과 음식을 대접해 주시고, 거기다 흰 비단까지 내려주셔서 감개가 무량했습니다. 그때 헤어진 저는 호주로 돌아갔습니다. 최근 한 해 동안 곳곳에서 이런저런 장사를 하다 다시 이 고장에서 장사를 하게 되었지요. 해서 일부러 현지 토산품을 좀 챙겨서 이 댁 나리께 인사를 드리러 왔답니다.[53] 헌데 이 댁 사람들이 왜 저를 보고 '귀신'이라고 하는지 영문을 모르겠습니다요."

그러자 옆에 있던 가동 하나가 소리쳤습니다.

"마님, 저자 말을 듣지 마세요! 분명히 마님께서 나리를 구해 드리려 한다는 걸 알고 목숨 값을 받으러 온 게 분명합니다요!"

유 씨는 가동을 꾸짖어 물러가게 하고 그 객상을 보고 말했지요.

---

53) 【즉공관 미비】 忠厚人。 성실하고 정이 많은 사람이었군!

"그렇다면 당신은 진짜 귀신은 아니로군요. (…) 당신 때문에 우리 서방님께서 큰 고초를 겪고 있습니다!"

그러자 여대는 깜짝 놀라면서 말했습니다.

"이 댁 나리께선 어디 계십니까? (…) 어째서 저 때문이라고 하시는 겁니까!"

그가 말을 마치자마자 유 씨는 뱃사공 주사가 어떻게 시신을 지고 집을 찾아왔고, 비단과 바구니를 증거로 들고 와서 협박했고, 남편이 어떻게 뱃사공을 매수해서 시신을 묻게 했는지, 호아호가 어떻게 남편을 고발했고, 남편은 또 어떻게 자백을 해서 감옥에 갇혔는지 그 경위를 자초지종 모두 상세하게 일러주었습니다. 여대는 그 이야기를 듣고 가슴을 치며 말하는 것이었지요.

"안됐다, 안됐어! 세상에 이렇게 억울한 일이 다 있다니! (…) 작년에 헤어지고 나서 저는 나룻배를 탔습니다. 그때 사공이 제가 가진 흰 비단을 보고 어떻게 구했는지 묻더군요. 저는 추호의 의심도 없이 나리가 저를 때려 목숨이 위급해졌던 일, 저를 붙잡아놓고 술도 주고 비단도 주신 일을 아주 자세히 들려주었답니다. 그러자 그자가 흰 비단을 사겠다지 뭡니까? 해서 저도 값이 적당한 것 같아 바로 팔았지요. 그랬더니 이번에는 대바구니를 달라길래 뱃삯 대신 주었습니다. (…) 사공이 제 물건 두 개를 구해서 그런 악독한 속임수를 꾸밀 줄은 상상조차 하지 못 했습니다요! (…) 소인이 좀 더 일찍 온주에 오지 않은 탓에 나리께서 큰 고초를 겪으셨군요! 정말 이 늙은것이 큰 죄를 지었습니다!"

"오늘 어르신이 오시지 않았더라면 저조차 남편이 억울한 누명을 썼다는 사실을 몰랐을 것입니다! (…) 그 흰 비단과 대바구니는 그자가 속여서 가져간 것이라고 치고 … 그럼 그 시신은 대체 어디서 나온 것입니까?"

유 씨가 묻자 여대는 한동안 생각하더니 말했습니다.

"그랬군요, 그랬어! (…) 그때 배에서 이야기를 나누고 있는데 가만 보니 수면 위로 시체 한 구가 강기슭에 떠 있었지요. 그런데 그자가 시체를 뚫어져라 쳐다보더군요. 저는 그저 '아무 뜻 없이 그러나 보다' 여겼답니다. 헌데 그 시체를 이용해 교활한 속임수를 꾸밀 줄이야 누가 알았겠습니까! 정말 괘씸하군요, 정말 괘씸해! (…) 이렇게 된 이상 일을 더는 지체해서는 안 되겠습니다. 마님, 일단 제가 가지고 온 토산품부터 받으십시오. 그리고 저와 같이 영가현에 가서 억울함을 호소하고 나리를 감옥에서 구하도록 하시지요. 이것이 상책일 듯 합니다.54)"

유 씨는 그 말에 따라 선물을 받고 일단 상을 차려 여대를 대접했습니다. 그녀는 본디 뼈대 있는 집안의 따님이다 보니 글을 짓는 데에 밝았지요. 그래서 따로 변호인을 구하지 않고 직접 고소장을 작성했습니다. 그러고는 가마를 불러 타고 여대와 하인들을 대동해 길을 나서 영가현까지 왔습니다. 잠시 기다렸더니 지현이 저녁 집무를 하려

---

54) 【즉공관 미비】忠厚人。역시 성실하고 정이 많은 사람이야!

고 재판정에 모습을 나타내는 것이었습니다. 유 씨와 여대는 큰 소리로 억울하다고 하소연하면서 고소장을 올렸습니다. 지현은 그것을 건네받아 처음부터 쭉 훑어보더니 먼저 유 씨를 불러 캐물었습니다. 그러자 유 씨는 즉시 남편이 흥정을 하다가 실수로 사람을 때린 일, 뱃사공이 시체를 지고 와서 금품을 챙긴 일, 종이 원한을 품고 남편을 고발한 일을 자초지종 일일이 들려주었지요. 그러고는

"당시 생강을 팔았던 객상이 오늘 다시 들른 덕분에 남편이 억울한 누명을 쓴 사실을 알았답니다!"

하고 말했습니다. 그래서 지현이 이번에는 여대를 불러 캐물었습니다. 그러자 여대는 여대대로 자신이 얻어맞은 사건의 경위와 비단을 판 사유를 일일이 다 고했지요.

"너는 유 씨에게 매수되어서 나온 것이 아니냐⁵⁵⁾?"

지현이 말하자마자 여대는 머리를 조아리면서 말하는 것이었습니다.

"나리, 소인이 호주 사람이기는 하지만 이 고을에서 오랫동안 객지 생활을 했습니다. 이곳에 아는 사람도 여럿 있고요. 한데 어떻게 나리를 속이겠습니까? (⋯) 당시 정말로 죽게 되었다면 뱃사공한테 '나를 아는 이를 불러 소식을 전하고 복수를 해달라'고 부탁하지, 왜 뱃사공한테 그 일을 부탁한단 말입니까! (⋯) 이거야말로 급박한 상황이어서 그렇게 할 겨를이 없었기 때문이 아니겠습니까? 이몸이 죽고

---

55) 【즉공관 미비】疑得也是. 그렇게 의심할 만도 하지.

나서도 그렇지요. 설마 호주에 일가친척이 없을 리가 있습니까? 오랫동안 객지에 나가 돌아오지 않는 것을 보았다면 누구라도 제 소식을 알아보러 왔을 것입니다요. 그랬다가 만일이라도 남한테 맞아죽은 것으로 드러나면 당연히 부 관아로 가서 하소연을 했어야 옳지요. 그런데 왜 한 해가 다 지난 지금에 와서 엉뚱하게 왕 씨 댁 종이 가장 먼저 고했겠습니까? (…) 소인은 오늘 여기에 와서야 그런 억울한 곡절이 있었다는 사실을 알았습니다. 왕걸을 소인이 해친 것은 아니라지만, … 그의 불행은 모두 소인 탓에 닥친 셈입니다요. 그분이 억울한 일을 당하고 있는 것을 차마 참을 수가 없었습니다. 해서 이렇게 관아에 와서 고발을 하게 된 것입니다요. 모쪼록 나리께서 관용을 베풀어주십시오!"

"너에게 이곳에 아는 사람이 있다니 … 그럼 이름을 대보아라"

여대가 손가락을 꼽으며 열 몇 사람을 거명하자 지현은 그 이름들을 일일이 받아 적었습니다. 그러고는 나중에 거명한 네 사람에 대해서는 포졸 두 명을 불러 이렇게 분부했지요.

"너희는 은밀히 그와 증인을 선 이 네 이웃을 불러오도록 해라."

포졸들은 즉시 대답하고 명을 받들고 가더니 얼마 지나지 않아 두 무리를 모두 재판정으로 불러 왔습니다. 그런데 가만 보니 여대를 아는 네 사람이 멀리서 여대를 알아보자마자 누구랄 것도 없이 말하는 것이었습니다.

"저건 호주 출신인 여대 형님이로군. 헌데, … 어째서 여기 있는 거지? (…) 그럼 일전에 죽은 게 아니었군그래!"

지현은 이번에는 이웃 사람들을 앞으로 불러 여대를 자세히 확인하게 했습니다. 그러자 그들도 모두 깜짝 놀라면서 말하는 것이었지요.

"설마 우리 눈이 침침해진 걸까? (…) 이 사람은 분명히 왕 씨 댁에서 맞아 죽은 생강팔이 객상인데 … 결국 나중에 의식을 되찾았던 건가? (…) 그게 아니면 외모가 닮은 다른 사람인가?"

그러자 그 중 한 사람이 이렇게 말했습니다.

"세상에 저렇게까지 닮은 사람이 어디 있겠어요? (…) 내 눈으로 똑똑히 봤습니다. 절대로 잊어버릴 수가 없어요. 그 사람이 확실합니다. 틀릴 리가 없어요!"

이때 지현은 속으로 벌써 어느 정도 확신을 품게 되었습니다. 그래서 당장 고발장을 접수하고 그 이웃 사람들을 모두 불러 세우더니 다짐을 받는 것이었습니다.

"너희는 나가서 절대로 이 일을 발설해서는 안 되느니라. 만약 내 말을 어기면 당장 잡아들여 무거운 벌을 내릴 것이다!56)"

사람들이 모두 대답하고 그 자리를 물러가자 지현은 즉시 포졸을 몇 명 부르더니 명령을 내렸습니다.

---

56) 【즉공관 미비】知縣精細。지현이 치밀하군.

"너희는 은밀히 사공 주사를 찾아가 그럴듯한 말로 속여 관아로 데려오도록 해라. 다만, … 이 일의 내막을 발설해서는 안 될 것이다. 당시 주인을 고발한 호아호도 증인이 있으니 다들 내일 오후에 대령해 심문을 기다리게 하라."

포졸들은 대답과 함께 일어나 짝을 지어 그 자리를 떠났습니다. 지현은 이어서 유 씨와 여대를 집으로 돌려보내면서 이튿날 저녁 재판정에 출두하도록 일렀습니다. 두 사람은 머리를 조아리고 함께 그 자리를 물러갔지요.

유 씨는 여대를 데리고 감옥 문 앞으로 가서 왕 선비를 만나 방금 있었던 일을 모두 일러주었습니다. 왕 선비는 그 말을 듣고 몹시 반가워했습니다. 마치 타락[駝酪57)으로 정수리에 세례를 받고 단 이슬58)을 심장에 뿌리기라도 한 것처럼, 병이 칠팔 할은 다 달아나버린 것 같지 뭡니까!

"내 당초 호아호를 원망할 줄만 알았지 사공이 이렇게 악독한 인간

---

57) 타락[醍醐]: '제호醍醐'는 우유를 숙성시켜 만든 치즈, 나아가 거기에 응결된 엑기스[extract]로서의 기름을 말한다. 고대 인도에서는 국왕이 즉위할 때 훌륭한 지혜를 머리에 전수한다는 뜻에서 정수리에 치즈 엑기스로 세례를 해주는 전통이 있었다. 나중에는 불가에서 이 풍습을 받아들여 속인이 불가에 입문할 때 스승이 치즈 엑기스나 감로수로 세례를 베풀었다고 한다. 여기서는 순간적으로 큰 깨달음을 얻은 것을 뜻한다. 원래는 '치즈 엑기스'가 옳은 의미이지만 '치즈'를 대체할 만한 우리말이나 한자어가 없어 편의상 "타락駝酪"으로 번역했다.

58) 단 이슬[甘露]: '감로甘露'는 불가에서 먹으면 영생불사한다고 믿는 영약이다. 단 이슬을 심장에 뿌렸다는 것은 죽었다가 되살아났다는 뜻이다. 여기서는 속이 후련하다는 뜻으로 사용되었다.

일 줄이야 … 오늘 귀하가 와 주지 않았다면 나조차 내가 억울한 누명을 쓴 것을 모르고 있었을 게요!59)"

그야말로

"눈 속에 숨은 해오라기는 날아올라야 보이고,　雪隱鷺鷥飛始見,
버들가지 속 앵무는 입을 떼야 알아볼 수 있다네." 柳藏鸚鵡語方知。

유 씨는 왕 선비에게 이별을 고하고 현 관아 대문을 나서 가마에 올랐습니다. 그리고는 여대와 종복들을 대동하고 그길로 집으로 돌아왔답니다. 방에 들어온 유 씨는 가동들을 시켜 여대에게 저녁을 대접하고 회당에서 묵게 해주었지요. 그리고는 이튿날 정오가 지나자 다시 다 함께 현 관아로 갔습니다. 이때 지현은 벌써 재판정에 나와 있었지요. 그런데 얼마 지나지 않았을 때입니다. 가만 보니 포졸 둘이 주사를 데리고 나타나는 것이었습니다. 알고 보니 주사는 왕 선비에게서 뜯은 은자로 그 현에서 포목점을 운영하고 있었지 뭡니까. 포졸들은 지현의 명령에 따라 그를 보자마자

"현의 원님께서 천을 사려고 하신다."

하면서 그를 속여 현 관아 재판정으로 데려왔습니다. 하늘의 뜻에 따라 진실이 드러날 때가 된 것일까요? 무심결에 고개를 들다가 여대를 발견한 그는 자기도 모르게 두 귀가 다 벌게졌습니다. 그러자

---

59) 【즉공관 미비】 惟其不自知, 所以誤受詐受禍也。 그가 자신을 알지 못한 탓이야. 그래서 잘못해서 속임수를 당하고 화를 당한 게지.

여대가 큰 소리를 그를 부르는 것이었습니다.

"형씨! 나한테서 흰 비단과 대바구니를 산 그날 헤어진 뒤로 오늘에서야 만나는구려! (…) 그래, 요즘 장사는 잘되시오?"

주사는 바로 입을 다물더니 아무 소리도 못 하고 얼굴이 사색이 돼버리는 것이었습니다.

얼마 뒤에는 호아호도 재판정에 출두했습니다. 알고 보니 호아호는 다른 고을로 이사를 갔다가 얼마 전에 우연히 친척집에 인사를 가려고 이 현에 돌아와 있었습니다. 그런데 뜻밖에도 포졸과 딱 마주쳤던 거지요. 포졸들은 그에게 다가가 이렇게 거짓말을 했습니다.

"자네 상전의 살인죄를 입증할 사람을 확보했네. (…) 그때 고발을 한 자네가 나오기만 하면 당장 판결을 내릴 수가 있어. (…) 어디에 숨는다고 우리가 못 찾아낼 리가 있나?"

호아호는 그 말을 참말로 여기고 희희낙락 포졸들을 따라와서 이렇게 현 관아 재판정에 무릎을 꿇고 앉았겠다? 그런데 지현이 여대를 가리키면서 묻는 것이었습니다.

"저 자를 알아보겠느냐?"

호아호는 그 사람을 자세히 살펴보다가 깜짝 놀라고 말았습니다. 그는 속으로 몹시 망설이면서 우물쭈물 한동안 아무 대답도 못 했지요. 지현은 둘의 동정을 일일이 속으로 파악하고 있었습니다. 마침내 호아호를 가리키면서 호되게 욕을 하는 것이었습니다.

"네 이 흉악하고 고약한 놈! 상전이 네놈에게 못한 것이 무엇이기에 사공과 공모하여 이 시신을 가져다 사람을 모함했더란 말이냐!"

"정말로 주인이 때려 죽였습니다! 쇤네 절대로 거짓말을 고한 적이 없습니다요!"

호아호가 이렇게 고하자 지현은 성을 내면서 말했습니다.

"그래도 허튼 소리를 할 테냐? (…) 여대가 죽었다고 치자. 그러면 저 밑에 꿇어앉아 있는 것은 대체 누구란 말이냐!"

지현은 큰 소리로 좌우로 늘어선 아전들에게 호아호의 주리를 틀게 했습니다.

"간교하게 꾸민 음모를 냉큼 실토하지 못할까!"

호아호는 고초를 당하자 큰 소리로 말했습니다.

"나리! 만약 쇤네가 원한을 품고 상전을 고발하지 말았어야 옳다고 하신다면 쇤네 기꺼이 그 죄를 인정하겠습니다. 하지만 쇤네더러 공모한 공범을 자백하라고 하시면 그건 죽어도 승복할 수가 없습니다요! (…) 당시 주인은 여대를 때려 쓰러뜨리고 즉시 뜨거운 찻물을 먹여 여대를 소생시켰습니다. 그러나 술과 밥을 대접하고 흰 비단을 주어서 혼자 나루로 가게 하지 말았어야 했습니다. (…) 그날 밤 이경 무렵에 가만 보니 주사가 시체를 지고 집으로 찾아왔지 뭡니까. 게다가 흰 비단과 대바구니도 증거로 가지고 있더군요. 해서 집안사람들은 그 말을 다 믿었습니다. 그런데도 제 상전은 재물로 사공을 매수했고 쉰네와 같이 그 시체를 싣고 상전의 선영으로 가서 묻었습니다.[60] 그 뒤에 상전이 쉰네를 모질게 매질하길래 쉰네 개인적인 원한을 품고 나리께 와서 고발한 것입니다요! (…) 그 시체가 진짜인지 가짜인지는 정말로 몰랐습니다요! 오늘 여대가 오지 않았다면 쉰네조차 제 상전이 억울하다는 사실을 몰랐을 것입니다. 그 시체의 내력은 모두 사공만 알고 있습니다요!"

그 진술을 받아 적은 지현은 호아호를 물러가게 하자마자 주사를 불러 추궁했습니다. 그러자 주사는 처음에는 말을 얼버무리는 것이었습니다. 그러나 여대와 옆에서 대질하고 거기다 지현이 형벌까지 내리자 꼼짝없이 모든 사실을 낱낱이 실토할 수밖에 없었지요.

"작년 모월 모일, 여대가 흰 비단을 안고 제 배에 올랐더군요. 우연히 까닭을 물었다가 비로소 그가 얻어맞은 일을 상세하게 알게 되었습니다요. 한데, 마침 나루 어귀에 시체가 강기슭에 떠 있지 뭡니까. 소인도 그래서 왕 씨네에 사기를 치기로 작정했던 것입니다요. 해서 일부러 그의 비단을 사고, 거기다가 그를 속여 대바구니까지 받아냈습니다. 그리고 물속의 시체를 배 위로 끌어올려 배 한쪽에 놓아두었지요. 그러고 나서 왕 씨 댁으로 갔더니 뜻밖에도 말을 꺼내자마자 그가 덜컥 믿는 것이 아닙니까?[61] 그 뒤로 왕 선비한테서 은자를 챙겼고 시체는 가져다 무덤에 묻었습니다. 지금까지 드린 말씀은 모두 사실이옵고 절대로 허튼 소리가 아닙니다요!"

---

60) 【즉공관 미비】初首時, 何不卽扯船家爲證。애초에 고발하러 왔을 때 당장 사공을 증인으로 끌고 왔어야지.

61) 【즉공관 미비】誤事在此。일을 그르치게 된 원인도 여기에 있었던 게야.

"맞는 말이긴 하다마는 그 중에 어떤 대목은 이해가 되지 않는구나. (…) 어떻게 마침 강물에 뜬 시체가 있었는가! 또 어떻게 공교롭게 여대와 꼭 닮을 수가 있느냐? 분명히 또 다른 곳에서 사람을 해치고 와서 왕 선비를 속이려 든 것이렷다?[62]"

지현이 다그치자 주사는 큰 소리로 이렇게 외쳤습니다.

"나리, 억울합니다요! (…) 소인이 만약 남을 해치려 들었다면 애초에 여대부터 해쳤을 겁니다요! (…) 지난번에 떠 가는 시체를 발견했고, 그래서 비단과 바구니를 사는 속임수를 꾸미게 된 것입니다. 속으로는 '얼굴이 닮지 않았으니 사람들이 믿기나 하겠나' 하는 생각도 들었습니다. 허나 … 소인이 왕 선비를 속여 넘길 수 있었던 것은 첫째, 그가 심장병을 앓는데다가, 둘째, 여대와는 한번밖에 보지 못한 사이였기 때문입니다요. 더욱이 그날은 날이 어두컴컴했습니다. 등불 아래에서 평범한 시체를 어느 누가 꼼꼼하고 똑똑하게 분간할 수가 있겠습니까? 셋째, 흰 비단과 대바구니 역시 왕 선비와 생강 장수의 물건이었습니다. 절대로 의심할 리가 없었지요. 해서 간 크게도 그를 속여 넘길 수가 있었던 것입니다요. 그러나 … 뜻밖에도 정말로 소인에게 속아 넘어가서 한 사람도 진위를 분별해내는 자가 없었습니다. (…) 그 시체의 내력이라면 아마도 실족해서 물에 빠졌던 거겠지요. (…) 소인, 정말 모릅니다요!"

그러자 여대가 무릎을 꿇고 고하는 것이었습니다.

---

62) 【즉공관 미비】 疑得也是。 그렇게 의심하는 것도 당연하지.

"소인이 지난번에 강을 건널 때 정말 떠 가는 시체가 하나 있기는 했습니다. 그 말은 사실인 것 같습니다요."

지현이 그 말도 받아 적고 나니 주사가 다시 말을 이었습니다.

"소인의 본심은 그저 왕 선비를 속여 금품을 좀 뜯으려고 한 것뿐입니다. 절대로 그를 해칠 마음은 품은 적이 없습니다요! (…) 나리, 그저 너그럽게 처분을 내려주십시오!"

그러자 지현은 호통을 쳤습니다.

"네 이 하늘의 법도도 모르는 괘씸한 놈! 바로 네놈이 그의 은자를 탐내는 바람에 하마터면 그가 패가망신할 뻔했다! (…) 그런 흉악한 속임수로 얼마나 많은 사람들을 해쳤는지 누가 알겠는가 말이다![63] (…) 나는 오늘 영가현을 위해 너라는 위험인물을 없애는 셈이다. 호아호는 왕 씨네 종의 신분으로 허튼 수작을 벌여 상전을 배신했으니 그 죄가 참으로 괘씸하다. 그러니 무거운 벌로 다스림이 옳다!"

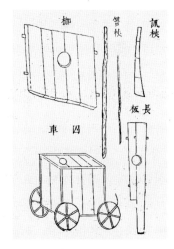

명대의 형구들. 칼·회초리·곤장이 보인다.《삼재도회》

---

63) 【즉공관 미비】所謂情理難容。이런 경우를 두고 도의적으로 용납할 수 없다고 하는 게지.

지현은 당장 큰 소리로 둘을 끌어내리게 했습니다. 그러고는 호아호는 곤장 마흔 대를 치고 주사는 횟수를 세지 않고 숨이 끊어질 때까지 곤장을 치게 했습니다. 그러나 호아호는 얼마 전에 얻은 열병이 미처 완치되지 않은 탓에 곤장을 감당하지 못했지요. 게다가 종이 상전을 배신한 것이 하늘의 법도에 용납되기 어려웠던지 마흔 대를 치기도 전에 현장에서 즉사하고 말았습니다. 주사는 주사대로 일흔 대까지 맞더니만 숨이 끊어져버렸지요. 불쌍하게도 흉악한 둘이 오늘 곤장에 죽고 만 것입니다.

지현은 두 사람이 죽은 것을 확인하고 둘의 연고자를 출두시켜 시신을 인수하게 했습니다. 그리고 감옥에서 왕 선비를 끌어내 재판정에서 풀어주었지요. 이어서 주사의 포목점에 있는 천들은 모두 몰수하니 그 값이 백 냥이었습니다. 그것은 따지고 보면 왕 선비가 사기당한 물건이었지요. 원칙으로는 관례에 따라 관아에 귀속시켜야 하는 것들이었습니다. 그러나 왕 선비가 유생의 몸으로 오랫동안 억울하게 옥살이를 하기도 했고, 그가 난데없는 변을 당한 일을 딱하게 여겨 '장물'을 '주인에게 돌려주는 것'으로 처리했습니다. 이 역시 지현이 현명하게 처리한 셈이지요. 그리고 무덤 옆의 시신은 파내어 확인해보니 손톱 밑에 모래가 묻어 있었습니다. 발을 헛딛는 바람에 물에 빠져 죽은 것이었지요. 그래서 시신의 연고자가 없다고 여기고 검시관을 시켜 공동묘지에 묻어주게 했답니다.

왕 선비 등 세 사람은 지현에게 고맙다고 인사를 하고 관아를 나왔습니다. 집에 도착한 왕 선비는 유 씨와 얼싸안고 한바탕 통곡을 하고는 회당 앞으로 가서 여대에게 다시 정식으로 인사를 했지요. 여대는 왕 선비가 자신 때문에 억울한 일을 당한 것 때문에, 왕 선비는 왕 선비대로 여대가 자신의 억울함을 풀어준 것 때문에 서로 미안한 마음을 비치면서 감격해 마지않았습니다. 이거야말로

"싸우지 않으면 친해지지 않는다.[64]" 不打不成交。

는 경우이겠지요. 그 후로 두 사람은 끊임없이 내왕하는 돈독한 사이가 되었습니다. 왕 선비는 이때부터 나쁜 습성을 많이 고쳐서 거지를 만나도 상냥하게 대하게 되었지요. 그리고 그동안 있었던 일들에서 느낀 바가 있었는지 입신양명하여 치욕을 씻을 작정으로 두문불출 글공부를 하면서 손님조차 만나지 않더니 십 년 만에 마침내 진사進士가 되었답니다.

이런 까닭에 벼슬을 하는 사람들은 절대로 목숨을 들풀같이 소홀히 다루거나 아이들 장난처럼 여기면 안 된다고 하는 것입니다. 왕 선비의 이 사건만 해도 그렇지요. 사공만 마음이 반듯했더라면 되었을 텐데 말입니다. 어쨌든 생강 파는 객상이 온주로 되돌아오지 않았더라면 왕 씨 댁 가족조차 주인이 억울한 일을 당한 사정을 알지 못할 뿐만 아니라, 아내조차 남편이 억울한 일을 당한 사정을 알지 못하고, 왕 선비 본인조차 자신이 억울한 일을 당하고 있는 줄 알지 못했을 테지요.[65] 그러니 재판정에서 억울한 신세에 처한 이들이 억울함을

---

64) 싸우지 않으면 친해지지 않는다.不打不成交: 명대의 속담. 싸우고 나야 사이가 좋아진다는 뜻으로, '싸우지 않으면 친해질 수 없다.不打不相識'나 '싸우지 않으면 아는 사이가 될 수 없다.不打不成相識' 등으로 쓰이기도 한다. '비 온 뒤에 땅이 굳는다'라는 우리 속담과 그 가르침이 유사하다.
65) 【즉공관 미비】乃知天下獄情, 冤者多矣. 이로써 이 세상의 감옥 상황을 볼 때 억울한 사람이 많다는 것을 알 수 있는 셈이다.

풀 수가 있겠습니까? 자애로운 군자들께서는 이 이야기를 본보기로 삼아야 하겠습니다.

감옥서는 형벌 안 쓰는 것이 '어진 군자'이러니,　圄圄刑措號仁君,
길온의 그물, 나희석의 집게[66]가 가장 억울하지.　吉網羅鉗最枉人。
어리석고 더러운 탐관오리들께 한 말씀 드리노니,　寄語昏汚諸酷吏,
그 응보 멀게는 자손, 가깝게는 본인이 받을게요[67]!　遠在兒孫近在身。

----

66) 길온의 그물, 나희석의 집게吉網羅鉗:《구당서舊唐書》〈혹리열전酷吏列傳〉에 따르면, 당나라 현종玄宗 때의 권신 이임보李林甫(683~753)에 의해 어사御史로 발탁된 나희석羅希奭과 길온吉溫은 이임보의 기분에 맞추어 충신을 모함하고 혹형을 남용하여 억울한 희생자들을 무수하게 만들어냈다. 그래서 탐관오리가 형벌을 마구잡이로 남용하여 무고한 희생자를 만들어내는 것을 "길온의 그물, 나희석의 집게"라고 불렀다고 한다.

67) 그 응보 멀게는 자손~遠在兒孫近在身: 원·명대의 속담. 중국인들은 예로부터 착한 일을 하면 복을 받고 못된 짓을 하면 화를 당하며, 그 복과 화는 가깝게는 당사자 한 사람[身]에서 끝나기도 하지만 멀게는 그 후손들에게까지 대대로 미칠 수 있다고 여겼다. 어떤 일을 할 때 현재의 자신만 생각하지 말고 미래의 후손이나 상황들까지 따져보고 신중하게 처신할 것을 권유하는 말이다.

제 12권

도 노인은 큰 비 오자 손님을 들이고
장진경은 몇 마디 말로 아내를 얻다
陶家翁大雨留賓　蔣震卿片言得婦

卷之十二
陶家翁大雨留賓 蔣震卿片言得婦 해제

　　이 작품은 하늘이 정해준 천생연분에 관한 이야기이다. 이야기꾼은 풍몽룡의 《정사情史》 및 《설부說郛》에 소개된 송대의 왕王 도령 이야기를 앞 이야기로 들려주고, 이어서 축지산祝枝山의 《구조야기九朝野記》에 소개된 장진경蔣震卿의 이야기를 몸 이야기로 들려준다.

　　유학자 집안 출신이면서도 자유분방한 절강 여항현餘杭縣의 장진경은 산음山陰(소흥)이 명승지라는 소문을 듣고 장사를 하러 강남으로 가는 객상 둘을 따라 나선다. 소흥의 명소들을 두루 구경한 진경은 장사를 마친 객상들과 합류해 귀향길에 오른다. 제기촌諸曁村에 이르렀을 때 날은 저무는데 인가는 보이지 않고 설상가상으로 비까지 쏟아지자 세 사람은 숲 사이로 보이는 저택으로 뛰어가 대문간에서 비를 피한다. 집 대문이 열린 것을 본 진경은 '이 집이 장인 댁'이라고 농담을 하고, 바로 그때 대문이 열리면서 웬 노인이 나타나 '주인이 장인이라고 한 이가 누구냐'고 묻더니 언짢은 표정으로 진경만 팽개치고 객상들만 데리고 들어가 저녁을 대접한다. 문전박대를 당하고 혼자 길을 나서려 하는데 집 안에서 '가지 마요', '물건을 좀 가지고 나왔어요' 하는 소리가 들린다. 진경은 객상들의 목소리인 줄 알고 자기 앞에 이불로 싼 짐 두 개가 떨어지자 그것들을 메고 달음박질을 친다. 앞서 가던 진경은 사람 둘이 담을 넘자 '둘이 따라오겠지' 싶어서 밤이 다 새도록 서로를 확인하지 않고 길을 간다. 날이 밝자 그제야 속도를 내서 서로 합류했다가 상대가 객상이 아니라 웬 낯선 여인과 몸종인 것을 보고 놀란다. 그런데 상대 쪽에서 허둥지둥 몸을 피하려 하자 진경은 여인의 팔을 잡고 '따라오지 않으면 집에 알리겠다'고 겁을 준다. 여인이 하는 수 없이 따라오자 객줏집에 투숙한 진경은 여인의 내력을 묻는다. 그러자 여인은 자신이 그 집 딸 유방幼芳이며 사촌 오라비 왕王 도령과 사랑하는 사이로 전날 밤 함께 야반도주하기로 약속해서 왕 도령이 자신을 데리러 온 줄 알고 패물을 챙겨 몸종과 함께 담을 넘었다고 털어놓고 그것도 인연이라면 따르겠다며 진경의 여항 본가로 따라가서 백년가약을 맺는다. 집안사람들에게 슬기롭고 싹싹하게 대하고 진경과 금슬 좋게 신혼을 보낸 끝에 일 년 후 아들을 낳은 유방은 언제부터인가 누가 부모 이야기를 꺼내기라도 하면 눈물을 흘린다. 그러던 어느 날, 유방이 부모에게 기별이라도 전해달라고 부탁하자 진경은 지인 완태시阮太始를 찾아가 사정을 털어놓고 부부의 소식을 처가에 전해줄 것을 부탁한다.

한편, 노인이 부인 왕 씨와 함께 딸 걱정에 눈물을 흘리고 있을 때 그의 집을 찾은 완태시는 '여항의 한 젊은이가 농담 한마디로 제기촌의 도 씨 처자를 아내로 맞아들인' 이야기를 들려주고 그녀의 젖이름·나이·몸종 이름을 캐물은 도 노인은 그것이 자신의 딸임을 확신한다. 그래도 도 노인이 반신반의하자 병풍 뒤에서 대화를 엿듣던 왕 씨는 완태시에게 딸을 만나게 해달라고 통사정한다. 완태시를 따라 장 씨네 집으로 가서 딸과 극적으로 상봉한 도 노인은 딸을 데리고 고향으로 돌아와 모녀를 상봉시키고 진경은 그간의 경위를 일일이 해명하면서 용서를 구한다. 그러자 도 노인은 두 사람을 천생연분으로 여기고 일가친척을 모두 초대해 정식으로 혼례식을 치러주고 혼수를 후하게 챙겨서 귀가시킨다.

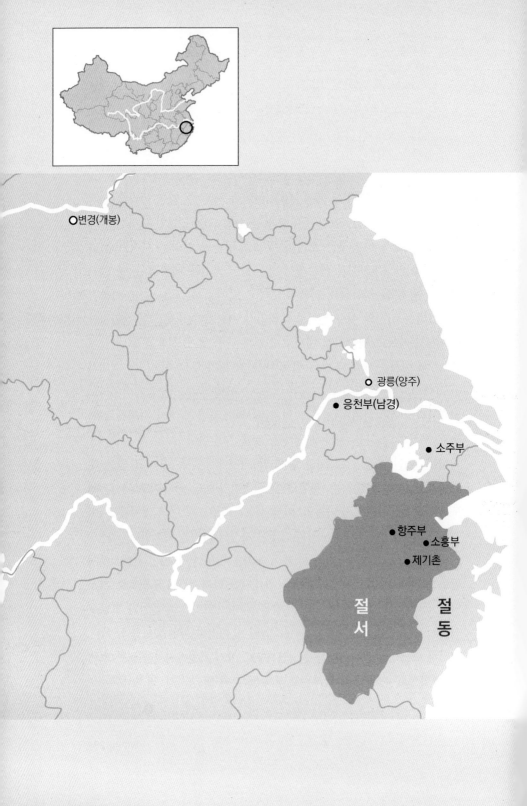

변경(개봉)

광릉(양주)
응천부(남경)

소주부

항주부
소흥부
제기촌

절
서

절
동

이런 시가 있습니다.

물 한 모금 음식 한 입 먹는 것도,	一飮一啄,
전생에 정해지지 않은 것이 없지.[1]	莫非前定。
한 순간 장난으로 한 말도,	一時戲語,
평생토록 빌미 거리가 되기도 한다네.	終身話柄。

이야기를 들려드리겠습니다. 사람이 살면서 일어나는 모든 일은 전생에 이미 결정되어 있다고 하겠습니다. 가끔 재미 삼아 장난으로 한 일이나 웃자고 한 말이라 할지라도 나중에 그대로 현실이 되니까요. 마치 길흉을 예언하는 참언이나 주술이 한 치의 오차도 없이 딱 들어맞는 것처럼 말입니다. 그런 것을 보면 당사자가 장난하고 웃는 그 순간도 본인이 깨닫지 못하는 사이에 귀신이 벌써 그 일을 벌이고 있음을 알 수가 있습니다. 결코 우연히 벌어지는 일이 아닌 게지요.

---

1) 물 한 모금 음식 한 입 먹는 것도~一飮一啄, 莫非前定: 명대의 속담. 물을 마시고 음식을 먹는 등 인간의 모든 행위는 전생에 이미 정해진 운명에 따른 것이라는 뜻이다. 때로는 '마시고 먹는 것조차 전생에 정해지지 않은 것이 없다一飮一食, 莫非前定' 또는 '술을 주고받는 것조차 전생에 정해지지 않은 것이 없다一斟一酌, 莫非前定' 등으로 사용되기도 한다.

송나라 때만 보아도 그랬습니다.[2] 숭녕崇寧[3] 연간에 성이 왕王인 도령이 한 사람 살았습니다. 본관이 절서浙西[4]인데, 젊어서 과거에 급제하여 회시會試[5]를 치르러 서울에 올라와 있었지요. 하루는 저녁 무렵 연추방延秋坊에 있는 친구 집의 잔치 자리에 가는 길이었습니다. 웬 작은 집 앞을 지나는데 아주 아리따운 여자가 눈에 들어오는 것이었습니다. 혼자 대문 안쪽에 서서 서성거리며 내내 바깥에 눈길을 두고 있는 것이 마치 누구를 기다리는 것 같았지요. 왕 선비가 그녀에게 집중하고 있을 때였습니다. 가만 보니 앞에서 말을 탄 웬 무리가 고함을 지르면서 몰려오는 것이 아닙니까! 그 서슬에 여인은 몸을 피해 안으로 들어가버리는 것이었습니다. 왕 선비도 서둘러 길을 가느라 그 집이 장 씨네인지 이 씨네인지 물어볼 겨를이 없었지요.

잔치에 참석해 술에 얼근하게 취해서 귀가할 때는 이미 초경 나절이 되어 있었지요. 그가 다시 그 집 앞을 지나다가 대문 안쪽을 보는

2) *본권의 앞 이야기는 풍몽룡《정사情史》권3의 〈왕생王生〉 또는《설부說郛》권11의 〈청존록清尊錄〉에서 소재를 취했다.

3) 숭녕崇寧: 북송의 제8대 황제 휘종徽宗 조길趙佶(1082~1135)이 서기 1102년부터 1106년까지 사용한 세 번째 연호.

4) 절서浙西: 중국 고대의 지역명. 중국에서는 전통적으로 전당강을 중심으로 그 동쪽을 '절동浙東', 그 서쪽을 '절서浙西'라고 불렀다. 지금의 절강성 서부 지역에 해당한다.

5) 회시會試: 명대에 시행된 과거제도에서 최종 단계의 중앙고시. 회시는 전국 각지 향시에서 합격한 거인들이 한곳에 모여 실력을 겨룬다는 뜻에서 유래한 말로서, 예부禮部의 주관으로 향시 이듬해 2월에 도성에서 거행되었고 여기서 합격한 사람을 공사貢士, 일 등을 '회시의 장원'이라는 뜻에서 회원會元으로 불렀다. 시험의 내용은 유가 경전의 해석을 위주로 했는데 시험이 봄철에 열린다고 해서 '춘시春試' 또는 '춘위春闈'라고 부르기도 했다.

데 가만 보니 문은 벌써 굳게 닫힌 채 고요한 것이 인기척조차 없었습니다. 왕 선비는 자기 행동에 웃으면서 왼쪽 담벼락을 따라 걸었습니다. 그 집에 뒷문이라도 있는지 살펴볼 요량이었던 거지요. 그런데 가만 보니 몇십 걸음 앞쪽에 한 장6) 남짓한 공터가 있고 작은 외짝문이 그 자리를 막고 있는 것이었습니다.

'낮에 본 미인은 이 안에 있는 것 같은데 … 어떻게 하면 다시 한 번 볼 수 있을까?'

왕 선비가 이런 생각으로 그 집 뒷문을 쳐다보며 못내 아쉬워하고 있을 때였습니다. 갑자기 담장 너머에서 무언가가 날아오더니 "탁" 하고 땅바닥에 떨어지는 것이 아닙니까. 왕 선비는 하마터면 그것에 맞을 뻔했지요. 주워서 보았더니 다름 아닌 기와조각이었습니다.

때는 바야흐로 환한 달이 막 떠서 밝기가 대낮 같았습니다. 그래서 그 기와조각을 보니 이런 글귀가 적혀 있는 것이었습니다.

"밤에 여기서 기다려요."

왕 선비는 좀 이상하다는 것을 직감했습니다. 그러나 취기가 좀 올라서였는지 웃으면서

"어떤 자가 누구를 만나 무슨 일을 하려 드는 걸까? (…) 내가 좀 긁려줘야겠군!"

---

6) 장丈: 중국 고대에 사용된 길이의 단위로, 열 자[尺]에 해당한다. 한 자가 33센티미터 정도이므로 한 장은 3.3미터 정도에 해당한다. 여기서는 "한 장[一丈]" 남짓이라고 했으므로 3~4미터 정도 되는 셈이다.

하더니 담벽에서 석회 가루를 좀 긁어다가 기와 안쪽에 이렇게 적었습니다.

"삼경이 지나면 나올 수 있어요."

그런 다음 원래대로 담장 안으로 던져 넣고 열 걸음 정도 물러나서 멀찍이 선 채로 무슨 인기척이라도 있는지 지켜보았습니다. 그렇게 좀 기다리고 있는데 웬 젊은이가 담벼락까지 걸어오는 것이 아닙니까. 그러더니 고개를 숙이고 무언가를 찾는 것처럼 왔다 갔다 하는 것이었지요. 그렇게 한참을 찾아도 아무것도 보이지 않자 담장 너머를 바라보면서 한숨을 쉬더니 떨어지지 않는 발을 억지로 떼서 그 자리를 떠나는 것이었습니다. 왕 선비는 어둠 속에서 그 모습을 또렷하게 보고 말했습니다.

'저자가 보기로 했던 사람인가 본데 … 안에 있는 건 누군지 모르겠군. (…) 어쨌든 누군가 나올 테니 꼭 기다려봐야겠다.'

삼경까지 기다렸더니 달이 중천에 뜨고 안개가 사방에 자욱해지는 것이었습니다. 취기는 벌써 가셨지만 자꾸 졸음이 몰려오지 뭡니까. 그래서 허리도 좀 펴고 하품도 좀 하더니 계면쩍었던지 자기 행동에 웃음을 지으면서 말했지요.

"잘 생각은 하지 않고 남 일에 쓸데없이 상관이나 하고 있다니!"

하면서 발을 옮겨 거처로 돌아가려는 찰나였습니다. 갑자기 담 저편의 작은 문이 '삐걱' 소리와 함께 열리더니 웬 여인이 살며시 빠져나오는 것이 아닙니까. 달빛 아래에서 눈을 들어 보니 제법 아리따웠지요. 그 뒤에는 웬 어멈이 큰 대나무 고리짝을 메고 뒤따라 나오는 것이었습니다. 왕 선비가 앞으로 다가가서 자세히 보니 낮에 혼자 문간에 서 있던 바로 그 여인이지 뭡니까.

그 여인은 누가 다가오는 것을 보고도 전혀 피하지 않더니 막상 가까이 와서 마주보다가 깜짝 놀라면서 말하는 것이었습니다.

"아닌데? (…) 아니잖아!"

그녀가 고개를 돌려 어멈 쪽을 보자 어멈도 다가와 두 눈을 비비고 왕 선비를 확인하더니 같은 말을 하는 것이었지요.

"아니네요. 아니야! 얼른 들어가자고요."

그러자 왕 선비는 거꾸로 뒷문가로 가서 몸으로 막아서더니 와락 여자를 붙잡고 말했습니다.

"어딜 들어가려고! 양갓집 규수 같은데 깊은 밤중에 여기서 남정네와 정분이 나서야 되겠소? 내 지금 소리를 지르면서 당신을 관가로 끌고 가서 불미스런 소문이 퍼지기라도 하면 당신네 온 식구가 얼굴도 못 들고 다니게 될 거요! (…) 우연히 여기서 마주친 것도 나와 당신의 전생의 인연 때문인 듯하니 … 차라리 나를 따라가십시다! 나는 여기서 회시를 볼 거인이니 당신한테도 손해는 아닐 거요."

다 듣고 난 여인이 파르르 떨면서 눈물을 비 오듯 쏟으면서 어쩔 줄을 모르고 있는데 어멈이 입을 여는 것이었습니다.

"소리를 지르시면 정말 야단이 납니다! (…) 이분은 거인이시라니 아씨도 일단 이분을 따라 거처로 가서 방법을 강구하시지요. 이제는 어쩔 도리가 없어요! 곧 날이 밝을 텐데 누가 보기라도 하면 정말 큰일 나요!"

그 여인은 한쪽에서 울고 있고 왕 선비는 한쪽에서 막무가내로 보챘습니다. 하는 수 없이 무기력하게 그를 따라 처소까지 가니 그녀를 작은 위층 방에 머물게 해주었습니다. 어멈도 시중을 들도록 남게 했지요.

여인이 안정을 되찾았을 때 왕 선비는 그녀의 내력을 물었습니다. 그러자 그녀가 말하는 것이었습니다.

"소녀는 성이 조曹 가입니다. 아버님은 일찍 돌아가시고 어머니가 무남독녀인 저를 무척 아끼셔서 남의 집에 출가시키려 했지요. 제게는 고모가 계신데 그 아들과는 어릴 적부터 내왕해온 데다가 총명하고 준수하여 내심 그에게 시집을 갈 참이었습니다. (…) 이쪽 어멈은 바로 제 유모예요. 제가 유모더러 이 사정을 어머니에게 고하게 했지만, 어머니는 '그 집안에는 벼슬을 한 사람이 하나도 없다'면서 허락해주지 않으셨어요. 그래서 유모에게 제 사정을 이야기하고 그분에게 기별을 전해서 오늘 밤 기와조각을 던지는 것을 신호로 삼아 문을 열고 같이 야반도주하기로 했습니다. 그랬더니 그분도 기와를 던져 삼경이 되면 나오라고 하더군요. (…) 때가 되어 문을 나섰는데 엉뚱하게도 선비님만 있고 그분은 보이지 않으니 어떻게 된 일인지 모르겠습니다!"

왕 선비는 그제야 웃으며 아까 장난삼아 기와에 글귀를 적어 담

너머로 던졌고, 웬 사내가 무언가를 찾다가 결국 찾아내지 못하고 한숨을 푹 내쉬면서 가버린 경위를 전부 들려주었지요. 그러자 여인이 한숨을 쉬더니 말했습니다.

"가버린 사람이 바로 그분이었군요!"

그래서 왕 선비가 웃으면서 말했습니다.

"운 좋게도 내가 당신을 만났으니 이거야말로 오백 년 전에 정해진 인연이 아니겠소?"

여인은 달리 뾰족한 수가 없었습니다. 게다가 왕 선비를 보니 그 정도면 풍채가 남다른지라 그의 말을 따를 수밖에 없었지요. 두 사람은 이제 막 알게 된 사이였지만 그 사랑은 각별했습니다.

회시가 치러진 뒤였습니다. 방榜이 붙었지만 왕 선비는 낙방했지 뭡니까.7) 그럼에도 불구하고 그 여인을 사랑한 나머지 계속 즐거운

청대 과거장에 붙은 방

나날을 만끽했습니다. 낙방한 일 따위는 전혀 마음에 두지 않고 그저 밤낮으로 환락을 즐길 뿐이었지요.

그 여인이 가져온 대나무 고리짝에는 금은보화가 가득했습니다. 그런데 왕 선비에게 쓸 돈이 모자라지자 그것들을 꺼내 그에게 생활비로 주었답니다.[8] 그렇게 몇 달을 끄는 사이에 왕 선비는 고향에 돌아가는 일까지 까맣게 잊는 것이었습니다.

왕 선비의 부친은 부친대로 고향 집에서 아들이 돌아오기만을 기다리고 있었습니다. 그런데 날이 한참 지났는데도 왕 선비가 돌아오지 않는 것이 아닙니까. 서울에서 내려온 사람들마다 두루 수소문했더니 다들

"그의 처소에 웬 여자가 있더군요. 둘이 아주 행복해 보이던데 어디 돌아오려고나 하겠습니까?"

하는 것이었습니다. 그의 부친은 크게 노하여 엄한 어투로 편지를 쓰더니 집사를 둘 보내 서울로 가서 그의 귀향을 재촉하게 했지요. 이와 함께 또 다른 편지를 서울의 친한 과거 동기[9]들에게 보내 그들이 마표馬票[10]를 발부해 자기 아들이 서울을 떠나도록 압박하되 절대로 지체하지 말라고 부탁했습니다.[11] 결국 왕 선비는 그 여인과 헤어

---

7) 【즉공관 미비】 掃興。恐亦戱行之報。김 샌군! 어쩌면 역시 잘못된 행실에 대한 응보일지도 모르지.

8) 【즉공관 미비】 可憐。딱하게 됐군!

9) 과거 동기[同年]: 명대의 호칭, 같은 해에 급제한 동기생이라는 뜻에서 '동년同年'이라고 불렀다. 여기서는 편의상 "동기同期"로 번역했다.

10) 마표馬票: 명대에 죄인 또는 피의자에 대한 체포 명령서.

11) 【즉공관 미비】 殺風景。좋은 분위기를 다 망치는구먼!

질 수밖에 없었지요.

"일이 어쩔 도리가 없게 돼버렸구려. (…) 일단 집으로 갔다가 상황을 봐서 가능하면 바로 오겠소. 어쩌면 아버님께 말씀드리면 바로 와서 당신을 데려갈 수 있을지도 모르겠소. (…) 당신은 꾹 참고 유모와 함께 이 거처에서 지내면서 나를 기다리도록 하시오!"

그는 여인과 작별인사를 나누고 눈물을 머금고 떠났답니다.[12]
왕 선비가 고향 집으로 돌아오니 승진하여 복건 땅으로 부임하게 된 부친은 길을 나서면서 아예 왕 선비까지 데려가려 하는 것이었습니다. 적절한 시기를 찾지 못해 여인의 일을 거론하기 난처해진 왕 선비는 답답한 마음으로 부친의 임지로 따라갈 수밖에 없었습니다. 밤낮으로 그녀를 그리워한 것은 말할 필요도 없었지요.

계속 이야기를 들려드리겠습니다. 서울에 남겨진 그녀는 유모와 함께 왕 선비의 거처에 머물면서 그가 돌아오기만을 기다렸습니다. 가지고 있던 재물은 절반 이상을 왕 선비가 서울에 있을 때 이미 다 써 버린 상태였지요. 지금은 또 두 사람이 그 처소에서 숙식을 해결하는 데에 충당하다 보니 지출만 있고 수입은 없었습니다. 남아나는 것

천진고적天津古籍판《초각 박안경기》(제116쪽)에서는 이 촌평을 책장 옆에 다는 '방비旁批', 즉 측비側批로 표시했다. 그러나 상우당본 원문(제490쪽) 확인 결과 이 부분은 책장의 위쪽에 다는 미비眉批가 맞다.

12) 【즉공관 미비】太草草, 王生非忠厚人也。 너무 얼렁뚱땅 해치우는 걸 보니 왕 선비도 성실하고 정이 많은 사람은 아니로군!
천진고적판《초각 박안경기》(제116쪽)에는 '초초草草'가 '초솔草率'로 나와 있으나 상우당본 원문(제490쪽) 확인 결과 글자를 오인한 것으로 보인다.

이 많지 않은 마당에 왕 선비 쪽에서도 아무 기별이 없지 뭡니까. 여인은 마음이 조급해져서 어멈에게 집에 남은 모친 소식을 알아보게 했습니다. 다시 집으로 돌아가 모친과 상봉하기만 바라면서 말이지요. 그러나 뜻밖에도 모친은 이 딸을 잃어버린 뒤로 종일 목 놓아 울다가 끝내 오래전에 병이 들어 죽었다지 뭡니까, 글쎄! 그 고모의 아들도 이튿날 외숙모 집에서 딸이 사라졌다는 소식을 듣고 자신에게 불똥이 튈까 두려웠던지 도망가버려서 행방조차 알 길이 없었습니다.[13] 여인은 그 이야기를 듣고 한바탕 대성통곡을 했습니다. 그러고는 어멈과 이렇게 상의했답니다.

"이제는 의지할 데도 없는 외톨이 신세가 돼버렸구려! (…) 변경汴京[14]에서 절서 땅까지는 길이 그리 멀지 않지. 재물이 조금이라도 수중에 남아 있을 때 노자로 삼아 그 고향으로 그분을 찾아나서는 수밖에 없겠어요. 그러지 않고서는 어떻게 할 방법이 없겠어!"

여인은 어멈에게 배를 한 척 빌리게 해서 함께 변경에서 계속 남쪽으로 내려갔습니다.

그렇게 광릉廣陵[15] 땅까지 왔더니 노잣돈은 벌써 바닥나고 없지 뭡니까. 게다가 어멈은 어멈대로 나이가 많은 데다가 배에서 아침저

---

13) 【즉공관 미비】若非逃去, 或者前念未斷。 만일 도망을 가지 않았다면 어쩌면 그동안의 정분을 끊을 수 없었을 테지.

14) 변경汴京: 북송의 수도. 지금의 하남성河南省 개봉시開封市에 해당한다. 개봉에서 항주까지는 고속도로로 따지더라도 880km나 떨어져 있어서 이동에 적어도 10시간 정도 걸린다. 따라서 교통 인프라가 열악하던 수백 년 전의 명대에는 이보다 갑절이나 많은 시간이 소요되었을 것이다.

15) 광릉廣陵: 중국 고대의 지명. 지금의 강소성 양주시揚州市 일대에 해당한다.

녁으로 비바람을 맞으며 지내다 보니 그만 병이 나서 몸져눕고 말았지요. 여인은 당황해서 어쩔 줄 몰랐지만 몸을 의탁할 곳조차 없다 보니 그저 목 놓아 통곡만 할 뿐이었습니다.

알고 보면 광릉은 바로 지금의 양주부揚州府로, 매우 번화한 곳이었습니다. 그래서 옛날 사람16)은 시를 지어

"안개 같은 버들솜 날리는 삼월 양주에 내려가는구려!"

煙花三月下揚州。

라고 노래하기도 하고, 또 어떤 사람17)은

---

16) 옛날 사람[故人]: 당나라 시인 이백李白(701~762)을 말한다. 이백은 절친한 벗 맹호연孟浩然이 양주로 가게 되자 황학루黃鶴樓에서 그를 전송하면서 〈황학루에서 광릉 가는 맹호연을 전송하다黃鶴樓送孟浩然之廣陵〉라는 시를 지어 이별을 아쉬워했는데 그 내용은 다음과 같다. "오랜 벗을 서쪽 황학루에서 이별한다. 안개 같은 버들솜 흩날리는 삼월에 양주로 내려가시는구려! 외로운 돛단배 먼 그림자는 푸른 하늘 너머로 사라지니, 오직 강만 하늘 끝으로

이백의 초상

흐르는 모습만 보이누나!故人西辭黃鶴樓, 煙花三月下揚州, 孤帆遠影碧空盡, 唯見長江天際流"

17) 어떤 사람: 당나라 시인 두목杜牧(803?~852?)을 말한다. 두목은 벗 한작韓綽이 양주 판관楊州判官으로 부임하자 〈한작 양주 판관에게 부치다寄韓綽楊州判官〉라는 시를 지어 이별을 아쉬워했는데 그 내용은 다음과 같다. "산은 희미하고 물은 아득한데, 강남에 가을이 끝나니 초목이 다 시들었네. 이십사교에 밝은 달 뜬 밤에, 백옥 같던 그대는 어드메서 퉁소 불기

두목의 초상

가르치시나!靑山隱隱水迢迢, 秋盡江南草木凋. 二十四橋明月夜, 玉人何處敎吹簫"

"이십사교에 밝은 달 뜬 밤에,   二十四橋明月夜,
백옥 같던 그대는 어드메서 통소 가르치시나!"   玉人何處敎吹簫。

라고 읊기도 했지요. 지금까지 벼슬살이를 하는 관리나 권문세가
의 도령들 치고 아름다운 첩을 구하려는 사람이라면 누구나 광릉군
으로 몰려가 반려자를 찾곤 했습니다. 그렇다 보니 그 거리와 골목
을 채운 것은 죄다 여기저기 기웃거리는 중매쟁이들이라고 해도 과
언이 아닐 정도였답니다. 그런 상황에서 중매쟁이들은 배 위에서 웬
미모의 여인이 통곡하는 모습을 보고 다들 몰려들어 그 까닭을 물었
지요.

"저는 변경에서 내려왔습니다. 절서 땅으로 남편을 찾아가던 길이
지요. 그런데 뜻밖에도 이곳에서 유모가 병으로 세상을 떠나고 노자
까지 바닥났지 뭡니까. (…) 어찌할 도리가 없어서 이렇게 우는 것입
니다!"

여인이 이렇게 대답하자 사람들 중 한 노파가 말했습니다.

"소대한테 찾아가서 상의를 해보지 않고요?"

"소대가 어떤 사람입니까?"

여인이 물었더니 그 노파가 말하는 것이었습니다.

"소대는 이 지역의 호걸로, 일심으로 남을 돕는 사람이랍니다."

여인은 하도 경황이 없어 재고 따질 처지가 아니다 보니 바로

"죄송하지만 어떻게 소개 좀 시켜주세요!"

하고 신신당부를 하는 것이었지요. 그러자 노파는 잠시 자리를 떴
다가 웬 사람을 불러 왔습니다. 그 사람은 뱃전에 도착하자마자 사정
을 상세하게 묻는 것이었습니다. 그러더니 바로 사람들 한 무리를 데
려와 시신을 메고 가서 뭍에 내려 땅에 묻은 다음 뱃삯을 쳐주고 사공
을 돌려보내는 것이었지요. 그러고는 여인을 보고 말했습니다.

"짐을 챙겨 우리 집에 가서 며칠 묵으면서 방법을 찾아봅시다!"

그러더니 가마를 한 대 불러 여인을 태우는 것이었습니다. 여인은
그가 일을 절도 있게 처리하는 것을 보고 '좋은 사람에게 의지하게
되었다'고 여겼지요. 더욱이 지금은 자신이 의지할 사람이 없는 처지
인지라 안심하고 그를 따라나섰습니다. 그러나 이 사람이 양주에서 제
일가는 불한당인줄 누가 알았겠습니까! 그는 중간에서 사람들을 조종
하면서[18] 기생들을 거느리고 오입쟁이 손님들을 받는 화류계의 두목
이자 뚜쟁이들의 왕초 노릇을 하고 있었지요. 그래서 가마가 집에 도
착하자 화사하게 단장한 기생 몇이 나와서 마중을 하고 응대하는 것이
아닙니까. 여인은 상황이 심상치 않게 돌아가자 그제야 속임수에 넘어
간 것을 눈치 챘지요. 그러나 어디도 하소연할 곳이 없는지라[19] 이때

---

18) 사람들을 조종하면서[當機兵]: 원문의 당기병當機兵은 명대의 속어로 보이
며, 글자 그대로는 '기병 노릇을 하다' 정도로 해석되지만 그 정확한 의미를
알 수 없다. 시오노야와 카라시마의 일역본(제2권 제189쪽)에서는 해당 부
분을 '조종을 잘하다からくりは巧いし식으로 의역해놓았다. 편의상 여기서
는 그 번역을 참조하여 '사람들을 조종하다' 정도로 풀이했다.
19) 【즉공관 미비】亦是虧行之報. 이 역시 잘못된 행실에 대한 응보이겠지.

부터 이름을 '소원蘇媛'으로 바꾸고 기생으로 지내게 되었답니다.

왕 선비는 복건 땅에서 두 해 동안 부친을 수행하고 나서야 고향인 절강 땅으로 돌아가게 되었습니다. 마침 회시가 열리는 시기여서 행장을 꾸려 북쪽으로 향하던 길에 양주를 거쳐 가기로 했지요. 그런데 이때 양주의 사리司理[20]를 맡고 있던 사람이 왕 선비의 향시鄕試[21] 동기이지 뭡니까. 그는 술을 차려 대접하기로 하고 왕 선비를 초대했습니다. 술잔치가 벌어지는 동안 관기官妓들이 절을 하고 술을 올리는데 가만 보니 그중 한 사람이 몇 번이나 왕 선비를 훔쳐보는 것이 아닙니까. 왕 선비는 왕 선비대로 눈을 들어 살피면서 속으로 이상하게 여겼습니다.

'어쩌면 서울의 조 씨 댁 여인과 이렇게도 닮았을까!'

그래서 이름을 물었더니 전혀 달랐습니다. 아무리 그래도 보면 볼수록 그 사람이 맞는 것 같았지요. 술이 얼근하게 취해서 몸을 일으켰을 때입니다. 소원이 술잔을 받쳐 들고 다가오더니 왕 선비에게 술을 권하지 뭡니까. 그 서슬에 얼굴을 보니 확실히 같은 사람이었지요. 드러내놓고 말은 못 했지만 속으로는 옛 일이 생각났던지 슬픔을 억

---

20) 사리司理: 송대의 관직명. 옥사·송사를 관장한 사리참군司理參軍을 말한다. 송나라의 개국 황제인 태조太祖 조광윤趙匡胤(927~976) 때에 설치한 제주 사구참군諸州司寇參軍에서 유래했으며 나중에 사리참군으로 개칭되었다.
21) 향시鄕試: 중국 고대에 예부禮部에서 주관한 국가고시. 명대에는 성조成祖 이후로 양경兩京제도를 채택하면서 북경北京과 남경南京에서 각각 시행되었는데, 전자를 '북위北闈' 후자를 '남위南闈'라고 불렀다. 이처럼 북경과 남경에서 동시에 향시를 거행하는 과거제도는 청대까지 이어졌다.

누르지 못하고 자기도 모르는 사이에 두 눈에서 구슬 같은 눈물이 줄줄 흘러내려 술잔에 떨어지는 것이었습니다. 왕 선비는 그녀가 맞다는 것을 눈치 채고 눈물을 흘리면서 말했습니다.

"당신을 닮았다 싶었더니 아니나 다를까 역시 당신이었구려! 그런데, … 어째서 여기에 있는 게요?"

그 여인은 헤어진 뒤에 있었던 일과 변경에서 내려와 왕 선비를 찾다가 노자가 떨어지는 바람에 정조를 잃고 기생이 된 사정을 자초지종 다 털어놓았지요. 그러고는 넋을 놓고 대성통곡을 하는 것이었습니다. 왕 선비는 그 일을 부끄럽게 여기면서 속이 상해 눈물을 흘렸지요. 그러다가 한사코 술 마시기를 마다하더니 병을 핑계로 자리에서 일어났습니다. 그러고는 바로 여인을 자신의 처소로 불러 각자 속내를 고백하고 나서 그녀를 잡아놓고 잠자리까지 함께했지요.

다음날, 왕 선비는 양주 사리에게 은밀히 부탁하여 소대가 양갓집 규수들을 속여 기생을 만든 일을 추궁하고 그 죄를 따지게 했습니다. 사리는 소원을 악적樂籍[22])에서 빼내 왕 선비와 동행할 수 있게 해주었지요. 그녀는 나중에 왕 선비에게 아들을 낳아주었답니다. 왕 선비는 벼슬이 상서랑尙書郞[23])까지 이르렀지요. 과거사를 돌이켜보면 당초에는 그저 남이 던진 기와를 우연히 주워 그것으로 장난을 친 것뿐이었습니다. 그런데 그것이 나중에 이런 인연을 만들고 하마터면 여

---

22) 악적樂籍: 중국 고대에 관청에 소속된 관기官妓의 이름과 내력을 기재하던 장부.
23) 상서랑尙書郞: 중국 고대의 관직명. 상서성尙書省의 관리들은 갓 임관했을 때에는 '낭중郞中'으로, 한 해가 지나면 '상서랑'으로 불렸다고 한다.

인의 일생을 망칠 뻔할 줄을 누가 알았겠습니까? 그래도 나중에라도 좋은 결과를 얻었으니 그나마 다행인 셈이지요.

이번에는 다른 이야기를 한 대목 해드리지요. 단지 한마디 농담 때문에 양쪽에서 오해를 불러일으키지만 아내를 얻어 온전하게 백년해로한 이야기인데, 앞의 것보다 더 아름다운 이야기인 것 같습니다. 그 이야기를 증명해주는 시가 있습니다.

농담은 이따금 황당하고 기이한 결과를 부르나니,   戲言偶爾作詼奇,
그 와중에 고운 아내 만날 줄 누가 알았으리?   誰道從中遇美妻。
가짜 사위가 진짜 사위로 되었으니,   假女壻爲眞女壻,
이로움 잃었다 했더니 이로움을 얻은 것이었구나!   失便宜處得便宜。

이 이야기는 바로 우리나라 성화成化[24] 연간의 일이올시다.[25] 절강 땅 항주부杭州府 여항현餘杭縣에 어떤 사람이 살았습니다. 성이 장蔣, 이름이 정震, 자가 진경震卿이었지요. 그는 본래 유학자 집안의 자제였습니다만 태생적으로 심성이 거리낌이 없고 덜렁대는 편이었습니다. 거기다 놀기 좋아하고 장난기가 많으며 사소한 일에 구애받지 않았지

---

24) 성화成化: 명나라 제8대 황제 헌종憲宗 주견심朱見深이 1465~1487년까지 23년간 사용한 연호.

25) *본권의 몸 이야기는 명대의 서예가이자 문학가인 축윤명祝允明(1461~1527)이 지은 《구조야기九朝野記》 권4 및 풍몽룡 《정사》 권3 〈왕생王生〉에서 소재를 취했다. 능몽초 본인은 축윤명의 《서초야기西樵野記》에서 소재를 취했다고 본권에서 밝혔으나 《서초야기》는 동시대의 소설가 후전侯甸이 지은 소설집이다. 이 이야기는 나중에 명대 말기 극작가인 장대복張大復(1554?~1630?)이 지은 전기 희곡 《쾌활삼快活三》에 영향을 준 것으로 보인다.

요. 또 산천을 구경하고 노는 것을 어지간히도 좋아해서 한번 나섰다 하면 몇 날 몇 달씩이나 걸리는 등 좀처럼 집에 붙어 있으려 하지 않았습니다. 그러던 어느 날, 그는 갑자기 이런 생각이 들었지요.

'예전부터 산음山陰[26] 가는 길에는 온갖 바위마다 빼어남을 겨루고 수많은 골짜기마다 물줄기를 뿜내는 등 아주 볼만한 명승지라지? (…) 여기서 소흥부紹興府까지는 얼마 멀지 않으니 놀러나 가볼까?'

마침 시골의 객상 두 사람이 강남江南으로 건너가 장사를 하려 한다는 것이었습니다. 그래서 길동무가 되어 함께 길을 나섰지요. 일행은 전당강錢塘江[27]을 건넌 다음 서흥西興[28]의 밤배를 타고 하룻밤 만에 소흥부 부성府城에 도착했답니다.[29] 두 객상이 장사를 하러 가면

---

26) 산음山陰: 중국 고대의 현 이름. 지금의 절강성 소흥시 일대에 해당한다. 진秦나라 때 회계군會稽郡의 26개 현의 하나로 설치되었는데, 회계산 북쪽에 자리 잡고 있어서 '산의 북쪽'이라는 뜻에서 '산음'으로 일컫기 시작했다. 중화민국中華民國 원년(1911)에 산음현과 회계현會稽縣을 병합하여 지금의 소흥시가 되었다.

27) 전당강錢塘江: 중국의 하천 이름. 절강성 전당현錢塘縣 즉 지금의 항주 일대를 흐르는데 강줄기가 갈 지之 자로 구부러져 흐르기 때문에 때로는 '절강浙江·곡강曲江·지강之江'으로 부르기도 했다. 강물이 바다로 진입하는 해녕海寧 구간은 나팔 모양을 하고 있어서 밀물 때가 되면 바닷물이 폭 100km의 강 입구로 밀려든다. 이때 밀려든 바닷물은 서서히 좁아지는 지형으로 인해서 최고 높이가 3.5m에 이르고 천둥 같은 소리를 내는 거센 파도를 이루어 장관을 이룬다.

28) 서흥西興: 절강성 전당강 남안의 소도시. 지세가 험하지만 절서와 절동을 연결해 주는 관문으로 교통이 발달되었다. 춘추시대에는 고릉固陵으로 불렸으며, 육조시대에 서릉西陵으로 불렸으나 오대시기의 오월왕 전류錢鏐가 '릉陵'은 불길하다 하여 '서흥'으로 개명했다고 한다.

그는 그길로 난정蘭亭에 우혈禹穴·즙산葺山·감호鑑湖까지 안 가는 곳이 없을 정도로 속이 다 후련해질 때까지 신나게 돌아다녔습니다. 그러고는 두 객상이 장사를 다 마치자 처음처럼 합류해서 함께 귀향길에 올랐지요.

세 사람이 우연히 제기諸暨[30]의 한 마을에 이르러 길을 가는데 가만 보니 날이 곧 저물 참이었습니다. 그러나 도중에는 푸른 논밭만 있고 인가는 하나도 보이지 않았지요. 게다가 얼마 지나지 않아 하늘에서 빗방울이 떨어지기 시작하더니 갈수록 더 많이 쏟아지지 뭡니까. 세 사람 모두 우산 같은 것은 챙기지 않았던지라 허겁지겁 앞으로 내달릴 수밖에 없었지요. 하도 달음박질을 한 탓에 다들 숨을 헐떡이고 있는데 문득 숲 사이로 웬 저택이 눈에 들어왔습니다. 세 사람은 멀리 바라보면서

"잘됐네, 잘됐어! 일단 저기로 가서 비를 좀 피합시다."

하고는 두 걸음을 한달음에 내달렸지요. 그렇게 대문 앞까지 와서 보니 물이 떨어지는 이중 처마의 대문이 서 있는 것이었습니다. 문 두 짝 중에 하나는 닫혀 있고 다른 하나는 저쪽으로 반 정도 닫혀 있는 상태였습니다. 그래서 장진경이 바로 다가가서 손을 뻗어 문을 밀어젖히려는데 두 객상이 참견을 하는 것이었습니다.

"장형은 너무 덜렁대서 탈이요. 이 처마 밑에서 비만 좀 피해도 되

---

29) 【즉공관 미비】韻人也, 宜其有韻事。 풍류를 즐기는 자이니 풍류가 빠질 수 없겠지.

30) 제기諸暨: 명대의 지명. 절동의 남부와 절서의 북부 구릉지대가 연결되는 절강성 중부의 현급 도시로, 소흥시로부터 서남쪽에 자리 잡고 있다.

지 않소? 어떤 집인지 알기나 하고 그렇게 다짜고짜 문부터 두드리려고 드십니까?"

장진경은 어지간히도 농담을 즐기는 사람이다 보니 대뜸 큰소리를 쳤습니다.

"상관없습니다. 여기는 우리 장인 댁인걸요."

"그런 허튼소리 하시면 낭패를 본다고요!"

시간이 좀 지났건만 그놈의 비는 갈수록 거세지기만 했습니다. 그런데 가만 보니 문 두 짝이 갑자기 활짝 열리면서 웬 노인이 느릿느릿 걸어 나오는 것이 아닙니까. 그가 어떤 모습인가 볼작시면

머리에는 비스듬히 네모난 방건을 쓰고,	頭帶斜角方巾,
손에는 타래머리 같은 자루의 지팡이 짚었는데,	手持盤頭拄拐.
방건 안의 대 꺼풀 관은,	方巾內竹籜冠,

방건의 예시. 왕수인 초상

은실 같은 몇 가닥 산발 위에 썼네.　　　　　　罩着銀絲樣幾莖亂髮。

지팡이엔 규룡 수염 같은 마디가,　　　　　　拄拐上虯須節,

마른 생강 같은 다섯 손가락에 쥐어져 있구나.　握若乾姜般五个指頭。

너른 소매의 긴 옷은,　　　　　　　　　　　寬袖長衣,

마치 학이 걷는 것 같은 맵시를 선보이고,　　擺出渾如鶴步。

굽 높은 깊은 신발은,　　　　　　　　　　　高跟深履,

느릿느릿 마치 거북이 걷는 것 같구나.　　　蹀來一似龜行。

이교 위에서 비전 전해준 분인가,31)　　　　想來圯上可傳書,

아마도 상산서 어명 받아 나오신 분이렷다?32)　應是商山隨聘出。

---

31) 이교圯橋 위에서~: 중국 '한나라 건국 3걸'의 한 사람인 장량張良
　　(BC250~BC186)의 일화를 두고 한 말이다. 전설에 따르면, 장량은 기수沂水
　　의 이교圯橋 어귀에서 거친 베옷을 입은 노인으로부터 《태공병법太公兵法》
　　을 전수받아 육도삼략六韜三略을 깨우쳐서 '슬기주머니[智囊]'라는 별명으
　　로 불렸다고도 한다.

32) 상산서 어명 받아~: 진秦·한漢대의 은자인 동원공東園公 당병唐秉, 하황공
　　夏黃公 최광崔廣, 기리계綺裏季 오실吳實, 녹리선생甪里先生 주술周術의 일
　　화를 두고 한 말이다. 네 사람은 진나라 때 황제黃帝와 노자老子의 가르침
　　을 신봉한 박사博士들로, 진나라가 망하자 상산商山에 은둔했다. 한나라가
　　들어선 후 고조高祖 유방劉邦은 여후呂后 소생의 장남인 유영劉盈(나중의
　　혜제)을 태자太子로 책봉했으나 총애하던 첩실 척부인戚夫人의 사주로 유
　　영이 너무 유약하다는 핑계로 폐출하고 척부인 소생의 차남 여의如意를 태
　　자로 세우려 했다. 다급해진 여후가 장량의 조언을 따라 예의를 갖추어 네
　　사람에게 자문을 구하자 여든이 넘은 네 사람이 하산하여 '유영은 인품이
　　너그럽고 효성스러운 데다가 어진 이들을 존중하여 백성들이 추앙하고 있
　　으니 퇴출하면 안 된다'는 직언을 올리고 상산으로 돌아갔다고 한다. 이들
　　은 나중에 '상산의 4명의 백발노인[商山四皓]'으로 일컬어졌다. 이 부분은
　　위의 "이교~" 부분과 함께 도씨 노인의 풍채가 황석공이나 4명의 백발노인
　　처럼 남다른 것을 두고 한 말이다.

알고 보니 이 노인은 성이 도陶로, 제기촌에서 부유하기로 이름난 유지였습니다. 사람 됨됨이도 강직하고 후덕한 데다가 손님을 아주 반기고 의리를 중시하는 진솔한 사람이었지요. 그는 처음에는 해거름에 대문으로 나와 문이 잘 닫혔는지 살피러 나오는 길이었습니다. 그런데 바깥에서 이야기 소리가 나자 누가 문 밖에서 비를 피하고 있는 것을 눈치 채고 일부러 좀 늦게 나오던 참이었지요. 그러다가 장진경이 농담 삼아 한 말까지 또렷하게 다 들어버리고 말았지 뭡니까!

노인은 도로 집 안에 들어가 아내와 가족에게 그 이야기를 했습니다.[33] 그러자 다들

"무슨 그런 방자하고 고약한 인간이 다 있담? 상대도 하지 마세요!"

하는 반응을 보였던 것입니다. 그런데 지금 보니 비가 너무 많이 내리는 데다가 비를 피하는 세 사람도 갈 곳이 없는 것을 알고 마음이 편치 않았지요. 그래서 도로 나와서 그들을 안으로 들여야겠다는 생각은 진작부터 가지고 있었습니다. 그런데 아까 그중 하나가 허튼 소리를 한 것이 괘씸하지 뭡니까. 그래서 한동안 망설인 끝에 나와서 보니 세 사람이 서 있는 것이었습니다.

"방금 전에 이 늙은이를 '장인'이라고 한 게 … 어느 분입니까?"

노인이 묻자 장진경은 아까 말실수를 한 것을 깨닫고 귓불이 다 벌게졌습니다. 두 객상은 또 한 목소리로 그에게 핀잔을 주었지요.

---

33) 【즉공관 미비】關目在此。중요한 대목(포인트)이 여기로군그래!

"그러게 그런 소리 하지 마시랬더니!"

노인은 그 광경을 보자마자 그것이 장진경이었음을 딱 눈치 챘습니다. 그러고는 바로 두 객상을 보고 말하는 것이었지요.

"여기 두 분, … 누추해도 괜찮다면 안으로 들어와 좀 쉬다 가시지요. 이쪽 분은 … 방금 하신 말씀을 듣자니 내 아들놈뻘 되는 것 같은데 … 여느 손님과는 격이 다르니 들어올 것 없겠소 그냥 예서 기다리시구려!"

그러자 두 객상은 겸손하게 사양하려 했습니다. 그런데 노인이 덥석 소매를 잡아채면서 억지로 대문 안으로 끌고 들어가는 것이 아닙니까. 그러더니 객상들이 문턱 안으로 발을 들여놓기가 무섭게 문 두 짝을 '쾅' 닫아 버렸습니다.[34] 두 객상은 하는 수 없이 노인을 따라 집 안으로 들어갔습니다. 그리고 인사를 나누고 자리에 앉아 각자 이름을 밝히고 우연히 지나다가 비를 피하게 된 경위까지 다 이야기했지요. 아, 그런데 노인은 그때까지도 성을 내면서 말하는 것이었습니다.

"아까 그 친구분은 길에서 왜 그렇게 촐랑거린답니까? 처신이 그래서야 어디 명철보신할 줄 아는 군자라고 하겠습니까! (…) 두 분께서는 그자하고는 상종하지 않는 편이 좋겠습니다!"

그러자 두 객상은 장진경 대신 사과를 했습니다.

---

34) 【즉공관 미비】 老者認眞倔强, 誰知反便宜了他。 노인이 꼬장꼬장하고 고집이 세군. 하지만 결국은 장진경이 이득을 보게 될 줄이야!

"그 사람은 성이 장蔣씨인데, 나이가 젊어서 거리낌이 없습니다. 순간적으로 마음에도 없는 실언으로 어르신께 실례를 한 것이니 너무 나무라지는 마십시오."

노인은 그래도 언짢은 마음이 가시지 않았던지 조금 뒤에 술과 음식을 차려 정성껏 대접하면서도 문 밖에 있는 또 한 사람은 끝까지 관심을 두지 않는 것이었습니다. 두 객상은 자신들만 해도 분에 넘치는 신세를 진다고 여겼습니다. 전혀 기대하지 않았던 대접이었으니까요. 하물며 노인이 꼬장꼬장하게 역정을 내는 것을 보니 장진경 편을 들어 그도 같이 부르자고 설득할 상황이 아니었지요. 그러니 그저 노인의 뜻에 따라 일단 자신들 먹는 데에만 집중할 수밖에 없었습니다.

한편, 장진경은 대문 너머에 가로막힌 채 아까 한 실언을 떠올리고 보니 정말 창피스럽지 뭡니까. 혼자서만 불안한 심정으로 빗물이 떨어지는 처마 밑에 서서 컴컴한 곳에서 몸을 기대다 말다 하다 보니 정말 외톨이가 된 기분이었지요. 생각 같아서는 눈 딱 감고 단숨에 내빼고 싶었습니다. 그러나 비도 내리고 날도 어두운 데다 혼자서는 함부로 길을 다닐 수가 없었습니다. 그저 아무 소리도 내지 못하고 성질을 죽이면서 기다리는 수밖에요.35) 아, 그런데 가만 보니 비가 차츰 잦아들며 엷은 구름 사이로 달빛이 조금씩 비치기 시작하지 뭡니까. 그래서 대문에 귀를 대어보았지만 문 안에서는 사람 소리 하나 들리지 않는 것이었습니다.

---

35)【즉공관 미비】此際難堪。 이 순간이 참 난감했겠군.

陶家翁大雨留賓

도 노인이 큰 비 오자 손님을 들이다.

"그 양반들은 벌써 잠자리에 든 것 같은데 … 어떻게 나만 우두커니 기다리고 있겠는가? 차라리 달빛이 조금이나마 비쳐서 길을 분간할 수 있는 지금 길을 나서는 편이 낫겠다!"

그는 이렇게 말하다가도

'그 영감이야 나를 탓하는 게 당연해. 하지만 두 양반까지 이렇게 나를 팽개치고 자기들만 편하게 쉬고 있자는 거야 뭐야? (…) 아무리 그래도 나를 거둘 곳 정도는 있을 테니 좀 더 기다려 보자!'

하는 생각에 머뭇거리면서 결정을 내리지 못하고 있었습니다. 그런데 갑자기 문 안에서

"아직 가지 말아요!"

하는 소리가 나지막이 들리지 뭡니까.

'두 양반이 절대로 나를 잊었을 리가 없다고 했지?'

장진경은 속으로 이렇게 생각하면서

"알았습니다. 안 갈게요."

하고 대답했습니다. 그런데 좀 지나고 나니 또

"물건을 좀 갖고 나왔으니까 잘 챙기세요.36)"

---

36) 【즉공관 미비】苦盡甘來了。고생은 끝나고 실속 좀 챙기겠군 그래.

하는 소리가 나지막이 들리는 것이었습니다. 장진경은 속으로 또

'하여간 두 양반 좀 보라니까! 갑자기 들이닥쳐서 남의 밥까지 축내 놓고선 … 이번에는 또 뭐? 무슨 물건까지 챙기셨어? 거 참 고약한 양반들일세!'

하고 생각하면서도 입으로는

"알았다니까요!"

하고 대답하고는 그대로 서서 기다렸지요. 그런데 가만 보니 담장 위에서 웬 물건 두 개가 '툭' 하면서 떨어지는 것이 아닙니까. 급히 다가가서 보니 둘 다 이불로 싼 짐 같은데 들어보니 제법 묵직했습니다. 그래서 손으로 여기저기 더듬어 보니 무슨 덩어리들이 겹겹이 잡히는 것이 금이나 은으로 만든 기물 따위 같았습니다. 장진경은 누가 대문을 열고 쫓아 나오기라도 할까 겁이 나서 그것을 냉큼 등에 메더니 냅다 앞으로 달렸습니다.

백 걸음 넘게 달렸을 때입니다. 고개를 돌려 그 대문 쪽을 보니 거리가 제법 멀어졌지 뭡니까. 그래서 발을 멈추고 다시 동정을 살피는데 저 멀리서 담장 위에서 두 사람이 뛰어내리는 모습이 보였습니다.

"두 양반도 나왔군. 누가 쫓아올지 모르니 먼저 가야겠다. 두 양반 기다릴 것도 없이 ….."

장진경은 발을 들어 성큼성큼 걷기 시작했지요. 그런데 뒤의 두 사

람을 보니 서두르는 기색도 없이 그의 뒤만 천천히 따라오는 것이 아닙니까. 장진경은 서로 간에 거리가 제법 벌어지자 속으로 생각했지요.

"두 사람이 오면 이 보따리 속에 든 물건은 공평하게 나누어야 되겠지? (⋯) 저들이 아직 뒤에 떨어져 있는 틈에 내가 먼저 보따리를 좀 끌러보아야겠다. 어쨌든 훔친 물건이니까 이것들을 일단 괜찮은 것부터 좀 챙기는 편이 좋겠어.37)"

그 자리에 멈추어 선 그는 보따리를 끌러 황금과 무게가 나가는 물건은 다른 보따리에 따로 담고 돈이나 천 따위는 그대로 처음의 그 보따리 속에 남겨놓았습니다. 그러고는 두 보따리를 둘러메고 다시 걷기 시작했지요. 그러면서 뒤의 두 사람을 돌아보니 그때까지도 따라잡지 못하고 있지 뭡니까. 알고 보니 두 사람은 장진경이 멈추면 따라서 멈추고 그가 걸으면 따라서 걷는 식으로 어둠 속에서 멀찍이 따라오고 있었습니다. 그러니 도무지 거리가 좁혀지지 않고 그렇게 밤새 걸어서도 화살이 닿을 정도의 간격이 날 수밖에 없었던 것입니다.
이윽고 날이 밝자 그 두 사람은 그제서야 발걸음이 빨라지더니 장진경과의 거리를 좁히는 것이었습니다.

"역시 같이 가는 편이 낫지."

하면서 자기 앞에까지 온 두 사람을 두 눈으로 본 장진경은 깜짝 놀라고 말았습니다. 어제 동행한 두 객상인 줄 알았는데 둘 다 여자이

---

37) 【즉공관 미비】 却又欺心。 또 양심을 속이는 짓을!

장진경이 몇 마디 말로 아내를 얻다.

지 뭡니까, 글쎄!38) 한 사람은 임청臨淸39) 특산의 손수건으로 머리를 싸매고 검푸른색 비단 저고리를 입었는데 꽤나 아름다웠지요. 다른 한 사람은 양쪽으로 쪽머리를 틀어 올리고 검푸른색 광목 저고리를 입었는데 몸종 차림이었습니다. 장진경을 자세히 살피던 상대방은 상대방대로 이만저만 놀라는 것이 아니었습니다. 급기야 당황한 나머지 허둥지둥 몸을 피하는 것이었지요. 장진경은 앞으로 다가와 아까 그 미모의 여인을 덥썩 잡아채더니 말했습니다.

"어디를 가시려고! 고분고분 나를 따라오면 좋게 말로 끝내겠지만, 안 그러면 … 당신 집에 가서 알리고 말 거요!"

여인은 고개를 숙인 채 말없이 그를 따라가는 수밖에 없었지요. 그렇게 어떤 객줏집에 도착했을 때입니다. 장선비는 구석진 윗충방을 골라 그녀와 함께 묵기로 했지요. 주인에게는 '부부가 함께 불공을 드리러 왔는데 아침밥을 사 먹으려고 들렀다'고 둘러댔습니다. 주인은 남자 하나에 여자 하나, 거기다 몸종까지 따라온 것을 보더니 전혀 의심도 없이 가서 아침밥을 차려 와서 먹게 해주었습니다.

장진경은 여인을 보고 가만히 내력을 물었지요. 그러자 그 여인이 말하는 것이었습니다.

"소녀는 성이 도陶, 이름이 유방幼芳입니다. 바로 어제 그 집 주인의 딸이지요. 어머니는 왕 씨이고요. 소녀는 어릴 적에 같은 고을의

---

38) 【즉공관 미비】更妙。 더 잘됐네 뭘!

39) 임청臨淸: 명대의 지명. 지금의 산동성 제남濟南 서쪽의 요성聊城 일대에 해당한다. 명대에는 북경에서 항주까지 이어지는 경-항 대운하京杭大運河의 길목에 자리 잡아 상업도시로 번영했다고 한다.

저楮씨 댁 아드님과 혼인을 하기로 약속했었습니다. 그런데 뜻밖에도 그의 눈이 둘 다 멀어버렸지 뭡니까. 저는 그분에게 출가할 마음이 사라져버렸습니다. (…) 제 외가 친척의 아들 중에 왕 씨 댁 도령이 있는데 나이도 젊고 외모도 준수하지요. 저는 내심 그분에게 마음이 있었답니다. 그래서 오래전에 그분과 약혼을 했고, 오늘 밤 야반도주를 해서 함께 객지로 달아나기로 약속했습니다. 그런데 오늘 낮까지 기별이 없다가 저녁나절에 문득 아버지가 들어오시더니 '문 앞에 어쩐 자가 있는데 여기가 자기 장인 집이라고 헛소리를 지껄이더구나.40) 고얀 놈 같으니!' 하고 노발대발하시는 것이 아닙니까. 그래서 속으로 '그렇다면 분명히 나와 약속을 한 도련님이겠구나' 싶어서 서둘러서 돈과 물건을 한데 챙기고 몸종 습취拾翠를 길동무로 데리고 담을 넘어 나온 것입니다. (…) 아까는 선비님이 앞에서 보따리를 메고 가는 모습을 보고 속으로 '당연히 맞겠지' 싶었지만, 누가 볼까 두려워서 도중에도 내내 감히 다가오지 못했지요. 그랬는데 기껏 여기까지 따라왔더니 사람을 잘못 본 것이었을 줄이야 …. 지금 기왕에 그분과 길이 엇갈려버렸고 그렇다고 다시 돌아갈 수도 없는 노릇이니 선비님을 따를 수밖에 없군요! (…) 이 또한 어쩔 수 없이 내린 결정입니다!"

그러자 장진경은 몹시 기뻐하면서 말했습니다.

"이거야말로 하늘이 맺어주신 인연이요! 내가 아까 한 말이 딱 들어맞은 셈이니까! 게다가 … 다행스럽게도 나는 혼인을 한 적이 없으니 그대도 당황할 것 없이 나하고 같이 우리 집으로 가십시다!"

---

40) 【즉공관 미비】 良緣天作合也。 좋은 인연을 하늘이 맺어 주셨군.

장선비는 그녀와 함께 아침밥을 먹고 몸종도 아침을 먹고 나자 밥값을 치르고 혼자 가서 배를 한 척 구했습니다. 그러고는 앞서의 두 객상도 기다리지 않고 그녀와 함께 길을 바꿀 때마다 배를 갈아타면서 곧장 여항 본가로 돌아왔답니다. 그리고 가족들이 두 여인에 대해 물어도 그냥 '길에서 만나 혼인을 약속하고 데려왔다'고 둘러댈 뿐이었지요.

장선비 집안에 들어온 그 여인은 윗사람을 모시고 아랫사람을 대하는 데에 무척 슬기롭고 싹싹했습니다. 게다가 장진경과도 아주 금슬이 좋아서 한 해가 지나고 나자 아들까지 하나 낳았지 뭡니까. 그러나 누가 부모님 일을 입에 올리기라도 하면 금세 서럽게 눈물을 흘리곤 했지요. 그러다가 하루는 장진경을 보고 말하는 것이었습니다.

"저는 그때 눈이 먼 그분한테 출가하고 싶지 않았습니다. 그래서 예법에 어긋나는 그런 짓들을 저질렀던 거지요. 지금은 서방님을 모시게 되었으니 조금도 후회가 없습니다. 다만 … 양친이 연로함에도 불구하고 의지할 사람이 없는 것이 마음에 걸리는군요! 저를 잃어버리고 나서는 집에서도 분명히 걱정을 많이 하고 계실 텐데 … 게다가 일 년이 넘도록 부모님 소식을 여쭐 길조차 없다 보니 속으로 한 순간도 부모님을 잊을 수가 없었습니다. 계속 이렇게 그리워만 하며 지내다가는 병이라도 나지 않을까 싶군요.[41] 돌이켜보면 부모님께서는 평소에 저를 구슬이나 보배처럼 애지중지하셨지요. (…) 지금 혹시 두 분이 이 사실을 알게 되시더라도 저와의 상봉을 기쁘게 여기지 서방

---

41) 【즉공관 미비】 孝心不忘, 宜有後會。 효심을 가지고 [부모를] 잊지 않으니 나중에 재회해야 되겠군.

님을 그다지 원망하지는 않으실 겁니다. 그러니 잘 좀 생각해보시고 편지 한 통이라도 어떻게 전해주실 수는 없겠는지요?"

그러자 장진경도 잠시 생각을 해보더니 말했지요.

"이 고을에는 글공부를 가르치는 훈장이 한 분 계시오. 성이 완阮이어서 '완태시阮太始'라고 부르는데 나하고도 친하지. 그 분은 늘 제기 땅을 왕래하시니 내 그분하고 상의를 좀 해보리다!"

장진경은 그길로 완태시에게 찾아갔습니다. 그리고 이 일의 경위를 빠짐없이 완태시에게 털어놓았지요. 그러자 완태시가 말하는 것이었습니다.

"그 어른은 제기 땅에서 아주 후덕한 분이올시다. 소생도 몇 번 뵌적이 있지요. 소생이 상황을 봐서 그곳에 가서 장형 대신 완곡하게 소식을 전하고 그 일을 돕는 데에 한 치도 실수가 없도록 하겠습니다!"

장진경이 완태시에게 고맙다고 인사를 하고 돌아와 아내에게 그일을 일러준 것은 말할 필요도 없지요.

계속 이야기를 들려드리겠습니다. 도씨 노인은 그날 밤 두 객상을 융숭하게 대접한 다음 집에서 묵게 했습니다. 다음날 아침밥까지 차려서 먹였지요. 그러자 두 객상은 몇 번이나 고맙다고 인사를 하고 작별을 고한 뒤에 길을 나섰습니다. 노인은 대문까지 배웅을 나와 웃음까지 띠고 말했지요.

"어제 그 얼빠진 선비는 어디 가서 밤을 지새웠는지 모르겠군요.

허나 그 작자도 그런 고생을 좀 당하고 나면[42] 자신의 경거망동에 대한 경계로 삼을 겝니다."

그러자 객상들이 말했습니다.

"아마 기다리다 못해 먼저 떠났을 겝니다. (…) 저희가 그를 만나면 따끔하게 혼을 내지요. 그러니 어르신께서도 이제 그만 노여움을 푸십시오."

"저도 순간적으로 화를 참지 못하기는 했지요. 어제 그 작자를 충분히 고생시켰는데 더 마음에 담아둘 리가 있습니까?"

노인이 말을 마치자 두 사람은 작별 인사를 하고 길을 떠나는 것이었습니다.

그런데 노인이 집으로 들어가려는 찰나였습니다. 몸종 하나가 허둥지둥 앞으로 달려오더니 숨이 다 넘어갈 듯이 헐떡거리면서 말하는 것이었지요.

---

42) 【즉공관 미비】 却不恓惶。 전혀 고생을 안한 것 같은데?
　　강소고적江蘇古籍판 '중국화본대계中國話本大系'《박안경기》(제209쪽)에서는 이 대목에 대한 촌평을 "고생까지는 아닌 것 같은데?恓惶不到"로 소개했다. 반면에 천진고적판《초각 박안경기》(제121쪽)에서는 "전혀 고생을 안 한 것 같은데?却不恓惶"로 소개하고 있다. 상우당본 원문(제508쪽)을 확인해보면, 책을 인쇄할 당시 글자가 제대로 찍히지 않은 상태여서 어느 쪽이 맞는지 알 수가 없다. 다만, 글자 수를 근거로 따져보면 천진고적판의 것이 상우당본 원문에 부합하는 것으로 보인다. "전혀 고생을 안 한 것 같은데?"와 "고생까지는 아닌 것 같은데?" 사이에는 어감에서 다소 편차가 존재하지만 의미상으로는 크게 다르지는 않다.

"어르신 … 야단났어요! 아씨가 … 어디 갔는지 보이질 않습니다!"

"그게 무슨 말이냐?"

깜짝 놀란 노인은 허겁지겁 서둘러 딸 방으로 들어갔습니다. 그런데 가만 보니 아내 왕 씨가 대성통곡을 하면서 땅바닥에 쓰러지는 것이 아닙니까. 노인이 그 까닭을 물었더니 왕 씨가 말하는 것이었습니다.

"어젯밤만 해도 자기 방에서 멀쩡하게 잘 자고 있었어요. 그런데 오늘 아침 바깥채에 손님이 계시길래 저는 주방에서 아침밥 준비부터 하느라 아이가 일어났는지 확인도 하지 않았지요. 그런데 손님이 떠나고 나서 같이 아침을 먹으려고 아이를 불러오게 했더니만 … 가만 보니 방 안의 함이며 궤짝들이 다 활짝 열려 있지 뭐예요, 글쎄! 시중을 들던 몸종 습취까지 안 보이니 어디로 갔는지 알 수가 없네요!"

궤짝을 나르는 짐꾼. 구영, 〈소주 청명상하도〉(부분)

"이게 대관절 어찌 된 일이냐?"

노인이 깜짝 놀라서 묻자 한 하녀가 말했습니다.

"혹시 … 어제 묵었던 자들이 나쁜 자들이어서 밤중에 납치해 간 게 아닐까요?"

"허튼소리! 그자들은 이곳에는 처음 온 사람들이야. 그 두 사람은 하룻밤 묵고 오늘 멀쩡하게 작별인사까지 하고 갔지. 그런데 어떻게 납치를 한단 말이냐? (…) 다른 한 녀석은 내가 괘씸하게 여기고 아예 문 안에 들이지도 않았으니 더더욱 상관이 있을 리가 없어.43) (…) 분명히 일전에 누군가와 약속하고 오늘 집에 손님이 온 것을 보고 경황이 없는 틈을 타서 재물까지 챙겨 도망친 것이 틀림없다. … 너희 는 평소 아씨에게 무슨 수상한 구석이 있는 걸 눈치 채지 못했더냐?"

"어르신, 열에 아홉은 제대로 맞추신 것 같습니다. 아씨는 장님과 약혼한 일로 속이 상했던지 시도 때도 없이 눈물을 흘렸답니다. 딱 한 사람 … 왕 씨 댁의 모 도련님만 아씨하고 제법 말이 잘 통해서 늘 습취더러 그분한테 소식을 전하게 하곤 하셨어요. 아마 그분하고 도망가기로 약속하셨을 거예요."

그 말에 일리가 있다고 여긴 노인은 은밀히 사람을 시켜 왕 씨 댁으 로 가보게 했지요. 그런데 가만 보니 왕 도령은 멀쩡히 집에 잘 있고 이상한 낌새도 전혀 없지 뭡니까. 노인은 도무지 영문을 알 길이 없었 지요. 그는 혼자 이렇게 생각해보았습니다.

'집안의 허물은 외부에 떠벌리면 안 되는 법이다. 그러니 절대로

---

43) 【즉공관 미비】偏是不放進門者有相干。 하필 문 안으로 들이지 않았던 바로 그 자 와 상관이 있게 될 줄이야!

소문이 나게 하면 안 돼! 저 씨 댁 장님과의 혼담이야 물리면 그만이
다. 물릴 수 없다면 딸년의 신세가 기구하다고 치고 정말 그 집에 출
가시키는 수밖에 …. 그렇기는 하지만 … 내 곁에서 친딸이 없어지고
나니 정말 적막하기 짝이 없구나!'

노인이 이야기를 했더니 부인 왕 씨는 울음을 그치지 않았습니다.
나중에 저 씨 댁의 눈먼 아들이 죽자 그 일이 다시 늙은 부부의 마음
을 건드렸던지 몇 번이나 슬프게 통곡을 하면서 안타까워했답니다.

"일 년만 일찍 죽었어도 우리 딸이 그렇게 되지는 않았을 텐데!"

그렇게 한 해 남짓 세월이 흘렀습니다. 하루는 누가 집에 명첩名帖
을 한 장 넣었지 뭡니까. 다름 아닌 여항 땅의 완태시였습니다. 노인은
나가서 마중하면서 말했습니다.

"무슨 바람이 불어서 예까지 다 오셨소이까?"

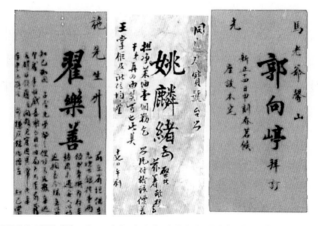

명청대의 **명첩(명함)**. 이름 옆에 자신의 내력이나 경력을 적는 경우가 많았다.

"이 고을의 벗들과 못 본 지가 꽤 되어서 말입니다! 해서 우연히 휴가를 내고 일부러 강을 건너 인사 한번 드리려고 왔지요."

완태시가 말하자 노인은 바로 술상을 보게 해서 그를 대접했습니다. 술을 마시는 도중에 두 사람은 항간에 나도는 새로운 소식들을 화제로 삼았습니다. 물론 믿을 만한 것도 있고 미심쩍은 것도 있었지요.

"저희 고을에도 일 년 전에 새로운 소식이 하나 있었습니다. (…) 이 이야기는 진짜올시다!"

완태시가 이렇게 말하자 노인이 물었습니다.

"무슨 일이길래요?"

"어떤 젊은 친구가 객지에 놀러 나갔다가 돌아왔지요. 그런데 … 돌아오는 길에 농담 한마디로 웬 처자를 얻었지 뭡니까! 지금은 거기서 부부가 되어 잘 살고 있답니다. (…) 그 처자가 이 고을 사람이라고 하던데 … 알고 계시는지요?"

하고 완태시가 말하길래 노인이 물었습니다.

"그 여자 성이 어떻게 되는지 아시오?"

"같은 도씨라고 하던데요."

그러자 노인은 깜짝 놀라면서 말했습니다.

"설마 내 여식은 아니겠지요?"

"소싯적 이름은 유방이고 … 나이는 열여덟이라더군요. (…) 몸종도 있는데 이름이 습취라지요, 아마?"

완태시가 이렇게 말하니 노인은 눈을 동그랗게 뜨면서 말했습니다.

"정말 내 여식이구려! 어떻게 그 사람 집에 있단 말입니까?"

"어르신께서는 웬 젊은이가 빗속에서 문을 두드리며 '이 댁은 장인 댁'이라고 허튼소리를 하자 어르신께서 문 밖에 세워놓고 집에 들이지 않으신 일을 기억하십니까?"

"정말 그런 일이 있기는 있었지. 허나, … 그자는 평소 전혀 면식이 없던 자이올시다. 게다가 집 밖에 세워놓았었지. 그러니 둘이 연락을 주고받을 수는 없어요. 그런데 어떻게 그날 밤 내 여식이 그자를 따라갈 수가 있겠소?"

완태시는 그제서야 장선비가 한 말을 일일이 들려주고 나서 말했습니다.

"한쪽은 실언을 하고 한쪽은 역정을 내고 한쪽은 오해를 했군요. 그것들이 복합적으로 작용하면서 이런 일이 생긴 것입니다. 정말 희한하군요! (…) 지금은 부부가 아들까지 두었더군요. 어르신, (…) 따님을 한번 보서야지 않겠습니까?"

"봐야지 그걸 말이라고 해?"

하고 노인이 말하는 찰나였습니다. 가만 보니 왕 씨가 병풍 뒤에 숨어서 그 이야기를 똑똑하게 듣고 있다가 더 이상 참지 못하고 뛰쳐나오는 것이 아닙니까! 왕 씨는 손님이야 낯이 설든 익든 아랑곳하지 않고 대성통곡을 하면서 완태시 앞에 고꾸라져 큰절을 올리면서 말하는 것이었지요.

"우리 늙은 부부한테 자식이라곤 그 딸아이뿐이올시다! 딸아이를 잃어버린 뒤로 울다가 울다가 기절하기를 몇 번이나 했는지 몰라요. 이제는 기운이 다 빠져서 살고 싶지도 않습니다. (…) 만약 손님께서 정말 제 딸을 만나게만 해주시면 꼭 단단히 보답하겠습니다!"

"어르신과 마님께서야 당연히 사랑스러운 따님을 만나고 싶으실 테지요. 하지만 … '두 분이 타박을 하실까 두렵다'며 사위 분이 감히 찾아뵐 엄두조차 내지 못하더군요!"

완태시가 이렇게 말하자 노인이 말했습니다.

"정말 만날 수만 있다면야 경사스럽기 그지없는 일이지! 우리가 타박은 왜 하겠소?"

"사위분도 따지고 보면 옛 대갓집 자제입니다. 따님에게도 부끄럽지 않은 젊은이라는 말씀이지요. (…) 어르신께서도 나무라지 않는다고 하셨으니 지금 당장 사위분 집으로 가서 한번 만나보시지요."

완태시가 이렇게 설득하자 노인은 흔쾌히 여장을 꾸리더니 그길로 완태시와 함께 여항으로 향했습니다.

장 씨네 집 문 앞에 이르자 완태시는 집으로 들어가 그동안의 상황을 상세하게 알렸습니다. 그러고는 장선비와 함께 나와 노인을 맞이했지요. 오랫동안 부친을 만나지 못한 딸은 본채까지 나왔습니다. 그러자 완태시는 완태시대로 잠시 자리를 비켜주는 것이었습니다. 부녀가 서로 만나 딸이 아버지 품에 안기니 두 사람 모두 감격에 겨워 주저앉아 소리 내어 우는 것이었습니다. 노인은 장선비에게 딸과 함께 자기 집으로 가줄 것을 제안했습니다. 딸은 딸대로 어머니가 보고 싶었던지라 그길로 다함께 제기촌으로 왔답니다. 어머니와 딸이 상봉하자 이번에도 머리를 끌어안고 대성통곡을 하는 것이었지요.

"이승에서는 다시는 못 볼 줄 알았더니 오늘 같은 날이 오기는 오는구나!"

그 바람에 옆에서 그 모습을 지켜보던 하녀들도 저마다 눈물을 흘렸답니다. 그렇게 실컷 울고 나자 장인 장모를 만난 장선비는 머리를 조아리며 용서를 빌었습니다.

"그때는 소인이 동행한 분들과 대문 밖에서 순간적으로 농담을 한 것이었습니다만 장인어른께서 그 말을 곧이듣고 역정을 내실 줄은 꿈에도 몰랐습니다. 또 따님이 사람을 잘못 보는 바람에 생각지도 못한 가약을 맺을 줄도 몰랐지요. (…) 소인이 이제 와서야 돌이켜보건대, 당초 그런 농담을 할 때까지만 해도 진짜 사위가 될 것이라고는 언감생심 꿈에도 바란 일이 없습니다! 그 모두가 우연히 벌어진 일일 뿐이지요. 그러니 모쪼록 장인어른께서도 나무라지 마시기 바랍니다!"

노인은 껄껄 웃으면서 말했습니다.

"하늘께서 장서방에게 그런 농담을 하도록 시키셔서 이 같은 공교로운 일이 생긴 게지! 이거야말로 전생에서 이미 정해진 연분인데 나무랄 턱이 있는가?"

이렇게 대화를 주고받을 때 완태시도 혼인을 축하하는 예물을 싸서 축하 인사를 하러 왔지 뭡니까. 노인은 화려한 비단과 은자를 꺼내고 완태시를 중매인으로 삼아 술상을 차린 다음 일가친척을 다 초대했습니다. 그리고 장진경 부부에게 새로 천지신명께 절을 올리고 혼례식을 치르게 했지요. 그러고 나서 두 사람에게 혼수를 후하게 챙겨준 다음 집으로 돌아가도록 배웅했습니다. 이 부부는 서로 아끼면서 백년해로 했다고 합니다.[44] 처음에 장 선비가 그렇게 장난삼아 농담을 하고, 그 바람에 문 밖에 혼자 서 있지 않고 두 객상과 마찬가지로 한 자리에서 술을 마셨더라면 어디 그런 아내를 만날 수 있었겠습니까? 보나마나 진작에 다른 남자에게 출가해서 살았겠지요. 이렇듯 전생의 인연은 운명적으로 정해진 것으로, 하늘이 그렇게 맺어주

---

44) 【즉공관 미비】 學養子而後嫁者也。 자식을 키우고 나서 출가시키는 사람을 본받아야 겠군.

이 대목의 촌평도 강소고적판과 천진고적판의 내용에 차이가 있다. 전자에는 "學養子, 而後嫁者也"(제209쪽)로 되어 있지만 후자에는 "先養子, 而後嫁者也"(제123쪽)로 되어 있다. 상우당본 원문(제516쪽)을 확인한 결과, 글자의 형태에 주목할 때 첫 글자는 '선先'이 아니라 '학學'에 훨씬 가깝다. 또, 강소고적판과 천진고적판에서는 똑같이 이 촌평을 중간에 쉼표를 넣고 주절主節과 종속절從屬節로 구성된 복문複文으로 해석했다. 그러나 문법적 측면에서 본다면, 촌평의 첫 글자가 '선'이든 '학'이든 간에 중간에 쉼표를 넣지 않은 단문短文으로 이해해야 옳다. 이 촌평을 복문으로 해석하면 독자들이 즉공관주인(능몽초)이 촌평을 단 의도를 이해하는 데에 혼선을 줄 우려가 있기 때문이다.

신 것임을 알 수 있는 것입니다.

이번 이야기는 축지산祝枝山[45]의 《서초야
기西樵野記》[46]에 나오는 이야기였습니다. 줄
거리 그 자체만 해도 충분히 재미가 있지요.
아쉬운 점이 있다면 웬 몰지각한 인사가 《원
앙금침 이야기[鴛衾記]》[47]를 쓴다고 썼는데,
아 글쎄, 원나라 때 사람이 쓴 《옥청암에서 원
앙 이불을 잘못 보내다[玉淸庵錯送鴛鴦被]》[48]

축지산의 초상

---

45) 축지산祝枝山: 명대의 유명한 서예가 축윤명祝允明(1461~1527)을 말한다.
'지산枝山'은 그의 호이다. 일찍부터 글씨로 이름을 떨쳤으며, 같은 장주長
洲(소주) 출신인 서정경徐禎卿·당인唐寅·문징명文徵明과 함께 '오중 사재
자吳中四才子'로 일컬어졌다.

46) 《서초야기西樵野記》: 명대의 지괴소설志怪小說. 주로 기이한 귀신 이야기나
잡다한 이야기들을 다루었다. 저자는 소주 사람인 후전侯甸(?~?)으로 알려
져 있어서, 능몽초가 착각한 것으로 보인다. 축윤명이 지은 필기소설은 제
목이 《야기野記》이다. 《속설부續說郛》에서는 이 소설집을 '구조야기九朝野
記'로 소개했고, 청대의 백과전서 '사고전서四庫全書'의 편찬자들은 "이 책
에서 기술한 것은 민간의 이야기들이 많다是書所記多委巷之談"라고 논평했
다. 명대 말기에 관리나 문인들은 주로 당시 조정과 관련된 각종 전고, 제도
들을 소개하는 이야기를 저술하는 데에 관심을 집중시켰다. 축윤명이 이
소설집의 제목을 '야기'로 정한 것은 당시의 저술 경향과는 반대로 주로 민
간의 각양각색의 이야기들을 두루 망라하는 데에 역점을 두었기 때문이다.
《박안경기》의 이 이야기와 《이각 박안경기二刻拍案驚奇》 권25의 〈서차주가
소란을 틈타 신부를 납치하고 정예주가 억울함을 호소하여 과거의 사건을
종결짓다徐茶酒乘鬧劫新人, 鄭蕊珠鳴冤完舊案〉 등은 모두 축윤명의 《야기》
에서 소재를 취한 이야기들이다.

47) 《원앙 금침 이야기[鴛衾記]》: 명대에 무명씨가 지은 전기傳奇 희곡. 전해지
는 판본이 없어서 줄거리는 알 수가 없지만 제목만 놓고 볼 때 그 내용은
원대의 잡극 희곡에서 영향을 받았을 가능성이 있다.

라는 잡극雜劇[49]과 가정嘉定 고을의 빗 장인인 서달徐達이 신부를 납

48) 《옥청암에서 원앙 이불을 잘못 보내다[玉淸庵錯送鴛鴦被]》: 원대에 무명씨가 지은 잡극 희곡. 청백리인 부윤府尹 이언실李彦實은 간신들의 탄핵을 받아 서울로 압송되던 중 노자가 떨어지자 옥청암玉淸庵의 유도고劉道姑에게 부탁하여 부자인 유언명劉彦明에게서 열 냥을 차용하고 자신의 딸 이옥영李玉英이 차용증서에 서명을 하게 한다. 일 년 후, 빚을 받으려던 유언명은 옥영의 미모에 반해 유도고를 협박해 옥영을 아내로 삼으려 한다. 옥영은 유도고가 연루될까 걱정하여 어쩔 수 없이 자신이 수를 놓은 원앙 이불을 유도고에게 넘기고 그날 밤 옥청암에서 유언명과 혼례를 치르기로 약

잡극 〈옥청암착송원앙피〉 삽화. 《원곡선》

속한다. 신이 나서 약속 장소인 옥청암으로 가던 유언명은 순찰을 돌던 병사에게 잡혀 가고, 마침 과거를 보러 가는 길이던 선비 장서경張瑞卿이 우연히 옥청암에 묵는다. 이때 옥청암에서는 유도고의 제자가 장서경을 유언명으로 오인하고 옥영이 도착하자 두 사람이 밤을 보내게 한다. 날이 밝아 작별할 때 옥영은 원앙 수를 놓은 이불을 정표로 삼고 서경은 과거를 보러 떠난다. 뒤늦게 순찰 병사에게서 풀려난 유언명은 유도고를 협박해 옥영을 집으로 데려오게 해 아내로 삼으려 하지만 옥영이 완강하게 거부하자 잠시 자신의 술집에서 술을 팔게 한다. 얼마 후 장원급제를 해서 벼슬을 얻은 장서경은 변장을 하고 옥영을 찾다가 유언명의 술집에서 극적으로 상봉한다. 서경은 일부러 그녀를 '형'이라고 부르면서 자신의 처소로 데려가 당초의 원앙 이불을 보여준다. 며칠 후 유언명이 찾아와 아내를 달라며 소란을 벌이자 벼슬에 복귀해 집으로 돌아가던 이언실은 경위를 확인한 후 유언명을 처벌하고 옥영은 서경과 연분을 맺게 해준다. 현재는 명대의 극작가이자 출판가인 장무순臧懋循(1550~1620)이 원대에 지어진 잡극 희곡을 모아 엮

치해 도망친 일화[50]) 등 서너 가지 이야기에 '양장糧長'[51]) 질을 해놨지

은 《원곡선元曲選》에 남아 전해진다.

49) 잡극雜劇: 중국 근세에 유행한 공연예술. 일반적으로 원대에 창작된 원 잡극을 가리키는데, 우리에게 익숙한 대사와 연기로만 연출되는 서구의 근대적 연극과는 달리 대사·연기와 함께 노래·음악·무용, 나아가 서커스 등의 예술 장르까지 어우러진 총체적인 공연예술이다. 일반적으로 그 희곡은 네 개의 절折(막)과 한두 개의 설자楔子(막간극)로 구성되었으며, 주인공이 남자냐 여자냐에 따라서 각각 '말본末本', '단본旦本'으로 구분되었다. 원대에 대도大都(지금의 북경)를 중심으로 한 북방에서 유행했기 때문에 때로는 '북곡北曲'이라는 이름으로 일컬어지기도 했다. 원대 잡극 희곡의 대표작으로는 관한경關漢卿의 《두아원竇娥寃》, 마치원馬致遠의 《한궁추漢宮秋》, 백박白樸의 《오동우梧桐雨》, 정광조鄭光祖의 《천녀이혼倩女離魂》, 왕실보王實甫의 《서상기西廂記》, 기군상紀君祥의 《조씨고아趙氏孤兒》, 정정옥鄭廷玉의 《간전노看錢奴》, 이잠부李潛夫의 《회란기灰欄記》 등이 있으며, 명대 말기에 장무순이 당시까지 전해지던 100편의 원대 잡극 희곡을 모아서 엮은 《원곡선元曲選》이 전해진다. 국내에 번역된 것으로는 문성재 역, 《중국 고전희곡 10선》·《조씨고아》·《간전노》·《회란기》 등을 참고하기 바람.

50) 서달이 신부를 납치해 도망친 일화[徐達拐逃新人的事]: 작자나 줄거리를 분명하게 알 수는 없다. 그러나 이와 비슷한 줄거리를 가진 이야기가 능몽초가 지은 《이각 박안경기二刻拍案驚奇》의 제25권 〈서차주가 소란을 틈타 신부를 납치하고 정예주가 억울함을 호소하여 과거의 사건을 종결짓다〉에 소개되어 있다.

51) 양장糧長: 명대에 양곡을 세금으로 징수·수송하는 일을 맡았던 하급 관리. 명나라 태조 주원장朱元璋의 홍무洪武 4년(1371) (남)직예·절강·강서·호광·복건 등지에서 일만 석 정도의 양곡이 산출되는 지역을 한 구역으로 정하고 현지의 유지를 양장으로 임명해 대대로 양곡의 징수·수송을 맡게 했다. 여기서 능몽초가 "양장 질을 했다"고 한 것은 《원앙 금침 이야기》의 작자가 양장이 집집마다 다니면서 양곡을 징수하듯이 다른 사람들의 소설이나 희곡들을 이것저것 가져다가 한 데 버무려서 소재로 활용한 일을 비꼬아서 한 말이다. 지금도 그렇지만 명대에는 희곡이나 소설이 흥행이나 매출상의 성공과 직결되었기 때문에 인기 있는 소재나 대목을 모방하거나 편집하거나 표절하는 일이 빈번했다. 참고로 능몽초도 비슷한 이유로 당시

뭡니까. 그 바람에 등장인물은 등장인물대로 뒤섞이고 이야기는 이
야기대로 엉망진창이 되고 말았지요.52) 그래서 제가 이번에 원본을
토대로 해서 이 이야기를 다시 세상에 알리고 사람들이 간편하고
재미있게 즐길 수 있게 만들어드린 것입니다. 이를 증명하는 시가
있으니

몇 마디 말로 아내 얻은 것은 기이한 인연이니	片言得婦是奇緣,
이런 새로운 이야기야 당연히 소개할 만하지만,	此等新聞本可傳。
다들 멋대로 짜기워 너무도 엉망인 경우가 많기에,	扭捏無端殊舛錯,
원래의 이야기 가져다가 다시 들려드리노라.	故將話本與重宣。

사람들의 비난을 받곤 했다. 비슷한 시기의 정치가이자 문학가인 사조제謝
肇淛(1567~1624)는 《오잡조五雜組》에서 "오흥의 능씨가 간행한 책들은, 책
을 만들어 이익을 노리는 데에 급급하여, … 그 과정에서 엮고 다듬느라
오자가 속출하니, 이 얼마나 해괴한 일인지 모른다"라고 비판했다. (문성재,
〈명말 희곡의 출판과 유통 - 강남지역의 독서시장을 중심으로〉, 《중국문학》
제41집, 제155쪽)

52) 그 바람에 줄거리가~[弄得頭頭不了債債不淸]: 현재는 특정한 이야기에 다
른 소재들을 버무려서 제3의 이야기를 새로 만들어내는 창작 방법이 보편
화되어 있다. 그러나 명대만 해도 대부분의 소설가·극작가들의 주요한 관
심사는 구성을 치밀하게 짜고 이야기를 흥미진진하게 꾸미기보다는 자신
의 학문과 문재를 과시하는 문학적 표현과 문자유희에 편중되어 있었다.
그렇다 보니 적어도 명·청 교체기의 능몽초 역시 소설·희곡을 창작하는
과정에서 기존의 전통적인 창작의 틀에서 벗어날 수 없었을 것이다. 어쩌면
그가 볼 때 전통적인 창작의 틀을 벗어나는 작가나 작품은 대단히 "안목이
없고" "마음대로 갖다 붙이고" "줄거리가 뒤죽박죽이고 이야기도 엉망진
창"이라고 할 정도로 생소하고 이질적인 행위들로 여겨졌을 가능성이 높
다. 이 이야기 원문(제516쪽)에서 "두두불료頭頭不了"는 등장인물을 많이
설정한 것을 두고 한 말이고, "채채불청債債不淸"은 그렇다 보니 이런저런
줄거리들이 얽히고설켜서 줄거리를 이해하기 어려운 것을 두고 한 말이다.

제13권

조육로는 자식 사랑이 지나쳐 노년에 횡사하고
장 지현은 불효자를 처형하고 사건을 해결하다
趙六老舐犢喪殘生 張知縣誅梟成鐵案

卷之十三

趙六老舐犢喪殘生張知縣誅梟成鐵案 해제

이 작품은 부모에게 불효했다가 패가망신한 불효자에 관한 이야기이다. 이야기꾼은 풍몽룡의 《지낭智囊》에 소개된 송강부松江府 엄嚴 부자집 불효자의 이야기를 앞 이야기로 들려주고, 이어서 같은 책에 소개된 조육로趙六老의 불효자의 이야기를 몸 이야기로 들려준다.

어떤 현의 부자로 늘그막에 조총趙聰이라는 외동아들을 둔 조육로趙六老는 조총이 어릴 때부터 애지중지하면서 아무리 큰돈도 아끼지 않는다. 육로는 아들 교육을 위해 큰돈을 들여서 유명한 훈장 선생을 초빙하지만 귀하게 자란 조총은 글공부도 제대로 하지 않고 오히려 자신을 애지중지하는 부모의 약점을 이용하는 못된 버릇만 키운다. '그렇다면 처가 덕이라도 보자' 싶었던 육로는 사백 냥이나 들여서 지체 높은 대갓집인 은殷 씨 댁 딸을 며느리로 맞아들이지만 조총 부부는 살림살이가 헤퍼서 육로는 해마다 전답과 패물들을 잡히고 그 생활비를 마련하느라 바쁘다. 그럼에도 불구하고 조총 부부는 부모로부터 집안 살림을 넘겨받자 부모를 홀대하고, 육로의 아내는 화병으로 세상을 떠나지만 조총 부부는 제대로 된 관 하나 마련할 돈도 쓰지 않는다. 염치 불구하고 외상으로 관을 사서 아내를 안장한 육로는 더 이상 잡힐 물건도 없는 빈털터리로 전락하고 날마다 빚쟁이가 집으로 들이닥쳐 빚 독촉을 하는 낭패를 당한다.

　몇 번이나 아들 부부에게 도와줄 것을 통사정했지만 번번이 면박만 당하자 하는 수 없이 한밤중에 조총 집에 잠입해 돈을 훔치려던 육로는 인기척에 잠을 깬 아들이 휘두른 도끼에 비명횡사하고 만다. 도둑 잡으라는 조총의 고함소리를 듣고 달려온 이웃사람들은 아들이 아버지를 때려죽인 것을 알고 경악한다. 사태의 심각성을 깨달은 사람들은 조총을 관아로 끌고 가서 지현에게 재판을 받게 하고, 청렴하고 현명한 지현은 불효죄를 물어 조총에게 곤장을 치고 감옥에 가둔 후 재산을 몰수한다. 그 와중에 은 씨는 남편 옥바라지를 위해 감옥을 드나들다가 역병에 걸려 죽고, 아무도 옥바라지를 하지 않아 사흘 만에 굶어 죽은 응석받이 조총의 시체는 공동묘지에 아무렇게나 던져진다. 지현은 조총의 전 재산을 몰수해 육로가 진 빚을 모두 변제해주고 나머지는 국고에 귀속시킨다.

소주부
태호 ○　　○
송강부(상해)
　　　　●
항주부 ○

이런 시가 있습니다.

예로부터 부자의 인연은 천륜이라고 했건만,　　　　從來父子是天倫,
흉포한 자가 언제 부모 봉양한 적 있었던가?　　　　离[1]暴何當逆自親。
자애로운 까마귀가 어미 섬길 줄 안다[2]고 하니,　　爲說慈烏能反哺,
나는 새들에게 그자를 꾸짖게 함이 옳으리라.　　　　應敎飛鳥罵伊人。

　이야기를 들려드리겠습니다. 사람이 살면서 아주 중요하게 생각하
는 것이 바로 '효孝'입니다. 보통은 부모가 되면 삼 년 동안 젖을 먹이
는 일부터 시작해서 아이가 어른으로 장성할 때까지 내내 얼마나 많
은 마음과 노력을 기울이는지 모릅니다. 아이가 이런저런 병에 걸려
서 병치레라도 할까 싶어 밤낮으로 노심초사는 또 얼마나 많이 합니
까? 거기다가 아이가 총명한 머리로 훌륭한 인물이 되기를 바라며
수시로 마음을 쓰지요. 이렇듯 어루만지고 보살피면서 하지 않는 일

---

1) 【교정】 흉포한[离]: 상우당본 원문(제519쪽)에는 '산신 리离'로 나와 있으나
　원래는 '흉악할 흉兇'을 써야 옳다. 글자 형태가 비슷해서 판각하는 과정에
　서 착오가 있었던 것으로 보인다.
2) 자애로운 까마귀가 어미 섬길 줄 안다慈烏反哺: 중국 전설에서는 까마귀가
　다 자란 후에는 먹이를 물어 와서 어미를 공양한다고 믿었다.

이 없을 정도입니다. 그래서 《시경詩經》3)에서도 그랬지요.

"애틋하고 애틋한 이는 부모가 아니런가?   哀哀父母,

나를 낳으시느라 애쓰고 고생하셨건만 …   生我劬勞。

그 은혜를 갚고자 하니   欲報之德,

저 하늘처럼 끝이 없구나!"4)   昊天罔極。

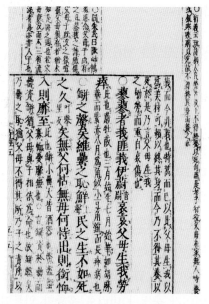

부모의 은혜와 사랑을 노래한 〈요아장〉 대목. 《시경집주》

---

3)《시경詩經》: 중국 고대의 대표적인 유가 경전. 고대의 시와 민요를 모아놓은 시가집으로, 크게 각 나라의 민요들을 모아놓은 풍風, 주나라 궁중에 사용되는 노래들을 모아놓은 아雅, 제사에 사용되는 노래들을 모아놓은 송頌의 세 부분으로 구성되어 있다.

4) 애틋하고 애틋한~: 《시경詩經》〈소아小雅·요아蓼莪〉에 나오는 시의 내용으로, 하늘처럼 끝이 없는 부모의 은혜를 두고 한 말이다.

이쯤 되고 보면 제아무리 부모를 위해 얼음 위에 드러눕네, 대숲에서 통곡을 합네, 잠자리에 부채질을 합네[5], 별별 애를 다 써도 부모님 은혜는 만 분의 일도 갚기 어렵다고 하겠습니다. 하물며 비단 옷이며 맛난 음식은 자기가 다 독차지하고 굶주림과 추위는 전부 부모한테 미루면서 마치 남인 양 무심하게 대한다거나, 심지어 무슨 원수라도 되는 것처럼 대하면서 도덕을 저버리고 천륜까지 어기는 짓은 개돼지조차 하지 않을 짓인 것입니다!

왕상와빙. 《이십사효》

맹종곡죽. 《이십사효》

이제 일단 불효자의 이야기를 한 대목 들려드리겠습니다.[6] 이 이야기는 예전에도 거의 본 적이 없고 근래에도

황향온피. 《이십사효》

5) 빙판에 드러눕네~: 중국 고대의 효자·효녀 스물네 명의 이야기를 모아놓은 《이십사효二十四孝》에 소개된 왕상王祥·맹종孟宗·황향黃香의 일화. 진대晉代의 왕상은 계모를 봉양하려고 한겨울에 옷을 벗고 얼음 위에 누워서 잉어를 잡았다고 한다. 또 같은 진대의 맹종은 중병이 든 노모가 죽순을 먹고 싶다고 하자 대숲에 가서 대나무를 끌어안고 울었더니 갑자기 죽순이 솟아 나와서 그것으로 국을 끓여 노모를 봉양했다고 한다. 후한대의 황향은 아버지를 위하여 여름에는 베개에 부채질을 하고 겨울에는 아버지의 이불 속에 들어가 체온으로 이부자리를 데웠다고 한다.

6) *본권의 앞 이야기는 풍몽룡의 《지낭智囊》 권27의 〈잡지부雜智部·교이송사攪耳訟師〉에서 소재를 취했다.

거의 들어본 적 없을 것입니다. 정덕正德[7] 연간에 송강부松江府[8] 성내에 엄嚴씨 성을 가진 부자가 있었습니다. 부부 두 식구만 살았는데, 서른이 넘도록 슬하에 자식이 없었지 뭡니까. 그래서 '신령님께 기도를 드립네 부처님께 불공을 올립네' 하면서 언제 어디서든지 이 일로 마음을 쓰지 않는 때가 없었지요.

《삼재도회》에 그려진 송강부. 명대에는 상해가 송강부에 속한 현이었다.

그러던 어느 날 밤이었습니다. 엄씨네 아씨가 비몽사몽간에 가만히 들자니 허공에서 누가 이렇게 말하는 것이었습니다.

> "자식은 얻겠지만,　　　　　　　　求來子,
> 나중에는 귀가 없어질 것이요.　　終沒耳。
> 그대에게 아들이 생기겠지만,　　添你丁,
> 그대의 이는 줄어들리라."　　　　減你齒。

이 소리를 똑똑히 들은 엄씨네 아씨는 이튿날 바로 엄씨에게 그 사실을 알렸지요. 그러나 그것이 무슨 뜻인지는 도통 알 길이 없었습니다. 그날 이후로 엄씨네 아씨는 갑자기 눈썹이 처지는가 하면 젖이

---

7) 정덕正德: 명나라 무종武宗 주후조朱厚照가 1506~1521년에 사용한 연호.
8) 송강松江: 명대의 지명. 지금의 강소성 상해시上海市 서남부에 해당한다.

오르고 배가 불러왔습니다. 임신을 한 거지요! 그렇게 열 달 동안 아이를 품고 온갖 고생을 다한 끝에 아들을 하나 낳았는데, 신수가 훤하지 뭡니까, 글쎄. 부부 두 사람은 몹시 기뻐했습니다. 만사 다 필요 없고 그저 아이가 잘 크고 잘 자라기만 바랄 뿐이었지요.

　세월은 흐르고 흘러서 어느 새 벌써 삼 년이 지났습니다. 그때까지도 아들은 꽤나 총명하고 영리했지요. 부모는 아이가 원하는 것이라면 백이면 백 다 들어주면서 무엇 하나 거절하는 법이 없었답니다. 세상에 있는 물건이나 일은 말할 것도 없고, 아이가 원하면 반드시 구해주려고 애썼지요. 설사 하늘에 뜬 별이나 강에 비친 달이라고 해도 그랬습니다. 하늘까지 올라가 따고 강에까지 뛰어들어 건져낼 기세였지요.[9] 이런 일은 이루 셀 수도 없을 정도였습니다. 그러나 이런 말이 있지요.

　　"몽둥이 끝에서 효자가 나오고,　　　　　　棒頭出孝子,
　　　젓가락 끝에서 망나니 나온다.[10]"　　　　筯[11]頭出忤逆。

　엄씨네 부부가 그 아이를 응석받이로 키우는 바람에 다 크고 나서는 안하무인이었습니다. 마치 천왕天王[12]이라도 되는 것처럼 기고만

---

9)　【즉공관 미비】溺愛常態。 지나친 사랑을 베푸는 부모에게 늘 있는 현상이지.

10)　몽둥이 끝에서~[棒頭出孝子, 筯頭出忤逆]: 명대의 속담. 매질을 하면서 자녀를 엄하게 키우면 효자가 되지만 젓가락으로 먹을 것까지 다 챙겨 먹이면서 자녀를 오냐오냐 키우면 자기만 아는 불효자가 된다는 뜻으로 한 말이다.

11)　【교정】젓가락[筯]: 상우당본 원문(제521쪽)에는 '젓가락 저筯'로 되어 있는데, '젓가락 저筯'의 이체자이다.

12)　천왕天王: 이 단어는 여러 의미로 사용된다. 일반적으로는 불교에서 욕계慾界나 색계色界 등 온갖 하늘을 관장하는 왕을 가리킨다. 실제로 시오노야와 카

장이지 뭡니까!13) 그 아이에게는 쓸 돈이 얼마든지 있었습니다. 그렇다 보니 교활해 빠지고, 법도 없는 관아의 인사들과도 안면을 트는 것을 좋아했지요.14) 그러니 주위사람들까지 하나같이 아부나 하려 들지 그 아이에게 대들 엄두나 내겠습니까? 그뿐만 아니라 주사위 놀이15)도 무던히도 즐겨서 또래 친구들까지 몰고 다녔는데 한결같이 노름판의 고수들이었습니다. 그자들은 그 아이가 돈을 내는 물주임을 알고 있었습니다. 그래서 그 앞에서는 온갖 감언이설로 아첨을 하고 비위를 맞추면서 그를 고수인 양 치켜세우곤 했답니다. 엄도령은 남들이 정말로 자신을 좋아하고 거기다 기분까지 맞추어 준다고만 믿었지요. 그래서 마음 놓고 대담하게 노름판의 큰손16) 노릇을 하면서 누런 것 허연 것17)들을 셀 수도 없이 펑펑 써재꼈습니다. 엄씨는 그때마

라시마의 일역본(제2책, 제81쪽)에서는 이 단어를 '임금님[王樣]'으로 번역해 놓았다. 그러나 때로는 천자天子, 즉 황제를 뜻하는 별칭으로 사용되기도 한다. 여기서는 앞뒤 맥락을 따져볼 때 전자로 이해하는 것이 합리적이다.

13) 【즉공관 미비】必然之勢。당연한 결과인 게지.

14) 【즉공관 측비】此豈可近。그런 부류를 어찌 가까이 할 수가 있나!

15) 주사위 놀이[樗蒲]: 저포樗蒲는 중국에서 고대에 유행한 주사위 놀이의 일종이다. 여기서는 편의상 "주사위 놀이"로 번역했다.

16) 노름판의 큰손[呼盧]: '호로呼盧'란 '로!' 하고 외친다는 뜻이다. 중국 고대의 주사위는 한쪽은 검은색을 칠하고 송아지를 그렸고 한쪽은 흰색을 칠하고 꿩을 그렸는데, 주사위 다섯 개 모두 검은 면이 나오면 '로盧'라고 하여 1등으로 쳤다. 그래서 주사위를 굴릴 때 놀이에서 이기려고 늘 "로 [나와라]!" 하고 외쳤다고 한다. 여기서 '로盧'는 검은색을 뜻한다. 여기서는 '호로'를 "노름판의 큰손"으로 번역했다.

17) 누런 것 허연 것[黃白之物]: '황백지물黃白之物'이란 글자 그대로 '누런 물건과 허연 물건'이라는 뜻으로, 전자는 황금, 후자는 백은을 각각 말한다. 여기서는 편의상 "누런 것 허연 것"으로 직역했다.

주사위 놀이를 하는 거란인들

다 간곡하게 아들을 설득했습니다. 그래 봤자 매번 그놈의 자식 사랑 탓에 두세 마디 훈계를 하다가도 듣지 않으면 결국 포기하곤 했지요. 그러나 재산에도 한계가 있는 법 아니겠습니까? 열 번 노름을 하면 아홉 번을 날리기가 일쑤였습니다. 그렇게 삼년을 지나면서 가세는 점점 기울어 갔지요.

　엄씨는 원래 조금씩 재산을 모아 집안을 일으킨 사람이었습니다. 그러니 그런 경우를 볼 때마다 아무래도 살을 도려내는 것 같은 괴로움을 피하기 어려웠지요. 그러던 어느 날이었습니다. 엄씨는 볼일이 생겨서 외출했다가 한 노름집을 지나고 있었습니다. 그런데 가만 보니 수십 명이나 되는 사람들이 한데 모여서 왁자지껄 떠들고 있는 것이 아닙니까. 엄씨는 멀리서 그 광경을 발견하고 다가와서 목을 빼고 그곳을 쳐다보았지요. 그랬더니 그 사람들이 자기 아들을 에워싸고 노름빚을 받아내려고 하는 것이 아닙니까. 그의 아들은 제대로 해명조차 하지 못한 채 이 사람한테 잡히고 저 사람한테 끌려다니면서 어쩔 줄을 모르는 것이었지요. 그 꼴을 본 엄씨는 행여 아들이 다치기라도 할까 걱정이 태산이었습니다. 그러다가 속으로 더 이상 참지 못하겠던지 사람들을 밀쳐내고 몸으로 아들을 가리더니 그들을 보고 말했지요.

"빚진 재물은 아비인 내가 다 갚아 드리리다! 형씨들은 일단 각자 돌아가십시오. 내일 댁마다 찾아뵙고 갚으면 되지 않소이까!"

그러고는 한 손으로 아들을 끌고 성이 잔뜩 나서 집으로 들어왔습니다. 그러고는 문을 닫아걸고 자기 아들 머리를 쥐어뜯으면서 마음을 모질게 먹고 두들겨 패려는 찰나였습니다. 아들이 버둥거리다가 용케 빠져나가는 것이 아닙니까. 엄씨가 쫓아가서 아들을 붙잡고 놓아주지 않자 아 그 아들놈이 몸을 돌리더니 엄씨 얼굴을 향해 냅다 주먹을 내질렀겠다? 그 바람에 눈앞에 온 하늘의 별이라는 별은 다 보이더니 바로 기절해서 쓰러져버리고 말았습니다. 아들은 아들대로 어쩔 줄을 모르면서 가까스로 손으로 아버지를 부축해 일으키는데, 아뿔싸, 앞니가 두 개나 부러지는 바람에 가슴이 온통 피투성이가 돼버렸네 그려![18] 아들은 야단났다 싶었던지 일단 바깥으로 후닥닥 내빼고 마는 것이었습니다요. 한참이 지나서야 의식을 되찾은 엄씨는 성이 잔뜩 나서 말했습니다.

"내가 평생을 살면서 어쩌다 이런 불효막심한 놈을 다 낳았을꼬! 가산은 몽땅 다 날리고, 그걸로도 모자라서 하마터면 내 목숨까지 앗아갈 뻔하다니! (…) 이런 짐승만도 못한 놈이 다 있담? 이런 놈을

---

18) 【즉공관 미비】 溺愛者看樣。 지나친 사랑을 베푸는 이들에게 좋은 본보기로군.

집에 모셔 놓았다가 어따 쓰겠나!"

그러더니 그길로 관아로 달려갔습니다. 마침 지부知府[19]가 재판정
에서 공무를 처리하고 있기에 고소장을 한 장 쓰고 부러진 앞니 두
개를 증거물로 삼아 아들을 불효자로 고발했습니다. 고소장을 접수한
지부는 이날은 퇴청하고 엄씨도 일단 집으로 돌아갔지요.

그런데 엄씨 아들에게는 평소 아주 친한 벗이 있었습니다. 외랑外
郎[20]으로 있는 구삼丘三이라는 자인데, 아주 교활하고 간사한 자였지
요.[21] 이날 지부가 엄씨의 고소장을 받는 광경을 목격한 구삼은 서둘
러 관아를 나와 엄씨 아들을 찾아가서 방금 전에 있었던 일을 다 일러
바쳤습니다. 그러자 당황한 엄씨 아들은 자신을 구해줄 방법을 강구
해달라고 통사정을 하는 것이었지요. 구삼이 일부러 난색을 표하길래

"마침 수중에 이렇게 노름돈 세 냥이 있었군. (…) 일단 이거라도
써서 꼭 내 목숨을 좀 구해주시오!"

하고 말했더니 구삼은 이번에도 일부러 한참 시간을 끌다가 입을
열었습니다.

"오늘은 늦었으니 내일 아침에 관아 앞에서 봅시다. 일러드릴 말씀
이 있소이다."

---

19) 지부知府: 명대에 지방 행정구역인 부府의 수장을 일컫던 이름. 지금의 시
　　장市長에 해당한다.
20) 외랑外郎: 송·원대에 관청의 문서 업무를 관장하는 서리書吏를 부르던 별칭.
21) 【즉공관 미비】 此時却用得着。 이럴 때는 꽤 쓸 만하겠군그래.

엄씨 아들은 그의 말을 따르기로 하고 일단 각자 헤어졌지요. 다음 날 아침, 둘이 관아 앞에서 다시 만났을 때 엄씨 아들이 말했습니다.

"무슨 묘책이라도 있소? 어서 나 좀 구해주시오!"

그러자 구삼은 손짓을 해서 그를 으슥한 곳으로 데려갔습니다.

"이리 오시오, 이리로. 드릴 말씀이 있소이다."

엄씨 아들은 냉큼 자기 귀를 구삼의 입 앞에 대령해놓고 그가 묘책을 일러주기를 기다렸습니다. 그런데 '부욱' 하는 소리가 들리는가 싶더니 엄씨 아들이 외마디 비명을 지르면서 황급히 귀를 누르는 것이 아닙니까. 그는 구삼을 원망하면서 말했습니다.

"무슨 수를 써서라도 나를 구해줄 묘책을 일러달라고 애걸했더니 … 어째서 난데없이 내 귀를 물어뜯는 게요!22) 이럴 바에야 당신하고 사생결단을 내는 수밖에!"

그러자 구삼이 코웃음을 치면서 말했습니다.

"당신 귀가 뭐 그렇게 대단합니까? 당신 아버지 이는 그럼 아무것도 아니란 건가?23) (…) 허둥대지 말라고요! 이제부터 진짜 묘책을 일러 줄 테니까 … 당신은 느긋하게 그냥 여차저차 하고 말만 하시오. 이렇게 말하기만 하면 아무 일도 없을 게요.24)"

---

22) 【즉공관 미비】 好計。묘책인걸?
23) 【즉공관 미비】 趣語。재미있는 말이군.

"묘책이구려! 아프기는 좀 아팠지만 그래도 이 몸뚱아리는 건졌네."

이윽고 지부가 재판정에 모습을 드러내고 엄씨 아들이 소환되었습니다. 지부가 물었지요.

"너는 어째서 부모에게 이런 불효를 저질렀느냐! 노름에만 빠져서 아비의 훈계를 못마땅하게 여기고, 거기다 아비 앞니까지 부러뜨리다니! 그러고도 할 말이 있느냐!"

그러자 엄씨 아들은 울면서 이렇게 하소연하는 것이었습니다.

"나리, 푸른 하늘께서 위에서 지켜보고 계신데 소인이 어찌 감히 천륜을 저버리고 망나니짓을 하겠습니까? (…) 소인 우연히 외출을 나왔다가 노름집에서 누가 다투길래 그 자리에 서서 느긋하게 구경을 하고 있었을 뿐입니다요. 그런데 뜻밖에도 소인의 아비가 달려오더니

---

24) …: 원문에는 구삼이 엄씨 아들에게 묘책을 알려주기로 하고는 끝에는 "이렇게 말하기만 하면 아무 일도 없을 게요"라는 말로 끝맺고 있다. 묘책을 알려주겠다고 해놓고 정작 그 내용은 생략되어 있는 것이다. 묘책의 내용은 아마 이야기꾼 또는 배우가 무대 위에서 귓속말을 하는 시늉으로 대체되었을 것이다. 이 같은 묘사 장치는 이 이야기가 성격상 읽기를 위한 소설이 아니라 보고 듣기를 위한 공연예술임을 간접적으로 시사해준다. 만일 개별 독자를 대상으로 한 소설이었다면 묘책의 내용을 숨김없이 바로 구삼의 말에 노출시킴으로써 독자가 그 내용을 숙지하게 했을 것이다. 그러나 이 이야기는 본질적으로 공연장에서 연출되는 공연예술의 일환이었다. 공연예술에서는 관중(청중)의 주의와 관심을 집중시키는 것은 물론이고 극적인 긴장도를 높이기 위해 중요한 단서(묘책의 내용)를 마지막 장면까지 감추는 경우가 많다.

만 소인까지 노름을 한 걸로 의심하고 소인 머리채를 잡아채서 집까지 끌고 가더니 호되게 매질을 하지 뭡니까! 그 매를 도저히 견디지 못하고 고개를 들었더니 아비가 다짜고짜 소인을 물고 늘어지는 통에 제 귀를 물어뜯기고 말았습니다요! 더욱이 노인네 치아가 튼튼하지 못한데도 순간적으로 성을 내다가 결국 그 이가 뽑히고 만 겁니다.[25) 어찌 소인이 이를 부러뜨릴 리가 있겠습니까? 나리께서 밝은 거울처럼 현명하게 판결을 내려주십시오!"

지부는 엄씨 아들을 단상으로 올라오게 해서 살펴보았습니다. 아니나 다를까! 한쪽 귀가 떨어져나간 데다가 잇자국도 뚜렷하지 뭡니까. 심지어 피까지 엉겨 있었지요. 그의 진술이 사실이라고 믿은 지부가 잔잔히 웃으면서 말했습니다.

"이 정황은 사실인 듯하니 더 이상 따지지 않겠다. 다만, … 보아하니 노름빚 이야기는 의심스럽고 아비의 이도 상했으니 곤장 열 대를 쳐서 쫓아내되 더 이상은 추궁하지 않겠다."

다행스럽게도 멀쩡한 몸으로 귀가한 엄씨 아들은 부모에게 애걸했습니다.

"소자, 개과천선하고 두 분을 잘 모시겠습니다. 관아에서는 이미 처벌을 받았으니 이제 아버지 처벌만 기다리겠습니다![26)"

---

25) 【즉공관 미비】可聽。새겨들을 만하다.
26) 【즉공관 미비】此子猶可教也。이 아들은 그래도 가망이 있군.

아버지는 어제 부아가 치미는 바람에 관아로 달려가 고발을 하긴 했지만 하룻밤이 지난 데다가 아들이 이미 관가에서 벌을 받은 것을 보고 나니 그 말 한마디에 마음이 어느 사이에 누그러져 버렸지요. 그 연로한 부부 두 사람은 원래 이 아들놈을 무던히도 아끼던 참이었습니다. 게다가 문득 이런 생각이 들었지요.

"당초 아이를 가질 때 꿈결에 '자식을 얻기를 바라지만, 나중에 귀가 없을 것이요, 그렇게 아들이 생긴다면, 그대의 이가 줄게 되리라' 하는 소리를 들었었지. 이번에 아비가 이를 뽑히고 아들이 귀를 뜯긴 것이 바로 그 증거인가 보다. (…) 이것도 하늘이 정한 운명이니 더 말할 것 없느니라."

이로부터 그 아들은 정말로 분수를 지키며 양친을 섬겨서 두 사람은 천수를 다했답니다. 이런 경우를 두고 '잘못을 고치고 새사람이 되니 하늘께서도 용서해주셨다'고 하는 거겠지요.

이번에는 방자하고 불효하던 버릇을 끝까지 고치지 않는 바람에 결국 그 업보를 치르고 만 불효자의 이야기를 들려드릴까 합니다.[27] 어떤 왕조 어떤 고을의 어떤 현에 조趙 씨 성을 가진 사람이 살았습니다. 여섯째로 태어나서 사람들이 다들 '조육로趙六老'라고 불렀지요. 그 집안은 평판이 좋은 데다가 재산도 아주 많았습니다. 부부 두 사람은 아들을 하나 두었는데 이제 갓 젖을 뗀 상태였지요. 부부는 그야말로 마음 속 정기나 몸의 살만큼이나 애지중지했답니다.

---

27) * 본권의 몸 이야기는 풍몽룡의 《지낭智囊》 권7 〈명지부明智部·장진張晉〉 에서 소재를 취했다.

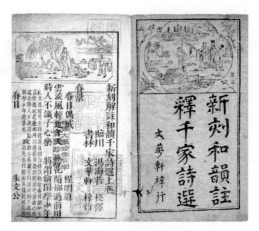

명대의 베스트셀러였던 《천가시》

아이를 낳기 전부터 두 사람은 각자 다른 곳에서 큰돈을 들여 소원을 빌었지요. 그 대목만 보더라도 아들을 위해서 엄청난 재물을 쏟아부은 셈입니다. 그런데 뜻밖에도 세 살 때 마마가 들었지 뭡니까! 두 사람은 밤새도록 잠도 못 자고 사방으로 용한 의원을 찾아다니고 여기저기 좋은 약을 구하러 다니면서 재물이 아무리 많이 들어도 마다하지 않았지요. 아들만 무사할 수 있다면 자신들이 죽는 한이 있더라도 달갑게 여길 정도였습니다. 두 사람은 하도 놀라고 두려운 마음에 어쩔 줄을 모르면서 그저 마마가 낫기만 바랄 뿐이었지요. 칠흑 같은 밤중에 밝은 구슬을 얻었다고 해도 그보다 더 기쁜 일은 없을 것 같았습니다. 아이의 병을 구완하면서 의식을 되찾을 때까지 얼마나 많은 약을 먹이고 얼마나 많은 고생을 하고 얼마나 많은 재물을 썼는지 모를 지경이었답니다.

그렇게 온 정성을 다해 키워서 예닐곱 살이 되고나니 이제는 또 아이를 서당에 보낼 차례가 되었지요. 노련한 스승을 모셔 와서 길일을 골라 그를 스승으로 모시게 했습니다. 스승은 그에게 '조총趙聰'이라는 학명學名28)까지 지어주었지요. 조총은 먼저 《신동神童》29)·《천가시千家詩》30)를 배우고 그 다음에는 《대학大學》31)을 익혔습니다. 두 사람은 행여 아이가 힘들어하지는 않을까, 선생이 아이를 너무 엄하게 다루어서 병이라도 나지 않을까 걱정이 되었습니다. 그래서 날마다 서당에 가서 몇 구절 읽지도 않았는데도 바로 아이를 쉬게 하는 것이었지요. 조총은 조총대로 부모의 뜻을 잘 헤아렸는지 어쨌는지 늘 꾀병을 부리면서 학당에 가지 않는 것이 아닙니까. 두 사람은 그래도 아이의 기를 꺾을 엄두를 내지 못하는 것이었지요.32) 선생은 그런 광경을 보면서 입으로 말은 하지 않았지만 속으로는 이렇게 생각했습니다.

'이거야말로 짐승들의 편애33)와 다를 바가 없지 않은가! 이런 식으

---

28) 학명學名: 학령기의 아동이 학당에서 쓰도록 지어주는 이름.

29) 《신동神童》: 중국 고대의 아동 교육용 교재. 원래는 북송 말기의 정치가이자 학자인 왕수汪洙(12세기)가 편찬한 책이지만 명대에 증보되어 아동의 교육에 활용되었다.

30) 《천가시千家詩》: 중국 고대의 아동교육용 교재. 남송의 정치가이자 시인 유극장劉克莊,(1187~1269)이 근체시近體詩들을 모아서 《천가시선千家詩選》을 엮었다. 그 뒤에 나온 《천가시》는 제목이 비슷하기는 하지만 소개된 시인이 수십 명에 불과하다.

31) 《대학大學》: 중국 고대 유가의 대표적인 경전인 '사서四書'의 하나. 북송대의 저명한 이학자理學者인 정이程頤(1033~1107)는 《대학》이 "사람의 덕을 처음 익히는 통로初學人德之門"라고 의미를 부여한 바 있다.

32) 【즉공관 미비】不明之父母, 有此痼疾。犯之者多矣。현명치 못한 부모에게는 이런 고질병이 있지. 이런 잘못을 범하는 이들이 많을 테지.

33) 짐승들의 편애[禽犢之愛]: '금독지애禽犢之愛'는 곧 날짐승과 송아지의 사

로 하다가는 자칫 아이한테 독이 되겠군. (…) 지금처럼 키웠다가는 나중에는 후회해도 늦을 텐데 ….'

그러면서도 냉정하게 방관하면서 주인집이 하는 대로 내버려두는 것이었지요.

그렇게 반년 하고도 석 달이 지났을 때였습니다. 갑자기 어떤 집안에서 혼담이 들어왔지 뭡니까. 상대방은 관리 집안으로, 성이 은殷 씨인데 그 집 아버지는 과거에 태수太守를 지냈고 지금은 작고했다는 것이었습니다. 조육로는 집안의 격을 높일 요량으로 중매인에게 그 집의 사주단자를 받아줄 것을 부탁했지요. 그리고 길일을 잡아 청혼을 허락해준 데 대해 아주 후한 예물을 꾸려 보냈습니다. 이렇게 해서 은 씨 댁 여자와 정혼을 시켰지요. 그 뒤로 절기면 절기마다 명절이면 명절마다 수시로 드나들면서 얼마나 많은 예물을 뿌렸는지 모릅니다.34)

그러나 좋은 시절은 짧기 마련입니다. 조총은 버릇없이 키우는 바람에 열네 살이 넘어서야 경전을 다 읽었습니다. 조육로는 그래도 자기 아들이 남들보다 특출하다고 여기고 몹시 기뻐했지요. 열대여섯 살 되었을 즈음에는 글쓰기를 가르쳐야 할 때였습니다. 그러나 육로는 이때 아들의 체면치레를 해주느라 이미 재산을 거의 탕진한 상태였지요. 그래도 어쩔 도리가 없었습니다. 아들의 성공을 위해서는 기

랑이라는 뜻으로, 본능적인 모성애를 가리킨다. 자녀나 부하를 편애만 하고 거기에 걸맞은 교육을 하지 않는 것은 동물식의 '자애'일 뿐이다. 제대로 된 인재를 만들려면 사랑과 함께 가르침·훈도도 필요하다는 뜻이다. 여기서는 새와 송아지를 편의상 "짐승들"로 번역했다.
34) 【즉공관 미비】 也是財主之痼疾。 돈 많은 부자들의 고질병이기도 하지.

꺼이 남의 빚을 내서라도 선생을 모셔야지요. 그래서 거금을 들여 학문이 풍부한 수재秀才를 모셔서 아들의 지도를 부탁했지요. 그런 식으로 해마다 수업료만으로도 쉰 냥이나 지출했답니다. 그 밖에도 선생에게 때마다 건네는 사례와 각종 일용품도 얼마나 통 크게 썼는지는 굳이 말할 필요도 없을 정도였습니다.

조총은 본래 술잔치에 끼는 데에 몹시 집착하는 편이었습니다. 그래서 열흘에서 아흐레는 글방에 붙어 있는 일이 없었지요. 선생도 편안히 먹고 놀면서 큰돈까지 챙기니 수고를 더는 셈이었습니다. 인재도 되지 못하고 염치조차 없는 선비들이 너도 나도 조 씨네 수업료에 욕심을 냈습니다. 자연히 정말 뜻을 가지고 성실한 인재들은 매번 그집을 피하고 응하지 않았지요.35) 이런 경우를 두고 '현자와 바보는 노는 판이 다르다'36)라고 하는 것이겠지요.

객쩍은 이야기는 그만하겠습니다. 어쨌든 눈 깜짝할 사이에 또 한해가 지났습니다. 마침 시험 감독관37)들이 동생童生38)들에게 시험을보이는 때가 찾아왔지요. 육로도 조총에게 막무가내로 가서 시험을

---

35) 【즉공관 미비】 不就者, 難其人矣。 응하지 않으면 그 사람을 난처하게 만들겠지.
36) 현자와 바보는 노는 판이 다르다[賢愚不等]: 현자는 현자끼리 어울리고 바보는 바보끼리 각자 자기에게 어울리는 집단에서 모이게 되어 있다는 뜻으로, 유유상종類類相從과 비슷한 말이다.
37) 시험 감독관[文宗]: '문종文宗'은 명대에 과거 시험의 감독을 맡았던 관리들에 대한 일종의 존칭이다. 여기서는 편의상 "과거 감독관"으로 의역했다.
38) 동생童生: 명대에 과거 시험에 응시하고자 글공부를 하는 사람들을 두루일컫던 이름. 연령과는 상관없이 생원生員(즉 수재)의 자격을 얻기 위한 과거를 보지 않았거나 그 시험에서 낙방한 선비들은 일률적으로 '동생' 또는 '유동儒童'으로 불렸다고 한다.

보게 했습니다. 그리고 아들을 위해서 여기저기 명첩을 들이밀고 청탁을 넣었지요. 그 바람에 스스로 쓸데없이 돈을 낭비했답니다.

　시험이 끝나자 육로는 이번에는 또 아들의 혼사를 마무리하려고 했습니다. 그러나 형편이 좀 쪼들리다 보니 별 수 없이 중개인에게 부탁해 차용증서를 쓰고 어떤 곳에서 은자 사백 냥을 빌렸습니다. 그 중개인은 왕삼王三이라는 자로, 육로가 평소 일 처리를 할 때마다 늘 그에게 부탁하곤 했지요. 이런 차용증서만 해도 벌써 몇 장이나 썼는데 그때마다 왕삼이 거간을 섰답니다. 이번에도 유劉 상호39)집에서 사백 냥을 융통해서 육로에게 건넸고, 육로는 그 돈으로 바로 예물을 장만한 다음 길일을 집아 납채納采40)를 하고 혼사 날짜를 정했습니다. 그러나 두 달이 지나고 길일이 다가왔는데 친척을 접대할 돈이 없지 뭡니까. 육로는 어쩔 수 없이 여기를 뒤적거리고 저기를 헤집어서 옷가지와 노리개 따위를 몇 점 찾아내고 전당포로 가져가서 은자 사십 냥을 받았습니다. 그것으로도 부족하자 하는 수 없이 이번에도 왕삼을 찾아가 어음을 쓰고 그길로 저楮 원외41)댁으로 가서 육십 냥을 빌려서야 간신히 친척들을 대접할 수 있었답니다. 은 씨 댁 도령이 누이동생을 시가로 데리고 왔을 때에도 조육로는 아주 극진하고 예의

---

39) 상호上戶: 명대에 상류층, 부자를 부르던 별칭.

40) 납채納采: 고대 중국의 혼인 습속. 중국에서는 남자가 여자와 혼인을 맺기 전에 남자 쪽에서 여자 쪽에 중매인을 통해 예물을 전달하고 혼담을 넣었다. 이때 혼담이 받아들여지면 다시 중매인을 통해 혼인의 격식에 합당한 예물을 보내는데 이 절차 또는 이때 보내는 예물을 '납채'라고 불렀다.

41) 원외員外: 원·명대의 존칭. 원래는 정원 이외의 관원을 뜻했지만 나중에는 매관매직으로 이 벼슬을 살 수 있게 되면서 재산이 많거나 권세가 있는 부자들을 부르는 호칭이 되었다. 여기서는 후자에 해당한다.

바르게 그를 대접했습니다. 그렇게 예닐곱 날이나 잔칫상을 받은 후에야 서로 헤어졌답니다.

젊은 부부 내외는 금슬이 아주 좋아서 육로 집 옆 작은 별채에서 살면서 즐겁게 지냈습니다. 그런데 은 씨 댁 여인은 매사가 다 좋았지만 나쁜 습관이 좀 있었지요. 매사에 독단적인 데다가 집안 배경을 믿고 자만심에 빠져 시부모조차 안중에 두지 않았지 뭡니까. 게다가 인색하기는 또 얼마나 인색한지 일 원 반 푼이라도 쓰게 되면 번번이 서방에게 체면 깎이는 짓을 하도록 부추기곤 했습니다. 만약에 이 은 씨 댁 여인이 어질고 슬기로워서 자기 서방이 제대로 공부하도록 설득했더라면 나중에 그런 엄청난 사태가 벌어지지는 않았을 것입니다!

> "예로부터 아내가 어질면 남편도 불행이 적었나니, 自古妻賢夫禍少,
> 아들이 효자이면 아비도 너그러운 이치를 알라." 應知子孝父心寬。

물론 이것은 나중의 이야기입니다.

다시 이야기를 들려드리지요. 은 씨 댁은 혼수를 넉넉하게 챙겨 와서 재물이 얼추 삼천 냥이나 되었습니다. 그러나 은 씨는 그걸 전부 자기 손에 틀어쥐고 조금도 내놓으려 들지 않았지요. 조육로는 아들 내외에게 챙겨줄 때마다 뭔가 부족한 부분이 있지는 않을까 싶어서 무척 신경을 썼습니다.[42] 그런데도 그때마다 아들 내외는 이러쿵저러쿵 하면서 번번이 못마땅해 하는 것이지 뭡니까.

---

42)【즉공관 미비】自貽伊戚。 스스로 화를 불러들인 게지.

세월은 쏜살같이 흘러서 또 벌써 삼 년이 지났습니다. 조 씨 댁 마님이 폐결핵을 앓느라 병상에 몸져눕는 바람에 집안 살림은 전부 며느리에게 넘겨졌습니다. 은 씨는 살림을 넘겨받자 시부모를 봉양하는 등, 처음에는 제법[43] 그럴듯하게 집안일을 해내는가 싶었습니다. 그러나 차츰 시간이 흘러 반년 석 달이 지나자 차를 달라고 하면 없다고 하고 밥을 달라고 해도 주지 않는 것이 아닙니까. 두 사람은 냉대를 받다가 더 이상 견딜 수가 없었습니다. 그래서 어떨 때는 입을 열고 대놓고 '무엇을 좀 달라'고 사정하는 수밖에 없었지요. 그러나 은 씨는 그때마다 이렇게 말하는 것이었지요.

"뭐 얼마나 대단한 살림을 넘겨줬다고 이래라 저래라 난리를 떠세요? 도로 가져가서 직접 한번 해보시라고요, 글쎄! 나도 이렇게까지 고생하면서 일하고 싶지는 않으니까. (…) 온종일 일에 치여서 편히 쉬지도 못하는걸!"

조육로는 그 소리를 듣고도 화를 삭이며 아무 말도 못 했습니다. 아닌 게 아니라 변변찮은 살림을 넘겨준 것은 사실이니 뭐라고 따질 수도 없었지요. 그래서 한숨을 쉬며 부인을 보고 하소연도 했지만 부인은 오랜 병을 앓고 있는 처지였습니다. 그런 소리를 듣기나 하고, 또 요즘 부쩍 태만해진 아들 내외의 모습이나 지켜볼 뿐이었습니다. 형편이 궁색해서 삼년 전만 못하게 변했으니까요. 게다가 빚쟁이들이 집안을 들락거리다 보니 그나마 궤짝에 좀 남아 있던 옷가지며 노리개들조차 가져다 잡히는 바람에 벌써 칠팔 할은 넘어간 상태였습니

---

43) 【교정】 제법[當]: 상우당본 원문(제533쪽)에는 '마땅할 당當'으로 나와 있으나 원래는 '오히려 상尙'을 써야 옳다.

다. 그런 실정이다 보니 몇 마지기 있던 땅조차 남한테 이자로 넘길 수밖에 없었지요. 조 씨 부인은 그동안 여유롭게 살다가 이제 가난해지고 나니 남도 아닌 친아들과 며느리한테까지 이런 냉대를 당하는 신세가 되고 만 것입니다. 그러니 돌이켜 생각해보니 어찌 부아가 치밀지 않을 리가 있습니까? 울컥 부아가 치밀자 머리가 아찔해지고 눈앞이 캄캄해져서 식음까지 전폐하고 말았답니다. 아들 내외는 그들대로 어머니 상태를 살피러 병상을 찾지도 않았습니다. 그렇다고 국이라도 챙겨서 환자를 구완하는 일도 없이 매일 세 끼 올리는 거라고 해 봤자 절인 나물 몇 그릇이 고작이었지 뭡니까. 그러니 속이 얼마나 상했겠습니까? 보름을 그렇게 지내다 폐병이 도지는 바람에 "아아, 슬프도다! 삼가 젯밥을 흠향하소서!44)" 하는 소리를 듣는 신세가 돼 버리고 말았습니다 그려! 그 지경이 되었건만 아들 내외는 건성으로 몇 마디 곡을 하는가 싶더니 바로 가버리는 것이었습니다! 조육로는 발을 구르고 가슴을 두드리면서 한바탕 통곡을 했습니다. 그러더니 옆채로 가서 아들을 보고 말했지요.

"네 어머니가 오늘 돌아가셨다. 그런데도 수중에 정말이지 아무것도 없어서 장례를 치를 물건조차 하나도 장만하지 못했느니라. (…) 모자지간의 혈육의 정을 생각해서라도 좋은 관을 사서 성대하게 입관을 하고 모레 못자리 한 군데 골라서 장례를 치름으로써 네 효심을 조금이라도 보여주어야 되지 않겠느냐?"

---

44) 아아, 슬프도다! 삼가 젯밥을 흠향하소서[嗚呼哀哉! 伏惟尙饗]: 중국 고대에 망자의 명복을 비는 제문祭文에서 내용을 마무리할 때 상투적으로 사용하던 표현. 나중에는 이 두 구절이 죽은 사람 또는 사람이 죽은 것을 나타내는 데에 관용적으로 사용되기도 했다.

"저한테 관 살 돈이 어디 있습니까? 좋은 관은 나무 값이 너무 비싸서 살 수도 없습니다. 잡다한 나무를 섞어 대충 짠 관도 하나에 두세 냥이나 하는데 저더러 무슨 수로 그것을 사라고 그러시는 거예요! (…) 앞마을 이 작두作頭45) 집에 좀 허술하게 만든 관이 하나 있더군요. 일단 외상으로 사고 내일 갚으면 되지 않습니까?"

그러자 육로는 눈물을 머금었습니다. 더 이상 무슨 말을 하겠습니까? 그냥 문을 나와서 이 작두 집으로 가는 수밖에 없었지요.

계속 이야기를 들려드리겠습니다. 조총은 방으로 들어오더니 은 씨를 보고 말했습니다.

"우리 집 노친네가 갈수록 상황 판단이 안 되는 것 같네. 나한테 좋은 관을 사서 어머니 시신을 모시라나 어쩌라나. 해서 내가 대답했지. '좋은 것은커녕 대충 만든 것도 하나에 두세 냥은 한다'고 말이지. (…) 일단 노친네한테 이 작두 집에 가서 외상으로 허술하게 만든 걸 하나 챙겨 오고 내일 돈을 갚으라고 했어."

그러자 은 씨가 냉큼 그 말을 받아서 따지는 것이었습니다.

"누가 갚을 건데요?"

"우리가 골치는 좀 썩겠지. (…) 그래도 어쨌든 대신 좀 갚아줍시다."

---

45) 작두作頭: 명대에 공방의 주인이나 우두머리를 부르던 호칭.

그러자 은 씨가 버럭 화를 내면서 말했습니다.

"당신한테 무슨 돈이 있다고 남 관을 다 사 줘요? 자기 관을 사는
것도 아닌데 참 대단하셔! 사주고 싶으면 당신 돈으로 갚으세요! 난
돈 없어요. (…) 내가 왕년에 당신 부모한테 조금이라도 덕을 본 것도
아닌데 괜히 이런 허접한 일을 물고 와서 사람을 귀찮게 하고 그래요,
왜? (…) 한 번이 열 번 되는 거 몰라요? 절대로 그렇게는 못 해요.
하나도 안 무섭다!"

조총은 입을 꾹 닫고 가만히 있다가 말했습니다.

"당신 말이 맞소. (…) 안 갚아주면 되잖아."

이윽고 육로는 두 사람을 고용해 그 관을 메고 와서 부인의 시신을
염습하고 입관을 마쳤습니다. 사람들은 모두 조의를 표하고 싸구려
술이나마 한 잔씩 올렸습니다. 그리고 영구를 집안에 안치했답니다.
그러나 아들 내외는 영전을 지키지도 않고 영전에 밥과 국을 올리는
일조차 하지 않았지요. 매일 절인 나물 몇 그릇만 덜렁 올리는 것이
고작이었습니다. 밤에도 육로 한 사람만 을씨년스럽게 영전에서 함께
밤을 지새울 뿐이었지요. 육로는 생각하면 할수록 화가 치밀어 눈물
을 흘렸습니다.

이칠일46)이 지나자 이 작두가 관 값을 받으러 왔습니다.

---

46) 이칠일[兩七]: 중국에서는 고대에 사람이 죽으면 이레에 한 번씩 총 일곱
번 제사를 지내고 49일째 되는 날 제사를 마쳤는데, 이를 일반적으로 '사십
구재四十九齋'라고 한다. 뒤에 나오지만 49일째 되는 날 지내는 마지막 제
사를 '단칠斷七'이라고 했다. '양칠兩七'은 총 49일의 제사 중에서 두 번째

"우리 집 아들한테 가서 달라고 하게."

하고 육로가 말하자 이 작두는 그 말대로 조총에게 가서 말했지요.

"나리 댁에서 소인 집 관을 외상으로 쓰셨으니 돈을 갚아주시면 고맙겠습니다요."

조총은 그를 쏘아보더니 침을 탁 뱉으면서 말하는 것이었습니다.

"귀신한테 홀리기라도 한 겐가? 눈이 먼 것도 아니고 … 그날 자네 집에 가서 관을 외상으로 가져간 사람한테 달라고 해야지 어째서 나한테 와서 이러는 게야?"

"나리 댁 어른이 와서 외상으로 가져가신 걸요. 방금 전에도 나리한테 관 값을 받으라고 하셨습니다요."

"그 노친네 헛소리는 듣지도 말게, 정말 염치도 없지! 관 살 돈을 가지고 있으면서 왜 남한테 떠맡기고 그러냐고, 글쎄! (…) 가려면 냉큼 가게, 이 나리님 성미나 돋우지 말고!47)"

이렇게 말한 조총은 뒷짐을 지고 방으로 들어가버리는 것이 아닙니까. 이작두가 육로에게 되돌아와서 그 이야기를 하자 육로는 눈물을 철철 쏟더니 급기야 대성통곡을 하고 마는 것이었습니다.48)

이레, 즉 14일째 되는 날 지내는 제사 또는 제삿날을 가리킨다. 여기서는 편의상 '이칠일'로 번역했다.

47) 【즉공관 미비】口角一般, 眞一對夫妻也。말싸움을 하는 것 같구먼. 정말 그 남편에 그 아내로세!

"조부자 어른, 이러실 것 없습니다. 은자가 없으면 없는 대로 아무 물건이나 한두 개 주시면 되지요 뭘."

이작두가 이렇게 달래자 육로는 방으로 들어가 함이며 궤짝을 뒤집고 엎고 하더니 가까스로 겨울옷 세 점과 은비녀 하나를 찾아내 이작두에게 쥐어 보내는 것이었지요.

그렇게 해서 어느 사이에 칠칠 사십구일이 지났습니다. 그러나 조육로는 정말 상황 판단이 제대로 안 되었던가 봅니다. 관을 산 일을 한번 보십시오. 아무리 그래도 그렇지 아들한테 부탁하면 안 되는 일이었거든요. 그런데 '단칠斷七' 날이 되자 지난번 일을 까맣게 잊어버리고 또 아들을 찾아갔지 뭡니까.

"네 어머니 묫자리를 좀 봐드려야겠으니 네가 한마디 좀 거들어주렴.49)"

"내가 뭘 어떻게요? 내가 무슨 풍수쟁이50)도 아니고 어디가 좋은지 어떻게 압니까? 묫자리를 찾는다 해도 그래요. 누가 그 땅을 거저 주기라도 한답니까? (…) 내 말대로 하세요. 날을 잡아서 동쪽 마을로 옮겨다가 화장하는 편이 훨씬 낫습니다!"

---

48) 【즉공관 미비】遲了。늦었어!
49) 【즉공관 미비】其子固可恨, 其父本是蠢厭之物。非是父, 不生是子。그 아들도 괘씸하지만 그 아비부터가 아둔하고 밉상일세! 이런 아비가 아니라면 이런 아들이 안 나왔겠지!
50) 풍수쟁이[地理師]: '지리사地理師'는 명대에 주택이나 명당을 지세를 살펴서 길흉을 예언하는 일을 생업으로 삼는 사람을 부르는 호칭이었다. 여기서는 편의상 '풍수쟁이'로 번역했다.

조총이 이렇게 말하자 육로는 그 소리를 듣더니 입을 꾹 다물고 아무 말도 없이 눈에 눈물이 그렁그렁해지는 것이었습니다. 조총은 조총대로 더 이상 말을 하지 않고 그길로 안으로 들어가버리는 것이 아닙니까. 육로는 속으로 이렇게 생각했습니다.

'내 아내는 평생을 부잣집 마나님으로 살아왔건만 죽고 나니 몸을 누일 자리조차 없게 될 줄이야 …. 아서라, 아서! 이런 불효자놈한테 부탁해서 뭘 하겠나? (…) 함이라도 좀 더 뒤져보자. 자잘한 물건이라도 나오면 잡혀서 못자리를 좀 사고 장례 경비로 써야지.'

육로는 다시 함을 열고 이리저리 엎었다 뒤졌다 했습니다. 그러다가 겨우 옷 두 벌과 금비녀 하나를 찾아냈지요. 그것으로 은자 여섯 냥을 빌려서 네 냥으로는 못자리를 사고 나머지 두 냥으로는 중 넷을 불러서 불재[51]를 지냈지요. 그러고는 짐꾼 몇 사람을 고용해서 관을 메고 나가서 간신히 장례를 치렀답니다. 다행스럽게도 일을 무사히 마친 육로는 홀몸으로 분수를 지키면서 지냈답니다.

그리고 어느 사이에 다시 추운 겨울이 찾아왔습니다. 조육로는 한기를 느끼고 풀솜 한 근을 외상으로 샀습니다. 그러나 갚을 돈이 없자 어쩔 수 없이 여름옷 한 점을 들고 아들을 찾아가서 말했지요.

"여기 옷이 한 벌 있으니 필요하면 사려무나. 안 필요하면 … 이걸 저당이라도 잡고 몇 푼만 쳐 주든가."

---

51) 불재[功果]: '공과功果'는 염불·독경·보시 등을 가리키는 불교 용어로, 때로는 '공덕功德'으로 부르기도 한다. 여기서는 편의상 '불재'로 번역했다.

"겨울에 여름옷을 사다니요! 이거야말로 조리[52]를 수리한답시고 생돈을 들이는 꼴이지요. 그 옷을 고이 모셔두면 나중에 내 것이 될 텐데 왜 그걸 돈까지 주고 사겠습니까? 살 생각 없습니다! 저당 잡을 이유도 없고요."

　"정 그렇다면 관두자꾸나!"

　그래서 육로가 옷을 거두어 간 것은 말할 필요도 없었지요.

　다시 이야기를 들려드리겠습니다. 조총은 돌아오자마자 은 씨에게 그 이야기를 했습니다. 그러자 은 씨가 말하는 것이었지요.

　"이번에는 당신이 바보짓을 했군요! 당신이 옷을 받아주지 않는 걸 보고 분명히 전당포로 가서 잡힐 테니 나중에는 아무것도 남지 않을 거 아니에요. (…) 얼른 대충 몇 푼 쳐주고 받아 와요. 나중에 무슨 이득을 볼지 누가 알아요?"

　조총은 그러마 하고 육로에게 와서 말했습니다.

　"아까 그 옷을 … 마누라가 좀 보잡니다. 어쩌면 받아줄지도 모르겠네요."

---

52) 조리抓籬: 쌀을 이는 도구. 조리는 예로부터 볏짚을 엮어 만들어서 재료비가 거의 들지 않는다. "생돈으로 조리를 수선한다"는 것은 만들기도 쉽고 재료비도 거의 들지 않는 조리를 수선하겠다고 큰돈을 들인다는 뜻으로, 엉뚱한 데에 돈을 낭비하는 것을 두고 한 말이다.

"가져가는 건 좋다마는 … 저당을 잡을 거면 은자 일곱 전이 아니면 관둬라!"

그렇게 해서 조총이 옷을 가지고 돌아가 은 씨에게 보여주자 은 씨가 말하는 것이었습니다.

"네 전만 갖고 가세요. (…) 가서 이 돈이면 충분하다고 하세요. 더 달라고 하면 돌려줘버려요."

조총은 은자를 육로에게 갖다주었습니다. 육로야 어디 감히 많다 적다 불평할 입장이나 됩니까. 그냥 신이 나서 넙죽 받는 것이었지요. 조총은 그 자리에서 약식 저당 영수증을 쓰고 거기에

"다섯 달 후에는 물건에 대한 권리를 상실함.[53] 限五月沒。

이라는 단서를 붙여서 육로에게 건네고 가버렸습니다. 육로는 저당 증서를 보더니 낯빛이 파랗게 변했습니다. 그는 종이를 갈기갈기 찢어버리고 길게 한숨을 내쉬었지요.

"내가 전생에 죄를 하도 많이 지어서 친아들놈한테서 그 죗값을 받나 보다! 하늘이시여, 하늘이시여!"

한참을 그렇게 원망하는 것이었습니다.
하룻밤이 지나고 이튿날 일어나 머리를 빗고 세수를 할 때였습니다. 거간 일을 하는 왕삼이 불쑥 집으로 들어오는 것이 아닙니까. 육로

---

53) 【즉공관 미비】 妙。 기발하군그래!

는 속으로 깜짝 놀라 얼굴이 흙빛으로 변하고 말았습니다. 그야말로

문을 들어가면 영욕일랑 묻지도 마시라,　　　　入門休問榮枯事,
얼굴만 보아도 알 수가 있나니.　　　　　　　觀看容顔便得知。

왕삼은 절을 하자마자 입을 열었습니다.

"육로 어른, 놀라시게 해서 정말 죄송합니다요. 다름이 아니라 …
바로 저 씨 댁의 빚 육십 냥 때문입니다. 어른께서 해마다 이자를 갚
아 나가고 계십니다마는 그게 … 물건으로 변제해서 갚으시는 것이어
서 깔끔하게 갚았다고 할 수는 없습니다. 해서 금년에 그 댁에서 원금
과 이자를 모두 깨끗하게 갚으라고 하시는군요. (…) 소인이야 그분한
테 무슨 토를 달 수가 있겠습니까? 육로 어른, 차라리 한번 따지시고
이 문제를 분명하게 매듭지으십시오. 그래야 뒷말도 없고 댁에 불미
스러운 일도 면할 수 있지 않겠습니까?"

그러자 육로는 한숨을 쉬더니 말했습니다.

"애초에 그 불효자놈의 혼사 때문에 여러 댁에서 이렇게 엄청난
빚을 지고 말았지. 그 바람에 해마다 이자는 늘어만 가고 수중의 돈
은 몽땅 탕진하고 말았구려. 불효자놈에게서 돈을 융통해 저 씨 댁에
갚으려고도 해 봤소. 허나, … 그 둘이 조금도 주머니를 풀 생각을
하지 않으니 난들 어쩌겠소? 나만 하더라도 입고 먹는 것이 평소에
만족스럽지 못한 판국이요. 그런 판국에 그 많은 빚을 청산할 돈이
어디 있겠느냐는 말이요! (…) 왕형이 제발 편의를 좀 봐주시오. 나
대신 말씀을 잘 드리고 조금만 기한을 연장해 주면 그 은혜 평생 잊

지 않으리다!"

그 말에 왕삼은 갑자기 낯빛이 변하더니 말하는 것이었습니다.

"육로 어른, 그게 대체 무슨 말씀입니까? 저 씨 댁에서 그 빚을 쓰실 때 제가 입의 침이 다 마르도록 말씀을 드리지 않았습니까! (…) 어른은 그 댁에 인사도 할 줄 모르고 그저 거간인 저만 찾아와서 부탁을 하셨지요. 제가 무슨 구전이라도 몇 푼 챙기는 것도 아닌데 난데없이 이런 식으로 낭패를 보게 하시는 겁니까? (…) 애초에 제가 거간을 서는 게 아니었습니다! 도저히 방법이 없군요. 그 댁에서는 걸핏하면 사람을 보내 집에 버질러 앉아서 돈을 내놓으라고 독촉을 해댑니다. 그런 판국인데 어른께서는 외려 그런 태평한 소리만 하고 계시다니요! (…) 형편이 어렵다고 해도 그렇습니다. 그때 애초에 아드님 혼사 때문에 빚을 내셨으니 아드님한테 그 돈을 갚으라고 하시면 될 것 아닙니까?[54] 이대로는 저도 돌아가서 그 댁에 해명할 수가 없습니다. 돈을 내놓으실 때까지 그냥 여기에 죽치고 있을 수밖에요!"

그 말을 들은 육로는 눈물이 그렁그렁해진 채 할 말을 잃었습니다. 결국 마음을 비우고 냉정하게 말할 수밖에 없었지요.

"왕형 말이 지당합니다. 내가 그 불효자놈과 상의를 좀 해보리다. 그러니 … 일단 댁으로 돌아가시면 내일 아침까지는 꼭 확답을 드리리다."

---

54) 【즉공관 미비】 不知痛痒之談。 아픈 건지 가려운 건지도 모르는 소리나 하고 있으니!

"그건 당연한 말씀이고요. (…) 제가 집에 돌아갔다고 해서 또 한 고비 넘겼다고 생각하시면 곤란합니다. 제가 댁에서 차 한 잔, 술 한 사발 바란 것도 아니고 이게 다 무슨 고생인지 모르겠습니다!55)"

왕삼은 이렇게 말을 던지더니 두 팔에 두 다리까지 다 펼치면서56) 인사도 없이 바로 나가버리는 것이었지요. 육로는 당최 아무 방법이 없자 속으로 생각했습니다.

"총이놈한테 말을 했다가는 또 차가운 대답만 되돌아올 텐데 … 그렇다고 말을 하지 않으면 도저히 길이 없으니 …. 왕삼 말이 옳다. 애초에 총이놈 때문에 낸 빚이니까 돈을 좀 융통해줄지도 모르지."

떨어지지 않는 걸음을 억지로 옮겨서 겨우 조총의 집까지 왔을 때였습니다. 아, 그런데 그 집에서는 사람들이 북적거리고 음식 만드는 연기가 거창하게 피어오르고 있는 것이 아닙니까.

"오늘 … 무슨 일로 다들 이렇게 바쁘신가?"

육로가 물었더니 누가 대답하는 것이었습니다.

"은 씨 댁 큰 도령이 오셨거든요. 식사라도 대접해서 보낸다고 이렇게 분주하답니다."

---

55) 【즉공관 미비】中人面孔。거간꾼의 진면목이지.
56) 두 팔에 두 다리까지 다 펼치면서[攤手攤脚]: 중국에서 두 팔을 펼치는 동작은 보통 '이해가 되지 않는다, 어이가 없다'라는 의미로 사용한다. 여기서는 두 다리까지 펼친다는 표현을 써서 그 정도를 강조하고 있다.

육로는 고개를 푹 숙인 채 기가 죽어서 몸을 돌리는 수밖에 없었습니다. 그러면서 속으로 이런 생각이 들었지요.

"은 씨네 도령은 여기 붙잡아놓고 식사 대접을 하면서 아비인 나는 그런 자리에 낄 자격도 없단 말인가? (…) 아들놈이 어쩌는지 두고 보자!"

그렇게 한동안을 기다리고 났을 때였습니다. 가만 보니 평소의 그 절인 짠지와 밥 딱 두 그릇만 내오는 것이 아닙니까, 글쎄. 육로는 목이 콱 막혀서 도저히 밥이 내려가지 않는 것이었습니다.

그닐, 조총은 은도령과 밤새 술을 마셨습니다. 그렇게 되자 육로는 차마 집까지 쳐들어갈 수가 없었지요. 그냥 집에서 쉴 수밖에요. 이튿날 아침에 건너갔지만 '조총이 아직 잠자리에서 일어나지 않았다'는 대답만 돌아올 뿐이었지요. 육로가 우두커니 한 시진 남짓 기다리고 나니 그제야 조총이 방에서 나오는 것이었습니다.

"이런 꼭두새벽에 … 그래, 하실 말씀이 뭡니까?"

"이 정도면 그렇게 이른 것도 아니지. 너한테 긴히 할 말이 있단다. (…) 네가 내 말을 들어주지 않을까 걱정이다마는 …"

육로가 웃으면서 말하자 조총이 말했습니다.

"들어드릴 만한 말씀이면 하시고, 그게 아니면 안 하시면 되죠. 들어 주고 말고가 어디 있어요?"

육로는 우물쭈물57)하더니 입을 열었습니다.58)

"예전에 네가 장가 갈 때 말이다. (…) 저 씨 댁에서 은자를 육십 냥 꾸어서 해마다 이자를 갚고 있단다. 한데 올해 그 댁에서 원금하고 이자를 모두 갚으라고 하는구나. (…) 내가 무슨 재간으로 당장 그 돈을 갚을 수 있겠니? 원금은 아마도 맞추기 어려울 테고 전처럼 이자라도 갚을 수밖에 없을 것 같은데 … 내 수중에 정말로 한푼도 돈이 없구나. (…) 다른 일 같으면 아예 너한테 말도 꺼내지 않았을 게다. 하지만 … 그 돈은 어쨌든 네 혼사를 치른다고 꾼 돈이 아니냐? 해서 말이다. (…) 어쩔 수 없이 너한테서 돈을 좀 융통해서 그 댁에 이자라도 좀 갚았으면 한다마는 …"

그러자 조총은 표정이 확 바뀌더니 두 팔을 펼치면서

"지금 농담하시는 겁니까! 그렇게 말씀하시면 그럼 사람들이 마누라를 얻을 때는 전부 아들 쪽에서 돈을 내겠네요? (…) 이 집 저 집 다 찾아가서 물어볼까요? 남들도 그렇게 했다고 하면 갚아줄게요!59)"

하고 말하는 것이 아닙니까! 그래서 육로가 다시 말했지요.

"너보고 갚으라는 말이 아니고 … 그냥 임시로 돈을 좀 꾸어달라는 소리지 뭐니."

---

57) 우물쭈물半囁半嚅: '섭囁'은 머뭇거리는 것을 나타내고 '유嚅'는 말을 하려다 마는 것을 나타내는 글자이다. '반섭반유半囁半嚅'는 머뭇거리면서 말을 하려다 마는 것을 두고 한 말이다. 여기서는 편의상 '우물쭈물'로 번역했다.

58) 【즉공관 미비】可憐。딱하기도 해라.

59) 【즉공관 미비】酷肖悍逆聲口。딱 사납고 버르장머리 없는 말투로고!

합례를 메고 가는 짐꾼들. 구영, 〈소주 청명상하도〉(부분).

"꾸고 자시고 할 거 뭐 있습니까? 만일 나중에 갚아야 할 돈이 있다면 그자들도 이렇게까지 닦달을 하지는 않았겠지요. (…) 어제 은 씨 댁 처남이 합례盒禮[60] 조로 은자 다섯 전을 이렇게 가져왔더 군요. 가서 아내한테 물어보고 동의하면 이거라도 가지고 가세요. 가서 주인 자격으로 거간꾼한테 밥이라도 좀 내고 시간을 좀 더 끌 어보세요."

하더니 방으로 들어가버리는 것이었습니다.

'다섯 전으로 대체 뭘 어쩌라는 겐가? 게다가 그것조차 마누라와 상 의를 하겠다니 … 이거야 원 물 속에서 달을 건지려 드는 격이 아닌가!'

육로는 이렇게 생각하면서 한참을 기다렸습니다. 그러나 조총이 나

---

60) 합례盒禮: 곽에 담은 예물. 명대에는 남의 집을 방문할 때 곽에 예물을 담아 갔는데, 그 내용물은 보통 음식이나 과자 종류였다고 한다. 조총의 말에 따 르면, 은 씨네 도령은 합례 대신에 그 값에 상당하는 현금을 전달한 것으로 보인다.

오지 않는 바람에 그냥 집으로 돌아갈 수밖에 없었지요. 그런데 가만 보니 왕삼이 벌써 저쪽에 앉아서 기다리고 있지 뭡니까! 육로가 그를 피하려고 했지만 이미 그에게 들킨 뒤였습니다. 왕삼은 육로를 반갑게 맞이하면서 물었습니다.

"어제 약속하신 일은 어떻게 됐습니까? 저 씨 댁에서 또 너덧 번이나 우리 집에 사람을 보냈지 뭡니까!"

육로는 민망해하면서 말했지요.

"우리 집 불효자놈이 한푼도 융통을 해주려 들지 않는구려. (…) 원금은 정말 어렵겠고 … 일단 물건이라도 좀 찾아내서 금년치 이자로 변제하고 천천히 갚도록 할 테니 제발 사정 좀 봐주시구려!"

그러면서 자신도 모르게 두 무릎을 꿇는 것이 아닙니까. 왕삼은 고개를 다른 쪽으로 돌리고 한 손으로 육로를 부축하면서 말했습니다.

"어째 이러십니까! (…) 변제할 만한 물건이 있다면 일단 가져가서 변제하는 수밖에요. 제가 거간을 잘못 선 셈 치고 좀 더 말미를 달라고 그 댁에 부탁드려보겠습니다."[61]

그러자 육로는 냉큼 방으로 들어가서 함을 열고 부인이 남긴 노리개며 옷가지 몇 점, 그리고 자신이 입는 옷 몇 점을 남김없이 쓸어서 있는 대로 다 들고 나와 왕삼에게 건넸습니다. 왕삼은 값을 후하게

61) 【즉공관 미비】 中人還好說話。 거간꾼이 제법 말을 잘 하는구먼.

매기고 이자를 두 푼으로 쳐서 열여섯 냥쯤으로 잡고 함까지 다 들고 가버렸습니다. 육로에게는 이제 자기 몸뚱어리 말고는 남은 것이 없게 되었지요.

객쩍은 소리는 그만하겠습니다.[62] 이틀이 지난 뒤였습니다. 가만 보니 왕삼이 이번에는 유 씨 댁 은자 사백 냥에 대한 이자를 받으러 왔지 뭡니까! 갈수록 태산이었지요. 육로는 어쩔 줄을 몰라 되는 대로 둘러댈 수밖에 없었습니다.

명대의 은 원보

"벌써 내 아들놈한테서 원보[63]를 두 개 꾸어놓았지. 그걸 가져가서 좀 녹여[64] 올 테니 일단 집에 돌아가 계시오. 내일 아침에 꼭 갚으리다."

왕삼은 육로가 신용이 있는 사람이라고 여기고 있었습니다. 게다가 그가 어디로 도망을 갈 리도 없는지라 돌아갈 수밖에 없었지요.

'일단 달래서 돌려보내기는 했다마는 … 이 종기도 언젠가는 고름이 터지고 말 텐데 그때는 또 어떻게 둘러댄담?'

---

62) 객쩍은 소리는 그만하겠습니다[話休絮煩]: 송·원대 화본, 명대 의화본 등 각종 서사 공연예술에서 사용되던 상투어. 주로 장면을 전환하거나 화제를 돌릴 때 사용했다.
63) 원보元寶: 명대에 유통되었던 은괴의 일종. 명대에는 금으로는 다섯 냥, 열 냥짜리 원보를, 은으로는 쉰 냥짜리 원보를 만들어 유통시켰다고 한다.
64) 녹여[傾銷]: '경소傾銷'는 명대에 큰 은괴를 녹여 작은 은괴 여러 개로 만드는 것을 가리키는 말이다. 여기서는 '녹이다'로 간단하게 번역했다.

이렇게 생각한 육로는 다시 조총에게 건너가서 말했습니다.

"오늘 왕삼이 또 왔더구나. 이번에는 유 씨 댁 이자를 달라고 하더라. 난 이제 정말 이 목숨밖에 가진 것이 없다. 너를 낳아준 친아비인 나를 딱하게 생각해서라도 날 좀 살려다오!"

"쓸데없이 또 그런 소리로 사람을 협박하시는군요! 설마 나한테 갚아줄 돈이 있다고 생각하는 건 아니죠? (…) 죽을 거 같으면 빨리 죽어버리세요. 여기 살아 있어도 딱히 쓸모도 없으신데?"

그 말을 들은 육로는 조총의 멱살을 잡고 '하늘이시여 땅이시여' 하면서 큰 소리로 울고불고하는 것이었습니다.[65] 그런데도 조총은 아버지 손을 뿌리치고 바로 방으로 들어가버리는 것이 아닙니까. 그 와중에 누가 다가와 육로를 말리자 일단 혼자 집으로 돌아갈 수밖에 없었습니다. 육로는 '왕삼이 또 찾아오면 어떻게 하나' 하면서 오만가지 생각을 다 했답니다. 이런 말이 있지요.

'사람이 궁지에 몰리면 묘책이 떠오르는 법.'　　人極計生。

육로는 한참을 생각하더니 말했습니다.

"그렇지. 그래! 이렇게 하는 수밖에 …. 이 방법 말고는 정말이지 죽는 길밖에 없겠어!"

그러고 보니 날이 어두워지는지라 육로는 저녁을 좀 먹고 잠자리에

---

65) 【즉공관 미비】遲了。늦었소이다.

들었지요.

다시 이야기를 들려드리겠습니다. 조총 부부는 저녁을 먹고 손발을 씻은 다음 불을 끄고 잠자리에 들었습니다. 그러나 조총은 잠자리가 편치 않았는지 침상에서 멀뚱멀뚱 누워만 있었지요![66] 그런데 가만 들어보니 집 안에서 발자국 소리가 들리는 것이 아닙니까. 그는 도둑이 들었나 싶었지만 아무 기척도 내지 않았지요. 사실 조총은 집에 돈이 많다 보니 도둑을 맞지 않으려고 늘 단단히 대비하고 있었습니다. 어쨌든 잠시 듣고 있자니 또 문이 살짝 열리는 소리가 들리며 누가 살금살금 걸어서 침상 곁으로 다가오지 뭡니까. 조총은 끝까지 숨을 죽이고 있었지요. 그러다가 상대가 얼추 침상 근처까지 왔을 때였습니다. 평소 침상 밑에 숨겨 놓았던 도끼를 살그머니 집어 들더니 팔을 휘둘러 도끼질을 했습니다. 그러자 '털썩' 하는 소리가 들리더니 상대가 침상 쪽으로 고꾸라지는 것이 아닙니까! 조총은 벌떡 일어나 상대의 몸을 밟고 서서 다시 도끼로 두 번 찍었습니다. 그랬더니 쥐 죽은 듯 아무 기척이 없지 뭡니까. 조총은 상대가 이미 죽은 것을 알고 서둘러 소리를 질러 은 씨를 깨웠지요.

"방에 도둑이 들었길래 내가 도끼로 찍어서 죽여버렸어!"

불을 켠 부부는 바깥에 공범이 있을까 겁이 나서 일단 고래고래 고함을 질러 동네 이웃들을 깨웠습니다. 사람들이 도와주려고 달려왔더니 담벼락에 난 문 왼편에 큰 구멍이 나 있고 그 안에서 조총이 외치는 소리가 들리는 것이었지요.

---

66) 【즉공관 측비】富相。부자가 될 상일세.

조육로가 자식 사랑이 지나쳐 노년에 횡사하다.

"방에 들어온 도둑 한 놈을 내가 도끼로 찍어 죽였어요!"

그래서 이웃들이 우르르 방으로 몰려와 보니 정말로 웬 시체가 하나 있는데 도끼질에 머리가 두 조각이 나 있는 것이었습니다.

그런데 사람들이 그 광경을 보고 있을 때였습니다. 눈치 빠른 누군가가 소리치는 것이었지요.

"이 사람은 … 조육로 어른이잖소!"

사람들은 일제히 시체의 얼굴을 자세히 뜯어보더니 저마다 한마디씩 했습니다.

"맞네, 맞아! 아니 어쩨서 도둑처럼 몰래 들어와서 자기 집 물건을 훔치려고 그랬을까? 거기다가 자기 아들 손에 죽다니 … 정말 해괴한 일일세 그려!"

그 속에서 누군가가 이렇게 한마디 보태는 것이었지요.

"뭘 훔치러 온 게 아니고 혹시, … 염치없는 영감이 며느리하고[67] … 그래서 아들이 격분한 나머지 도둑이라는 누명을 씌워서 죽여 버린 게지."

---

[67] 염치없는 영감이 며느리하고~[扒灰]: 명대의 구어인 '배회扒灰'는 원래 부뚜막에서 부지깽이로 재를 긁어내는 것을 가리키는 말이다. 그러나 때로는 부뚜막과 부지깽이, 그리고 부뚜막 안의 재를 긁어내는 행위를 성행위에 빗대어 시아버지와 며느리가 간통하는 것을 일컫는 말로 전용되기도 한다. 여기서는 글자 그대로 직역하면 내용을 이해하는 데에 혼선이 있을 수도 있어서 편의상 '염치없는 영감이 며느리하고…' 식으로 의역했다.

그 소리에 물정을 좀 아는 웬 양반이 끼어들었습니다.

"헛소리 말어! 육로 어른은 평생 그런 짓을 할 분이 아니여!"

조총 부부는 이것이 정말 어찌 된 영문인지 알 수가 없었습니다. 평소에는 그렇게 간사하고 약게 굴더니만 이번만큼은 저도 모르게 얼이 다 나가버렸지 뭡니까. 둘은 우는 시늉을 하면서 이렇게 해명했지요.

"정말 우리 아버지인지 몰랐습니다요! 그냥 도둑이 들었다 싶어서 이유도 따지지 않고 죽인 거예요. (…) 벽에 난 이 구멍을 좀 보세요. 내가 고의가 아니었다는 걸 알 수 있을 겁니다!"

그러자 사람들이 말했습니다.

"정말 도둑질을 하러 들어왔다면 … 당신이 야음 때문에 제대로 확인하지 못한 건 당신 탓이 아닙니다. (…) 허나 사태가 중대하니 관가에 알려야 될 것 같군요."

이렇게 밤새 난리법석을 떠는 사이에 어느덧 날이 밝았지 뭡니까. 사람들은 조총을 현 관아로 끌고 갔습니다. 상황이 이쯤 되자 은 씨도 당황했던지 재물을 좀 챙겨 몰래 관아로 가서 뇌물로 뿌렸답니다.

이 현의 지현知縣[68]은 성이 장張 이름이 진晉이었습니다. 사람 됨됨이가 청렴하고 정직한 데다 남달리 총명하고 통찰력이 있었지요.

---

68) 지현知縣: 명대의 벼슬 이름. 현의 수장으로, 품계는 정칠품正七品으로 낮아서 속칭 '깨알 같은 칠품 벼슬아치[七品芝麻官]'로 일컬어지곤 했다.

이날도 재판정에 나와 있던 그는 사람들이 조총을 끌고 온 것을 보고 까닭을 묻더니 사람을 시켜 시체를 살펴보게 하고나서 말했습니다.

"아들이 아비를 죽였으니 '십악'의 대죄69)를 물어야겠구나!"

그러자 그 옆에서 승행공목承行孔目70)이 나오더니 말했습니다.

"아들인 조총이 아비를 죽였으니 그 죄가 무겁습니다. 다만 … 깊은 밤에 도둑을 막다 보니 그게 아비인지도 몰랐을 테니 극형을 내리는 것은 부당할 듯합니다!"

조총과 한 동네의 이웃들도 같은 말을 하는 것이었지요. 장진은 사람들이 말하는 와중에도 바로 붓을 들고 판결문을 써 내려갔습니다.

"조총이 도둑을 죽인 것은 용서할 수 있다. 그러나 부모에게 효도를 하지 않았으니 사형으로 다스려야 옳다. 자식이 넉넉한 재산을 가지고 있으면서도 아비를 가난에 허덕이게 하고 급기야 도둑질까지 하게 만들었으니 불효를 저지른 것이 분명하다. 그러니 사형을 어찌 면할 수 있겠는가!"

---

69) '십악'의 대죄[十惡大罪]: '십악十惡'이란 중국 고대의 형법에서 규정한 열가지 큰 죄를 말한다. 모반을 하거나, 대역무도한 일을 저지르거나, 불효하거나, 불의한 일을 하거나, 친족에게 상해를 가하는 일을 저지르는 경우가 이에 해당했다. 이 열 가지 죄악을 범했거나 살인을 저지른 자에게는 사면 혜택이 주어지지 않았다.

70) 승행공목承行孔目: 중국 고대의 관직명. "승행공목"은 글자 그대로는 '(명령을) 받어 처리하는 공목'이라는 뜻이며, 공목孔目은 각급 관청에서 문서 업무를 관장하는 관리를 말한다.

장 지현이 불효자를 처형하고 사건을 종결짓다.

판결을 마친 그는 즉시 조총에게 곤장 마흔 대를 치고 칼을 씌워 감옥에 가두는 것이었습니다. 그러니 그 서슬에 어느 누가 함부로 입을 열 수가 있겠습니까. 더욱이 불효를 저지른 조총의 행적들은 동네 사람들도 그동안 익히 들어온 터였습니다. 그런 판국에 장진이 공명정대하게 판결을 내리는 것을 보았으니 모두가 진심으로 승복할 수밖에요. 장진은 이어서 조총의 가산을 몰수하라는 명령을 내렸습니다. 그리고 관을 사서 육로의 장례를 치러주었지요.

상황이 이렇다 보니 은 씨가 아무리 하늘로 솟아오르는 재주를 지니고, 아무리 나라와 맞먹는 재산을 가졌다고 해도 도무지 손을 쓸 재간이 없었지 뭡니까. 그저 돈이라도 많이 써서 감옥에 갇혀 있는 조총에게 자주 면회를 가는 수밖에요. 그러나 감옥을 여러 차례 들락거리다 보니 뜻밖에도 자신까지 감옥에 도는 전염병에 걸려서 한 달도 버티지 못하고 죽어버렸답니다. 조총은 원래 온갖 호강을 다 하고 지내던 자였습니다. 그러니 그 고통스러운 옥살이를 어떻게 견딜 수가 있겠습니까? 은 씨가 죽은 뒤로는 아무도 사식을 챙겨주지 않는 바람에 사흘을 굶은 끝에 옥중에서 죽어버렸지요. 옥졸은 그 시체를 감옥 구멍으로 끌어내서 공동묘지에 아무렇게나 던져버렸답니다. 그것은 부모에게 불효를 저지른 자의 업보였던 셈입니다.

장진은 나아가 조총의 모든 재산을 관아에 귀속시켰습니다. 이때 유 상호, 저 원외, 그 밖에 육로에게 평소 돈을 빌려주었던 전주들은 모두 차용증서 원본을 가지고 있었기 때문에 그 일을 장진에게 고했지요. 장진은 그들에게 일일이 빚을 청산해주고 나머지 재산은 모두 국고에 귀속시켰답니다. 조총 내외는 일생동안 각박하게 살면서 자기 부모조차 한푼도 손을 대지 못하게 했습니다. 그렇게 악착같이 끌어 모아서 자기 자손들에게 물려주고 노후대책으로 삼을 생각이었던 게 지요. 하지만 두 사람의 재산은 모두 사라져버리고, 거기다가 자신들 에게는 몸을 눕힐 자리조차 없게 될 줄이야 상상인들 했겠습니까? 이렇듯 하늘의 이치가 너무도 밝으며, 하늘께서 내리는 응보에는 조 금도 어김이 없는 것입니다. 그야말로

예로부터 '하늘의 그물은 넓고도 넓다'[71] 했나니,　由來天網恢恢,
언제 악인을 심판에서 빠뜨린 적 있었던가?　何曾漏却阿誰。
제왕의 법도는 다시 따져보아야 할지 모르나,　王法還須推勘,
천지신명께서는 한 치도 실수가 없으시다네.　神明料不差池。

71) 하늘의 그물은 넓고도 넓다[天網恢恢]: 노자老子가 지은 《도덕경道德經》 제 75장(백서본 제38장)에 나오는 말. 제75장에서는 하늘의 도[天道]에 순응하 는 처세의 원칙을 세 단계에 걸쳐 서술했는데, "하늘에 쳐진 그물은 넓고도 넓어서, 얼핏 구멍이 난 것 같아도 절대로 흘리는 법이 없다天網恢恢, 疏而 不失" 두 문장은 마구 행동하면 언젠가는 천벌을 받게 되므로 항상 언행을 삼가야 한다는 뜻으로 주로 사용된다.

제 14 권

술김에 교외에서 재물을 노려 죄를 저지르고
귀신이 재판에 출두하매 양화가 시신을 빌리다
酒謀財于郊肆惡 鬼對案楊化借屍

卷之十四

酒謀財於郊肆惡　貴對案楊化借屍　해제

　　이 작품은 남의 몸을 빌려 복수를 한 사람에 관한 이야기이다. 이야기
꾼은 왕동궤王同軌의 《이담耳談》 및 《이담유증耳談類增》에 소개된 산동
山東 농부의 이야기, 정수丁戍와 노강盧彊의 이야기를 앞 이야기로 들려
주고, 이어서 역시 《이담유증》에 소개된 양화楊化의 이야기를 몸 이야
기로 들려준다.

　　명대 만력萬曆 연간에 하북河北 계진薊鎭 출신의 양화楊化는 상전인
우수종于戍宗의 지시로 우 씨 집성촌인 산동山東 즉묵현卽墨縣의 우가
장于家莊에 가서 마을 사람들 대신 병역의 의무를 지고 있는 수종을
뒷바라지할 금품을 집집마다 걷는다. 그 금품이 탐난 수종의 친척 우대
교于大郊는 양화를 오산위鰲山衛 장터에 데려가 독한 술을 잔뜩 먹인
후 돌아오는 길에 목을 졸라 살해하고 그가 지니고 있던 은자 두 냥
여덟 전을 가로챈 후 시신을 바다에 던진다. 그로부터 열이틀 후, 해류
때문에 내해에 머물던 양화의 시신이 공교롭게도 우가장 바닷가에서
발견되자 즉묵현의 지현은 시신을 검사한 후 범인 체포를 명령한다.

　　이튿날, 대교의 이웃인 우득수于得水와 함께 벼를 찧다가 갑자기 쓰
러진 아내 이李 씨는 정신을 차린 후 양화의 목소리로 '대교야, 내 목숨
을 내놓아라' 하고 고함을 지른다. 이상하게 여긴 이웃들이 그 일을 보
정에게 신고하고 양화의 원혼이 빙의된 즉묵현 토박이 이 씨는 양화의

고향 사투리로 대교가 자신을 살해한 경위를 폭로한다. 놀란 대교는 끝까지 발뺌하지만 이 씨에게 빙의된 양화의 증언으로 자신이 가로챈 장물이 발견되자 현 관아로 끌려간다. 양화의 시신에서 목이 졸린 흔적을 확인한 지현은 대교에게 살인죄를 판결한다. 이어서 군문軍門인 손모와 안찰사按察使의 유劉 동지同知의 재심을 거쳐 대교를 사형에 처한다. 사건이 종결된 후 양화의 원혼이 이 씨의 몸을 떠나자 이 씨는 그동안의 일을 전혀 기억하지 못한다. 그날 밤, 득수의 꿈에 나타난 양화는 고맙다고 인사를 하고 보답으로 자신의 나귀를 주고 다음날 득수는 문밖에 서 있는 양화의 나귀를 발견한다.

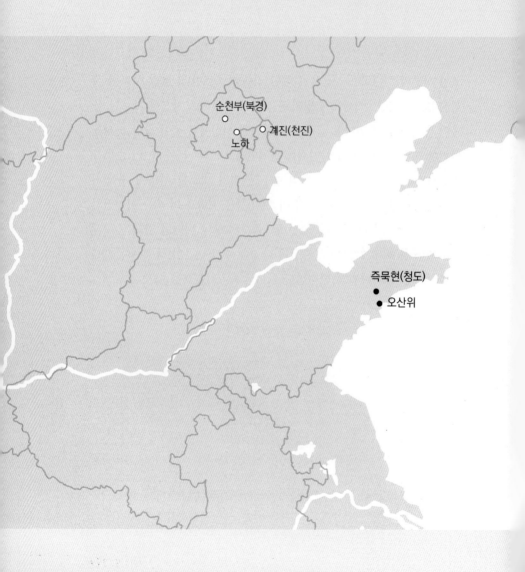

순천부(북경)

계진(천진)

노하

즉묵현(청도)

오산위

이런 시가 있습니다.

예로부터 사람 죽어도 넋은 흩어지지 않는다던데,[1] 從來人死魂不散,
하물며 태어나기 전부터 오랜 원한이 있었음에랴. 況復生前有宿寃。
귀신도 산 증인이 될 수 있음을 보시라, 試看鬼能爲活証,
밝음과 어두움도 한 하늘 아래에 있음을 알리니. 始知明晦一般天。

이야기를 들려드리지요. 산동山東 땅에 어떤 농부가 살았습니다. 이름은 알 수 없는데 자기 밭을 갈다가 이웃의 성못길을 침범하는 바람에 이웃사람이 그와 언쟁을 벌이게 되었습니다. 그런데 그의 말투가 불손하다 하여 그를 모질게 폭행하는 바람에 그 자리에서 숨지고 말았지 뭡니까. 그러자 집안 친척이 그 이웃사람을 관가에 고발했는데 시신을 검사했더니 치명적인 중상을 입었던 것으로 밝혀졌습니다. 그래서 그에게 죽을죄를 판결한 것이 한 해 전의 일이었지요.

---

1) 주희진朱希眞(1081~1159): 남송의 문학가. 낙양洛陽 사람으로, 본명은 돈유敦儒이며, '희진'은 성인이 된 후의 이름인 자字이다. 고종高宗 때 비서성 정자秘書省正字·절동로 제형浙東路提刑 등의 벼슬을 거쳤으나 주전파와 왕래했다는 이유로 파직되었다. 만년에는 주화파의 지도자 진회秦檜의 회유로 홍려소경鴻臚少卿을 지낸 까닭에 사람들의 비난을 받다가 진회 사후에 퇴출되었다. 작품으로는 송사宋詞를 모아 놓은 《초가樵歌》가 있다.

그러던 어느 날, 오른편 앞쪽 이웃집에서 아들이 하나 태어났습니다. 그 아기는 입속으로 응얼응얼하는 말투이기는 했습니다만 전생의 일들을 이렇게 쏟아내는 것이었지요.

"나는 농부 아무개인데 이웃사람에게 맞아 죽었습니다. 죽어서 저승에 갔더니 저승에서 내가 아무 죄도 없이 억울하게 죽은 것을 불쌍히 여기시고 나를 되살아나게 해주시더만요. 그러면서 내 시신이 이미 상해버렸으니 얼마 후 오른편 이웃집 아들로 태어나게 해주겠다고 하시더니 그길로 두 저승사자에게 명하여 나를 오른편 이웃집 창밖으로 보내십디다. 한데 거기서 웬 여인이 침상에 걸터앉아 아이를 낳으려는 것을 보고 두 저승사자가 '이 사람이 네 어미이니 너는 태아의 정수리²'로 들어가거라' 하더니 바로 나가버리더라구요. 그렇게 해서 두 귀신이 바깥에서 지키고 있는데도 안에서 아기 우는 소리가 들리지 않는 것이 아닙니까. 해서 두 저승사자가 도로 들어가서 보더니만 '가버렸네, 가버렸어!' 하더구먼요. 그때 나는 옷걸이 밑에 숨어 있다가 저승사자들에게 들키는 바람에 도로 정수리로 들여보내졌고 그러자마자 바로 태어난 겁니다요."

하면서 평생의 일들을 줄줄이 늘어놓는데 기억해내지 못하는 일이 없을 정도지 뭡니까. 이어서 지난번의 그 밭 경계지로 갔더니 몇 번이나 전부 분간해내는 것이었습니다. 그 광경을 보던 사람들과 그 부모는 농부가 되살아난 것이 분명하다고 여기고 기이한 일이라며 감

---

2) 정수리[囟門]: '신문囟門'은 두개골이 미처 봉합되지 않은 아기의 머리꼭지 앞 중앙 부위인 정수리를 말한다.

탄해 마지않았지요. 이 이야기가 감옥에까지 전해지자 지난번에 살인죄를 지은 그 이웃사람은 바로 그 고을 수령에게 탄원서를 올렸습니다.

"저는 농부를 죽였기 때문에 살인죄 판결을 받았었습니다. 한데 이제 지금 그 농부가 되살아났으니 저한테도 살 길을 열어 주셔야지요[3]! 그렇지 않으면 죽은 자는 살아났는데 산 자는 죽게 될 판이니 제 죽음은 누구한테 하소연한다는 말입니까!"

고을 수령은 그 글을 보고 기이하게 여겼습니다. 그래서 지난번에 피고의 일로 증언을 했던 이웃사람들을 소환하여 그에 관해 물었지요. 그랬더니 그들이 한결같이 말하는 것이었습니다.

"정말로 되살아났습니다!"

그래서 이번에는 아이들을 불러다 놓고 그에 관하여 물었습니다. 그런데 그 아기가 한 말이 조금도 착오가 없지 뭡니까. 고을 수령은 그래도

"사람이 죽었으면 그 전생의 사람에게 죄를 갚아야 옳다. 되살아났다고 해서 어떻게 그 죄를 벗어날 수 있단 말인가!"

라는 판단에 따라 그의 탄원을 들어주지 않았답니다. 그러나 속으로는 몹시 기이하게 여겼지요. '사람의 몸은 사대[四大][4]로 이루어져

있지만 잠시 합쳐져 있는 것일 뿐이며, 그 형체가 다할지라도 정신은 영원히 남기 마련이다. 하물며 억울하게 죽은 원혼이 어떻게 그렇게 금방 흩어져버릴 리가 있느냐'는 것이었어요.

　이런 식으로5) 우리 나라6) 가정嘉靖7) 연간에도 기이한 사건이 하나 있었습니다.8) '정수丁戌'라는 한 산동 사람이 북경 땅을 유람하고 있었습니다. 그는 길에서 '노강盧彊'이라는 어떤 장사와 마주쳤는데, 통이 크고 기상이 당당하지 뭡니까. 두 사람은 서로 말이 통한다 싶었던지 의형제가 되었지요. 그런데 얼마 지나지 않아 노강이 도둑 누명을 쓰고 그 고을 감옥에 갇히고 말았답니다. 정수가 감옥으로 면회를 갔더니 노강이 그를 보고 말하는 것이었지요.

다. 그러나 따지고 보면 그 모든 것은 실체가 아니라 허상이라고 보아 '사대는 전부 허상四大俱空'이라고 주장했다. 여기서는 사람의 몸을 일컫는 대명사로 사용되었다.

5) 이런 식으로[所以]: '소이所以'는 현대 중국어에서 '그래서therefore'라는 의미를 나타낸다. 그러나 명청대 구어에서는 두 단락 사이에 사용해 전환의 어감을 나타내기도 한다. 여기서도 앞 이야기를 거쳐 몸 이야기로 들어가는 것을 이끄는 문구로 사용되었다. '이런 식으로this way' 또는 '이런 의미에서in this sense'의 뜻으로 해석된다. 시오노야와 카라시마의 일역본(제2책 제114쪽)에서는 번역 과정에서 이 부분을 제외했다.

6) 우리나라[國朝]: '국조國朝'는 1368년에 주원장朱元璋(1328~1398)이 몽골족이 세운 원元 왕조를 몰아내고 세운 명明 왕조를 말한다. 때로는 '아조我朝'로 쓰기도 하므로 여기서도 편의상 "우리나라"로 번역했다.

7) 가정嘉靖: 명나라 세종世宗 주후총朱厚熜이 1522년에서 1566년까지 45년간 사용한 연호.

8) *본권의 앞 이야기는 명대의 소설가 왕동궤王同軌(17세기)가 지은 《이담耳談》 권11의 〈정술원보丁戌冤報〉 또는 《이담유증耳談類增》 권4의 〈정술丁戌〉에서 소재를 취했다.

"소생이 운 나쁘게도 죄를 지었는데 누구 하나 변호해주는 이가 없군요! (…) 평소 형님께서 아껴주셨으니 마음속에 담아두었던 말씀을 형님께 해드릴까 합니다."

"그리 말씀해주시니 감사합니다! 혹시 부탁할 일이라도 있다면 꼭 최선을 다하도록 하지요."

"허락하시니 이제 죽어도 눈을 감을 수 있겠군요! (…) 제게는 백금이 천 냥 넘게 있는데9) 어떤 곳에 감추어두었습니다. 형께서 가서 거두시고 사람들을 좀 써서 제가 감옥에서 나갈 수 있도록 도와주십시오 만에 하나 자유를 얻지 못하게 될 경우에는 제가 감옥에서 입고 먹을 것이 부족하지 않도록 보살펴주시기만 바랄 뿐입니다. 훗날 제가 죽으면 형께서 저를 묻어주시고 남은 물건은 형께서 전부 가지십시오. (…) 이 일만 부탁드리며 더는 드릴 말씀이 없습니다!"

그는 말을 마치자마자 눈물을 비처럼 흘리는 것이었습니다. 그러자 정수가 말했습니다.

"일단 마음을 놓으십시오. 제가 최선을 다해 구해드리겠습니다!"

그는 몸조심할 것을 당부하고 노강과 헤어졌습니다.

알고 보면 사람 마음이라는 것은 원래는 좋다가도 재물을 보면 변하기 마련입니다. 예로부터 이런 말도 있지 않습니까?

---

9)【즉공관 미비】殺身之根。죽음을 부르는 화근인 것을!

"술은 사람 얼굴을 붉어지게 만들고,   白酒紅人面,
금은 세상 사람들 마음을 검어지게 만든다.10)"   黃金黑世心。

정수는 노강이 신신당부하는 모습을 볼 때만 해도 진심으로 대하며
조금도 속이려는 마음이 없었습니다. 그러나 그가 일러준 장소에 갔
다가 천금이나 되는 돈을 손에 넣고 나자 갑자기 생각이 바뀌었지요.

  '그놈이 정말 도둑질을 해서 이 많은 물건을 여기에 모아놓았을 줄
이야! (…) 횡재11)가 내 손에 들어왔으니 이것도 내 복인 셈이다. (…)
다음 세상까지 누리기에 충분하겠군그래. (…) 어쨌거나 깨끗한 재물
은 아니지 않은가? 그놈이 챙겼듯이 내가 가로채더라도 죄는 되지
않을 게야. 이렇게 몽땅 내 손에 들어왔는데 … 놈을 구해줄 이유가
없잖은가!'

  그러면서도 잠시 이렇게 생각했습니다.

  '만일 구해주지 않았다가 놈이 남을 통해서 나를 추궁하기라도 하
면 둘러댈 도리가 없다. 독한 방법을 썼다가 놈이 만에 하나 물고 늘
어지기라도 하면 이 재물을 얻는다 해도 안전하지 않아. (…) 놈을 없
애버릴까? (…) 그 편이 차라리 깔끔하겠어!'

  그야말로

---

10) 【즉공관 미비】透世語。세상인심을 반영하는 말이다.
11) 횡재[造化]: '조화造化'는 현대 중국어에서는 '자연·창조' 또는 '행운'이라는
    의미로 사용되지만, 명대 구어에서는 '생각지도 않았던 재물windfall'이라는
    의미로도 사용되었다.

'생각이 바뀌자마자   轉一念,
못된 마음부터 품는다.'   狠一念。

라는 격이랄까요[12]? 그렇게 해서 결국 옥리와 둘이 모의한 끝에
옥리에게 은자 서른 냥을 주고 노강을 살해해버렸답니다.

이리하여 정수는 천금을 거저 챙기게 되었지요. 게다가 그의 내력
을 아는 사람도 없는지라 거드름을 떨면서 북경에 머물며 삼 년 동안
호강하고 지냈습니다. 그렇게 칠팔 할을 써버리고 나서야 노하潞河[13]
로 내려가 배를 타고 집으로 돌아갔지요.

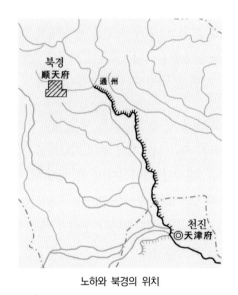

노하와 북경의 위치

---

12) 【즉공관 미비】人之作惡, 多自轉念得來. 사람이 못된 짓을 벌이는 것은 모두가
    생각을 바꾸면서 비롯되지.
13) 노하潞河: 중국 고대의 하천. 지금의 하북성 북경시 동남쪽의 통주구通州區
    일대를 흐르는 북운하北運河 구간의 하천을 가리킨다. 천진天津을 거쳐 발
    해渤海로 들어간다. 때로는 고수沽水·노수潞水·백하白河로 불리기도 했다.

정수가 배에 도착해 같은 배의 사람들과 선창 안에서 다함께 한가하게 이야기를 나누고 있을 때였습니다. 서로 주거니 받거니 이야기를 나누는데 가만 보니 정수가 별안간 쓰러지는 것이 아닙니까. 이윽고 일어난 그는 두 눈을 부릅뜨더니 큰 소리로 말하는 것이었습니다.

"나는 북경의 대도 노강이다! 천벌을 받아 죽을 정수 네 이놈! 천금이나 되는 내 재물을 가로채고 그걸로도 모자라서 내 목숨까지 해쳤겠다? 허나 이제는 내게 돌려주어야겠다!"

배에 있던 사람들은 그의 목소리가 방금 전과 다른 데다가 그런 말을 내뱉는 것을 보고 정수가 친구를 배신해서 원혼이 목숨 값을 받으러 온 것임을 직감했습니다. 그래서 저마다 놀라서 한결같이 무릎을 꿇고 절을 하면서 애걸하는 것이었지요.

"정수는 스스로 일을 꾸며서 나리를 해친 것이지 우리하고는 아무 상관이 없을 겁니다! 지금 나리께서 만에 하나라도 이 배 안에서 목숨 값을 돌려받으려고 정수를 죽이신다면 한 배에 탄 우리까지 해치는 셈입니다! 아무 의미도 없는 송사를 벌이는 격이라는 뜻입니다. 나리께서는 고정하시고 조금만 기다렸다가 우리가 배를 내리면[14] 마음대로 놈을 처치하시기 바랍니다!"

"말자, 말아! 내 먼저 놈 집으로 가서 놈을 기다리겠다!"

그는 알 듯 모를 듯한 말을 내뱉더니 다시 땅바닥에 쓰러지는 것이

---

14) 【교정】 배를 내리면[崖]: 상우당본 원문(제561쪽)에는 '벼랑 애崖'로 나와 있으나 원래는 '언덕 안岸'을 써야 옳다.

었습니다. 이윽고 정수가 제 정신을 차리자 사람들은 방금 전의 일을 캐물었습니다. 그런데 조금도 영문을 모르지 뭡니까, 글쎄! 사람들은 모두가 방금 전에 벌어진 상황에 대해서는 입도 벙긋하지 않고 각자 배를 내려15) 제 갈 길을 떠났지요.

정수가 귀가하고 사흘째 되는 날이었습니다. 갑자기 큰 소리를 지르면서 배에서 한 이야기를 또 늘어놓지 뭡니까. 집안사람들이 한참 괴이하게 여기고 있는데 가만 보니 그가 걸어가서 쇠망치를 들고 오더니 자기 입의 치아를 향해 마구 망치질을 하는 것이 아닙니까. 당황한 사람들은 그를 끌어안고 쇠망치를 빼앗았습니다. 그랬더니 이번에는 걸어가서 주방에 있던 식칼을 손에 들더니 자기 가슴을 마구 찍어대길래 사람들이 이번에도 그것을 빼앗았습니다. 그는 손에 아무것도 든 것이 없자 이번에는 손가락으로 두 눈을 마구 후벼 파는 바람에 눈알이 다 빠지고 온 얼굴이 피투성이가 되었습니다! 집안사람들은 당황하고 놀란 나머지 비명을 질렀습니다. 그러자 길을 가던 사람들까지 그 소리를 듣고 일제히 달려 들어와 그 광경을 지켜보는 것이었습니다. 그러고는 소문에 소문이 퍼져서 구경하러 몰려든 사람들로 온 거리와 골목이 북새통을 이룰 지경이었지요. 개중에는 일전에 함께 배를 타고 돌아온 사람도 있고 호기심이 많아서 정수의 소식을 알아보려고 찾아온 사람도 있었는데, 마침 볼거리를 만난 셈이었습니다. 그런데 가만 보니 정수가 자신을 때리면서 한편으로는 노강 이야기를 하며 큰 소리로 자신을 욕하는 것이 아닙니까. 그러자 개중에 간이 큰 사람이 앞으로 나와서 물었지요.

---

15) 【교정】배를 내려[崖]: 주 14)와 같다.

"그 일이 몇 년이나 되었소?"

그래서 정수에게 붙은 원귀가 말했습니다.

"삼 년 되었다!"

"당신에게 그런 원한이 있고, 이처럼 넋이 남아 있었다면 어째서 삼년씩이나 기다렸단 말이요?"

그러자 정수에게 붙은 귀신이 말하는 것이었습니다.

"나는 내내 감옥에 갇혀 있었다. 그래서 복수할 수가 없었지. 그러다가 최근에 사면을 받는 바람에 감옥을 나올 수 있게 된 것이다!"

융경제와 그 황후

말을 마친 그는 다시 자신을 때리기 시작하더니 정수가 기절하고 나서야 아무 동정도 없는 것[16]이었습니다. 당시 융경제隆慶帝[17]는 연

---

16) 그제야 아무 동정도 없는 것이었습니다[遂無影響]: 현대 중국어에서 '영향

호를 바꾸고 대사면을 내리셨지요. 그때 옥사한 원귀들도 조사해서 산 사람과 같이 석방했는데 그 과정에서 비로소 복수를 할 수 있게 되었던 겁니다. 이런 경우를 보면 이승과 저승이 하나로 통한다는 말이 허튼소리는 아닌가 봅니다. 그야말로

밝음은 인간에게만 해당하는 것이 아니고,	明不獨在人,
어둠은 귀신에게만 해당하는 것이 아니지.	幽不獨在鬼。
이승과 저승은,	陽世與陰間,
종이 한 장을 사이에 두고 있는 것과 같기에.	似隔一層紙。
허나 기어이 모습 드러내고 복수를 하자고 들면,	若還顯報時,
그 종이조차 막을 수가 없단다.	連紙都徹起。

손님들, 소생이 왜 이 두 이야기를 들려드린 줄 아십니까? 세상 사람들은 양심을 저버리고 자신을 속이면서 죄를 짓지요. 그러면서도 '어둡고 컴컴하면 아무도 눈치 채지 못한다'고 여기지요. 또 어떤 경우에는 '당사자가 죽으면 대질할 증인이 없어진다'고 여기고 당사자가 죽으면 아무리 엄청난 사건이라도 어물쩍 넘어간다고 생각합니다. 그러나 그 어둡고 어두운 속에서조차 심판은 이처럼 밝고도 어김없다는 것을 누가 알겠습니까!

되살아나서 전생을 밝히거나 남의 몸에 붙었다가 나타나 복수를

影響'은 어떤 사물이나 현상을 통해 얻어지는 효과effect를 뜻하지만, 명대 중국어에서는 '동정movement' 또는 '흔적vestige'이라는 의미로 사용되었다.

17) 융경제隆慶帝: 명나라 제12대 황제인 목종穆宗 주재후朱載垕(1537~1572)를 말한다. '융경隆慶'은 주재후가 가정제嘉靖帝의 뒤를 이어 황제가 된 1567년부터 1572년까지 사용한 연호이다. 본문에서 융경제가 연호를 바꾸었다는 말은 '가정'에서 '융경'으로 연호를 바꾼 것을 가리킨다.

하는 이야기들을 들려드리다 보면 마치 당사자가 애초에 죽은 적 없이 처음부터 우리 눈앞에 있었던 것같이 느껴집니다. 멋대로 남을 속이거나 배짱을 부리는 자들은 이런 이야기들을 떠올리다보면 모골이 다 송연해질 테지요.[18] 그러나 사후에 되살아나는 일은 다반사요, 남의 몸에 빙의해서 복수를 하는 일도 다반사입니다. 예로부터 지금까지 이루 말할 수 없이 많고도 많지요!

이번 것은 훨씬 더 기이한 이야기입니다.[19] 바로 남에게 목숨을 빼앗기고 다른 사람의 시신에 붙어 원한을 하소연하고 급기야 산 사람 산 증인 역할까지 하지요. 그렇게 상당히 오랜 동안 붙어서 상당히 많은 관아를 전전하다가 감옥에 갇힐 때에 이르러서야 복수를 끝낸답니다. 참으로 보기 드문 이야기인 셈입니다. 이 이야기는 산동 땅 즉묵현卽墨縣[20] 우가장于家莊에서 있었던 일이올시다. '우대교于大郊'라고 부르는 사람이 있었는데 바로 군적軍籍 출신자였지요. 이 우씨네 본호本戶에는 흥주興州[21] 우둔위右屯衛의 정당頂當 조군祖軍[22]이 한

---

18) 【즉공관 미비】 世人各宜警醒。 세상 사람들 저마다 경계하고 깨우침이 옳다.

19) *본권의 몸 이야기는 왕동궤의 《이담유증》 권48의 〈양화원옥안楊化寃獄案〉 및 동시대 극작가 심경沈璟(1553~1610)의 아우인 심찬沈瓚(16세기)이 지은 《근사총잔近事叢殘》 권1의 〈원귀보관寃鬼報官〉에서 소재를 취했다.

20) 즉묵현卽墨縣: 중국 고대의 지명. 지금의 산동성 산동반도山東半島 청도시青島市의 동쪽에 자리 잡고 있다. 지금은 일부 지역이 청도시에 편입되었지만 명대만 해도 청도는 즉묵현의 일부였다.

21) 흥주興州: 중국 고대의 지역 이름. 지금의 하북성 북부의 난평현灤平縣 일대에 해당한다. 명대에는 좌·우·중·전·후의 5개 위衛가 설치되어 있었다. '위衛'는 명대의 군사 편제로, 5,600명의 병사를 보유한 군사도시였다.

22) 조군祖軍: 명대에 선대부터 군인으로 복무한 세습 군인을 일컫던 이름.

명 있었는데, 거기서 군인으로 충당된 것이 우수종于守宗이라는 사람이었지요.

원래 이 '조군'은 한참 윗대인 홍무洪武[23] 연간부터 계승되어 온 것으로, 적계나 적파를 군대에 보내는 것이 원칙이었습니다. 하지만 실제로는 '군장반전軍裝盤纏'이라 하여 문중 전체가 당사자에게 경비를 보태주었는데, 몇 해에 한 번씩 추렴해주기로 약정하는 것이 일종의 관례였답니다.

이때는 바로 만력萬曆[24] 21년이었습니다. 수종이 우둔위에서 복무하고 있어서 누가 본향으로 가서 그의 경비와 군량을 받아와야 했지요. 그의 집에서 부리는 하인 중에 양화楊化라고 하는 사람이 있었는데 계진薊鎭[25] 사람이었습니다. 그는 심성이 아주 강직했는데 즉묵현에 몇 번 심부름을 다닌 적이 있었지요. 그래서 수종은 이번에도 그를 보냈습니다. 양화는 아내와 작별한 뒤에 자신이 기르던 절름발이 나귀를 타고 며칠도 되지 않아 즉묵에 당도했답니다. 그는 그길로 우대교의 집으로 가서 머물면서 우씨 문중 집집마다 찾아가서 경비와 군량을 받았습니다. 그 경비와 군량은 문중의 항렬을 기준으로 배당된 것이었는데, 몇 푼만 낸 집도 있고 한 전 넘게 낸 집도 있었지요. 그런 식으로 계속해서 조금씩 타내서 일단 두 냥 여덟 전을 모아 몸에 지니

---

23) 홍무洪武: 명나라를 세운 태조太祖 주원장朱元璋이 1368년부터 1398년까지 사용한 연호.

24) 만력萬曆: 명나라 제14대 황제 신종神宗 주익균朱翊鈞이 48년 동안 사용한 연호. "만력 21년"은 서기 1593년에 해당한다.

25) 계진薊鎭: 명대의 지역 이름. 지금의 하북성 북동부의 산해관山海關으로부터 북경 정북부의 거용관居庸關까지, 그리고 만리장성萬里長城 지대에 설치되었는데, 때로는 '계주진薊州鎭'으로 일컬어졌다.

고 있었습니다.

이때가 정월 스무엿새였습니다. 대교가 와서 양화를 보고 말하는 것이었습니다.

"오늘은 오산위鰲山衛26)에 장이 서는 날이라서 꽤나 북적거릴 거야. 내가 장을 좀 보러 가려고 하는데 … 같이 가서 좀 놀다 오세나."

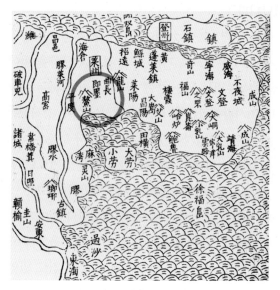

즉묵현 오산위(동그라미 부분). 《삼재도회》

"저도 가만히 있자니 좀이 쑤시는군요. 마실 좀 다녀와야겠습니다."

양화는 전대纏帶를 허리춤에 두르고 나귀를 타더니 대교와 함께 오산위로 향했답니다. 그러나 바로 이 걸음으로 말미암아 다음과 같

---

26) 오산위鰲山衛: 명대의 지역 이름. 지금의 산동성 즉묵현 동남쪽에 해당한다.

은 일이 벌어지고 맙니다.27)

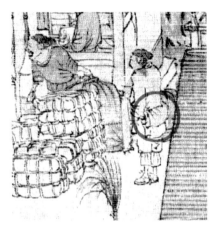

전대의 예시. 송대 장택단이 그린 〈청명상하도〉

씩씩한 변방의 장사가,　　　　　　　　　　　　　雄邊壯士,

엉겁결에 일생의 원혼이 되고,　　　　　　　　　強做了一世寃魂,

썰렁한 객사의 시골 아낙이　　　　　　　　　　　寒舍村姑,

억지로 몇 번이나 귀신의 대역을 맡누나.　　　硬當了幾番鬼役。

그야말로

---

27) 다음과 같은 일이 벌어지고 맙니다[有分敎]: 명대 (의)화본 및 장회소설에서
장면이 끝나거나 바뀔 때마다 사용하는 상투어. 보통 이 앞에는 "바로 이
걸음 덕분에只因此一去"라는 말이 관용적으로 사용되며, 이 뒤에는 다음 장
면에서 벌어질 사건이나 상황들을 사전에 미리 암시하는 두 구절의 시를
사용함으로써 청중들이 이야기에 몰입하도록 이끄는 역할을 하는데, 엄밀
한 의미에서는 독서를 목적으로 한 일반 소설의 관용적인 표현이라기보다
는 극장에서의 공연을 목적으로 한 공연물에서 주로 사용하는 연극적 장치
의 일종으로 이해하는 것이 더 좋을 듯하다.

"돼지와 양이 백정 집으로 들어간 격이니,　　　　猪羊入屠戶之家,
옮기는 걸음마다 죽음의 길로 접어드누나!"　　　　一步步來尋死路。

　다시 이야기를 들려드리겠습니다. 양화는 우대교와 같이 오산 장에
도착했습니다. 그런데 한동안 둘러보다 보니 허기가 져서 대교를 보
고 말했습니다.

　"우리 술집에 가서 소도자小刀子[28]나 한 사발씩 할까요?"

　대교는 그 말을 듣자마자 양화를 끌고 오
산위 성내의 술집인 윤삼尹三네 집으로 가서
술을 마셨습니다. 산동의 술집에는 딱히 안
주랄 것이 없습니다. 마늘 몇 접시와 찐빵 몇
개가 고작이지요. 양화는 북쪽 변방을 지키
는 가난한 군인이다 보니 즐기는 것이라고
해봤자 소도자뿐이었습니다. 이 윤삼네 술

소도자의 예시

집에서 유명하고 가장 독한 것이 황소주黃燒酒였습니다. 그래도 그에
게는 안성맞춤이었던지 큰 사발째 들이켜는 것이 아닙니까. 더욱이
우대교까지 옆에서 술을 권하는 통에 곤죽이 될 때까지 퍼 마셨지요.
그 서슬에 날이 저물었을 즈음에는 양화도 팔이 늘어지고 다리가 후
들거려서 걸음조차 걷지 못할 지경이 되고 말았습니다.
　대교는 간신히 양화를 부축해 나귀에 태운 다음 손으로 부축하면서
길을 갔지요. 양화는 한 걸음 갈 때마다 부딪치는 바람에 몇 번이나

----

28) 소도자小刀子: 명대에 마시던 소주의 일종.

굴러떨어질 뻔했습니다. 급기야 우둔위 북쪽 석교자구石橋子溝에 당도했을 때에는 깜빡 졸다가 '아이쿠' 소리를 지르며 나귀에서 굴러떨어지고 말았습니다.

"나귀를 타고 가긴 틀린 것 같군. 일단 이 땅바닥에서 좀 자다가 가도록 하세."

우대교가 이렇게 말하자 양화는 약간 경사가 진 풀밭에 몸을 내던졌습니다. 그리고는 세상이야 어찌 되든 말든 우레처럼 코를 골면서 금세 곯아떨어지고 마는 것이었지요.

알고 보니 우대교는 양화가 조금씩 조금씩 아주 많은 은자를 지니게 되자 그것이 얼마나 되는지도 모르면서 속으로 욕심이 생겨서 그를 해칠 생각을 품고 있었습니다.[29] 그는 양화가 홀몸의 가난뱅이 군인이고 세상살이에도 밝지 못하다고 깔보고, 그가 사라져도 아무도 그의 행방을 알지 못할 거라고 여겼지요. 게다가 이 우씨네 문중 사람들은 그가 성가시게 구는 바람에 질린 상태였습니다. '제발 그가 좀 가버렸으면' 하고 바라던 참이었지요. 그러니 그가 안 보이면 다들 후련해하면서 아무도 캐묻지 않을 것이 뻔했습니다. 그 은자들도 돌려받으려 할 리도 없고 말입니다. 그래서 일부러 그를 이렇게 독한 술로 잔뜩 취하게 만든 것이었지요. 양화가 곯아떨어지고 일경 정도[30]

---

29) 【즉공관 미비】能有幾何。亦以誨藏誨圖乎。可憐, 可憐。 [이런 사람이] 많아 봤자 몇이나 되겠나? 이 또한 장물을 속이고 도적질을 가르치는 짓이 아니겠나. 불쌍하구나, 불쌍해!

30) 일경 정도[更餘]: 두 시간 남짓. 중국 고대의 시간 계산 단위인 경更은 시진時辰과 같은 시간이므로, '경여更餘'는 두 시간보다 조금 더 긴 시간이다.

지날 때까지 우대교는 우두커니 옆에서 그를 지켜보고 있었습니다.

생각해보십시오. 만일 평소 마음이 약한 사람이라면 그가 술에 취했을 때 허리춤에서 그의 돈을 챙겨서 가버리면 다음날 양화가 술에서 깨더라도 '취했을 때 잃어버렸거니' 하고 대충 넘어갔을 겁니다. 설사 대교를 의심한다고 해도 증거가 없으니 발뺌을 하면 일도 쉽게 해결됐을 테지요. 굳이 그의 목숨까지 해칠 필요는 없었던 겁니다. 그러나 뜻밖에도 북쪽 사람들은 손이 맵고 마음이 모질어서 그런지 한번 벌인 일은 끝장을 보고야 마는 성미들이었지요. 대인관계에서도 일단 치고받고 나서야 생각을 하는 경향이 많았습니다. 돈이 얼마나 되건 간에 길을 막고 옷가지를 강탈하는 좀도둑조차 목숨을 빼앗고 나서 손을 쓰곤 했지요. 북쪽의 풍속이 그렇다 보니 심성들이 그럴 수밖에 없었습니다. 그래서 사람 목숨 보기를 서캐 한 마리 죽인 것 정도로 여기고 마음에도 두지 않는 일이 다반사였지요.

이날도 양화가 술에 취한 데다가 사방에 아무도 보이지 않자 나귀에 묶인 고삐 줄을 끌러서 매듭을 만든 다음 양화의 목에 단단히 걸었습니다. 그리고는 양화의 모자를 벗겨 그 입을 틀어막고 한쪽 다리로 그 얼굴을 디디고는 두 손으로 힘껏 고삐 줄을 잡아당기면서 졸랐지요. 불쌍한 양화! 이 가난뱅이 군인한테 돈이 있어 봤자 얼마나 있었겠습니까? 그런데도 오늘 비명에 횡사를 당하고 만 겁니다!

우대교는 손을 양화의 코밑에 갖다 댔습니다. 벌써 숨이 끊어진 것을 확인한 그는 당장 허리춤에서 그동안 거둔 은자를 뒤져서 챙기고 전대까지 끌러서 자기 허리에 둘렀습니다. 그리고는

술김에 교외에서 재물을 노리고 죄를 저지르다.

'시체를 여기 놓아두었다가 날이 밝아서 누가 발견하기라도 하면 낭패지!'

하는 생각에 내친 김에 양화의 시신을 안아 나귀 등에 지운 다음 바닷가까지 끌고 갔습니다. 우가장에서 세 리 정도 먼 곳까지 왔을 때였습니다. 그는 '풍덩' 하는 소리와 함께 시신을 바다로 던져버리고 나귀를 끌고 돌아왔지요. 그러고 나서

'이건 양화의 나귀라서 알아보는 자가 있을 거야. 우리 집에 끌고 갔다가는 분명히 누가 캐물을 테지? (…) 그러면 둘러대기 곤란하니까 차라리 버려야겠다!"

하는 생각에 그 나귀를 황포黃鋪의 사만파舍漫坡까지 갔을 때 풀어 주고 아무 데나 마음대로 가게 해주었습니다. 나귀는 고삐가 풀리자 마음대로 뒹굴면서 자유를 만끽했습니다. 다음날은 누가 끌고 갔는지 도 알 수 없게 돼 버렸지요. 그날 밤 우대교는 살그머니 집으로 돌아 왔는데 그 사실을 눈치 챈 사람은 아무도 없었습니다.

이월 초여드레, 양화가 살해된 지 열두 날이나 지났습니다. 우대교 는 꿈속에서조차 '시체가 지금쯤이면 몇천, 몇만 리나 떠내려갔는지 도 모른다'고 여기고 있었지요. 그런데 정말 귀신이 곡할 노릇이지 뭡니까? 양화의 시신은 조류를 따라 올라갔다 내려갔다 하면서 몇 날 며칠이나 내해에 머물렀습니다. 그러더니 어느 밤 조류를 따라 거 꾸로 거슬러 올라가서 공교롭게도 우가장 본사本社31)의 바닷가에 이

---

31) 본사本社: 사社는 중국 근세에 호적戶籍을 세던 단위로, 보보다 커서 스

르렀을 때 그 자리에 멈춘 채 떠날 줄을 모르지 뭡니까, 글쎄! 본사의 보정保正[32]인 우량于良 등은 그 시신을 발견하자 그 일을 즉묵현에 보고했습니다. 즉묵현의 이李 지현知縣은 조류에 떠밀려온 시신의 신원을 조사했지요. 그러나 어디 사람이며 어쩌다 바다에 빠졌는지 알 길이 없었습니다. 물론, 그 까닭을 알 길은 없지만 목에 줄로 조른 흔적이 남은 것을 보면 그 이면에는 억울한 사정이 있을 것이 분명했지요. 그래서 아전들에게 장물을 수배하는 한편 범인을 잡아들이라고

성황신을 받드는 사당인 성황묘. 사진은 20세기 초기 북경의 성황묘

물다섯 가구를 관할했다. 여기서 "본사"는 '사'의 관청이 소재한 구역을 가리키는 것으로 보인다.

32) 보정保正: 중국 근세의 지방 행정체계. 북송의 정치가 왕안석王安石 (1021~1086)은 부국강병을 위하여 보갑제保甲制를 시행할 때 10호戶를 '보保'로, 50호를 '대보大保'로 정하고 그 수장을 각각 보장保長·대보장大保長으로 삼는 한편, 10대보를 '도보都保'로 정하고 그 수장을 도보정都保正으로, 그 보좌원을 부도보정副都保正으로 삼았다. 이 제도는 명대까지 인습되어 보장 등이 '보정保正'으로 불렸는데, 지금으로 치면 대체로 반장·통장에 해당한다.

명령을 내렸습니다. 그리고 자신은 자신대로 목욕재계하고 성황묘城
隍廟로 가서 '범인에게 응분의 천벌을 내려 천지신명의 영험함을 드
러내 주십사' 경건하게 기도를 한 것은 말할 필요도 없었지요.

이달 열사흘날이었습니다. 우대교가 소속된 본호本戶의 주민 우득
수于得水의 아내 이 씨가 남편과 벼를 찧고 있다가 별안간 땅바닥에
쓰러지는 것이 아닙니까. 득수는 허둥지둥 그녀를 부축하고 큰 소리
로 사람들을 불렀지요. 반 시진時辰[33] 정도 지났을 때였습니다. 갑자
기 그녀가 벌떡 일어나더니 두 눈을 꼭 감은 채로 이렇게 소리를 지르
는 것이었습니다.

"우대교, 내 목숨을 내놓아라, 내 목숨을 내놓아!"

우득수가 놀랍기도 하고 이상하기도해서 물었습니다.

"당신은 어느 땅의 귀신이길래 갑자기 나타나서 해괴한 짓을 벌이
는 게요?"

그러자 이 씨는 이렇게 중얼중얼 대답하는 것이었지요.

"나는 군장을 받으러 왔던 양화다! 오산 장날 우대교가 황소주를
잔뜩 먹여 석교자구까지 부축해 오더니 고삐 줄로 내 목을 졸라 죽인
다음 시신을 바다에 던졌지. 나는 대교가 도주하여 관가에서 무고한
사람들을 연루시킬까 우려하여 진상을 알리러 온 것이다. (…) 우리

---

33) 시진時辰: 중국 고대의 시간 계산 단위. 고대에는 하루를 열두 시진으로 나
   누고 간지干支로 불렀다. "반 시진"은 지금의 한 시간 정도이다.

집에는 친형인 양대楊大가 있고 아내 장張 씨와 아들 둘, 딸 둘이 있다. 그런데 모두 먼 계주薊州 땅에 있다 보니 미처 범인을 잡으러 달려오지 못했느니라. 내 신세가 참으로 불쌍하기도 하지! (…) 해서 직접 이렇게 와서 대교와 대질하고 기필코 원님을 뵙고 복수를 하려는 것이다!34)"

"그 원수라는 것은 나하고는 아무 상관도 없소! 헌데 왜 우리 집에 와서 소란을 피우는 게요?"

하고 득수가 말하니 이 씨가 또 중얼거리는 것이었습니다.

"잠시 자네 어진 아내의 몸을 빌려주게. 내가 빙의할 몸으로 삼는다면 대질하기 좋을 듯싶으이. (…) 일을 마치고 나면 나도 알아서 떠나고 더는 귀찮게 하지 않겠네. 미안하지만 대신 아전들에게 알려주시게. 그러지 않으면 나는 자네 집을 나갈 수 없어!"

우득수도 이 상황에서는 다른 방법이 없지 뭡니까. 본사로 가서 보정 우량에게 보고할 수밖에 없었습니다. 그 사실을 믿지 못한 우량은 자기 눈으로 직접 확인을 해야겠다며 득수의 집으로 왔지요. 그런데 가만 보니 이 씨가 또 양화 이야기를 하는데 아주 정확하고 한 치의 착오도 없는 것이었습니다. 우량은 마을 노인 소강邵强과 그 구역의 패두牌頭·소갑小甲35) 등에게 알려 모두 와서 보게 했지요. 그랬더니

---

34) 【즉공관 미비】化亦强鬼。변해도 우악스러운 귀신으로 변했구먼!

35) 패두牌頭·소갑小甲: 명대에 관아에서 복무하던 관속들에 대한 별칭. '패두'와 '소갑'은 관속들이 담당한 업무에 따라 구분해 부른 호칭으로 보인다.

아까 한 말과 지금 하는 말이 전부 똑같지 뭡니까.

우량과 소강은 그래서 마을 사람들과 함께 우대교의 집으로 몰려갔습니다. 그리고 우대교를 불러내서 다그쳤지요.

"네가 참 장한 짓을 벌였구나! 지금 원혼이 우득수의 집에 있으니 냉큼 대질하러 가주어야겠다!"

대교는 심장병을 앓고 있던 참이었습니다. 그런 마당에 그런 소리를 듣다 보니 가슴이 다 철렁 내려앉지 뭡니까. 그래도 시치미를 떼고 말하는 것이었습니다.

"득수네 집에 무슨 원혼이 있다는 거요? 참 귀신이 곡할 노릇일세! 일단 갑시다. 하나도 겁 안 나요!"

그러면서도 사람들에게 반항도 제대로 못 하고 떨어지지 않는 발걸음으로 따라 나서는 수밖에 없었지요. 그런데 득수네 집에 도착해서 가만 보니 이 씨가 고함을 지르는 것이었습니다.

"우대교, 네가 왔구나! 내가 네놈하고 무슨 원수를 졌기에 네놈이 내 물건을 노리고 그런 악독한 짓을 저질렀단 말이냐!"

대교는 그래도 내막을 아는 증인이 없다 싶었던지

"예끼! 누가 당신 뭘 노려? 기가 막혀서 원!"

하고 어거지를 썼지만 이 씨는 그래도 중얼중얼 말하는 것이었지요.

"그래도 발뺌할 테냐? 네가 나귀 고삐 줄로 내 목을 졸라 죽이고,

거기다가 나를 나귀에 실어 바닷가까지 데려가서 바다에 시신을 버리지 않았느냐! 내가 지니고 있던 은자 두 냥 여덟 전도 다 챙겨서 혼자서 즐기지 않았느냐! 당장 내 돈을 내놓아라! 안 그러면 내가 너를 때리고 네놈 고기를 먹어 내 한을 풀 테다!"

대교는 그녀가 액수를 정확하게 대는 것을 보고 정말 양화의 원혼이 그녀에게 붙어서 더는 감출 수 없다는 것을 눈치 챘습니다. 결국 사람들 앞에서 사실대로 실토할 수밖에 없었지요.

"앞서의 일은 사실이올시다. 뜻밖에도 저승의 원혼이 산 사람한테 붙는 바람에 이렇게 진상이 드러날 줄이야 … 그저 죽는 수밖에요."[36]

우량 등은 그 말을 듣고 현장에서 바로 대교를 끌고 그 집으로 갔습니다. 당초 양화에게서 빼앗은 전대는 군장 경비 두 냥 여덟 전이 든 채로 그 집 부뚜막 굴뚝 속에서 찾아냈답니다.

"됐다, 됐어! 장물을 확보했으니 이제 원님께 보고하고 처벌할 수 있겠구나. 바다에 떠다니던 시신에 관한 이번 사건도 마무리할 수 있겠다. 만약에 저승 원혼의 증언뿐이었다면 혹시 나중에 본인이 의식을 찾고 원혼이 떠나버리기라도 하면 우리로서는 그 증언을 입증하기 어려웠을 게야!"

---

36) 죽는 수밖에요[只索死去休]: 시오노야와 카라시마의 일역본(제2책 제127쪽)에서는 이 부분을 "죽어서 사죄하리다死んでわびる]로 번역했다. 그러나 '휴休'에는 '그만두다, 끝내다'의 의미만 있으므로 여기서도 원문대로 직역했다.

우량 등은 서둘러서 우대교의 서명을 받고 장물과 함께 현 관아로 끌고 갔습니다. 그러자 대교는

'죄를 피하기 어렵게 됐구나! 감옥살이를 하게 되면 아무도 사식을 넣어주지 않을 테지? (…) 본호를 둘 정도 끌어들여야겠어. 그자들이 잘 지내는 꼴은 절대로 못 본다! 그자들이 사식이라도 넣어주면 어쨌거나 내 몫을 좀 얻어먹을 수 있을 거야.'

하는 생각으로 우량을 보고 말했습니다.

"이 사건은 본호인 우대표于大豹·우대오于大敖·우대절于大節 세 사람도 나하고 공모한 걸로 압니다. 한데 어째서 나만 희생양으로 삼습니까!37)"

그래서 우량 등은 그 세 사람도 함께 잡아들였습니다. 그런데 세 사람은 자신들은 아무 상관도 없다고 하는 것이 아닙니까. 그래서 '여기서는 아무도 그들 말을 믿지 않는다'고 하면서 전원을 현 관아로 압송해 가서 죄를 밝히게 하는 것이었지요. 진술서를 접수한 지현은 이렇게 소견을 밝혔습니다.

"정황은 사실인 듯한데 일이 참 괴이하구나! 반드시 이 씨를 관아에 출두시켜 증언하게 하라."

---

37) 희생양으로 삼다[做/不着]: '주/불착做/不着'은 송·원대에 유행한 구어로, '[특정인을] 희생양으로 삼는 것'을 뜻한다. 원문 "做我一人不着"에서도 볼 수 있는 것처럼 일반적으로 '주做' 다음에는 희생양이 되는 대상을 뜻하는 명사나 대명사가 사용되기 마련이다.

그래서 이 씨를 구속해 관아로 출두하게 했지요. 이 씨는 대교와 대질한 자리에서 양화의 말투로 대교가 자신을 목 졸라 죽인 사실을 낱낱이 털어놓는 것이었습니다. 지현은 그 기소장에 이름이 몇 개 더 적혀 있는 것을 보고 물었습니다.

"여기 우대표 등은 어찌 된 영문인가?"

그러자 이 씨가 말하는 것이었습니다.

"대교 한 놈이 한 짓이올시다. 다른 사람은 아무 상관도 없습니다! 무고한 사람들까지 연루될까 우려하여 이승 길도 마다하지 않고 일부러 와서 고하게 된 것입니다!"

지현은 대교에게 큰 소리로 물었습니다.

"그래도 할 말이 있느냐!"

대교는 이때 귀신이 붙은 이 씨가 생생하게 진술하자 놀란 나머지 얼이 다 달아나버린 상태였습니다. 그래서 머리를 조아리면서 이실직고 할 수밖에 없었지요.

"나리, 오늘에서야 귀신까지 속일 수는 없다는 것을 깨달았습니다요! 제 손으로 양화를 목 졸라 죽이고 그 재물을 노린 것은 사실입니다만, 다른 사람들은 아무 상관도 없습니다! 소인, 죽을죄를 지었습니다요!"

지현은 살인 사건이 대단히 중대한 상황임에도 불구하고 아직 현장

조사조차 하지 않은 사실을 발견했습니다. 그래서 그날 직접 대교 등을 끌고 바닷가로 가서 양화의 시신이 조류에 떠밀려 온 장소를 조사했습니다. 이어서 검시관[38]들을 호출하여 양화의 시신을 검사하게 했지요. 그의 목에 줄로 조른 흔적이 있는 것으로 볼 때 살아 있을 때 누군가에게 목이 졸려 죽은 것이 분명했습니다. 그래서 상처에 대한 소견서를 가지고 관아로 돌아와 관련 혐의자들로부터 진술을 받은 다음 우대교에게 살인죄를 판결했지요. 그러고 나서 관아에 있던 사람들은 모두 진술서에 서명[39]하고 이 씨도 서명했습니다. 지현은 이어서 그녀에게 분부했습니다.

"이 사건은 반드시 상급 관청에까지 출두해야 한다. (…) 너는 진술을 번복해서는 안 될 것이니라!"

"번복하지 않고 똑같이 진술하겠습니다!"

사실 지현은 양화의 원혼이 도중에 사라져버리지나 않을까 하는 걱정뿐이었습니다. 그래서 이 씨에게 이렇게 말한 것이지요. 그러나 정작 양화의 진짜 원혼이 자신의 입장에서 이렇게 대답할 줄은 생각

---

38) 검시관[仵作]: '오작仵作'은 고대 중국에서 관청에 배속되어 피살되거나 의문사한 사람의 시신을 검사하고 사인을 분석하는 일을 담당한 관리를 말한다. 제33권에서는 '오작인仵作人'으로 나온다. 여기서는 "검시관"으로 번역했다.

39) 서명[畵押]: '화압畵押'은 고대에 공문, 계약서, 진술서에 이름을 적거나 손도장을 찍는 행위를 말한다. 시오노야와 카라시마의 일역본(제2책 제129쪽)에서는 앞에서는 "서명하고署名し", 뒤에서는 "엄지 도장을 찍었다拇印を押させられた"로 다르게 번역했다. 그러나 원문에서는 똑같이 '화압畵押'으로 되어 있으므로 원문을 따랐다.

도 못 했지요. 지현은 공문을 접어서 관련자들과 함께 상급 관청인 부府로 압송해 가게 했습니다.

지부知府는 공문을 보고 나서 기이하게 여겼습니다. 그러나 내심 의혹을 떨쳐버릴 수 없었지요. 그래서 재판정에서 직접 심문해 보았지만 앞서의 정황과 다를 것이 없었습니다. 그는 그제야 붓을 들더니 다음과 같이 판결을 내렸습니다.

"자료들을 보니 양화는 변방의 가난한 군인으로 일천 리 길을 달려왔습니다. 은자는 세 냥도 되지 않건만 우대교가 갑자기 악독한 마음을 품고 그를 술에 취하게 한 후 줄로 목을 졸라 죽이고 이어서 나귀에 실어 시신을 바다에 버렸습니다. 우대교는 양화가 고기밥이 되어 당사자를 찾으려 해도 시체가 없고 대질을 하려 해도 증인이 없을 거라고 여기고 자신은 양화의 은자를 멋대로 쓰면서 태연하게 행동했습니다. 그러나 하늘의 법도는 밝고 귀신은 속일 수 없는 법! 시신을 바다에 던졌지만 가라앉지 않았고, 원혼은 사람에게 붙어 직접 증언에 나서 짧은 순간의 악행을 고발하고 흉악한 자의 얼을 빼앗을 줄 누가 알았겠습니까. '우대교의 살을 먹고 한을 풀겠다'고 한 말은 도끼처럼 준엄하고 '무고한 사람들을 연루시킬까 걱정'이라고 한 말은 의롭기 그지없습니다. 양화는 죽었으되 넋으로 되살아나고, 되살았으되 바르고 곧다고 할 수 있으니 죽음과 함께 사라지는 부류가 아닌 셈입니다. 속임수를 써서 사람을 살해할 수 있고 법망을 빠져나갈 수도 있다고 그 누가 말한단 말입니까. 해당 현의 지현이 신명께 기도하매 보답을 받았고 훌륭한 업적은 기록으로 남기기에 충분합니다. 그 정도면 충정이 헛되지 않았고 이로써 지금의 판결로까지 이어졌다고 봅니다. 사람을 죽이고 원혼이 붙은 정황은 진실이므로 이치상 이송해 심판40)함이 옳습니다. 백성의 마음을 어루

만질 수 있도록 독무[41])께서 결정을 내려주십시오.”

看得楊化以邊塞貧軍, 跋涉千里, 銀不滿三兩。于大郊輒起毒心, 先
之酒醉, 繼之繩勒, 又繼之驢馱, 丟屍海內。彼以爲葬魚腹, 求之無屍, 質
之無証。己可私享前銀, 宴然無事。孰意天道昭彰, 鬼神不昧。屍入海而
不沉, 魂附人而自語。發微瞬之好, 循兇人之魄。至于咬肉洩恨一語, 凛然
斧鉞, 恐連累無干數言, 赫然公平。化可謂死而靈, 靈而正直, 不以死而遂
泯者。孰謂人可謀殺, 又可漏網哉。該縣禱神有應, 異政足錄。擬斬情已
不枉, 緣係面鞫, 殺劫魂附情眞, 理合解審. 撫按定奪。

부 관아에서는 이송 의견을 내고 관련자와 공문을 독무 휘하에서
군문軍門[42])으로 있는 손□孫□[43])의 관아에 처분을 요청했습니다.

손군문은 사유를 읽어보더니 너무 뜻밖인지라[44]) 이상하게 여겼습
니다.

‘이 씨는 일개 아녀자이다. 거기다가 산 사람인데 귀신의 말을 전했

---

40) 이송해 심판[解審]: ‘해심解審’은 복합어로, 죄인을 이송하여 상급 관청에서
   심판을 진행하는 것을 말한다. 여기서는 ‘해심’을 편의상 “이송해 심판”으
   로 번역했다.

41) 독무督撫: 명대의 관직인 총독總督과 순무巡撫를 아울러 일컬은 약칭. 이 이
   야기에서는 한 사람이 총독과 순무를 겸임하고 있는 것으로 소개되고 있다.

42) 군문軍門: 명대에 총독과 제독提督에 대한 존칭.

43) 【교정】 손□: 현재 중국에서 출판된 판본의 다수는 이 부분을 “손안하孫案下”
   로 처리하고 있다. 그러나 상우당본 제578쪽에는 이 부분에서 희미하기는
   하지만 “손孫”과 “안案” 사이에 글자가 있는 것을 확인할 수 있다. 즉, 이
   부분이 원래는 “손안하”가 아니라 “손□안하孫□案下”이며, 그렇다면 “손□
   孫□”은 당연히 독무 휘하에서 군문軍門으로 있는 손 아무개의 이름이라는
   뜻이다. 여기서는 “손□안하”를 편의상 “손□의 관아에”로 처리했다.

44) 【즉공관 미비】 不由人不疑。 의심하지 않을 수가 없지.

다? (…) 이것만 가지고 어떻게 살인사건을 종결지을 수 있는가? 속임수가 있는지 누가 알겠는가 말이야!'

그래서 그 자리에서 한 사람씩 불러 직접 심문하기 시작했습니다. 이 씨를 심문할 차례가 되자 그는 붓을 멈추더니 묻는 것이었습니다.

"너는 어디 사람이냐?"

"계주 사람입니다!"

손군문은 사건이 발생한 현지의 구역 담당관을 불러 물었습니다.

"이 씨가 어디 출신인가?"

"즉묵 출신이올습니다!"

"그런데 어째서 계주 사람이라고 하는 게지?"

그러자 구역 담당관이 대답하는 것이었지요.

"이 씨는 즉묵 출신이옵고 시신에 붙은 양화가 계주 사람입니다요!"

그래서 손군문은 다시 이 씨를 불러 물었지요.

"너는 이름이 무엇인가?"

"소인 양화는 흥주 우둔위에서 복무 중인 우수종의 뒷바라지를 맡은 여정餘丁입니다!"

이시는 이렇게 말하더니 마침내 군장 경비를 받으러 갔다가 죽음을
당한 일을 자초지종 다 진술하는 것이었습니다. 그런데 완연한 북쪽
변방 남정네 말투이지 여인의 말투는 전혀 아니지 뭡니까요! 그렇다
고 산동 사람들 말과도 달랐습니다. 손군문은 확실하게 묻고 나서 고
개를 끄덕이더니 웃으면서 말했습니다.

"정말 이런 기이한 일이 다 있구나!"

그러더니 공문에 다음과 같은 소견을 적는 것이었습니다.

"양화의 원혼이 붙어 억울함을 하소연한다길래 직접 대면하고 심
문한 결과 완벽한 계주 사람의 말투였습니다. 참으로 기이한 일이라
하겠습니다. 안찰사45)에서 재심하시고 상세하게 보고해주시기 바랍
니다."

楊化魂附訴寃, 面審俱薊鎭人語, 誠爲甚異。仰按察司覆審詳報。

안찰사에서는 같은 고을에서 형청刑廳을 함께 관장하는 유劉 동지
同知46)에게 사건을 송치하고 재심을 의뢰했습니다. 그리고 호송관은
관련자들을 그대로 부 관아로 이송하고 그 자리에서 각 관청의 회신
들을 확인했지요. 그런데 가만 보니 이 씨의 남편 우득수가 울면서

---

45) 안찰사按察司: 명대의 관청 이름. 정식 명칭은 제형안찰사사提刑按察使司로
서, 한 성省의 최고 사법기구였다.
46) 동지同知: 명대의 관직명. 정식 명칭은 동지부사同知府事 또는 동지주군사
同知州軍事로, 지부知府나 지주知州를 보좌했다.

지부에게 이렇게 고하는 것이었습니다.

"소인의 아내 이 씨는 오랫동안 양화의 원혼이 씌어 본래의 성정을 잃어버리고 말았습니다. 더욱이 몸이 관가에 구속된 채 이리저리 끌려 다니면서 문초를 당한 지가 거의 달포나 되었습니다. 그러다 보니 아들이 젖을 먹지 못해 어미와 아들 둘 다 목숨이 위태롭습니다. 제발 나리께서 결단을 내리시어 살려주시기를 바랄 뿐입니다!"

지부는 그의 하소연을 딱하게 여겨 고개를 끄덕이면서 말했습니다.

"이번 사건은 사실 통상적인 사례가 아니다. 그러니 오랫동안 구속한 채 돌려보내지 않을 수 있겠는가? 그러나 … 귀신이 관련된 일이니 나도 처분을 내리기 어렵구나!"

그러더니 바로 이 씨를 재판정으로 불러서 묻는 것이었습니다.

"너는 이 씨냐, 양화냐?"

"소인은 양화입니다."

그러자 지부가 말했지요.

"네 원한은 이제 씻겼느니라!"

"나리의 하늘과 같은 은혜에 감사드립니다!"

"네가 비록 양화이기는 하나 네 몸은 이 씨니라. 알고 있느냐?"

그런데 이 씨가

"소인 알고 있습니다. 허나, … 소인의 원한은 이제 다 갚았다고는 해도 돌아갈 곳이 없으니 (…) 그냥 여기에 머무를까 합니다요."

이렇게 대답하는 것이 아닙니까. 지부는 버럭 성을 내면서 말했습니다.

"허튼소리! 네 원한을 다 씻었으니 무조건 네 시신으로 돌아가야 마땅하거늘 어째서 남의 아내 몸에 눌러 앉아 있겠다는 게냐! 냉큼 떠나지 못할까? 그러지 않으면 네놈에게 치도곤을 내릴 것이다!"

이 씨는 지부가 매질을 하겠다고 하는 것을 보고 겁이 좀 났던지 연거푸 머리를 조아리면서 말했습니다.

"떠나면 되지 않습니까요!"

말을 마친 이 씨는 몸을 일으키더니 그 자리를 떠나는 것이었습니다. 지부는 사람을 시켜 그를 도로 끌고 오게 하더니 따졌습니다.

"양화 네 녀석한테 떠나라고 한 것이다. 그런데 이 씨는 왜 데려가는 게냐!47)"

그러자 이 씨는 아까처럼 양화의 말투로 머리를 조아리면서

"소인이 알아서 갈 거라니까요."

---

47) 【즉공관 미비】 此時須提醒得明白。이때만큼은 분명히 일깨워주어야지.

귀신이 재판에 출두하매 양화가 시신을 빌리다.

하면서 다시 일어나서 가는 것이었습니다. 지부는 탁자를 치고 고함을 지르면서 되돌아오게 하더니 말했습니다.

"이토록 아둔하고 괘씸할 수가! 양화만 떠나고 이 씨의 몸은 남겨두라지 않았더냐! 어째서 몇 번이나 왔다 갔다 하면서 내 말을 거역하는고? 여봐라, 저놈을 매우 치렷다!"

형리는 큰 소리로 대답하더니 재판정의 회초리라는 회초리는 모조리 다 땅바닥에 쏟아놓는데 그 소리가 쩌렁쩌렁 울릴 정도였습니다. 그러자 가만 보니 이 씨가 '털썩' 하고 고꾸라지는 것이 아닙니까. 형리에게 그녀를 부르게 했더니 아무 대답이 없었습니다. 이번에는 양화를 부르게 했더니 그래도 대답이 없었지요. 게디가 두 눈은 꼭 감고 안색은 재처럼 창백해져 있는 것이었습니다. 이 씨의 남편 우득수는 다급한 나머지 귓가에 입을 들이대고 연거푸 불렀지만 그래도 아무 대답이 없었습니다. 그러자 그 자리가 재판정이든 말든 큰 소리로 통곡을 하지 뭡니까. 지부로서도 어찌할 도리가 없었지요. 그런데 득수가 이 씨의 몸을 부축하다가 가만 보니 사지를 떨면서 땀을 비 오듯이 흘리는 것이 아닙니까.

한 시진쯤 지났을까요? 갑자기 눈을 뜬 그녀는 그 넓은 재판정에 낯선 사람이 가득한데다 옷차림도 남다른 광경을 보더니 깜짝 놀라 "제가 어째서 여기 있는 거예요?"

하면서 두 소매로 얼굴을 꼭꼭 가리는 것이 아닙니까. 지부는 그녀가 이제야 본성을 되찾은 것을 깨닫고 그녀가 무엇을 알고 있는지 물었지요. 그러자 이 씨는

"집에서 벼를 찧고 있었는데 … 어째서 여기에 있는지 영문을 모르겠사옵니다!"

하고 대답하는 것은 물론이고 그로부터 상당히 긴 시간이 흐른 것조차 모르는 것이었습니다. 지부는 바로 붉은 주사朱砂를 찍은 붓으로 "이 씨 본래의 몸[李氏元身]"이라는 글자를 큼지막하게 써서 나쁜 기운을 눌렀습니다. 그러고는 도장을 가지고 그 등에 찍은 다음48) 득수에게 부축해 돌아가서 몸조리를 시키도록 이르는 것이었지요.

이튿날, 유 동지가 심문을 재개했습니다. 이 씨의 이름은 아직 지워지지 않은 상태였지요. 득수가 그동안 보니 아내는 관아에 자주 들락거려도 전혀 남 눈치를 보는 일이 없었습니다. 그런데 뜻밖에도 이번에는 몹시 부끄러워하면서 관아에 가지 않으려고 하지 않지 뭡니까. 그래서 득수가 이제까지 있었던 일을 이 씨에게 자세히 일러주니 이 씨는 통곡을 하면서 말하는 것이었습니다.

"꿈을 꾸는 줄로만 알았더니 그런 남사스러운 일을 벌였을 줄이야! 지금까지 후회할 짓을 한 적이 없는데…. 이제 의식을 되찾았고 저는 아녀자일 뿐이니 어떻게 또 재판정에 설 수가 있겠어요?"

"사건 판결이 이미 끝났소. 지부 나리께서도 어제 벌써 당신을 풀어주셨다오. 오늘 재심만 한 번 하고 나면 다 끝날 거야!"

득수가 이렇게 달랬지만 이 씨는

---

48) 【즉공관 미비】知府亦能人。이 지부도 대단한 능력을 가진 양반이로군!

"재심이고 뭐고 간에 저하고 무슨 상관이에요!"

하면서 막무가내인지라 득수는 이렇게 응수하는 수밖에 없었지요.

"당신이 안 가면 나까지 끌고 갈 텐데도?"

그러자 이 씨는 하는 수 없이 남편과 같이 관아에 출두했답니다. 그러나 막상 유 동지가 심문을 시작하자 무작정 울기만 할 뿐 무슨 말을 어떻게 해야 할지조차 모르지 뭡니까. 동지는 그 남편 득수를 불러 물었습니다. 득수는 지금까지 양화의 원혼이 붙어서 증언을 한 일, 어제 지부가 석방하자 양화가 사라지고 지금은 원래의 이 씨만 남아서 과거와는 상황이 달라진 일을 모두 다 고했습니다. 또 지부가 지난번에 주사를 찍은 붓으로 직접 작성한 판결문과 등에 찍은 도장까지 다 확인시켜 주었지요. 유 동지는 그 기이한 곡절에 탄복해 마지 않았습니다. 그러고는 상급 관청에 다음과 같은 내용의 공문을 올렸답니다.

> "양화의 원혼은 이미 사라졌습니다. 그러니 이 씨를 석방하여 안락한 가정을 꾸리게 해주되 더는 호출하지 않는 것이 옳다고 봅니다. 우대교에게서는 장물을 확보하여 따로 증거가 필요치 않으니 가을이 오는 대로 바로 처형하도록 하겠습니다."
>
> 楊化寃魂已散, 理合釋放李氏寧家, 免其再提。于大郊自有眞贓, 不必別証, 秋後處決。

그 뒤의 어느 날 저녁이었습니다. 우득수의 꿈에 양화가 나타나서 고맙다고 인사를 하는 것이었습니다.

"귀하의 부인을 오랫동안 고생시켰건만 보답할 길이 없구려. 다만 한 가지 … 내 나귀는 여태까지 고삐가 풀려 돌아다니다가 남의 손에 거두어졌소. 내가 그놈을 댁의 문 앞까지 인도할 테니 감사의 뜻으로 여기고 거두어 쓰시오.49)"

득수가 이튿날 대문을 열고 나갔더니 정말 웬 나귀 한 마리가 대문 간에 있는 것이 아닙니까. 그래서 그놈에게 고삐를 물려서 타고 다니는 데에 쓰기로 했지요. 그제야 양화의 넋이 아직 스러지지 않았다는 것을 깨달았습니다. 예로부터 귀신은 속일 수 없다는 말이 있었습니다. 그러나 이 이야기만큼 생생하고 놀라운 사례는 없지 않을까 싶군요!

사람이 사람을 죽여 귀신이 되니,	人殺人而成鬼,
그 귀신이 사람 빌려 증인으로 나섰구나.	鬼借人以證人。
사람과 귀신이 보란 듯이 서로 보답하니,	人鬼公然相報,
애물단지50)도 정리하고 떠남이 옳다!	冤家宜結宜分。

---

49) 【즉공관 미비】了蹇驢之案。 절름발이 나귀 문제도 이제야 드디어 해결되는군.

50) 애물단지[冤家]: '원가冤家'는 보통 원수 또는 애물단지를 가리키는 말이다. 여기서는 이 씨에게 붙었던 양화의 원귀를 두고 한 말로, 사건이 해결되었으니 이 씨 몸에서 떨어져 나가는 것이 옳다는 뜻으로 해석된다.

| 저자 소개 |

능몽초凌濛初(1580~1644)

명대의 소설가·극작가이자 출판가. 절강浙江 오정현烏程縣 사람으로, 자는 현방
玄房이며, 호로는 초성初成·능파凌波·현관玄觀·즉공관주인卽空觀主人 등을 사
용하였다. 문예를 중시한 가정환경과 당시 번창하던 강남 출판업의 영향을 받아
어려서부터 남다른 재능을 발휘하였다. 그러나 과거와는 인연이 없어서 매번 뜻
을 이루지 못 하자 그 열정을 가업(출판업)에 쏟아 부어 각종 도서의 창작·출판
에 매진하였다. 생전에 시문·경학·역사 등 다방면에서 다양한 저술·창작을 남
겼으며, 가장 두각을 나타낸 분야는 소설·희곡·가요집·문예이론 등의 통속문학
이었다. 대표작으로 꼽히는 의화본소설집《박안경기拍案驚奇》와 후속작《이각
박안경기二刻拍案驚奇》는 나중에 '이박二拍'으로 일컬어지면서 강남의 독서시장
에서 큰 인기와 반향을 불러 일으켰다. 55살 때에 상해현승上海縣丞으로 기용된
것을 계기로 출판업을 접고 서주통판徐州通判·초중감군첨사楚中監軍僉事를 거
치며 선정을 베푸는 등 유가의 정통과 경륜가로서도 큰 족적을 남겼다.

| 역자 소개 |

문성재文盛哉

우리역사연구재단 책임연구원, 국제PEN 한국본부 번역원 중국어권 번역위원장.
고려대학교 중어중문학과를 졸업하고 남경대학교(중국)와 서울대학교에서 문학
과 어학으로 각각 박사 학위를 받았다. 그동안 옮기거나 지은 책으로는《중국고
전희곡 10선》·《고우영 일지매》(4권, 중역)·《도화선》(2권)·《진시황은 몽골어를
하는 여진족이었다》·《조선사연구》(2권)·《경본통속소설》·《한국의 전통연희》(중
역)·《처음부터 새로 읽는 노자 도덕경》·《루쉰의 사람들》·《한사군은 중국에 있
었다》·《한국고대사와 한중일의 역사왜곡》·《정역 중국정사 조선·동이전》(1~3)
등이 있다. 2012년에는 케이블 T채널이 기획한 고대사 다큐멘터리《북방대기행》
(5부작)에 학술자문으로 출연했으며, 2014년에는 현대어로 쉽게 풀이한 정인보
《조선사연구》가 대한민국학술원 '2014년 우수학술도서'(한국학 부문 1위), 2017년
에는《루쉰의 사람들》이 한국출판문화산업진흥원 '2017년 세종도서'(교양 부문),
2019년에는《한국고대사와 한중일의 역사왜곡》이 롯데장학재단의 '2019년도 롯
데출판문화대상'(일반출판 부문 본상)을 각각 수상하였다. 현재는 한국연구재단
의 지원으로 번역을 마친 후속작《이각 박안경기》(6권)과 함께《금관총의 주인공
이사지왕은 누구인가》의 출판을 앞두고 있다.

한국연구재단
학술명저번역총서
[동양편] 625

박안경기 ❷
拍案驚奇

초판 인쇄 2023년 2월 15일
초판 발행 2023년 2월 28일

저   자 ǀ 능몽초
역   자 ǀ 문성재
펴 낸 이 ǀ 하운근
펴 낸 곳 ǀ 學古房

주   소 ǀ 경기도 고양시 덕양구 통일로 140 삼송테크노밸리 A동 B224
전   화 ǀ (02)353-9908 편집부(02)356-9903
팩   스 ǀ (02)6959-8234
홈페이지 ǀ www.hakgobang.co.kr
전자우편 ǀ hakgobang@naver.com, hakgobang@chol.com
등록번호 ǀ 제311-1994-000001호

ISBN   979-11-6995-352-8 93820
        978-89-6071-287-4 (세트)

값 : 38,000원

이 책은 2016년도 정부재원(교육부)으로 한국연구재단의 지원을 받아 연구되었음
(NRF-2016S1A5A7022115).
This work was supported by National Research Foundation of Korea Grant funded
by the Korean Government(NRF-2016S1A5A7022115).